Até você chegar

Judith
McNaught

Até você chegar

Tradução
Therezinha Monteiro Deutsch

2ª edição

Rio de Janeiro | 2024

Editora Bertrand Brasil é uma empresa do Grupo Editorial Record.

Título original: *Until you*

Capa: Túlio Cerquize
Imagem de capa: © Lee Avison / Trevillion Images

Texto revisado segundo o Acordo Ortográfico da Língua Portuguesa de 1990.

2024
Impresso no Brasil
Printed in Brazil

CIP-BRASIL. CATALOGAÇÃO NA PUBLICAÇÃO
SINDICATO NACIONAL DOS EDITORES DE LIVROS, RJ

M429a
2ª ed.

McNaught, Judith, 1944-
Até você chegar / Judith McNaught; tradução de Therezinha Monteiro Deutsch. – 2ª ed. – Rio de Janeiro: Bertrand Brasil, 2024.
23 cm.

Tradução de: Until you
ISBN: 978-85-286-2193-8

1. Ficção americana. I. Deutsch, Therezinha Monteiro. II. Título.

17-41809

CDD: 813
CDU: 821.111(73)-3

EDITORA BERTRAND BRASIL LTDA.
Rua Argentina, 171 – 2º andar – São Cristóvão
20921-380 – Rio de Janeiro – RJ
Tel.: (21) 2585-2000

Atendimento e venda direta ao leitor:
sac@record.com.br

Escrevo romances sobre pessoas fictícias muito especiais
— homens e mulheres corajosos e leais, francos e íntegros,
gente que se importa muito com as pessoas.

Sinto-me honrada em dedicar este livro a duas pessoas da vida real que
têm as mesmas qualidades dos meus personagens, duas pessoas com quem
tenho o grande privilégio de contar como amigas...

Para Pauli Marr, com doses iguais de agradecimento e admiração
por tudo que você é e por todas as coisas que partilhou comigo
— inclusive os mais engraçados e os mais difíceis momentos
da minha vida. Às vezes, nos dois juntos...

e

Para Keith Spalding, que sempre imaginei ser um cavaleiro de armadura
reluzente, cavalgando um corcel, empunhando uma lança para socorrer
alguém. Quem poderia imaginar que ele cavalga uma BMW
e empunha uma pasta de couro! Mas, meios de transporte
e instrumentos de defesa à parte, cavaleiro algum da
Antiguidade ganha de você em integridade, lealdade,
bondade e bom humor. Minha vida se tornou muito
melhor desde que o conheci.

Eu não poderia terminar esta dedicatória sem mencionar
quatro pessoas também maravilhosas por motivos
que elas conhecem e entendem:

Brooke Barhorst, Christopher Fehlig e Tracy Barhorst...
com todo o meu amor...

e

Para Megan Ferguson, uma jovem dama *muito* especial,
com toda a minha gratidão.

1

Reclinada em uma montanha de travesseiros de cetim, entre lençóis de linho amarrotados, Helene Devernay admirava o tórax musculoso e bronzeado de Stephen David Elliott Westmoreland, conde de Langford, barão de Ellingwood, quinto visconde de Hargrove e visconde de Ashbourne, enquanto ele vestia a camisa pregueada que jogara aos pés da cama na noite anterior.

— Iremos ao teatro na semana que vem? — perguntou ela. Stephen a olhou rapidamente, surpreso, e pegou a gravata.

— Claro... — Olhando-se no espelho sobre a lareira, encontrou o olhar dela enquanto colocava a estreita tira de seda branca no pescoço e fazia um nó complicado. — Por que pergunta?

— Porque a temporada começa na semana que vem, quando Monica Fitzwaring estará chegando. Foi o que meu costureiro, que também é o dela, disse.

— E então? — Ele a fitou pelo espelho, sem que seu rosto demonstrasse a mínima reação.

Com um suspiro, Helene rolou de lado e se apoiou em um cotovelo, falando em tom ressentido, mas absolutamente franco:

— O boato é que, finalmente, você vai fazer o pedido que ela e o pai esperam há três anos.

— É isso que andam comentando? — indagou ele, com ar casual.

Suas sobrancelhas se ergueram, demonstrando silenciosa, mas claramente, seu desagrado com o fato de Helene ter tocado em um assunto que não considerava que lhe dissesse respeito.

Helene percebeu a reprimenda tácita e o aviso ali contido, mas tirou vantagem do que fora, por vários anos, um caso tranquilamente franco e bastante prazeroso para ambos.

— No passado houve dezenas de boatos afirmando que você estava prestes a propor casamento a uma mulher ou outra — comentou, calmamente —, e até agora jamais lhe pedi que confirmasse ou negasse qualquer um deles.

Sem responder, Stephen se afastou do espelho e pegou a elegante casaca que deixara sobre o divã florido. Vestiu-a, aproximou-se de um lado da cama e, enfim, dispensou toda a atenção à mulher que estava ali. De pé, olhando para baixo, sentiu que o aborrecimento diminuía consideravelmente. Apoiada em um cotovelo, com os cabelos dourados descendo pelas costas e pelos seios nus, Helene Devernay era uma visão adorável. Inteligente, direta e sofisticada, tinha tudo para ser uma deliciosa amante, tanto na cama como fora dela. Sabia também que era prática o bastante para não alimentar esperanças secretas de casamento com ele, o que estava completamente fora de questão para uma mulher como ela, independente o bastante para não ter vontade de se ligar a alguém pela vida inteira — qualidades que solidificaram o relacionamento deles. Ou, pelo menos, ele assim pensava.

— Mas agora está me pedindo que confirme ou negue se pretendo pedir Monica Fitzwaring em casamento? — perguntou, suavemente.

Helene lançou o cálido e sedutor sorriso que normalmente fazia o corpo dele reagir.

— Sim.

Empurrando para trás as laterais da casaca, Stephen colocou as mãos nos quadris e olhou-a friamente:

— E se eu disser que sim?

— Então, milorde, eu lhe diria que está cometendo um grande erro. Você gosta dela, apenas; não é amor, nem uma grande paixão. Tudo que ela tem para lhe oferecer é beleza, linhagem aristocrática e a perspectiva de um herdeiro; não tem sua força de vontade nem sua inteligência e, mesmo que se importe com você, jamais irá entendê-lo. Vai entediá-lo na cama e fora dela; você irá intimidá-la, magoá-la e lhe provocará raiva.

— Obrigado, Helene. Devo me sentir afortunado por você se interessar tanto pela minha vida particular, uma vez que chega ao ponto de me oferecer sua experiência para me ajudar a viver.

Essa observação sarcástica fez o luminoso sorriso de Helena perder um pouco do brilho, mas não desaparecer.

— Viu só? — comentou, em voz baixa. — Eu me sinto repreendida e alertada pelo seu tom, mas Monica Fitzwaring se sentiria esmagada ou mortalmente ofendida.

Observou a expressão de Stephen endurecer, ao mesmo tempo que a voz dele se tornava muito polida e fria:

— Peço desculpas, madame — inclinou a cabeça em um arremedo de reverência —, se usei um tom menos civilizado.

Esticando o braço, Helene puxou de leve a barra da casaca, tentando fazê-lo se sentar na beirada da cama, ao seu lado. A tentativa falhou, e ela deixou a mão cair, porém manteve a determinação, alargando o sorriso e tentando acalmá-lo:

— Você jamais fala com alguém em um tom que não seja civilizado, Stephen. Na verdade, quanto mais aborrecido fica, mais "civilizado" você é... Mostra-se tão civilizado, tão perfeito e correto, que o efeito é alarmante. Pode-se até dizer... *aterrorizador*!

Ela estremeceu para ilustrar o que acabara de dizer, e Stephen teve de rir, mesmo contra a sua vontade.

— É isso o que quero dizer. — Helene sorriu de novo. — Quando você fica frio e zangado, eu sei como...

Conteve a respiração quando a grande mão daquele homem deslizou sob o lençol e lhe envolveu um seio, os dedos lhe acariciando a pele macia de maneira sedutora.

— Eu simplesmente quis aquecê-la...

Passando os braços pelo pescoço dele, Helene o atraiu para a cama, suspirando:

— E me enlouquecer.

— Creio que um casaco de pele faria isso bem melhor.

— O quê? Aquecer-me? — ironizou ela.

— Enlouquecê-la...

A resposta dele se interrompeu quando sua boca cobriu a de Helene. Daí em diante, Stephen dedicou-se à deliciosa tarefa de aquecê-la e enlouquecê-la.

Eram quase nove da manhã quando ele se vestiu novamente.

— Stephen? — sussurrou ela, sonolenta, quando ele se inclinou e lhe beijou as pálpebras cerradas.

— Sim?

— Tenho que confessar uma coisa.

— Nada de confissões — lembrou ele. — Combinamos isso desde o começo. Nada de confissões, recriminações ou promessas. Foi o nosso acordo.

Helene não negou, mas naquela manhã não estava disposta a cumprir o combinado:

— Minha confissão é que descobri que estou totalmente enciumada por causa de Monica Fitzwaring.

Stephen conteve um suspiro de impaciência e esperou, sabendo que a mulher estava determinada a falar, mas optou por não ajudá-la a fazê-lo. Simplesmente limitou-se a fitá-la, com as sobrancelhas erguidas.

— Compreendo que precise de um herdeiro — começou ela, curvando os lábios carnudos em um sorriso de embaraço. — Mas será que poderia se casar com uma mulher que pareça uma sombra pálida quando comparada a mim? E que tenha um mau gênio, também. Uma mulher rabugenta, de nariz grande e torto, ou de olhos pequeninos e muito juntos seria o ideal, no meu ponto de vista.

Ele teve de rir diante do comentário, mas pretendia encerrar definitivamente aquele assunto e declarou:

— Monica Fitzwaring não é uma ameaça para você, Helene. Tenho certeza de que ela sabe do nosso caso e que não tentará interferir, mesmo que pense que poderá fazê-lo.

— Como pode ter tanta certeza disso?

— Ela mesma me confidenciou — afirmou ele, secamente. Ao ver que Helene não se convencera, acrescentou: — Para acabar com sua preocupação e com esta conversa, quero esclarecer que sempre considerei o filho do meu irmão um herdeiro aceitável. Além disso, não tenho a menor intenção de me submeter, nem agora nem nunca, ao costume de ir atrás de uma esposa com o único propósito de ter um herdeiro legal para meu nome, títulos e posses.

Ao concluir o brusco discurso, viu a expressão da mulher mudar de surpresa para um divertido desconcerto. O motivo da evidente confusão foi esclarecido pelo comentário de Helene:

— Se não é por querer um herdeiro, por que um homem como você iria se casar?

O movimento de ombros e o breve sorriso de Stephen mostraram que eram triviais, absurdos e imagináveis todos os motivos comuns para o casamento.

Depois, com um leve divertimento que mal disfarçava seu genuíno desprezo pela falsa bem-aventurança e santidade do casamento, duas ilusões populares até mesmo no círculo social delicado e sofisticado que ele frequentava, respondeu:

— Não há nada que obrigue um homem como eu a contrair matrimônio.

Helene o observou, atenta; seu rosto demonstrava curiosidade, cautela e um princípio de compreensão:

— Sempre me perguntei por que você não se casou com Emily Lathrop. Além de ter um corpo e um rosto admiráveis, é uma das poucas mulheres da Inglaterra que reúne os requisitos de berço e linhagem para entrar na família Westmoreland e lhe dar um herdeiro. Todo mundo sabe que você duelou com o marido por ela, mas não o matou, nem se casou com ela um ano depois, quando o velho lorde Lathrop, por fim, bateu as botas.

As sobrancelhas de Stephen se ergueram com divertimento pela gíria irreverente de Helene para se referir à morte de Lathrop, mas a atitude dele em relação ao duelo foi tão casual quanto a dela:

— Lathrop enfiou na cabeça que precisava defender a honra de Emily e encerrar o falatório, desafiando para um duelo um dos supostos amantes da esposa. Nunca entendi por que o pobre homem me escolheu entre uma verdadeira legião de possíveis candidatos.

— Seja qual for o método que ele empregou, é evidente que a idade confundiu-lhe a mente.

Stephen a encarou, curioso:

— Por que diz isso?

— Porque sua habilidade com pistolas e sua ampla experiência em duelos são lendárias.

— Até uma criança de dez anos ganharia um duelo com Lathrop — afirmou ele, ignorando os elogios às suas habilidades. — Era tão velho e frágil que não conseguia segurar direito a pistola, muito menos mirá-la. Tinha que usar ambas as mãos.

— Por isso o deixou sair vivo de Rockham Green?

Ele assentiu:

— Achei que seria pouco educado da minha parte matá-lo, em tais circunstâncias.

— Considerando que foi ele quem provocou o duelo, desafiando-o diante de testemunhas, foi muita bondade sua fingir que errava o tiro, a fim de preservar o orgulho dele.

— Não fingi errar o tiro, Helene — informou Stephen. Acrescentando, incisivo: — Eu me neguei a mirar.

Não fazer mira em um duelo significava um pedido de desculpas, portanto era uma admissão de erro. Imaginando se ele teria alguma outra explicação para o fato de, a vinte passos de distância, ter atirado para o ar em vez de atirar em Lorde Lathrop, Helene perguntou, lentamente:

— Está querendo dizer que realmente *era* amante de Emily Lathrop? Você era *mesmo* culpado?

— Como o pecado — confirmou Stephen, rispidamente.

— Posso lhe fazer mais uma pergunta, milorde?

— Já que começou, *faça* — respondeu ele, lutando para ocultar a impaciência diante da inusitada e desagradável preocupação dela com sua vida particular.

Em um perfeito simulacro de hesitação feminina, ela desviou os olhos como se procurasse reunir coragem, depois o fitou com um sorriso sedutor e encabulado, que seria irresistível se não houvesse sido precedido por aquele questionário ultrajante que violava até mesmo o indulgente padrão de Stephen sobre o decoro aceitável entre os sexos.

— O que atraiu você para a cama de Emily Lathrop?

A instantânea aversão de Stephen por essa pergunta foi completamente eclipsada por sua reação negativa à pergunta seguinte:

— Quero dizer, há alguma coisa que ela fazia com você... ou *para* você... ou *em* você, que eu ainda não tenha feito em minha cama?

— Para ser franco... — Ele fez um gesto displicente — Há uma coisa que Emily fazia e da qual eu gostava muito.

Na ansiedade para descobrir o segredo da outra mulher, Helene não reparou no tom de sarcasmo na voz do lorde e indagou:

— O que ela fazia que você gostava tanto?

O olhar dele se fixou, sugestivo, nos lábios dela:

— Quer que eu lhe mostre?

Helene fez que sim, e Stephen se inclinou sobre ela, colocando as mãos uma de cada lado do travesseiro de modo que sua cintura e seus quadris ficaram a poucos centímetros do rosto dela.

— Tem certeza de que quer participar da demonstração? — A voz dele soava como um sussurro deliberadamente sensual.

Ela assentiu com energia, de maneira tão convidativa que o fez ter uma sensação que hesitava entre divertimento e impaciência.

— Ensine-me o que ela faz e que você gosta tanto — sussurrou ela, deslizando as mãos pelos braços dele.

Stephen ensinou-a, colocando a mão direita, com firmeza, sobre a boca de Helene, surpreendendo-a com a "demonstração", que combinou com sua sorridente explicação:

— Ela me poupava de perguntas como as suas, sobre *você* ou qualquer outra pessoa, e eu gostava *demais* disso.

Os olhos azuis, espelhando mágoa e frustração, sustentaram os dele, mas, dessa vez, a advertência era mais do que clara na voz máscula:

— Entendeu, minha linda inquisidora?

Afirmando com a cabeça, ela tentou suavizar a situação passando a ponta da língua, úmida e cálida, na palma da mão dele.

Com uma risada divertida diante da tentativa, Stephen retirou a mão; já sem disposição para sexo ou conversa, deu-lhe um rápido beijo na testa e foi embora.

Lá fora, a neblina úmida e cinzenta agasalhava a noite, interrompida apenas pelo brilho fantasmagórico da iluminação dos postes. Stephen pegou as rédeas da mão do sonolento cocheiro e incitou o jovem par de cavalos castanhos. Impacientes, os animais saíram batendo os cascos com estrépito nas pedras da rua, agitando as longas crinas. Era a primeira vez que aqueles cavalos iam à cidade, e ele soltou as rédeas, deixando-os andar a trote. Notou que os cavalos se mostravam muito agitados sob a névoa. Tudo parecia assustá-los, desde o som dos seus próprios cascos até as sombras que começavam onde terminava a luminosidade dos postes. De repente, uma porta bateu à esquerda, os cavalos se sobressaltaram e tentaram disparar. Automaticamente, Stephen encurtou as rédeas e fez a carruagem virar para a Middleberry Street. Os animais seguiam a trote rápido, mas pareciam ter-se acalmado um pouco. Foi nesse momento que um gato miou agudamente e saltou de uma carroça de frutas, fazendo uma avalanche de maçãs se espalhar pelo chão. Ao mesmo tempo, a porta de uma estalagem se abriu, inundando a rua de luz. Irrompeu um pandemônio: cães latiam, cavalos relinchavam e se empinavam freneticamente, e um vulto escuro saía da estalagem para desaparecer entre duas carruagens paradas e, em seguida, materializar-se diante da carruagem de Stephen.

Seu grito de aviso soou tarde demais.

2

Apoiando-se pesadamente em sua bengala, o mordomo idoso se mantinha de pé na simplória saleta, enquanto ouvia, em respeitoso silêncio, o ilustre visitante comunicar que seu patrão acabara de morrer. Só quando lorde Westmoreland terminou de falar foi que o criado se permitiu demonstrar alguma reação, e mesmo então cuidou para que suas palavras fossem tranquilizadoras:

— Lamentável, milorde, para o pobre lorde Burleton e para o senhor. Mas... acidentes acontecem, não é? Ninguém pode ser culpado. Acidentes são acidentes, e é por isso que assim se chamam.

— Eu não chamaria apenas de "acidente" atropelar um homem e matá-lo — retrucou Stephen, com amargura dirigida a si mesmo, e não ao criado.

Embora o acidente daquela madrugada tivesse acontecido mais por culpa do jovem barão bêbado, que se jogara diante da carruagem de Stephen, o fato é que este segurara as rédeas e estava vivo, incólume, enquanto o jovem Burleton morrera. Além disso, parecia que não havia ninguém para chorar a morte do barão e, naquele momento, aquilo parecia uma injustiça final.

— Com certeza, seu patrão tem parentes em algum lugar... — tentou. — Alguém a quem eu possa explicar pessoalmente o acidente.

Hodgkin, o mordomo, sacudiu a cabeça, distraído, porque só naquele instante se dera conta de que estava desempregado de novo e que parecia fadado a continuar assim até o fim da vida. Conseguira aquele emprego apenas porque ninguém queria trabalhar como mordomo, criado de quarto, lacaio e cozinheiro pelo salário miserável que Burleton podia pagar.

Embaraçado pelo lapso temporário de autopiedade e por sua falta de decoro, Hodgkin pigarreou e acrescentou, rapidamente:

— Lorde Burleton não tinha parentes próximos vivos, como eu... disse. Acontece que só comecei a trabalhar para ele há três semanas, não estou a par de suas amizades e... — A voz do mordomo falhou, enquanto o horror se estampava em seu rosto. — Ah, com o choque me esqueci da noiva dele! O casamento se realizaria esta semana.

Uma nova onda de culpa envolveu Stephen, mas ele assentiu e, quando falou, sua voz soou firme e brusca:

— Quem é ela e onde posso encontrá-la?

— Tudo que sei é que se trata de uma herdeira americana que o barão conheceu numa viagem e que chegará amanhã, em um navio que vem das colônias. Seu pai está doente demais para viajar, por isso acredito que esteja viajando acompanhada por um parente ou, quem sabe, por uma dama de companhia. Ontem, lorde Burleton saiu para comemorar sua última noite de solteiro. É tudo que eu sei.

— Mas pelo menos deve saber o nome dela! Como Burleton a chamava?

Pressionado pelo nervosismo causado pela impaciência de lorde Westmoreland e pela vergonha por sua memória deteriorada, Hodgkin disse, um tanto na defensiva:

— Como disse, trabalhava havia pouco tempo para o barão, e ele ainda não me fazia confidências. Na minha presença, ele... ele a chamava "minha noiva" ou "minha herdeira".

— Pense, homem! Ele deve ter dito o nome dela alguma vez!

— Não... Eu... Espere, sim! Lembro-me de alguma coisa... Lembro que o nome dela me fez pensar em como eu adorava ir a Lancashire quando era pequeno. Lancaster! — exclamou Hodgkin, deliciado. — O sobrenome dela é Lancaster, e seu nome *é* Sharon... Não, não é isso. Charise! Charise Lancaster!

Os esforços de Hodgkin foram recompensados por uma enérgica aprovação de cabeça acompanhada de outra pergunta rápida:

— E o nome do navio em que ela vem?

O mordomo se sentia tão encorajado e orgulhoso que bateu com a bengala no assoalho, em júbilo, quando a resposta brilhou em sua cabeça:

— É *Morning Star!* — gritou. Em seguida, ficou vermelho, embaraçado com o tom de voz alto e a atitude imprópria.

— Mais alguma coisa? Os menores detalhes poderão me ajudar quando eu falar com ela.

— Lembro-me de algumas coisinhas, mas acho uma vulgaridade mencioná-las. Seria fofoca e...

— Vamos ouvi-las, então — interrompeu Stephen, bruscamente.

— A moça *é* jovem e "uma coisinha linda", segundo o barão. Pelo que percebi, está loucamente apaixonada por ele e quer se casar, enquanto o pai dela está interessado apenas no título de barão.

A última esperança de Stephen de que se tratasse de um casamento de conveniência esmaeceu quando ele ouviu que a moça estava "loucamente apaixonada" pelo noivo.

— E Burleton? — perguntou, enquanto colocava as luvas. — Por que queria se casar?

— É apenas uma suposição, mas parece que ele correspondia aos sentimentos da noiva.

— Maravilhoso — sussurrou Stephen, ácido, encaminhando-se para a porta.

Só depois que lorde Westmoreland saiu foi que Hodgkin permitiu que o desespero da situação o envolvesse. Estava de novo desempregado e sem dinheiro. Momentos antes, pensara em pedir, implorar, a lorde Westmoreland que o recomendasse para alguém, mas seria um atrevimento presunçoso, indesculpável e, com certeza, inútil. Como descobrira nos dois anos anteriores, antes de trabalhar para lorde Burleton, ninguém queria um mordomo, criado de quarto ou lacaio com mãos trêmulas pela idade e o corpo tão velho e fraco que não se mantinha ereto e não aguentava andar rápido.

Com os ombros estreitos caídos pelo desespero, as juntas começando a doer penosamente, Hodgkin tratou de ir para seu quarto, nos fundos do desgastado imóvel. Estava a meio caminho quando as fortes e impacientes batidas da aldrava forçaram-no a se voltar e caminhar o mais depressa possível para a porta de entrada.

— Sim, milorde?

— Quando ia saindo, ocorreu-me que a morte de Burleton irá privá-lo dos pagamentos que ele iria lhe fazer. — A voz de Westmoreland soava ríspida e profissional. — Meu secretário, Sr. Wheaton, tratará de recompensá-lo. — Ia voltar-se, mas se deteve e acrescentou: — Minha governanta está sempre precisando de criados competentes. Se não estiver pensando em se aposentar, o Sr. Wheaton poderá contratá-lo. Ele mesmo cuidará de todos os detalhes.

Dessa vez, Stephen foi embora.

Hodgkin fechou a porta, virou-se e ficou olhando para o pequeno hall sem enxergar mais nada, enquanto o ânimo e o vigor começavam a circular por suas veias, aquecendo o velho corpo. Não apenas teria uma casa para onde ir, como também trabalharia entre a criadagem de um dos mais admirados, respeitados e influentes nobres de toda a Europa!

E o emprego não lhe fora oferecido por piedade; disso, Hodgkin tinha absoluta certeza, porque o conde de Langford não era conhecido como um homem que mimasse seus criados, nem qualquer outra pessoa. De fato, havia comentários de que ele era um homem distante, exigente e com elevados padrões na escolha de seus empregados.

Apesar disso, Hodgkin não conseguia afastar completamente a impressão de que o conde poderia ter-lhe oferecido o emprego por piedade. De repente, lembrou-se de algo que o nobre dissera, algo que o enchera de prazer e orgulho: lorde Westmoreland dera a entender, especificamente, que o considerava *competente*. Usara essa palavra.

Competente!

Lentamente, Hodgkin se aproximou do espelho do hall e, com um das mãos apoiada no castão da bengala, examinou seu reflexo. Competente...

Empertigou o corpo, embora o esforço lhe provocasse alguma dor, depois ergueu os ombros. Com a mão livre, alisou carinhosamente as lapelas da surrada, mas limpa, casaca. Não parecia assim tão velho, decidiu... nem um dia a mais do que 73 anos! Era evidente que lorde Westmoreland não o julgara decrépito ou inútil. Não, claro! Stephen David Elliott Westmoreland, o conde de Langford, achava que Albert Hodgkin seria uma *aquisição valiosa* para sua criadagem. *Lorde Westmoreland* — que possuía propriedades na Europa inteira, títulos de nobreza herdados da sua mãe e de dois antepassados que o haviam nomeado herdeiro — achava *Albert Hodgkin* uma valiosa aquisição para sua magnífica criadagem!

O velho mordomo inclinou a cabeça para o lado, tentando imaginar como ficaria com a elegante libré verde e dourada de Langford, mas sua visão se turvou e começou a ondular. Ergueu a mão, e as pontas dos longos e magros dedos tocaram o canto de um dos olhos, onde havia uma estranha umidade.

Enxugou a lágrima e teve o súbito e louco impulso de agitar a bengala no ar e dançar uma jiga. Dignidade, recomendou seriamente a si mesmo, era o sentimento mais apropriado para um homem que estava prestes a integrar o quadro de servidores de lorde Stephen Westmoreland.

3

O sol era um disco de fogo deslizando no horizonte púrpura quando o marinheiro caminhou pelo cais, aproximando-se da carruagem que se encontrava parada ali, à espera, desde cedo pela manhã.

— Lá vem ele, o *Morning Star* — disse a Stephen.

Este se encontrava encostado na porta do veículo, observando preguiçosamente a conversa de um grupo de bêbados na porta de um bar. Antes de erguer o braço para indicar o navio, o marinheiro lançou uma olhadela cautelosa em direção aos dois cocheiros; ambos portavam pistolas bem à vista e pareciam tão conscientes quanto seu patrão dos perigos que espreitavam o porto.

— Lá está ele, bem ali — tornou a dizer a Stephen, apontando para um pequeno navio que entrava no porto, as velas como transparentes silhuetas contra o céu crepuscular. — Está um pouco atrasado.

Endireitando-se, Stephen fez um sinal para um dos cocheiros, que deu uma moeda ao marinheiro pela informação. O conde caminhou lentamente pelo cais, desejando que a mãe ou a cunhada pudessem ter vindo com ele para receber a noiva de Burleton. A presença de uma mulher ajudaria a suavizar o choque que a trágica notícia causaria à moça. Uma notícia que destruiria os sonhos dela.

— É UM PESADELO! — gritou Sheridan Bromleigh para o aturdido camareiro.

Era a segunda vez que o rapaz vinha avisá-la de que havia "um cavalheiro" esperando por ela no píer — cavalheiro que, naturalmente, ela julgava ser lorde Burleton.

— Diga a ele que espere. Diga a ele que *morri.* Não. Diga a ele que estou indisposta.

Fechou a porta, trancou-a e se encostou nela, com o olhar fixo na assustada criada, encolhida em um cantinho da cabine que ambas partilhavam, torcendo nervosamente um lenço nas mãos gorduchas.

— É um pesadelo e, quando eu acordar, pela manhã, verei que nada disso aconteceu. Não é, Meg?

Meg sacudiu a cabeça tão vigorosamente que as fitas da sua touca branca se agitaram enquanto dizia:

— Não é um sonho. A senhora tem que falar com o barão... e lhe dizer alguma coisa que... alguma coisa que não o ofenda e na qual ele acredite.

— Bem, com certeza isso elimina a verdade! — O tom de Sheridan soava amargo. — Quero dizer, ele não vai acreditar se eu disser que perdi a noiva dele em algum lugar da costa inglesa. A *verdade* é que eu a *perdi!*

— A senhora não a perdeu: ela fugiu! A senhorita Charise fugiu com o senhor Morrison quando paramos no último porto.

— De qualquer modo, o que importa é que ela foi confiada a mim e eu falhei, não cumpri com o meu dever diante do pai dela e do barão. E não posso fazer nada, a não ser ir até lá e dizer isso ao barão.

— Não pode! — disse Meg, horrorizada. — Ele vai nos atirar em um calabouço! A senhora precisa fazê-lo ter pena de nós, porque não temos a quem recorrer, nem para onde ir. A senhorita Charise levou todo o dinheiro e não temos como pagar a passagem de volta para casa.

— Vou conseguir um trabalho!

Apesar das palavras confiantes, a voz de Sherry tremia de nervosismo, e ela percorreu a pequena cabine com o olhar, procurando instintivamente um lugar para se esconder.

— A senhora não tem referências — argumentou Meg, com a voz lacrimosa. — Não temos onde dormir esta noite, nem dinheiro para comer. Vamos acabar na sarjeta ou coisa pior!

— O que poderia ser pior? — perguntou Sheridan, mas, quando Meg abriu a boca para responder, ergueu a mão. Disse, com seu espírito e bom humor normais: — Não, não fale, por favor. Não quero nem pensar em nos tornarmos "escravas brancas".

Meg empalideceu, boquiaberta, por fim conseguindo sussurrar:

— Escravas... brancas!

— Meg, por favor! Eu estava brincando! Uma brincadeira de mau gosto, reconheço...

— Se a senhora sair daqui e disser a verdade a ele, iremos parar num calabouço.

— Por que — explodiu Sherry, mais perto de um ataque histérico do que já estivera em toda a sua vida — você não para de falar em calabouço?

— Porque existem leis aqui, e a senhora... eu... nós agimos contra algumas delas. Não de propósito, é claro, mas eles não se importam com isso. Aqui jogam a gente num calabouço... não fazem perguntas nem ouvem respostas. Aqui só existe um tipo de pessoas que têm valor, e elas são a elite da sociedade. E se ele pensar que a matamos para roubar o dinheiro dela ou que a vendemos, qualquer coisa assim? Seria a palavra dele contra a sua, e a senhora não é ninguém, por isso a lei ficará ao lado dele.

Sheridan procurou algo tranquilizador ou alegre para dizer, mas sua capacidade emocional e física sofrera demais durante as semanas de estresse, agravando-se com os longos períodos de enjoo durante a viagem; situação que culminara, havia dois dias, com o desaparecimento de Charise. Em primeiro lugar, ela, Sherry, jamais deveria ter aceitado aquela incumbência, concluiu. Superestimara sua habilidade em lidar com uma garota sem juízo e mimada de 17 anos, convencendo-se de que seu bom senso e sua natureza prática, combinados com a experiência de ensinar na Escola para Jovens Ladies de Senhorita Talbot, onde Charise estudara, a tornavam apta a lidar admiravelmente com qualquer dificuldade que surgisse durante a viagem. O severo pai de Charise se iludira tanto com o jeito competente de Sheridan que, quando um repentino ataque do coração o impedira de viajar para a Inglaterra, escolhera-a para acompanhar a filha, entre várias candidatas mais velhas e experientes. Logo Sheridan, que era apenas três anos mais velha que Charise. Claro, a jovem tivera algo a ver com essa decisão; falara, teimara e insistira para que a senhorita Bromleigh a acompanhasse, até que, finalmente, o pai cedera. A senhorita Bromleigh fora quem a ajudara a escrever cartas para o barão, alegara ela, e não era como aquelas damas de companhia sonsas que ele entrevistara; a senhorita Bromleigh seria divertida. Esperta, Charise advertira o pai de que a senhorita Bromleigh a impediria de sentir tanta saudade de casa a ponto de voltar para a América e para seu pai, em vez de se casar com o barão!

Isso até que era verdade, pensou Sheridan, com tristeza. A senhorita Bromleigh era provavelmente a responsável pela fuga de Charise com um homem quase desconhecido, em um ato impulsivo que lembrava a trama de um dos romances água com açúcar que as duas haviam lido durante a viagem. Tia Cornelia sempre se opusera a essas histórias, a essas "noções tolamente românticas", então Sheridan as lia às escondidas, depois que fechava o cortinado da cama à sua volta. Lá, em sua solidão, experimentava a deliciosa excitação de ser amada e cortejada por nobres lindos e sedutores, que roubavam seu coração ao primeiro olhar. Depois, ficava largada de costas sobre os travesseiros, de olhos fechados, imaginando-se uma heroína, dançando em um baile com um glorioso vestido, os cabelos louro-acinzentados erguidos em um fabuloso penteado... passeando no jardim com a mãozinha trêmula apoiada no braço dele, a brisa perfumada fazendo seus cabelos escaparem da elegante touca. Lia cada romance tantas vezes que podia repetir as cenas favoritas de cor, substituindo o nome da heroína pelo seu...

"O barão segurou a mão de Sheridan e a levou aos lábios, jurando-lhe eterna devoção.

— Você é meu amor, meu único amor...

O conde estava tão deslumbrado com a beleza de Sheridan que perdeu o controle e beijou-lhe a face.

— Perdoe-me, mas não pude evitar! Eu a adoro!"

E havia uma cena que ela preferia em particular... a que mais gostava de imaginar:

"O príncipe a tomou nos braços fortes e a apertou contra o coração.

— Se eu tivesse cem reinos, trocaria todos por você, minha doce amada. Eu não era nada até você chegar..."

Deitada em sua cama, ela alterava a trama dos romances, os diálogos, as situações e até mesmo os locais, adequando a história a si mesma, mas nunca, nunca mesmo, mudava seu herói imaginário. Ele — e só ele — permanecia constante. Ela conhecia cada detalhe dele, porque o construíra para si. Era forte, másculo, vigoroso, mas bondoso, sábio, paciente e também esperto. Era alto, bonito, de cabelos negros e maravilhosos olhos azuis que podiam ser sedutores e penetrantes, e que sabiam brilhar com bom humor. Ele adoraria rir com ela, que lhe contaria histórias divertidas apenas para fazê-lo rir. Ele gostaria muito de ler e seria mais instruído do que ela, talvez também um pouco mais mundano, mas não demais, nem orgulhoso, nem sofisticado. Ela detestava arrogância, exibicionismo e, especialmente, odiava que lhe dessem ordens.

Aceitava essas coisas dos pais dos alunos da escola na qual dera aula, porém sabia que jamais aceitaria como marido um desses homens com atitudes de superioridade masculina.

E, claro, seu herói imaginário se tornaria seu marido. Iria pedi-la em casamento com um joelho no chão, dizendo coisas como:

"Eu não sabia o que era felicidade até você chegar... Eu era um homem sem coração até você chegar..."

Gostava da ideia de ser necessária ao seu herói imaginário, de ser valorizada por algo além da beleza. Depois que a tivesse pedido em casamento com essas doces e emocionantes palavras, como ela poderia não aceitar? E, para a invejosa surpresa de todo mundo em Richmond, na Virgínia, eles se casariam. Em seguida, ele a levaria, com tia Cornelia, para a sua maravilhosa mansão no alto de uma colina, onde se devotaria a fazê-la feliz e onde a maior preocupação dela seria escolher quais vestidos iria usar. Ele poderia ajudá-la a localizar seu pai, que também iria morar em sua casa.

Sozinha na escuridão, não lhe importava não ter a menor chance de encontrar um homem assim, nem o fato de que, caso encontrasse alguém que lembrasse esse exemplo de perfeição, ele não lançaria mais do que um olhar distraído e de passagem para a senhorita Sheridan Bromleigh. De manhã, ela recolhia sua farta e sedosa cabeleira ruiva em um prático coque, depois se encaminhava para a escola, e ninguém imaginava que senhorita Bromleigh, entendida como "solteirona" pelos estudantes, professores e pais, tivesse um coração incuravelmente romântico.

Ela enganava todo mundo, inclusive a si mesma, agindo como um exemplo de praticidade e eficiência. Agora, ali estava o resultado do excesso de confiança de Sheridan: Charise se casaria com um homenzinho comum, em vez de se casar com um lorde, um nobre que poderia tornar sua vida bem miserável, se assim quisesse. Se o pai de Charise não morresse de raiva ou de um ataque cardíaco, sem dúvida passaria o resto da vida pensando em um modo eficiente de tornar a vida de Sheridan e de tia Cornelia insuportável. E a pobrezinha e tímida Meg, que fora criada de quarto de Charise por cinco longos anos, certamente seria despedida sem referências, o que destruiria sua perspectiva de conseguir uma posição decente na vida. Isso, na melhor das hipóteses!

As esperanças baseavam-se na premissa de que Sheridan e Meg *pudessem* voltar para casa. Se a jovem criada estivesse certa — e Sheridan tinha quase certeza de que estava —, Meg passaria o resto da vida em um calabouço, e Sheridan Bromleigh — a "sensível e competente" Sheridan Bromleigh — seria sua companheira de cela.

Lágrimas de culpa e medo invadiam os olhos de Sheridan ao pensar na calamidade que provocara, tudo por causa da sua ingênua superconfiança, da sua louca ansiedade por conhecer a fabulosa Londres e da elegante aristocracia sobre a qual lera em romances. Deveria ter escutado tia Cornelia, que a repreendia havia anos, dizendo-lhe que viver acalentando sonhos maravilhosos era procurar decepções a vida inteira; que o orgulho era pecaminoso aos olhos do Senhor, assim como a cobiça e a indolência; que, aos olhos dos homens, a modéstia em uma mulher era muito mais atraente do que a mera beleza.

Tia Cornelia tinha razão na primeira dessas três afirmativas, como Sheridan acabara de constatar. Ela bem que tentara ouvir os avisos da tia, mas havia uma diferença tão grande entre a personalidade dela e a da boa senhora que Sherry teve enorme dificuldade em acatar seus conselhos sobre não viajar para a Inglaterra: Tia Cornelia *adorava* previsibilidade, repetições e seguir a rotina diária, comportamento que fazia Sherry quase chegar às lágrimas de tanto desespero.

4

Sherry olhava na direção da pobre Meg do outro lado da pequena cabine, mas não a via. Desejava ardentemente estar em Richmond, sentada diante da tia, na sala da pequena casa de três cômodos que partilhavam, saboreando uma gostosa xícara de chá tépido e tendo pela frente uma *vida inteira* de chá tépido e tédio.

Se Meg estivesse certa a respeito das leis britânicas, ela nunca mais voltaria para casa, nunca mais veria a tia e, ao pensar nisso, sentia-se esmagada por uma impressão de desastre total.

Seis anos antes, quando fora morar com a irmã mais velha da sua mãe, a perspectiva de nunca mais ver Cornelia Faraday a teria deixado alegre, mas seu pai não lhe dera escolha. Até aquele momento, Sheridan viajara com ele em um carroção cheio de mercadorias de toda espécie, desde peles e perfumes até panelas de ferro e forcados; artigos de luxo e de necessidade que ele vendia ou permutava nas fazendas e cabanas ao longo do "caminho".

O "caminho" deles era o que tomassem em uma encruzilhada na estrada, em geral que levasse para o sul, ao longo da costa, no inverno, e para o norte no verão. Às vezes, eles se desviavam para oeste, quando um pôr de sol glorioso os atraía, ou para sudoeste, porque um riacho sussurrante seguia nessa direção. No inverno, quando a neve tornava a viagem muito difícil ou impossível, havia sempre um fazendeiro ou um dono de armazém que precisava de um par extra de mãos para ajudar, e seu pai irlandês oferecia trabalho em troca de algumas noites de hospedagem.

Como resultado, aos 12 anos, Sheridan dormia em cima de qualquer coisa, desde uma manta estendida sobre o feno de um celeiro até um macio colchão de plumas em casas que abrigavam várias moças bonitas e sorridentes que usavam vestidos de cores berrantes e com decotes tão baixos que os seios pareciam estar a ponto de saltar. Porém, fosse a anfitriã uma robusta esposa de fazendeiro, uma carrancuda esposa de pregador ou uma moça de vestido de cetim púrpura com plumas negras no decote e na barra, elas sempre acabavam apaixonadas por Patrick e cuidavam maternalmente de Sheridan. Encantadas com o sorriso fácil do irlandês, com sua adorável cortesia e inesgotável disposição para trabalhar duro por cama e comida, as mulheres logo passavam a lhe servir porções mais generosas, a preparar suas sobremesas preferidas e a cuidar de suas roupas.

A boa vontade delas se estendia a Sheridan. Provocavam-na afetuosamente por causa da vasta cabeleira ruiva e riam quando o pai se referia a ela, com carinho, como sua "cenourinha". Colocavam-na sobre um banquinho quando ela insistia em ajudar a lavar a louça e, quando iam embora, davam-lhe retalhos de panos e preciosas agulhas para que fizesse uma nova manta ou roupinhas para sua boneca, Amanda. Sheridan as abraçava, dizia-lhes que Amanda e ela se sentiam muito gratas, e as mulheres sorriam, comovidas, porque sabiam que era verdade. Beijavam-na ao se despedirem e sussurravam-lhe que seria lindíssima um dia; Sheridan ria, sabia que isso era *impossível*. Ficavam olhando enquanto a menina e o pai se distanciavam no carroção; acenavam, gritando "Vão com Deus" e "Voltem logo".

Às vezes, as pessoas das propriedades em que se hospedavam insistiam para que ficassem e que seu pai se casasse com uma das filhas da casa ou de vizinhos. Então, o encantador sorriso se abria no rosto bonito de Patrick, mas seus olhos permaneciam sombrios, como se ele dissesse: "Muito obrigado, mas não. Seria bigamia, porque a mãe de Sheridan ainda está viva em meu coração".

A lembrança da mãe de Sheridan era a única coisa que roubava a luz e a alegria dos olhos dele e, quando isso acontecia, ela ficava nervosa, tensa, até que ele voltasse a ser o mesmo de sempre. Meses depois que a mãe e seu irmãozinho, ainda bebê, haviam morrido de uma doença chamada disenteria, seu pai continuava a se comportar como um estranho silencioso, sentado diante do fogo na pequena casa em que moravam, bebendo uísque, esquecido das plantações, que, por fim, perderam, e sem sequer pensar em plantar de novo. Ele não falava, não se barbeava, não comia quase nada e parecia não se importar se sua mula estava morrendo de fome ou não. Sheridan, que nessa ocasião tinha 6 anos e estava acostumada a ajudar a mãe, tentava realizar as tarefas que antes eram de sua genitora.

Patrick parecia ignorar os esforços da pequena, o que a deixava muito triste. Até que, em um fatídico dia, ela queimou o braço e os ovos que fritava para ele. Tentando não chorar, apesar da terrível dor no braço e no coração, Sheridan carregara a louça e a roupa que havia para lavar até o riacho perto de casa. Enquanto ensaboava uma camisa de flanela do pai ajoelhada na beira do riozinho, cenas de um passado feliz começaram a lhe povoar a mente. Lembrara-se de como a mãe cantava, lavando roupa, enquanto ela dava banho no pequeno Jamie. Lembrara-se do jeito como Jamie ficava sentadinho na água, balbuciando palavras ininteligíveis, rindo, feliz, batendo as rechonchudas mãozinhas na água. Sua mãe adorava cantar; ensinara canções inglesas a Sheridan, e elas as cantavam juntas enquanto trabalhavam. Às vezes, parava de cantar e ficava ouvindo Sheridan, com a cabeça meio inclinada e um estranho e orgulhoso sorriso iluminando-lhe o rosto. Muitas vezes abraçava a filha com força, dizendo algo maravilhoso como: "Sua voz é muito doce e muito especial... exatamente como você".

As lembranças desses dias idílicos faziam doer os olhos de Sheridan, enquanto permanecia ajoelhada junto do riacho. As palavras da canção favorita da mãe ressoavam em sua mente, junto com a visão dela sorrindo, primeiro para Jamie, que ria e espirrava água, depois para ela, que também estava toda molhada. *"Cante para nós"*, ela diria. *"Cante para nós, meu anjo..."*

Como se tivesse voltado àquele dia, Sheridan tentara atender ao pedido, mas faltara-lhe a voz, e as lágrimas inundaram seus olhos. Com as costas das mãos, enxugara-as e percebera que a camisa de seu pai estava sendo levada pelo riacho, já fora de seu alcance. Ela perdera a batalha, deixando de se mostrar eficiente e crescida. Dobrando os joelhos junto ao peito, escondera o rostinho no avental que fora da mãe e chorara, profundamente triste e aterrorizada. Entre as flores campestres do verão e o odor de mato, balançava-se para frente e para trás, chorando alto, até que suas palavras se tornaram um rouco e soluçante cântico.

— Tenho saudade de você, mamãe — dizia, entre soluços. — Tenho saudade, muita saudade de você. Tenho saudade de Jamie. Por favor, volte para papai e para mim... Por favor, volte, volte... Ah, por favor... Não posso continuar sozinha, mamãe. Não posso, não posso...

A ladainha de dor fora interrompida de repente pela voz do seu pai — não a voz esquisita, sem vida e terrivelmente desconhecida que tinha havia meses, mas sua velha voz, naquele momento alterada pela tristeza e pelo amor. Agachando-se ao lado dela, tomou-a nos braços:

— Também não posso continuar sozinho — disse ele, apertando-a com força contra o peito. — Mas acho que juntos vamos conseguir, meu bem.

Mais tarde, depois que o choro da menina cessou, ele perguntou:

— O que acha de ir embora daqui, de viajar, só nós dois? Cada dia será uma aventura. Eu costumava ter muitas aventuras. Foi assim que conheci sua mãe... Estava vivendo uma aventura na Inglaterra, em Sherwyn's Glen. Um dia, nós dois iremos a Sherwyn's Glen. Só que não vamos chegar do modo como sua mãe e eu saímos de lá. Dessa vez será em grande estilo.

Quando a mãe de Sheridan era viva, falava nostalgicamente da pitoresca cidade inglesa onde nascera: era uma comunidade bonita, campestre, de ruas ladeadas por árvores, com clubes em que havia bailes aos quais ela fora várias vezes. Contara a Sheridan que havia um tipo de rosa que florescia no presbitério, uma espécie rara de rosa vermelha cujos botões se abriam em alegre profusão ao longo da cerca que rodeava a construção.

Parece que a preocupação de Patrick em voltar a Sherwyn's Glen começou logo depois da morte da esposa. O que intrigou Sheridan durante um bom tempo, no entanto, foi descobrir exatamente *por que* ele queria tanto voltar para lá, principalmente quando a pessoa mais importante da cidade parecia ser um homem ruim e orgulhoso, um monstro chamado Squire Faraday,* senhor de todos e um péssimo vizinho, mas seu pai cismara que tinha de construir uma mansão perto da casa dele, o que parecia proposital.

Ela sabia que a primeira vez que seu pai encontrara Squire Faraday fora na entrega de um valioso cavalo irlandês que o cavaleiro comprara para sua filha; sabia também que, como seu pai não tinha nenhum parente próximo vivo na Irlanda, decidira ficar lá e trabalhar para Squire como cavalariço e treinador de cavalos. Só quando completou 11 anos foi que Sheridan descobriu que o cavaleiro Faraday, malvado, de coração frio, odioso e arrogante, era o pai da sua mãe!

---

* *Squire:* Na Inglaterra, título dado aos fidalgos rurais. (*N. do E.*)

Gostaria muito de saber por que seu pai tirara a mãe da cidade que ela adorava e a levara para a América, juntamente com a irmã mais velha, que, desde então, estabelecera-se em Richmond e se recusara a sair de lá. Sempre lhe parecera meio estranho que a única coisa que haviam levado com eles, além das roupas que traziam no corpo e de uma pequena soma em dinheiro, fora um cavalo chamado Finish Line, que sua mãe amava a ponto de pagar uma passagem cara para levá-lo. No entanto, ela o vendera logo depois de chegar à América.

Nas poucas vezes que ouvira os pais falarem da partida da Inglaterra, ficara com a impressão de que tinham pressa em mudar de assunto, que pareciam vagamente infelizes, mas não conseguia imaginar o porquê. Infelizmente, seu pai se recusava a lhe satisfazer a curiosidade a esse respeito, deixando-a sem escolha: teria de se conformar e esperar até que a mansão que seu pai pretendia construir ficasse pronta para tentar descobrir por conta própria. Planejava conseguir o que queria fazendo todo tipo de perguntas veladas assim que chegasse lá. Pelo que sabia, seu pai esperava obter o dinheiro necessário para realizar o plano jogando baralho e dados com o dinheiro economizado toda vez que encontrasse um bom jogo pela frente. Logo perceberam que ele não tinha sorte no jogo; Patrick, entretanto, acreditava que isso um dia mudaria.

— Tudo o que preciso, querida... — ele costumava dizer com um sorriso — é de uma longa maré de sorte na mesa certa. Tive algumas no meu tempo, e sinto que esse tempo está chegando de novo. Posso sentir que está.

Como jamais mentira para ela, Sheridan acreditava nisso também. Viajavam juntos, conversando sobre assuntos tão mundanos quanto os hábitos das formigas e tão grandiosos quanto a criação do universo. O estilo de vida nômade que levavam podia parecer estranho a muita gente. No começo, assim parecera a Sheridan, estranho e assustador, mas logo aprendera a gostar dele. Antes que deixassem a fazenda, ela achava que o mundo inteiro era igual ao pedaço de terra deles e que nada diferente existia para além de suas fronteiras. No entanto, descobrira que havia paisagens muito diferentes para serem vistas de cada lado da estrada, além da feliz expectativa de conhecer gente interessante ao longo do caminho que percorriam, sempre na mesma direção — viajantes que rumavam para lugares tão distantes e exóticos quanto Mississipi, Ohio ou até mesmo o México!

Das pessoas, ela ouvia fascinantes histórias de lugares distantes, costumes surpreendentes e estranhos modos de viver. E, como tratava todo mundo do mesmo jeito que seu pai fazia — com amizade, educação e interesse —, muita gente resolvia acertar o passo com o carroção dos Bromleigh e viajava com eles durante dias e até semanas. Ao longo do caminho, Sheridan aprendia cada vez mais: o casal Ezekiel e Mary, ambos de pele negra como carvão, cabelos negros crespos e sorrisos hesitantes, contou-lhe sobre um lugar chamado África, onde ambos tinham outros nomes. Ensinaram-lhe um canto rítmico e estranho, que não era bem uma canção, mas que fazia seu coração inchar e bater mais acelerado.

Um ano depois que Mary e Ezekiel seguiram o seu caminho, em um dia cinzento de inverno, um índio de cabelos brancos, pele morena e enrugada como couro seco, apareceu na estrada, montado em um belo cavalo malhado, tão jovem e vigoroso quanto seu cavaleiro era velho e cansado. Depois de ser encorajado inúmeras vezes por Patrick, amarrou o cavalo na traseira do carroção, subiu para junto deles e, ao responder às perguntas de Sheridan, disse que se chamava Cão que Dorme. À noite, sentado junto à fogueira do acampamento, respondeu a uma pergunta sobre canções indígenas fazendo uma estranha apresentação de uma delas, em uma demonstração que consistia em sons guturais, acompanhados por palmas e bater de mãos nos joelhos. Algo tão estranho e sem melodia que ela precisou morder os lábios para conter um sorriso, temendo ferir os sentimentos do índio, mas, mesmo assim, ele pareceu perceber sua surpresa divertida. Interrompeu-se e se calou subitamente. Estreitou os olhos e disse, com sua voz autoritária e seu modo abrupto de falar:

— Agora *você* faz canção.

Àquela altura, Sheridan já se acostumara a se sentar junto da fogueira e cantar com desconhecidos, assim como conversar com eles. Então, entoou uma canção irlandesa que o pai lhe ensinara sobre um rapaz que perdera o seu amor. Quando chegou à parte em que o jovem chorava a perda da bonita moça, Cão que Dorme emitiu um estranho ruído, semelhante a um sussurro e uma risada presos na garganta. Um rápido olhar de Sheridan para o rosto contraído do índio acima da fogueira demonstrou que sua desconfiança tinha fundamento, e dessa vez foi Sheridan quem se calou no meio da canção.

— Chorar — informou-lhe o índio em tom distante, superior, apontando-lhe um dedo — é coisa de mulher.

— Oh! — desconcertou-se ela. — Eu... bem, acho que os irlandeses são... bem, são diferentes, porque a música diz que eles choram. Foi meu pai que me ensinou essa canção, e ele é irlandês.

Voltou-se, procurando a confirmação do pai, e disse, hesitante:

— Os homens da velha terra podem chorar, não é, papai?

Ele lhe lançou um olhar sorridente e, enquanto colocava a caneca de café perto do fogo, respondeu:

— Bem, querida, e se eu disser que sim e o senhor Cão que Dorme ficar pensando que a Irlanda é uma terra triste, cheia de rapazes que choram e enxugam os olhos nas mangas? Isso não seria nada bom, não acha? No entanto, se eu disser que não, *você* vai ficar pensando que eu e a canção somos mentirosos... Isso também não será nada bom. — E, com uma conspiratória piscadela, concluiu: — E se eu disser que você se enganou na música e que são os *italianos* que choram?

Patrick falara como se estivessem fazendo seu jogo favorito, "E se...", uma brincadeira que tinham inventado e que colocavam em prática para fazer passar o tempo durante os três anos que vinham viajando juntos. Às vezes, o jogo era sobre possibilidades sérias, como "E se nosso cavalo ficasse aleijado?"; outras vezes, era boba, como "E se uma fada aparecesse e nos concedesse um desejo?". Porém, apesar da premissa, a finalidade era sempre encontrar a melhor solução para a pergunta, em um mínimo de tempo. Sheridan se tornara tão boa nisso que seu pai declarava, orgulhoso, que precisava se esforçar muito para não ser derrotado por ela.

As sobrancelhas de Sheridan franziram em concentração por um breve momento, então ela ofereceu a solução, com uma risada feliz:

— Acho melhor você fingir que tem alguma coisa urgente a fazer, assim não precisará responder à pergunta. Seja qual for sua resposta, você vai ficar em maus lençóis.

— Tem razão — concordou ele, rindo.

E seguiu o conselho, dando um educado "boa noite" a Cão que Dorme. A súbita mudança de atitude não colocou sequer a sombra de um sorriso no rosto do estoico índio, mas ele lançou um olhar longo e intenso para Sheridan, por cima da fogueira. Em seguida, pôs-se de pé e desapareceu na mata escura sem dizer nem uma palavra sequer.

Na manhã seguinte, Cão que Dorme a convidou para andar em seu cavalo — uma honra que Sheridan suspeitou que partira do desejo que o índio tinha de viajar confortavelmente na carroça, mas sem admiti-lo. Ela jamais havia montado outro cavalo senão o velho e lento que puxava o carroção. Olhou o bonito e impetuoso animal com certa animação e um crescente pânico gerado pelo nervosismo. Estava prestes a recusar quando percebeu o olhar desafiador do índio. Procurando fazer a voz soar frustrada, alegou que não tinham sela. Cão que Dorme lançou-lhe outro dos seus olhares superiores e lhe informou que donzelas *índias* montavam em pelo e com uma perna de cada lado.

O olhar altivo, combinado com a sensação que Sheridan tinha de que ele sabia que ela estava com medo, foi demais. Disposta a arriscar a vida a fim de não dar motivo para o índio ter uma opinião desagradável sobre ela e sobre *todas* as crianças irlandesas, aproximou-se e pegou a corda do cavalo das mãos dele. Cão que Dorme não se mexeu para ajudá-la a montar, então Sheridan puxou o cavalo até perto do carroção, subiu nele e levou alguns minutos tentando fazer o animal chegar perto o bastante para ela passar uma das pernas por cima dele.

Depois de montada, desejou não tê-lo feito. De cima do cavalo, o chão parecia muito distante e muito, mas muito duro. Caiu cinco vezes, e podia praticamente *sentir o* índio e seu teimoso cavalo rindo dela. Quando se preparava para a sexta tentativa, estava tão furiosa e dolorida que largou a corda, agarrou as orelhas do cavalo e chamou-o de demônio, usando uma palavra alemã que aprendera com um casal que os acompanhara até a Pensilvânia; depois, montou-o e incitou o cavalo a andar movimentando a corda e falando de forma brusca. Levou alguns segundos para perceber que, pelo jeito, os cavalos índios obedeciam melhor à rudeza do que à timidez, porque o animal parou de andar de lado e de sacudi-la, para sair em um suave e rápido trote.

Naquela noite, sentada junto à fogueira, olhando o pai preparar o jantar, Sheridan mudou de posição várias vezes para aliviar o traseiro dolorido e, em uma delas, inadvertidamente, encontrou o olhar de Cão que Dorme, algo que vinha evitando desde que tornara a amarrar o cavalo atrás do carroção. Em vez de fazer algum comentário franco sobre sua falta de habilidade em cavalgar, em comparação às donzelas índias, Cão que Dorme não tirava os olhos dela, ao clarão das chamas, até que de repente fez uma pergunta que lhe pareceu totalmente irrelevante:

— O que nome seu quer dizer?

— O que meu nome quer dizer? — repetiu ela, depois de pensar um pouco.

Quando ele assentiu, ela explicou que seu nome era o de uma flor que crescia nas terras da sua mãe, na Inglaterra, um lugar que ficava do outro lado do mar. O índio emitiu um ruído desaprovador, e Sheridan, de tão perplexa, indagou:

— Bem, o que acha que meu nome deveria significar?

— Você não flor — respondeu ele, observando-lhe o rosto sardento e os revoltos cabelos ruivos. — Você, fogo. Chama. Brilho que queima.

— O quê? Ah! — disse ela e riu, encantada, ao entender. — Você quer dizer que meus cabelos são como o fogo, por causa da cor?

Apesar do jeito estranho do índio, do seu modo confuso de falar e do seu cavalo teimoso, Sheridan tratou-o, como sempre, de um jeito amigável. Era incapaz de ser rancorosa com alguém por mais de uma hora.

— Meu pai me chama de "cenoura" por causa do meu cabelo — explicou, divertida. — A cenoura é um legume cor de laranja... como... bem, é um legume como o milho — resolveu. — Por isso ele me chama de "cenoura".

— Homem branco não bom como índio para dar nomes.

Educada, ela não observou que ser chamado de cão não é exatamente preferível a ser chamado de cenoura. Apenas perguntou:

— Que tipo de nome um índio me daria?

— Cabelo de Fogo — anunciou ele. — Se você garoto, nome você Sábio Sempre.

— O quê? — sussurrou Sheridan, confusa.

— Você sábia agora — esclareceu o índio, sem jeito. — Sábia, mas não velha. Jovem.

— Ah, gosto de ser chamada de sábia! — exclamou Sheridan, mudando completamente de ideia e chegando à conclusão de que gostava muito daquele índio. — Sábia Sempre — repetiu, olhando para o pai, toda feliz.

— Você menina — contradisse Cão que Dorme, apagando a alegria dela e assumindo de novo um ar de superioridade. — Meninas não sábias. Nome você Cabelo de Fogo.

Resolveu gostar dele assim mesmo, e conteve a resposta desaforada que lhe fluía aos lábios, que, apesar da opinião do índio, se dita, faria com que seu pai a achasse mesmo sábia e esperta.

— Cabelo de Fogo é um nome lindo — disse, em vez de brigar.

O índio sorriu pela primeira vez, um sorriso de sabedoria que ficara décadas ausente do seu rosto, e deixou claro que sabia que ela não se deixara levar pela provocação.

— Você Sábia Sempre — assentiu ele, e o sorriso se ampliou ainda mais quando olhou para o pai dela, em tom de aprovação.

Patrick assentiu também, concordando com ele, e Sheridan decidiu, como sempre acabava fazendo, que a vida era maravilhosamente excitante e que não importava como as pessoas eram por fora: por dentro, são todas iguais. Todas gostam de rir, de conversar, de sonhar... e de fingir que são sempre corajosas, que jamais se deixam abater pelo sofrimento e que a tristeza não passa de uma indisposição momentânea, que logo vai embora. E, na maioria das vezes, vai mesmo.

5

No café da manhã seguinte, Patrick elogiou os lindos cintos trançados e enfeitados por contas que Cão que Dorme usava em torno das calças de couro de cervo e descobriu que aqueles acessórios haviam sido produzidos pelo próprio índio. Depois de rápidas negociações, Cão que Dorme concordou em produzir cintos, tiras e braceletes para Patrick vender durante a viagem.

Com a permissão do seu "sócio", Sheridan deu o nome de Corre Ligeiro ao cavalo malhado e, nos dias seguintes, montou-o o tempo todo. Enquanto seu pai e Cão que Dorme viajavam dignamente acomodados no carroção, ela galopava à frente, depois voltava para trás deles, inclinada sobre o pescoço do cavalo, os cabelos ao vento, misturados à crina negra, e o som das suas risadas se espalhava sob o céu azul. No dia em que perdeu completamente o medo de disparar a galope, orgulhosa, perguntou a Cão que Dorme se ela já cavalgava como um *rapaz* índio. Ele a fitou como se essa possibilidade fosse absurda, ou melhor, impossível, e jogou no meio da estrada o miolo da maçã que acabara de comer.

— Pode Sábia Sempre pegar isso quando passar cavalgando? — indagou, apontando o miolo da maçã.

— Claro que não — declarou, sem jeito.

— Rapaz índio faz.

Nos três anos seguintes, Sherry aprendeu essa façanha e muitas outras — e algumas delas provocavam advertências preocupadas do seu pai. Cão que Dorme aprovava cada sucesso dela com um resmungo, sempre seguido de um novo desafio a princípio impossível, mas que custava a Sherry apenas algum tempo para vencê-lo. Suas economias aumentaram muito com a venda do intrincado e bonito artesanato do velho índio, e passaram a comer bem melhor com o resultado das suas caçadas e habilidades na pesca. Se as pessoas os consideravam um estranho trio — o velho índio, a menina de calças compridas de couro de cervo, que cavalgava em pelo, com as pernas de cada lado e fazia acrobacias incríveis a galope, e o amável irlandês de fala macia, que jogava regularmente, porém com cautela —, Sherry não notou. Na verdade, achava que as pessoas que viviam amontoadas em cidades como Baltimore, Augusta e Charlotte é que levavam uma vida estranha, comparada à deles. Não se importava que o pai levasse muito tempo para ganhar dinheiro suficiente para construir a mansão em Sherwyn's Glen.

Certa vez, ela disse isso a Rafael Benavente, um bonito mexicano de olhos azuis, de vinte e poucos anos, que resolvera viajar com eles até Savannah, a caminho de St. Augustine.

— *Cara mía* — dissera ele, rindo com vontade. — É bom mesmo que não tenha pressa, porque seu pai é um mau jogador. Sentei ao lado dele ontem à noite, a uma mesa de jogo no salão de Madame Gertrude, e vi roubo pra valer.

— Meu pai nunca rouba no jogo! — protestara ela, batendo os pés com indignação.

— Não, eu sei disso. — Ele lhe assegurara, rapidamente, segurando-a por um pulso quando ela ia sair correndo. — Mas ele não percebeu que os *outros* roubavam.

— Você devia... — Os olhos dela encaravam o revólver que ele trazia na cintura, furiosa por saber que roubavam do seu pai o dinheiro que ele ganhava com tanto custo. — Ter atirado neles! É, devia ter atirado neles todos!

— Eu não podia fazer isso, *nina* — explicara ele, ainda com a expressão divertida no rosto —, porque eu era um dos que estavam roubando.

Sheridan libertou o pulso bruscamente:

— *Você* roubou meu pai?

— Não, não... — Ele fazia esforços enormes para ficar sério. — Só roubo no jogo quando é muito necessário, ou seja, quando há alguém na mesa roubando; e só roubo quem me rouba.

Como Sheridan soube mais tarde, Rafael era um jogador profissional e, segundo ele mesmo afirmava, fora expulso da enorme fazenda que sua família tinha no México como castigo pelas "coisas erradas" que fizera.

Acostumada a ter sua pequena família em alta consideração, ela ficou abismada ao saber que alguns pais expulsavam os filhos de casa, e triste por pensar que Rafael havia cometido uma falta tão séria a ponto de ser castigado dessa maneira. Quando, cautelosa, tocou nesse assunto com o pai, ele passou um braço tranquilizador pelos seus ombros e disse que Rafael lhe contara o motivo pelo qual fora expulso de casa; algo a ver com o fato de gostar muito de uma senhora que era casada, mas muito infeliz com o marido.

Ela aceitou essa explicação sem mais perguntas, não apenas porque sabia que o pai era muito cuidadoso com quem admitia como acompanhante de viagem, mas também porque preferia pensar o melhor de Rafael. Apesar de ter apenas 12 anos, tinha certeza de que Rafael Benavente era o homem mais lindo e encantador da face da Terra — à exceção do seu pai, é claro.

O mexicano lhe contava histórias maravilhosas, brincava com ela por causa dos seus modos quase masculinos e lhe garantia que algum dia seria uma mulher linda. Dizia que seus olhos eram como nuvens cinzentas e frias de tempestade, os quais Deus lhe dera para suavizar o fogo dos cabelos. Até então, Sheridan não se importara com sua aparência, mas esperava, no fundo do coração, que Rafael estivesse certo sobre seu aspecto futuro e que ele se encontrasse por perto quando isso acontecesse. Por enquanto, contentava-se em ter a companhia dele e ser tratada como criança.

Ao contrário dos demais viajantes que encontravam, Rafael parecia ter muito dinheiro e nenhum objetivo ou ideia do que fazer da vida. Jogava mais do que Patrick e passava o tempo como bem entendia. Um dia, quando o carroção ultrapassou os limites de Savannah, na Geórgia, ele desapareceu por quatro dias e quatro noites. Quando reapareceu, no quinto dia, cheirava a perfume e uísque. Após ouvir alguns trechos de conversa de um grupo de senhoras casadas que iam para o Missouri com os maridos em uma pequena caravana no ano anterior, Sheridan concluiu que o estado de Rafael indicava que ele estivera em companhia de uma "meretriz". Embora não tivesse a menor ideia do que era uma meretriz, sabia que não se tratava de uma mulher respeitável e que tinha uma espécie de poder diabólico para "tirar um homem do caminho da virtude". Sherry não sabia exatamente o que uma mulher fazia para não ser respeitável, porém sabia o bastante para reagir instintivamente.

Quando Rafael voltou naquele dia, com a barba por fazer e cheirando a meretrizes, ela se ajoelhara, tentando fazer uma desajeitada prece pela salvação dele e se esforçando para não chorar, tamanho o medo que sentia. Passava do medo ao ciúme e à indignação; manteve-se afastada dele, com raiva, o dia inteiro. Vendo que as tentativas de lhe agradar não surtiam resultado, Rafael acabou por sacudir os ombros e fazer de conta que não ligava, mas, na noite seguinte, chegou ao acampamento com um sorriso travesso e um violão. Fingindo ignorá-la, sentou-se do outro lado da fogueira, à frente dela, e começou a tocar.

Sherry já ouvira muita gente tocar violão, mas *não* como Rafael. Sob os ágeis dedos, as cordas vibravam em um estranho e pulsátil ritmo que fazia o coração dela bater mais depressa. Seus pés, calçados com botinhas, começaram a bater no chão, marcando o ritmo. De repente, o andamento mudou e a música se tornou incrivelmente melancólica, tão triste que as cordas pareciam chorar. A terceira melodia que ele tocou era luminosa, alegre; Rafael a fitou por cima da fogueira, piscou para ela e começou a cantar, como se estivesse falando com ela. Contou a história de um homem louco que não sabia valorizar o que tinha nem a mulher que o amava, e que havia perdido tudo. Antes que Sherry pudesse reagir ao choque — e às possibilidades — do que ouvira, ele passou para outra canção suave, que ela conhecia.

— Cante comigo, *ángel* — pediu Rafael, suavemente.

Cantar era o passatempo preferido da maioria das pessoas quando viajavam, inclusive do pequeno grupo Bromleigh. Porém, naquela noite, Sheridan estava estranhamente tímida e sem jeito, antes de fechar os olhos e se obrigar a pensar apenas na música, no céu e na noite. Cantou com ele, e a voz profunda de barítono do rapaz se contrapunha melodiosamente à sua voz aguda.

Alguns segundos depois de terminar a canção, Sherry abriu os olhos ao ouvir aplausos, e ficou surpresa ao ver o pequeno grupo de viajantes que se reunira perto deles para ouvi-la.

Foi a primeira de muitas e muitas noites em que cantou acompanhada de Rafael, sempre ouvida por viajantes acampados por perto. Às vezes, quando iam a uma vila ou cidade, as pessoas demonstravam admiração ao ouvi-la, oferecendo-lhe o que comer e até mesmo dinheiro. Nos meses que se seguiram, Rafael a ensinou a tocar violão, apesar de ela jamais conseguir tocar tão bem quanto ele; ensinou-lhe espanhol, que ela falava quase tão bem quanto ele, e depois italiano, que nenhum dos dois falava bem. A pedido de Sherry, ficou de olho nos homens que jogavam com seu pai, e Patrick começou a ganhar bem mais do que antes. O mexicano até passou a dizer que eles podiam se tornar sócios em todo tipo de aventuras, todas parecendo muito excitantes, mas terrivelmente impossíveis a Sheridan; seu pai, no entanto, sempre ouvia com interesse.

A única pessoa que parecia não gostar muito da presença de Rafael era Cão que Dorme, que mantinha um tom de reprovação explícito e se limitava a resmungar para ele apenas quando o outro lhe fazia uma pergunta direta ou pertinente. Para Sherry, ele se tornou recluso e quando, triste, conversou com o pai a esse respeito, Patrick lhe disse que Cão que Dorme provavelmente estava mal porque ela agora dava menos atenção a ele do que antes de Rafael se juntar ao grupo. Depois disso, ela passou a dedicar boa parte de seu tempo ao índio, a cavalgar mais a seu lado no carroção do que ao lado de Rafael.

A paz e a compreensão voltaram a reinar no pequeno grupo de viajantes, e tudo parecia perfeito, eterno... Até Patrick resolver visitar a irmã solteirona da falecida esposa, em Richmond, na Virgínia.

6

Sheridan ficara ansiosa com a perspectiva de ir ao encontro da sua única parente viva, mas se sentiu deslocada na pequena casa abafada de tia Cornelia e apavorada diante da possibilidade de quebrar um dos frágeis bibelôs que estavam por todo canto ou de sujar uma das imaculadas toalhinhas de crochê apoiadas em cada superfície disponível. Apesar de todo o cuidado que tomava, tinha a terrível sensação de que a tia não gostava muito dela e que desaprovava completamente tudo o que dizia e fazia. Essa desconfiança foi confirmada em uma humilhante conversa, que ouviu dois dias depois de sua chegada, entre a tia e seu pai. Estava sentada em um banquinho junto da janela, olhando o movimento da rua, quando vozes abafadas na sala a surpreenderam e a deixaram curiosa após ouvir seu nome.

Ergueu-se, deu a volta na mobília e foi colar o ouvido à porta. Em segundos, verificou que sua desconfiança tinha fundamento: tia Cornelia, que dava aulas em uma escola para moças de famílias ricas, *não* gostava de Sheridan Bromleigh e proferia um furioso sermão a Patrick Bromleigh a esse respeito:

— Você devia ser chicoteado pelo que fez com essa menina! — O tom de tia Cornelia demonstrava desprezo e desrespeito, algo que Patrick não toleraria, principalmente em silêncio, de ninguém; entretanto, não falava nada. — Ela não sabe ler, não sabe escrever e, quando lhe perguntei se sabia rezar, respondeu-me que "não tinha muitos motivos para se ajoelhar". Em seguida me informou, e vou repetir as palavras dela, que "o bom Deus provavelmente não gosta de ouvir esses pregadores que vivem berrando para chamar a atenção, do mesmo modo que não gosta das meretrizes que tiram os homens do caminho do bem e da virtude".

— Escute, Cornelia... — começou Patrick, com algo que parecia riso contido na voz.

Cornelia Faraday na certa também percebeu o riso, porque imediatamente entrou naquele estado que Rafael chamava de raiva do diabo.

— Não tente me envolver com seu falso encanto, seu... seu patife. Convenceu minha irmã a se casar com você, arrastou-a pelo mundo afora com a insidiosa conversa de lhe dar uma vida nova na América, e nunca me perdoarei por não ter tentado detê-la. Pior, acabei vindo junto! Mas não vou ficar calada enquanto você transforma a filha da minha irmã em uma... uma piada! Essa menina, que está quase na idade de casar, não sabe agir como uma mulher, e nem mesmo parece uma mulher. Duvido que saiba que é mulher! Nunca usou nada a não ser calças compridas e botas, está queimada de sol como uma selvagem e xinga como um pagão! As maneiras de Sheridan são deploráveis, ela é vergonhosamente desbocada, seus cabelos são rebeldes e ela não sabe o que quer dizer a palavra "feminina". Já me comunicou, com a maior tranquilidade, que não pensa em se casar em breve, mas que "gosta" de alguém chamado Rafael Benavente e que um dia *irá pedir* a ele que se case com ela. Essa jovem senhora, e, apesar de eu usar esse termo, ela está longe de ser uma senhora, pretende honestamente propor casamento por si mesma. Pior ainda, o homem escolhido parece ser um mexicano vagabundo que, ela me esclareceu com orgulho, sabe tudo que é importante, inclusive roubar no jogo de baralho! Bem — concluiu tia Cornelia, elevando a voz a um tom triunfante —, você está desafiado a desmentir tudo isso!

Sherry prendeu a respiração e esperou, com certo prazer, que seu pai respondesse em sua defesa e derrotasse a odiosa e traidora mulher que a levara a fazer confidências com suas perguntas e agora usava as respostas honestas contra ela.

— Sherry não xinga! — retrucou Patrick, meio lamentoso, mas parecendo que começava a perder a paciência.

Tia Cornelia não se intimidava, como os outros, diante da possibilidade de o irlandês perder a paciência.

— Ah, sim! Xinga, sim! — rebateu, com firmeza. — Esta manhã ela bateu um cotovelo na quina da mesa e xingou EM DOIS IDIOMAS! Ouvi com meus próprios ouvidos!

— É mesmo? — perguntou o pai de Sherry, áspero. — E como soube o que ela estava dizendo?

— Conheço latim o bastante para traduzir *Dios mio* como xingamento.

— Quer dizer "meu Deus" — defendeu Patrick. Mas em seguida pareceu se sentir culpado e não muito convincente ao acrescentar: — É evidente que estava tentando fazer uma prece! Você não a critica por não fazê-las?

Sheridan se abaixou e espiou pelo buraco da fechadura. Seu pai estava vermelho de vergonha ou de raiva, tinha as mãos fechadas com força ao lado do corpo, mas tia Cornelia permanecia de pé diante dele, fria e imóvel como uma pedra.

— O que acaba de dizer demonstra que conhece muito pouco de rezas e da sua filha — atacou ela de novo, beligerante. — Estremeço só de pensar no tipo de gente que você deixou conviver com ela. Uma coisa é certa: Sheridan esteve exposta ao jogo e aos palavrões, e você permitiu que bêbados acostumados a roubar no jogo de cartas, como esse tal senhor Rafael, a vissem vestida de maneira indecente. Só Deus sabe que tipo de maus pensamentos ela evocou nesse homem e em outros que a viram com os cabelos vermelhos soltos ao vento, como uma devassa. E ainda nem *mencionei* o outro companheiro preferido dela: um índio que dorme com cães. Um selvagem que...

Sherry viu o maxilar do pai se cerrar com fúria e, por um milésimo de segundo, ficou com medo, e também esperançosa, de que ele socasse tia Cornelia bem no olho, por estar dizendo coisas tão maldosas. Em vez disso, ele falou, com a voz entremeada por profundo desprezo:

— Você se transformou em uma solteirona rancorosa e cheia de malícia, Cornelia, daquelas que acham que todos os homens são bestiais e que sentem luxúria diante de toda mulher que veem, quando, na verdade, está frustrada porque nenhum homem sentiu atração por *você!* Além disso... — O sotaque irlandês de Patrick se acentuara, como acontecia sempre que ele perdia momentaneamente o controle. — Sherry está com quase 14 anos, mas é lisa como uma tábua e tem o peito tão achatado quanto o seu! Na verdade, pequena Nelly — concluiu ele, triunfante —, tudo na pobre Sherry indica que vai ficar parecida com *você.* E, como não existe bebida na face da Terra que faça um homem sentir atração por você, acho que minha filha está a salvo.

Pelo buraco da fechadura, Sherry percebeu que esse último insulto atingira Cornelia mais do que o "solteirona rancorosa e cheia de malícia". Teve de levar as mãos à boca para conter uma risadinha. No entanto, tia Cornelia não se deixou esmagar pelos desaforos do cunhado, como Sherry gostaria. Ergueu o queixo, sustentou o olhar dele e retorquiu, com gélido desdém:

— Se não me engano, houve um tempo em que *você* não precisava de bebida alguma, não é, Patrick?

Sherry não tinha a menor ideia do que tia Cornelia queria dizer com isso. Por um segundo, seu pai também pareceu não ter, depois ficou furioso e, logo em seguida, estranhamente calmo.

— Bom golpe, Cornelia — disse, em voz baixa. — Está falando exatamente como deve falar a altiva filha mais velha do Squire Faraday. Havia esquecido como você era, mas você não esqueceu. — Os últimos sinais da raiva que ele sentira sumiram do seu semblante enquanto olhava ao redor da pequena sala. Sacudiu a cabeça, com um sorriso triste. — Não importa que viva em uma casa que é menor do que o hall de entrada da mansão Faraday, que tire seu ganha-pão ensinando boas maneiras às filhas de outras pessoas. Continua a ser a filha de Squire Faraday, orgulhosa e arrogante como sempre.

— Então, talvez você pelo menos lembre — falou tia Cornelia, em tom baixo, mas decidido — que a mãe de Sheridan era minha única irmã. E posso afirmar com certeza, Patrick, que, se ela estivesse viva, ficaria horrorizada ao ver a criatura... ridícula que você fez de Sheridan. Não — corrigiu-se em seguida, com autoridade —, ficaria *envergonhada* da filha.

Do outro lado da porta, Sherry, alarmada, sentiu seu corpo enrijecer. *Envergonhada dela?* Nunca. Sua mãe jamais se envergonharia dela, porque a amava. Visões da mãe no tempo em que moravam na fazenda lhe passaram pela mente. Mamãe servindo o jantar, usando um vestido simples, mas elegante; o avental imaculadamente limpo e engomado; os cabelos presos em um perfeito coque na nuca... mamãe escovando os longos cabelos de Sheridan até que brilhassem... mamãe curvada costurando um "vestido especial" para Sheridan, com um corte de algodão e rendas que alguém lhe dera.

Com a imagem da mãe de avental engomado e cabelos bem penteados ainda na mente, Sheridan abriu os braços e se olhou. Calçava botas de menino porque não gostava de lidar com cadarços, e as botas estavam gastas, empoeiradas. A calça de couro estava manchada, sem falar na parte do traseiro, que estava puída; na cintura, trazia o cinto que Cão que Dorme havia feito para ela, que servia para segurar a calça e, ao mesmo tempo, manter a blusa fechada. *Envergonhada...*

Sem pensar, olhou-se no pequeno espelho do lavatório da tia e se aproximou para examinar o rosto e os cabelos. A imagem que viu a fez recuar, chocada; parou, piscou os olhos e sacudiu a cabeça, a fim de expulsar aquela visão. Por alguns instantes, ficou paralisada, completamente perdida, sem saber o que fazer; depois, ergueu as mãos e tentou pentear, com os dedos, a espessa massa de "devassos" cabelos vermelhos. Os dedos não penetraram mais do que alguns centímetros no denso emaranhado; então, tentou melhorar a aparência pressionando as palmas das mãos nos lados da cabeça, tentando diminuir o volume. Aproximou-se de novo do espelho, hesitante, e retirou as mãos com bastante cuidado. A cabeleireira tornou a ficar armada no mesmo instante. Não se parecia nada com a sua mãe. Aliás, não se parecia com mulher alguma que já vira — fato que não notara e com o qual jamais se importara até aquele instante.

Tia Cornelia dissera que ela era uma... *criatura ridícula*, e, agora que pensava nisso, lembrava-se de que as pessoas ultimamente reagiam de maneira meio esquisita diante dela, principalmente os homens. Eles a olhavam de um jeito estranho. Seria desejo? Era evidente que seu pai não notara, mas, desde o ano anterior, o desenvolvimento de seu peito vinha se tornando embaraçoso, e às vezes os pequenos seios se tornavam evidentes, por mais que tentasse manter a jaqueta fechada.

Tia Cornelia dissera que ela parecia uma devassa. *Devassa*? Sherry franziu as sobrancelhas, procurando lembrar quando e como ouvira essa palavra ser usada. "Devassa" parecia ter uma ligação qualquer com meretriz... uma *assanhada*... Uma "devassa" assanhada! Era isso! Sheridan era isso?

Um nó doloroso se formou na sua garganta quando chegou a essa conclusão. Provavelmente tia Cornelia tinha razão a esse respeito e sobre tudo o mais. Pior ainda, tinha razão em dizer que sua mãe ficaria envergonhada dela.

Envergonhada.

O choque de Sheridan foi tão grande que ela simplesmente permaneceu ali, imóvel. Alguns minutos depois, percebeu que a tia estava exigindo que ela ficasse lá, para ter uma casa decente e ser educada; seu pai articulou apenas um frágil protesto. Quando se conscientizou do fato, agiu sem pensar: escancarou a porta e entrou na sala, gritando:

— Não, papai, não! Não me deixe aqui, por favor!

Patrick parecia aturdido, enfeitiçado, e Sheridan tirou vantagem da sua indecisão, abraçando-o:

— Por favor! Prometo que uso botas de mulher, que penteio meus cabelos devassos e tudo o mais, mas, por favor, não me deixe aqui.

— Não, querida. — Foi tudo o que ele disse.

Sherry sentiu que perdera a batalha, mas tentou:

— Quero ficar com você, Rafael e Cão que Dorme! Meu lugar é junto de vocês, não importa o que ela diga!

Ainda dizia isso, na manhã seguinte, quando seu pai começou a se despedir.

— Voltarei antes que sinta falta — prometeu ele, com firmeza. — Rafael tem boas ideias. Vamos ganhar montes de dinheiro e virei buscá-la em um ano... dois, no máximo. Então, você terá crescido. Iremos para Sherwyn's Glen e construiremos uma casa enorme, como lhe prometi, meu bem. Você vai ver.

— Não quero uma casa grande — gritou Sheridan, olhando primeiro para Rafael, que estava de pé no meio da rua, lindo e triste, depois para Cão que Dorme, cujo rosto moreno nada demonstrava. — Só quero ficar com você, Rafael e Cão que Dorme!

— Volto antes de você perceber que fui embora — prometeu Patrick, ignorando seus soluços e lhe dando aquele sorriso irlandês que as senhoras achavam irresistível. Em um impulso para consolar a filha, acrescentou: — Pense em como Rafael vai ficar chocado quando chegar aqui e *você* tiver se transformado em uma adorável senhorita, usando vestido e... fazendo as coisas que sua tia vai lhe ensinar.

Antes que Sherry pudesse protestar, ele desvencilhou seu pescoço dos braços dela, pôs o chapéu, recuou alguns passos e olhou para Cornelia:

— Vou mandar o dinheiro que puder, para ajudar.

Ela assentiu, como se aceitasse os dízimos de um camponês, mas a altivez da cunhada não o incomodou.

— Quem sabe — acrescentou ele, com um sorriso sombrio — eu a levo de volta para a Inglaterra conosco? Você gostaria, não é, Nelly, de ir morar numa casa muito maior do que esta, bem diante do nariz do Squire Faraday? Bem lembro que a sala de visitas vivia lotada de pretendentes para você. — Seu sorriso se tornou irônico. — Nenhum deles era suficientemente bom para você, não é, Nelly? Mas quem sabe eles tenham melhorado com a idade...

Sheridan, que procurava respirar fundo, com calma, porque não queria começar a chorar como um bebê, viu-o sacudir os ombros diante do rígido silêncio da tia. Em seguida, ele se aproximou da filha e lhe deu um forte e rápido abraço.

— Escreva para mim — implorou ela.

— Escreverei — prometeu ele.

Depois que o pai se distanciou, Sherry se voltou para o rosto inexpressivo da mulher que destruíra completamente sua vida e que era sua única parente viva. Com os olhos cinzentos rasos d'água, disse, em voz suave e bem clara:

— Eu... jamais deveria ter vindo aqui. Jamais deveria ter posto os olhos em você! Eu a odeio.

Em vez de esbofeteá-la, como Sheridan sabia que a tia tinha o direito de fazer, Cornelia a encarou com tranquilidade e disse:

— Tenho certeza de que sim, Sheridan, e aposto que irá me odiar muito mais até isso tudo terminar. Mas eu não a odeio. Agora, vamos tomar uma xícara de chá antes de começarmos as aulas?

— Odeio chá também — informou Sheridan.

Ergueu o pequeno queixo o mais alto que pôde para retribuir o olhar gelado da tia, em um gesto instintivo e idêntico ao de Cornelia, que notou a semelhança e compreendeu que a sobrinha não a percebera.

— Não tente me intimidar com essa expressão, menina. Aperfeiçoei esse mesmo olhar há muitos anos e sou imune a ele. Essa atitude lhe serviria muito na Inglaterra, onde é neta legítima do Squire Faraday. No entanto, estamos na América, onde não há por que se orgulhar do parentesco com ele. Aqui somos, no máximo, pobres respeitáveis. Aqui, ensino boas maneiras aos filhos das pessoas que antes seriam meus inferiores e estou feliz por ter esse trabalho. Agradeço ao Senhor por ter conseguido esta pequena casa, que é minha, e não olho para o passado. Uma Faraday não se queixa. Lembre-se disso. E não me arrependo completamente da escolha de vida que fiz. Pelo menos, não sou a marionete de ninguém. Deixei de acordar pensando no tipo de agitação que haveria durante o dia. Levo uma vida ordenada, calma e respeitável.

Deu um passo para trás ao terminar o discurso e observou a sobrinha imóvel com um ar levemente divertido:

— Minha querida, se quiser tirar mais vantagem desse olhar de altivez pétrea, recomendo que olhe para mim por cima do seu nariz... isso, bem assim. É exatamente como eu faria.

Se Sheridan não estivesse tão amargurada e triste, teria rido. Com o tempo, aprendeu a rir de novo, assim como aprendeu latim e a se comportar como uma senhorita. Cornelia era uma professora incansável, determinada a ensinar à sobrinha tudo o que sabia, e logo Sheridan descobriu que, sob a formal rigidez da tia, havia uma grande preocupação e uma profunda afeição pela obstinada sobrinha. Tornou-se uma excelente estudante assim que venceu o ressentimento. Saber ler, descobriu, ajudava a diminuir o tédio de uma vida que não oferecia mais cavalgadas selvagens com cavalos malhados, nem o som de um violão, canções ou risos sob as estrelas. Trocar qualquer tipo de olhar direto com alguém do sexo oposto era prova de costumes fáceis e, portanto, proibido; conversar com um desconhecido era o equivalente a um crime. Cantar só era permitido na igreja, e nunca, *nunca* se devia aceitar nenhuma forma de pagamento por isso. Em vez das atividades empolgantes que conhecia, via-se ante o duvidoso desafio de aprender a servir chá com o bule colocado no ângulo certo, ajeitar o garfo e a faca da maneira correta no prato ao terminar de comer — coisas triviais, claro, mas, como tia Cornelia dizia: "Saber se comportar é um predicado valioso... aliás, o único, na nossa situação".

Quando Sheridan completou 17 anos, ficou evidente que Cornelia tinha razão: usando um simples vestido marrom, com os cabelos presos em um perfeito coque meio oculto pela touca de crochê que ela mesma fizera, a senhorita Sheridan Bromleigh foi apresentada à senhora Adley Raeburn, diretora da escola em que tia Cornelia lecionava. A senhora Raeburn, que fora convidada para ir à casa delas, observou por um segundo o rosto e os cabelos de Sheridan — reação peculiar das pessoas da cidade, que se havia intensificado nos últimos tempos. Poucos anos antes, uma Sheridan Bromleigh mais jovem, menos educada e menos tranquila teria acintosamente baixado os olhos para as próprias botas ou puxado o chapéu para cobrir o rosto, ou, ainda, perguntaria à estranha o que ela estava olhando.

Porém, aquela era uma nova Sheridan, uma jovem consciente de que havia sido um ônus financeiro. Estava determinada a trabalhar, não apenas para ajudar a tia, ou para resolver os problemas atuais, mas também para garantir seu futuro. Na cidade, ela ficara sabendo o que era pobreza e fome, algo muito raro no campo. Agora era uma habitante da cidade e provavelmente seria pelo resto da sua vida. Nos últimos dois anos, as cartas do pai, que antes chegavam constantemente, rarearam até cessar. Ele não teria simplesmente se esquecido dela, disso tinha certeza, e a possibilidade de ter morrido era tão dolorosa que ela não conseguia encará-la. Isso não lhe deixava escolha a não ser abrir o próprio caminho, dizendo a si mesma que seria assim até Rafael ir buscá-la. Repetia isso a si mesma pela milésima vez quando a senhora Raeburn falou, de modo cortês:

— Ouvi comentários lisonjeiros da sua tia a seu respeito, senhorita Bromleigh.

E Sheridan Bromleigh, que outrora colocaria as mãos no cós da calça de couro e responderia, com agressiva timidez, que não podia imaginar quais comentários lisonjeiros seriam aqueles, apertou a mão estendida da senhora e respondeu, com cortesia:

— E eu sobre a senhora, senhora Raeburn.

Agora, parada no convés do *Morning Star,* Sheridan de repente se deu conta de que era bem possível que nunca mais visse as pessoas que haviam participado da sua vida: nem tia Cornelia, nem as mocinhas da escola, tampouco as outras professoras que se haviam tornado suas amigas, que se reuniam todo sábado na casa dela para tomar o chá da tarde e conversar. Nunca mais veria seus rostos sorridentes. Nem Rafael... nem seu pai.

Sua boca secou e, ao mesmo tempo, lágrimas tomaram-lhe os olhos, ao pensar que o pai também nunca mais a veria. Quando finalmente chegasse à casa de tia Cornelia, ansioso por vê-la e explicar o motivo do longo silêncio, ela não estaria mais lá... Nunca saberia o que havia acontecido com ele.

Fechou os olhos e quase conseguiu ver Rafael, Cão que Dorme e seu pai parados no pequeno hall da casa da tia, perguntando por ela. Destruíra tudo isso insistindo em acompanhar Charise naquela viagem, e não fora unicamente por dinheiro. Claro que não. Sonhava de olhos abertos com a Inglaterra desde que começara a ler romances, aqueles que haviam despertado seu gosto por aventuras e acendido a chama da sua imaginação romântica — chama que não conseguira dominar, apesar dos esforços da tia Cornelia e dos seus próprios.

Bem, aventura ela realmente estava tendo! Em vez de estar sentada em uma sala de aula, rodeada por rostinhos que demonstravam profunda atenção, lendo-lhes uma história ou ensinando-lhes a maneira elegante e decorosa de caminhar, encontrava-se em um país estranho, nada amigável, presa em uma armadilha, indefesa e sem nenhum resquício sequer da coragem de que tanto se orgulhara. Teria de enfrentar um nobre que, de acordo com

Meg, não precisaria do apoio da lei para desabafar sua justificada ira ou executar sua vingança quando ela lhe contasse o que acontecera. O que ela, em seu orgulho, *permitira* que acontecesse.

O medo, fraqueza que Sheridan mais desprezava, apoderara-se de todo o seu ser, afastando os *esforços* que fazia para dominá-lo; tremia miseravelmente ao pensar na miséria que causara a todos os que a amavam e confiavam nela. Depois de uma vida de otimismo determinado e saúde perfeita, sentia-se fraca, nervosa e muito doente. De repente, a cabine começou a girar, e ela teve de se apoiar no espaldar de uma cadeira para não cair; depois, forçou os olhos a se abrirem, respirou profundamente, recolheu os cabelos no severo coque de sempre e dirigiu um olhar tranquilizador para a aterrorizada criada, enquanto vestia a capa.

Tentando parecer casual, disse:

— Está na hora de enfrentar o barão e meu destino... — Suspirou e parou de fingir que não havia motivo para alarde. — Fique aqui e não se deixe ver. Se eu não voltar, espere algumas horas e desembarque o mais silenciosamente possível. Não. É melhor que permaneça a bordo. Se tiver sorte, ninguém a descobrirá até o navio sair, amanhã cedo. Não há motivo para nós duas sermos presas, se for isso o que ele decidir fazer.

7

Depois da relativa quietude da pequena e escura cabine, o barulho e a agitação do cais iluminado com tochas eram atordoantes. Estivadores com troncos e caixas nos ombros subiam e desciam pela prancha, retirando bagagens e levando novas provisões para a viagem do *Morning Star,* que recomeçaria no dia seguinte. Molinetes rangiam, enquanto guindastes retiravam do navio cargas pesadas, envoltas em grossas redes, colocando-as no píer. Com cuidado, Sherry desceu pela prancha, procurando o homem que sua imaginação havia criado como um infame nobre inglês — alto, pálido, arrogante e com um indisfarçável ar de crueldade, que estaria vestindo calças curtas de cetim, todo enfeitado com penduricalhos para impressionar a noiva.

Entretanto, viu um homem alto parado no cais, impaciente, batendo as luvas em uma das pernas, e soube de imediato que era ele. Estava mais do que evidente que se tratava de um "privilegiado", apesar de usar discretas calças pretas e casaca cinzenta que, ao se abrir com o vento, revelava uma elegante, mas discreta, camisa branca, sem nenhum penduricalho. O maxilar quadrado denotava fria determinação, e uma segura força emanava dos ombros largos até a ponta das brilhantes botas negras. Quando notou que ela se aproximava, as espessas sobrancelhas pretas se franziram, e o medo de Sheridan transformou-se em pânico. Nos últimos dois dias, acalentara secretamente a certeza de que sua habilidade lhe permitiria acalmar o noivo ofendido e fazê-lo compreender a situação, mas aquele homem de sobrancelhas grossas, que quase se uniam na expressão de altivo desprezo, parecia talhado em granito. Sem dúvida, ele se perguntava onde diabos estava sua noiva e por que Sheridan

Bromleigh, e não Charise Lancaster, descia pela prancha. Era evidente que se encontrava aborrecido.

No entanto, Stephen não estava aborrecido, mas sim aturdido. Esperava que Charise Lancaster fosse uma jovenzinha de 17 ou 18 anos, de cachinhos loiros e faces gorduchas, rosadas, envolta em babados e rendas. O que via à luz trêmula das tochas era uma jovem discreta e pálida, de rosto firme, com maçãs salientes e olhos incrivelmente grandes e luminosos, protegidos por cílios espessos e longos, sob sobrancelhas finas e muito bem desenhadas. Seu cabelo era de cor indeterminada, puxado severamente para trás, descobrindo a testa, e disfarçado por um capuz. Em vez de rendas e babados, vestia uma simples capa marrom, e o primeiro pensamento que teve ao estender a mão para ela foi que Burleton deveria ser doido ou cego para descrevê-la como uma "coisinha linda".

Apesar da aparente compostura, ela parecia muito tensa e assustada, como se adivinhasse que havia algo terrivelmente errado. Então, Stephen mudou de ideia e decidiu que seria melhor para ambos se fosse direto ao assunto.

— Senhorita Lancaster — disse, depois de se apresentar rapidamente. — Sinto comunicar-lhe um acidente. — Afastou a onda de culpa que ameaçava envolvê-lo e acrescentou, direto: — Lorde Burleton morreu ontem.

Por um instante, ela ficou olhando para ele em perplexa incompreensão:

— Morreu? Ele não está aqui?

Stephen esperava que ela tivesse uma reação histérica ou que, no mínimo, se desmanchasse em lágrimas. Jamais esperaria que libertasse a mão gelada da dele e dissesse, com a voz inexpressiva:

— Que coisa triste... Por favor, transmita minhas condolências à família.

Voltou-se e deu alguns passos pelo cais antes que ele percebesse que ela estava em estado de choque.

— Senhorita Lancaster...

O chamado dele foi sobrepujado por um grito de alarme vindo do navio, enquanto uma rede presa a um guindaste se rompia:

— SAIA DAÍ! CUIDADO!

O conde viu o perigo e correu para ela, mas já era tarde: a rede se rompeu de vez, e o caixote bateu na cabeça de Sheridan, derrubando-a de bruços sobre o cais. Gritando por seus cocheiros, Stephen se abaixou e a ergueu nos braços. Ela estava inconsciente e sangue escorria de um grande corte na parte de trás da sua cabeça.

8

— Como vai a nossa paciente hoje? — perguntou o dr. Whitticomb, enquanto o mordomo de Westmoreland o fazia entrar no escritório do conde.

Apesar do tom animado, o simpático doutor se sentia tão pessimista sobre as chances de cura da doente quanto Stephen Westmoreland, que estava sentado em uma poltrona junto da lareira, com os cotovelos apoiados nos joelhos e o queixo apoiado nas mãos.

— Não houve mudança — respondeu, com a voz cansada. Passou as mãos nas faces antes de erguer a cabeça. — Ela ainda está como morta. A criada de quarto fala constantemente com ela, como o senhor sugeriu. Também falei, há poucos minutos, mas ela não respondeu. Já faz três dias! — A impaciência e a frustração transpareceram em sua voz. — Não há nada que possa fazer?

O dr. Whitticomb estudou o rosto abatido do conde e dominou o impulso de lhe dizer que ele precisava descansar, pois sabia que seria inútil, então explicou:

— Está nas mãos de Deus, não nas minhas. No entanto, vou subir para olhá-la.

— É! Eis aí algo muito bom para se fazer! — explodiu o lorde, às costas do médico.

Ignorando a explosão do nobre, Hugh Whitticomb subiu a suntuosa escadaria e, lá em cima, virou à esquerda.

Quando voltou ao escritório, algum tempo depois, o conde se encontrava no mesmo lugar de antes, mas a expressão do médico se animara um pouco.

— Pelo jeito — comentou, secamente —, ir olhá-la foi bom, afinal de contas. Ou, quem sabe, ela gostou mais da minha voz do que da voz da criada.

Stephen ergueu rapidamente a cabeça:

— Ela está consciente?

— Está dormindo agora, mas voltou a si e pôde me dizer algumas palavras. Ontem mesmo eu não tinha muita esperança, mas ela é jovem, forte, e acho que vai se recuperar.

Após dizer tudo o que precisava sobre a paciente, o dr. Whitticomb se fixou de novo nas profundas marcas de cansaço do rosto de Stephen, na tensão dos seus olhos, e pôde expressar sua preocupação:

— No entanto, você não me parece nada bem, meu senhor — disse, com a familiaridade que lhe conferiam os longos anos como médico e amigo da família. — Eu ia sugerir que subíssemos os dois para vê-la após o jantar, desde que me convide para ficar, é claro... mas temo que sua aparência a assuste caso não vá dormir um pouco e decida não fazer a barba antes.

— Não preciso dormir — respondeu Stephen, tão aliviado que se sentiu cheio de energia. Levantou-se, foi até uma bandeja de prata e pegou uma das garrafas de cristal. — Quanto a me barbear, estou de acordo. — Sorriu, enquanto servia conhaque em dois copos e entregava um ao médico. Ergueu o dele em um brinde: — À sua habilidade, que a trouxe de volta à vida.

— Não foi habilidade minha, foi praticamente um milagre — afirmou o dr. Whitticomb, hesitando em brindar.

— Então, à cura milagrosa — concordou Stephen, levando o copo aos lábios.

Deteve-se ao ver que o médico ainda se recusava a brindar e sacudia a cabeça:

— Eu... não disse que ela está curada, Stephen. Disse que voltou a si e tem condições de falar.

Ao notar a hesitação na voz do médico, os penetrantes olhos azuis do conde se fixaram no rosto dele, silenciosamente exigindo uma explicação.

Com um suspiro, relutante, o doutor atendeu ao pedido:

— Esperava lhe dizer isso depois que você tivesse descansado um pouco, mas o fato é que, se ela escapar dessa situação sem nenhuma sequela física, que é algo que não posso garantir, ainda haverá um problema. Uma complicação. Claro, poderá ser temporário, mas também poderá ser definitivo.

— Que diabo você está querendo dizer, Hugh?

— Ela perdeu a memória, Stephen.

— Ela o quê? — surpreendeu-se o conde.

— Ela não *se lembra* de nada que aconteceu antes de abrir os olhos, no quarto lá em cima. Não sabe quem é, nem onde está. Não sabe nem sequer o próprio nome.

9

Com a mão na maçaneta trabalhada em bronze da porta, o dr. Whitticomb parou antes de entrar no quarto da sua paciente. Voltou-se para Stephen e, em voz muito baixa, deu-lhe mais algumas instruções de última hora:

— Ferimentos na cabeça podem ter consequências imprevisíveis. Não se preocupe se ela tiver esquecido que falou comigo há poucas horas. Por outro lado, é possível que já tenha recuperado totalmente a memória. Ontem, conversei com um colega que tem mais experiência do que eu em ferimentos graves na cabeça e chegamos à conclusão de que seria um erro dar láudano a ela, por mais que se queixe de dores de cabeça. O láudano aliviaria a dor, mas também a faria dormir, e achamos imperativo mantê-la acordada e falando.

Stephen assentiu, mas o médico ainda não terminara:

— Quando falei com ela, ficou muito ansiosa e assustada por não se lembrar de nada, por isso não diga, de modo algum, algo que possa aumentar sua ansiedade. Quando entrarmos, procure fazê-la se sentir calma e segura; avise a todos os criados que precisarem entrar no quarto por algum motivo para agirem da mesma maneira. Como já disse, ferimentos na cabeça são perigosos e imprevisíveis... Não queremos perdê-la.

Depois disso, certo de que tudo fora dito, abriu a porta.

Sheridan sentia a presença das pessoas na penumbra do quarto como se flutuasse em confortável neblina, meio adormecida, meio acordada, sem sentir medo ou preocupação, apenas um suave aturdimento. Agarrava-se a esse estado nebuloso porque lhe permitia escapar dos medos não identificados, das assustadoras indagações que sentia que a perturbavam no fundo de sua mente.

— Senhorita Lancaster...

Aquela voz parecia muito próxima e suave, mas insistente *e* vagamente conhecida.

— Senhorita Lancaster...

Ela piscou, e o vulto se definiu, separando-se em dois homens, um de meia-idade, com cabelos grisalhos, óculos com aros de metal e bigode aparado. Parecia bondoso e confiante, como sua voz. O outro era muito mais jovem. Bonito. Não parecia tão gentil. Tampouco confiante. Parecia preocupado.

O homem mais velho sorria para ela ao falar:

— Lembra-se de mim, senhorita Lancaster?

Sheridan ia assentir, mas o movimento fez sua cabeça doer tanto que seus olhos arderam em lágrimas.

— Senhorita Lancaster, lembra-se de mim? Sabe quem eu sou?

Com cuidado para não mexer a cabeça ao falar, ela respondeu:

— Doutor...

Seus lábios estavam secos e rachados, mas a dor de cabeça não aumentava quando falava. Ao perceber isso, Sheridan passou a fazer perguntas:

— Onde estou?

— Em um lugar seguro.

— Onde? — insistiu ela.

— Está na Inglaterra. Navegou até aqui... veio da América.

Por algum motivo, a resposta a fez se sentir pouco à vontade, triste.

— Por quê?

Os dois homens trocaram olhares, e o médico respondeu, procurando acalmá-la:

— Diremos isso no momento adequado. Por enquanto, procure não se preocupar com nada.

— Eu... quero saber — insistiu ela, em um murmúrio que a tensão tornou rouco.

— Está bem, menina — cedeu o médico, depois de uma breve hesitação, dando-lhe pancadinhas amistosas no braço, como se fosse lhe comunicar uma notícia alegre. — Você veio para cá encontrar seu noivo.

Noivo. Evidentemente, ela estava comprometida... com o outro homem, imaginou Sheridan, pois ele parecia o mais preocupado com ela. Preocupado e cansado. Fixou os olhos no jovem e lhe deu um frágil mas reconfortante sorriso. Nesse momento, viu que ele franzia as espessas sobrancelhas e olhava para o médico, que sacudiu a cabeça como se quisesse avisá-lo de algo. Aquela reação a perturbou por algum motivo, assim como o olhar de advertência do médico, mas ela não sabia por quê. Era um contrassenso, mas, naquele momento em que não sabia quem era, de onde vinha ou como chegara ali, a única coisa de que tinha certeza era que precisava pedir desculpas por causar tristeza e preocupação a alguém. Essa regra da boa educação parecia estar profundamente impregnada nela, de modo instintivo, imperativo e urgente.

Sherry se rendeu à poderosa compulsão, esperando até que seu noivo a olhasse e, com a voz fraca e trêmula, disse:

— Desculpe-me.

Ele recuou como se essas palavras o ferissem e, pela primeira vez desde que se lembrava, ela ouviu sua voz, profunda, confiante e incrivelmente suave:

— Não peça desculpas. Você vai ficar bem. Só precisa de tempo e descanso.

Falar começou a exigir muito mais esforço do que ela conseguia reunir. Exausta e atordoada, fechou os olhos. Subitamente, percebeu que eles iam se retirar.

— Esperem... — conseguiu dizer.

Súbita e irracionalmente apavorada por ficar sozinha, sentiu medo de naufragar naquele nada negro no qual estivera havia pouco e ao qual não resistiria de novo. Olhou para os dois homens, depois fixou um olhar de súplica no seu noivo. Ele era o mais forte, o mais jovem, o mais vigoroso... poderia dominar os demônios que lhe povoavam a mente com sua força de vontade, caso voltassem a atormentá-la.

— Fique... — pediu, em um cansado murmúrio. Com o restante das forças, acrescentou: — Por favor.

Ao ver que ele hesitava e olhava para o médico, Sheridan umedeceu com a língua os lábios rachados, respirou fundo e conseguiu apenas esboçar a palavra que resumia todos os pensamentos e emoções que agitavam no seu íntimo:

— Medo...

Suas pálpebras pesavam como chumbo e se fecharam contra a vontade dela, isolando-a do mundo dos vivos. O pânico a dominou, pressionando-a, fazendo-a lutar por ar... Então, ouviu o barulho de uma pesada cadeira sendo arrastada pelo assoalho e deixada ao lado da cama.

— Não há motivo para ter medo — disse seu noivo.

Sheridan moveu a mão alguns centímetros sobre as cobertas, como uma criança procurando cegamente o apoio de um parente de quem não podia se lembrar. Dedos longos e fortes lhe tocaram a palma e lhe apertaram a mão, transmitindo segurança.

— Odeio... o medo... — sussurrou ela.

— Não vou deixá-la sozinha, prometo.

Ela se agarrou àquela mão, àquela voz, àquela promessa, e mergulhou em um profundo sono sem sonhos.

A culpa e o medo fizeram o peito de Stephen doer enquanto a olhava se aprofundar mais e mais no sono. A cabeça dela estava enfaixada, e o rosto era de uma palidez fantasmagórica, porém o que mais o impressionou foi como ela parecia *pequena* na cama, engolida pelos travesseiros e cobertas.

Aquela moça lhe pedira desculpas, quando ele era o único culpado, não apenas pela morte do noivo, como também por seu acidente. Conhecia os perigos de um cais e, no entanto, colocara ela e a si mesmo no caminho do guindaste. Para completar, sentia-se tão preocupado com a reação dela à notícia da morte de Burleton que não percebera o caixote na iminência de cair e demorara a reagir ao aviso do estivador. E se ela não estivesse em estado de choque pelo que ele dissera, pelo modo brutal e idiota como lhe dera a notícia, estaria apta a reagir e se salvar.

Assim, ele a colocara no caminho do perigo, falhara em protegê-la e a tornara completamente incapaz de proteger a si mesma. Se morresse, a culpa seria dele, e tinha certeza de que não conseguiria viver com esse remorso na consciência. Já era difícil carregar o peso da morte do jovem Burleton, que atormentava seus dias e assombrava suas noites.

De repente, a respiração dela enfraqueceu, e o medo gelou o coração do conde. Prendeu a própria respiração até que o peito dela voltasse a se movimentar no que lhe pareceu um ritmo razoavelmente estável; então expirou e olhou a mão que repousava na sua. Seus dedos eram longos, esguios e macios, mas as unhas se mostravam bastante aparadas — mão aristocrática, pertencente a uma senhorita simples e respeitável, com evidente tendência ao asseio e à praticidade, concluiu.

Ergueu o olhar para o rosto dela e, se não estivesse meio aflito pelo medo e quase morto de exaustão, teria sorrido ao imaginar o que ela sentia em relação ao seu rosto, já que tinha o espírito prático e simples. Não havia nada de comum naqueles lábios bem desenhados, carnudos, nem nos incrivelmente longos cílios curvados que repousavam como provocantes quartos-crescentes em sua face. Não tinha ideia da cor dos olhos dela, mas os traços do rosto eram suaves, embora bem definidos; a pele era da cor do marfim, quase translúcida. Em contraste com esses traços que transmitiam uma sensação de frágil feminilidade, o desenho firme do pequenino queixo denotava determinação. Não, corrigiu-se Stephen, denotava mais coragem do que determinação. Ela não chorara de dor ou de medo, dissera que *odiava o* medo, o que demonstrava que preferia lutar contra essa debilitante emoção a sucumbir a ela.

Sem dúvida, era uma moça corajosa, percebeu ele, e bondosa o bastante para pedir desculpas por afligi-lo. Coragem e gentileza, notável combinação em qualquer mulher, principalmente em uma tão jovem como aquela.

E tão *vulnerável,* percebeu ele, ao notar que o peito dela se agitava, ofegante, com a respiração curta e difícil. Apertando-lhe a mão, observou-a lutar para manter a respiração, lutando contra a falta de ar, e sentiu a garganta se apertar de horror. Santo Deus! Ela estava morrendo!

— Não! — implorou em um angustiado sussurro. — Não morra!

10

O luar penetrava entre as cortinas verdes, que pareciam flutuar na parede mais distante do quarto, quando Sheridan abriu novamente os olhos. Seu noivo se encontrava sentado na cadeira ao lado da cama, quase adormecido, mas ainda segurando sua mão. Em algum momento da noite, ele tirara a casaca, a gravata, desabotoara o colarinho e caíra adormecido com os braços cruzados sobre a cama e a cabeça apoiada neles. Seu rosto estava voltado para ela, e Sherry virou cautelosamente a cabeça sobre o travesseiro, suspirando de satisfação ao perceber que o movimento não lhe provocara aquelas marteladas no cérebro.

Na agradável sonolência que vem quando se acorda de um sono pesado, observou o homem com o qual estava comprometida. Notou que era bronzeado, como se passasse muito tempo ao ar livre. Sua vasta cabeleira era de um castanho-escuro brilhante, cortada rente dos lados, chegando até o colarinho na parte de trás; no momento, estava despenteada. Havia algo infantil no modo como os longos cílios negros lhe sombreavam as faces. No entanto, nada mais havia de infantil nele, e ela sentiu um misto de fascínio e inexplicável perturbação ao descobrir isso. A barba, começando a crescer, dava um toque azulado ao maxilar quadrado, duro e resoluto até mesmo no sono. As sobrancelhas quase retas, negras, estavam franzidas, como se ele reprovasse alguém em seus sonhos. O fino tecido branco da camisa se esticava sobre os ombros fortes e os braços musculosos. Pelos negros, crespos, assomavam pela abertura do colarinho e cobriam-lhe também os antebraços. Ele era todo feito de ângulos agudos e retos, desde o nariz finamente cinzelado até o queixo esculpido e os dedos longos. Parecia severo e intransigente, concluiu.

E bonito.

Santo Deus, como era bonito!

Relutante, desviou os olhos daquele rosto e, pela primeira vez, observou o local onde estava. Ficou surpresa com a riqueza do quarto verde e dourado. Cortinas de um verde-pálido cobriam as janelas e as paredes, e desciam em pregas suaves e graciosas do baldaquim que cobria a cama, mantidas abertas por brilhantes cordões dourados, com borlas. Até mesmo a enorme lareira que se abria na parede em frente à cama era de mármore verde, adornada com pássaros dourados, leves, pousados em galhos de bronze. Duas poltronas estofadas em seda adamascada verde-escura e verde-clara ficavam de frente uma para a outra, diante da lareira, com uma mesinha baixa, oval, no meio.

A atenção de Sheridan se voltou para a cabeça de cabelos escuros que repousava perto do seu quadril, e ela se sentiu reanimada. Tinha muita sorte, pois seu noivo não só era um lindo homem, como também parecia ser muito rico. Uma vez que ficara com ela a noite inteira, dormindo naquela desconfortável posição sem lhe largar a mão, devia amá-la de verdade.

Era evidente que a cortejara, pedindo-a em casamento. Fechou os olhos em busca de algum sinal da presença dele em seu passado, mas não havia nada, a não ser um vazio negro. Mulher nenhuma esqueceria se fosse cortejada e amada por um homem como aquele. Era impossível. Iria se lembrar disso em algum momento, prometeu a si mesma, lutando contra uma onda de pânico tão violenta que lhe provocou náuseas. Em sua cabeça, soavam palavras que com certeza ele lhe dissera: "Quer dar-me a honra de se tornar minha esposa, senhorita...?" Senhorita o quê? Senhorita O QUÊ?

Calma!, exigiu a si mesma, desesperada. *Pense em outras coisas... nas coisas lindas que ele deve ter dito.*

Sem perceber que passara a respirar pesadamente e fechara a mão com tanta força que enterrava as unhas na palma, ela tentava pensar, lembrar-se dos dois juntos em algum momento. Ele a teria tratado com a cortesia própria de um pretendente. Deveria ter-lhe levado flores e dito que era inteligente, encantadora e linda. Sim, porque só sendo inteligente, encantadora e linda para conquistar o coração de um homem daquele...

Tentou pensar em algo inteligente, mas seu cérebro ficou vazio.

Tentou pensar em uma frase encantadora, e seu cérebro continuou em branco. Procurando manter a calma, quis se lembrar do seu rosto. Seu rosto...

Não tinha rosto.

NÃO TINHA ROSTO!

Algum instinto ou traço latente do seu caráter lutava por mantê-la calma, mas o terror a sacudia por dentro. Não se lembrava do seu nome. Não conseguia se lembrar do seu nome. NÃO CONSEGUIA SE LEMBRAR DO SEU PRÓPRIO ROSTO!

De repente, ainda dormindo, Stephen percebeu que algo apertava fortemente seus dedos a ponto de interromper a circulação. Quis libertar a mão do desconfortável aperto, mas não conseguiu. Depois de três dias sem dormir, forçou-se a abrir os olhos o suficiente para ver, por entre os cílios, o que fazia sua mão ficar dormente. Em vez de ver um garfo enterrado na palma, como imaginara, viu uma mulher deitada na cama, diante dele. Já que aquela situação não era estranha o suficiente para tirá-lo do confuso estupor do sono, simplesmente tentou libertar a mão de novo para voltar a dormir, mas, dada a gentileza para com o sexo frágil com que fora educado e já que a mulher lhe parecia muito nervosa, esforçou-se para fazer uma educada pergunta sobre o problema dela, já com os olhos se fechando e mergulhando de novo no sono:

— O que foi?

A voz da mulher soou alarmada:

— Eu não sei como sou!

Stephen conhecera muitas mulheres obcecadas pela própria aparência, mas a preocupação daquela, em um quarto penumbroso no meio da noite, beirava o ridículo. Diante disso, não se sentiu obrigado a abrir os olhos quando ela lhe apertou mais a mão e perguntou, implorando:

— Como eu sou?

— Maravilhosa — respondeu o conde, sem expressão.

Seu corpo todo doía porque, percebeu confusamente, ela estava na cama, mas ele, não. Começou a pensar em reunir forças para lhe pedir um espaço quando percebeu que alguém chorava. Voltou a cabeça em direção àquele som inconfundível, imaginando, irritado, o que havia feito para ela chorar, e resolveu que mandaria Wheaton lhe levar um presentinho qualquer — um broche de rubi ou algo parecido. Na maior parte dos casos, era o desejo de ter uma joia que fazia as mulheres derramarem lágrimas. Mesmo dormindo, ele sabia disso.

O choro se tornou um soluço angustiado, acompanhado por tremores e uma respiração ansiosa sem ritmo. Independentemente do que estava provocando *aquela* explosão, era causada por muito mais do que falta de elogio a um vestido novo ou por uma reação à desistência de ir ao teatro. Aquela aflição merecia um colar de diamantes!

Soluços convulsivos fizeram o corpo dela estremecer por inteiro sob as cobertas.

E um bracelete combinando.

Exausto mental e fisicamente, ele tentou se aprofundar mais no sono, procurando se esquecer de tudo, mas algo que ela repetia sem cessar não o deixava dormir.

— Não sei como sou... não sei... *não sei!*

Os olhos de Stephen se abriram e ele ergueu a cabeça. Sheridan virou o rosto para o outro lado e levou a mão esquerda aos lábios, tentando conter o choro. Contudo, os soluços continuavam a sacudir seu corpo. Estava com os olhos fechados, mas as lágrimas passavam por entre os cílios espessos e desciam pela face pálida. Chorava em desespero, porém estava consciente, lúcida, e o alívio dele ao constatar isso sobrepujou a culpa que sentia por aquela angústia.

— Eu não estava acordado o suficiente para entender a sua pergunta — disse, depressa. — Desculpe-me.

O rosto dela enrijeceu ao som da voz de Stephen, e foi evidente o esforço que Sherry fez para se controlar antes de virar a cabeça sobre o travesseiro e fitá-lo.

— O que há de errado? — perguntou o conde, cuidadoso, procurando imprimir à voz um tom suave.

Sheridan engoliu em seco, confusa ao ver que, embora ele parecesse cansado, ao mesmo tempo demonstrava alívio. Ele devia ter-se afligido por causa dela durante dias, pensou, sentindo-se tola e ingrata por chorar como uma criança por algo que não passava de uma pequena e temporária inconveniência. Uma estranha e assustadora inconveniência, claro, mas não era como se ela tivesse perdido um membro, sido mutilada ou estivesse com uma doença mortal. Guiada por um instintivo desejo de ver a situação pelo seu melhor ângulo, respirou fundo e lhe dirigiu um sorriso de desculpa:

— Pode parecer absurdo, mas eu não sei como sou, e isso... — Fez uma pausa, não querendo afligi-lo revelando como estava assustada. — Sei que é estranho, mas, já que acordou, pode me dizer como eu sou?

Stephen percebeu que ela escondia o medo que sentia para não preocupá-lo, o que lhe pareceu uma atitude muito corajosa.

— Dizer como você é...

Tentava ganhar tempo. Não sabia a cor dos cabelos dela e tinha medo de como ela reagiria ao se ver em um espelho. Tentou levar a coisa na brincadeira:

— No momento, você tem olhos vermelhos e inchados — disse, e sorriu, procurando fitá-la mais de perto para verificar de que cor eram. — Mas eles são... muito grandes e... cinzentos — concluiu, surpreso.

De fato, os olhos dela eram magníficos, constatou, de um cinzento-prateado, contornados de uma linha fina preta e adornados por uma maravilhosa franja de longos cílios castanhos.

— Cinzentos? — Ela pareceu desapontada. — Acho que não gosto.

— Molhados como estão agora, parecem prata líquida.

— Hum, talvez não sejam tão feios assim. E como é o restante de mim?

— Bem, seu rosto está pálido e úmido de lágrimas, mas, apesar disso, é bonito.

Ela pareceu dividida entre horror, lágrimas e riso. Para alegria e surpresa dele, decidiu sorrir:

— De que cor é o meu cabelo?

— No momento — contemporizou o conde —, seu cabelo está escondido por... por um enorme turbante branco. Como sabe, dormir de turbante é a última moda...

Na noite do acidente, a luminosidade do cais era pouca, e os cabelos dela estavam cobertos, primeiro pelo capuz, depois pelo sangue. No entanto, como os cílios eram castanhos, ele deduziu que o cabelo também deveria ser, e afirmou:

— Seu cabelo é castanho. Castanho-escuro.

— Você levou um bom tempo para definir... — Ela o fitava intrigada, mas sem desconfiança.

— Não sou um bom observador... de certas coisas — explicou-se Stephen, desajeitado.

— Posso me ver no espelho?

Ele não sabia como ela poderia reagir ao não reconhecer o próprio rosto quando o visse, e temia que entrasse em pânico ao deparar com as ataduras e o hematoma quase negro na testa, perto da têmpora. Tinha certeza de que Whitticomb deveria estar por perto para medicá-la, se fosse preciso, no momento em que ela se olhasse no espelho.

— Outro dia — disse. — Amanhã, talvez. Ou quando as ataduras forem removidas.

Sheridan compreendeu que ele não queria que ela se visse em um espelho e, como não queria mergulhar no terror outra vez nem preocupá-lo ainda mais, voltou ao comentário anterior dele sobre "turbantes" e falou:

— Acho que os turbantes são muito práticos. Dispensam o uso de pentes e escovas...

— Isso mesmo — assentiu Stephen, maravilhado com a graça e a coragem que se escondiam sob a firmeza daquela moça.

Sentia-se tão grato por ela estar falando e tão comovido pela sua atitude que lhe pareceu perfeitamente natural e certo cobrir a mão dela com a sua própria, fitar diretamente os fascinantes olhos prateados e perguntar, com ternura:

— Dói muito? Como está se sentindo?

— Com um pouco de dor de cabeça, só isso — admitiu ela, sorrindo, como se tudo fosse absolutamente natural. — Não se aflija pensando que me sinto tão mal porque minha aparência é ruim.

A voz dela era suave e doce. No entanto, sua expressão era franca e aberta. Pouco antes ela revelara uma ansiedade bem feminina a respeito de sua aparência, mas agora aceitava tranquilamente que não devia estar particularmente bonita, e brincava com isso. Esse modo de agir dava a Stephen a clara impressão de que fingir era algo desconhecido para aquela jovem, tornando-a admiravelmente única nesse ponto, e com certeza em muitos outros também, fazendo com que ele a achasse adorável.

Assim que fez essa constatação, ele saltou para outra, que acabou com toda a sua alegria e o fez largar a mão dela em um gesto rápido. Não havia nada de natural ou certo no que ele estava fazendo ou no que pensava a respeito dela. Não era seu noivo, como a deixara acreditar; era o homem responsável pela *morte* do seu noivo. Um pouco de decência, respeito humano pelo homem que matara e simples bom gosto, tudo isso, enfim, exigia que mantivesse distância dela, física e emocionalmente. Era o último homem no mundo que tinha o direito de tocá-la ou de pensar nela de qualquer maneira mais íntima.

Esperando encerrar aquele episódio do melhor jeito possível, ergueu-se e movimentou os ombros doloridos, procurando livrar-se da tensão. Voltando ao último comentário dela sobre a própria aparência, declarou:

— Na verdade, se tivesse que descrevê-la neste momento, diria que parece uma múmia muito elegante.

Ela riu suavemente; estava cansada. Ao notar isso, ele disse:

— Vou pedir a uma criada que lhe traga o desjejum. Prometa-me que vai comer.

Ela assentiu, e ele lhe virou as costas para sair.

— Muito obrigada — sussurrou ela. Ele se voltou, surpreso:

— Pelo quê?

Os olhos francos de Sheridan fitaram os dele, perscrutadores, indagadores, e ele teve a estranha impressão de que, com o tempo, ela conseguiria enxergar dentro de sua soturna alma. Ficou evidente que ainda não o conseguia, porque um cálido sorriso entreabriu seus lábios macios:

— Por ter ficado comigo a noite inteira.

A gratidão que iluminava os magníficos olhos cinzentos o fez se sentir ainda mais culpado, mais desgostoso por aquela farsa, que a fazia pensar que ele era um galante cavaleiro branco, e não o sombrio vilão que de fato era. Inclinando a cabeça em um arremedo brincalhão de reverência, Stephen lhe deu um sorriso e um deliberado indício de seu verdadeiro caráter:

— Esta *é a primeira vez* que uma mulher linda me agradece por eu ter passado a noite com ela.

Ela ficou confusa, em vez de chocada, mas isso não diminuiu a sensação de alívio de Stephen. Ele não fizera essa subentendida "confissão" sobre sua verdadeira natureza por precisar ou desejar absolvição, nem por querer ser castigado. O que mais importava no momento era que conseguira ser honesto com ela, e isso o redimia um pouco aos próprios olhos.

Enquanto percorria o longo corredor em direção ao seu quarto, o conde se sentiu exultante por algo que duraria algumas semanas, ou até meses. Charise Lancaster estava a caminho da recuperação, tinha absoluta certeza disso. Ficaria boa, portanto ele podia avisar o pai dela do acidente e, ao mesmo tempo, tranquilizá-lo, garantindo que a jovem iria se curar. Porém, antes de mais nada, precisava localizá-lo. Tal tarefa e o envio da carta seriam confiados a Matthew Bennett e seus funcionários.

11

Stephen lançou os olhos pela carta que lia e cumprimentou com um aceno de cabeça o homem de cerca de 30 anos e cabelos claros que se aproximava dele.

— Peço que me desculpe por ter interrompido suas férias em Paris — disse a Matthew Bennett —, mas trata-se de um caso urgente e delicado o bastante para requerer sua atenção pessoal.

— Fico feliz em ser útil sempre que possível, milorde — respondeu o advogado, sem hesitar.

O conde fez um gesto indicando uma das poltronas de couro próximas à sua escrivaninha e Matthew se sentou, sem demonstrar aborrecimento ou surpresa pelo fato de o homem que lhe interrompera as tão necessárias férias continuar lendo a correspondência como se ele não estivesse ali. Havia muitas gerações, os advogados da família Bennett tinham o privilégio de ser os procuradores da família Westmoreland e, como Matthew bem sabia, essa honra e uma enorme recompensa financeira exigiam a obrigação de estarem sempre disponíveis, quando e onde o conde de Langford desejasse.

Embora Matthew fosse o advogado mais jovem do escritório, estava completamente a par dos negócios da família Westmoreland e fora solicitado havia muitos anos pelo duque de Claymore, irmão do conde, para cuidar de uma delicada questão pessoal. Naquela ocasião, o jovem se sentira um tanto intimidado e inseguro ao responder às perguntas do duque; para coroar a situação, perdera lamentavelmente a compostura ao conhecer a natureza do caso que precisaria tratar. Agora, no entanto, mais velho e experiente, sentia-se capaz de enfrentar todos os casos com tranquilidade e confiança, e tinha certeza de poder lidar com qualquer problema "delicado" do conde que exigisse sua atenção... e sem hesitar.

Portanto, aguardou calmamente para saber que caso "urgente" exigia sua presença, pronto para dar conselhos sobre os termos de um contrato ou alterar as cláusulas de um testamento. Devido ao uso da palavra "delicado", Bennett estava inclinado a pensar tratar-se de uma questão particular, talvez a destinação de uma soma em dinheiro, ou de uma propriedade, à atual amante do conde; ou alguma doação beneficente e confidencial.

Para não deixar Matthew Bennett esperando por mais tempo, Stephen pôs sobre a mesa a carta do administrador da sua propriedade de Northumberland. Apoiou a cabeça no encosto da cadeira e ficou olhando, com ar ausente, a intrincada barra de gesso esculpida junto ao teto, mais de sete metros acima, e seus pensamentos iam da carta do administrador para o outro problema, mais complicado, de Charise Lancaster. Estava prestes a falar quando um criado, um homem idoso que Stephen reconheceu como o ex-criado de Burleton, interrompeu-o com uma tosse discreta e disse, sem ocultar a aflição:

— A senhorita Lancaster insiste em sair da cama, milorde. O que devemos dizer a ela?

O conde sorriu, transferindo o olhar da barra de gesso para o criado, sem mexer a cabeça. Era evidente que ela se sentia bem melhor.

— Diga-lhe que não pretendo deixá-la sair da cama até a próxima semana, e que irei vê-la depois do jantar.

Ignorando a expressão mista de choque, espanto e preocupação que surgiu no rosto normalmente impassível de Matthew Bennett, e levando em conta a errônea conclusão a que ele parecia estar chegando a respeito do que ouvira, Stephen resolveu atacar o problema de frente:

— Parece que arranjei uma noiva e... — começou.

— Minhas mais calorosas felicitações! — interrompeu-o o advogado.

— A noiva não é *minha*, é de Arthur Burleton.

Após um pesado silêncio, durante o qual procurou algo apropriado para dizer sobre aquela revelação, e demonstrando não ter encontrado nada, Matthew balbuciou:

— Nesse caso... queira, por favor... transmitir meus cumprimentos a... esse cavalheiro.

— Não posso. Burleton morreu.

— Que lástima!

— Eu o matei.

— Bem, isso é péssimo...

Matthew Bennett deixou o comentário escapar, sem tempo para se conter. Havia leis contra duelos, e os juízes mantinham uma posição severa a esse respeito. Além disso, a chocante presença da noiva do falecido na cama do conde não melhoraria a situação. A mente do advogado procurava a melhor linha de defesa quando indagou:

— Foi com espada ou pistola?

— Não. Foi com uma carruagem.

— Como assim, milorde?

— Eu o atropelei.

— Já que não se trata de morte por espada ou pistola — Matthew pensava alto —, vai ser um caso fácil de defender. — Sem reparar no modo esquisito como o conde o fitava, continuou, pensativo: — Os juízes partirão do princípio de que, se milorde estivesse determinado a matá-lo, procuraria fazê-lo em um duelo. Afinal de contas, é muito conhecida a sua habilidade com as pistolas. Poderemos conseguir dúzias de testemunhas para corroborar esse fato. Theodore Kittering seria uma excelente testemunha neste caso: era um excelente atirador antes de milorde atingi-lo no ombro... Não. É melhor que fique fora disso, porque não é muito afeiçoado ao senhor, e o duelo viria à tona durante o julgamento. Porém, mesmo sem o depoimento de Kittering, temos chances de convencer a corte de que a morte de Burleton não foi intencional da sua parte, que foi um acontecimento fortuito, enfim, que foi um verdadeiro acidente.

Muito satisfeito com a própria lógica, Matthew passeou os olhos pelas paredes do escritório, onde havia algumas estantes de livros e excelentes quadros, e depois os fixou no conde, que falou, lenta e claramente:

— Mesmo com o risco de passar por um absoluto idiota, posso perguntar de que diabo você está falando?

— Como assim, milorde?

— Será que, como entendi, está pensando que atropelei o barão de propósito?

— Bem, essa é a minha impressão.

— Posso lhe perguntar — voltou o lorde — o que o levou a essa conclusão?

— Bem, achei que o motivo teria algo a ver com... hum... que estaria diretamente ligado à... à presença de uma certa jovem nesta casa... que o senhor não permite que... hum... que saia da cama.

O conde soltou uma sonora gargalhada, que soou esquisita, como se não lhe pertencesse.

— Claro — disse, quando parou de rir —, como sou tolo! Que outra conclusão você poderia tirar? — Endireitando-se na cadeira, adotou um tom distante, profissional: — Na semana passada, a jovem que está lá em cima... Charise Lancaster... chegou da América. Estava comprometida com Burleton, e o casamento deles aconteceria no dia seguinte, graças a uma licença especial que o barão havia providenciado. Uma vez que sou o responsável pela sua morte e como não havia nenhum parente dele que pudesse contar à noiva o que acontecera, naturalmente fui recebê-la no cais para lhe comunicar a má notícia. Estava falando com ela no píer quando algum idiota perdeu o controle de uma carga que se encontrava num guindaste; a rede se abriu, e um caixote atingiu a cabeça da jovem. Como sua única acompanhante era uma criada e a senhorita Lancaster estava muito mal para voltar de imediato para a Inglaterra, preciso que comunique o que houve à família dela e traga para cá quem quiser vir. Além disso, quero que cuide dos negócios que Burleton porventura tenha deixado pendentes. Antes de mais nada, faça um levantamento sobre ele e me dê um relatório, para eu saber por onde começar. O máximo que posso fazer pelo pobre barão é assegurar que seu nome fique livre de dívidas que possa ter contraído antes de morrer.

— Ah, sim! — exclamou Matthew com um sorriso, ao qual, para seu alívio, o conde correspondeu.

— Ótimo!

Pegando um papel e uma pena na escrivaninha, o advogado indagou:

— Onde reside a família dela, e como é o nome do pai?

— Não sei.

— O senhor não... não sabe?

— Não.

— Então — sugeriu Matthew Bennett, com muito respeito e cautela —, não seria o caso de perguntarmos à dama?

— Seria — respondeu Stephen, secamente —, mas ela tem pouquíssima coisa a dizer. — Então, sentindo pena do confuso procurador, explicou: — A pancada na cabeça foi grave e violenta a ponto de fazê-la perder a memória. O dr. Whitticomb acredita que seja uma situação temporária. Infelizmente, embora a saúde dela esteja melhorando, a memória não voltou.

— Sinto muito... — disse Matthew, sinceramente. Acreditando que a preocupação pelas duas desgraças havia afetado a lúcida perspicácia do conde, e sugeriu com diplomacia: — Talvez a criada dela possa ajudar?

— Tenho certeza de que poderia, se soubéssemos onde está. — Com disfarçado divertimento, Stephen o observou evitar expressar qualquer emoção ao ouvir aquilo. — Mandei uma pessoa à cabine dela alguns minutos depois do acidente, mas a criada havia desaparecido. Um dos tripulantes do navio declarou que talvez ela fosse inglesa, então é possível que tenha ido ver a família.

— Sei... — sussurrou Bennett, ainda não esboçando reação. — Nesse caso, temos que começar investigando o navio e...

— Ele partiu na manhã seguinte.

— Ah! E a bagagem dela? Não há nada nas malas que possa nos dar uma pista do endereço da família?

— Com certeza há — assentiu o conde —, mas infelizmente a bagagem foi embora com o navio.

— Milorde tem certeza disso?

— Absoluta. Depois do acidente, minha maior preocupação foi conseguir imediatamente cuidados médicos. Só no dia seguinte me lembrei da bagagem e, quando meus criados chegaram ao porto, o *Morning Star* já havia zarpado.

— Então, temos que começar pelos escritórios da companhia de navegação. Deve haver uma lista de embarque e desembarque de passageiros e cargas, portanto poderão nos esclarecer em que porto da América ela embarcou.

— Isso, comece por aí — concordou o conde. Levantou-se, concluindo a conversa, e Matthew Bennett se pôs imediatamente de pé, já trabalhando mentalmente para organizar a investigação que precisava fazer.

— Estive nas colônias uma vez — disse, como se falasse consigo mesmo. — Não me importo de voltar...

— Sinto ter interrompido suas férias — repetiu Stephen. — No entanto, há outra razão para tanta urgência, oculta atrás da mais evidente. Whitticomb está preocupado com o fato de a memória dela não estar dando o menor sinal de voltar. Espero que ver pessoas do seu passado a ajude na recuperação.

12

Como prometera, Stephen subiu para vê-la à noite. Adotara o hábito de falar com ela duas vezes por dia e, apesar de manter os encontros bem breves e impessoais, às vezes se surpreendia esperando por eles. Bateu à porta. Não houve resposta. Hesitou antes de bater novamente. Nada, outra vez. Era evidente que sua ordem de haver sempre uma criada com ela, o tempo todo, não estava sendo obedecida. Era isso, ou a criada adormecera durante o trabalho. Qualquer possibilidade o irritaria, mas a primeira coisa que sentiu foi preocupação pela hóspede. Ela estava querendo deixar a cama. Se tivesse decidido fazê-lo, apesar das instruções dele, e houvesse caído sem ninguém por perto para socorrê-la e chamar alguém para ajudar... Se tivesse voltado a ficar inconsciente...

Abriu a porta em um ímpeto e entrou no quarto. No quarto *vazio*. Ansioso e zangado, olhou a cama cuidadosamente arrumada. Era evidente que aquela tolinha e a criada não haviam feito o que ele mandara!

Um leve ruído o fez se virar, e ele ficou paralisado.

— Não ouvi você entrar — disse Sheridan, saindo do quarto de vestir.

Com um penhoar branco grande demais para ela, uma escova de cabelo na mão e uma toalha azul cobrindo a cabeça, parou diante dele descalça, esquecida de sua aparência e completamente alheia ao fato de não ter seguido sua exigência.

Como passara por alguns instantes de intenso temor do que pudesse ter acontecido à jovem, a primeira reação de Stephen foi aborrecimento, que logo se transformou em alívio e, depois, em divertimento. Ela pegara um cordão das cortinas e o amarrara em torno da fina cintura para manter o penhoar branco fechado; seus pés descalços assomavam sob a barra comprida e larga demais; a toalha azul-clara na cabeça, como um véu, o fez pensar em uma Nossa Senhora descalça. Porém, em vez de ter no rosto o sereno e doce sorriso que se espera de uma Nossa Senhora, sua expressão denotava confusão, acusação e infelicidade, tudo misturado. E não tardou para que ela esclarecesse a causa:

— Ou o senhor é extremamente distraído ou tem algum problema de visão.

Apanhado de surpresa, o conde retrucou, cauteloso:

— Não estou bem certo do que quer dizer...

— Refiro-me ao meu cabelo — disse ela e, com aflita tristeza, apontou para a cabeça coberta pela enorme toalha.

Ele se lembrou do cabelo dela manchado de sangue e imaginou que o ferimento sangrara de novo, apesar de Whitticomb ter suturado o corte.

— Vai sair ao lavar — assegurou, solícito.

— Não acho que vá. — Foi a reposta ressentida. — Eu já tentei.

— Não estou entendendo o... — começou Stephen.

— Meu cabelo *não é* castanho — esclareceu Sheridan retirando a toalha e sacudindo a farta e rebelde cabeleira, pegando uma madeixa para ilustrar a questão. — Veja, é *ruivo!*

A voz dela soava revoltada, mas o conde estava imóvel, sem fala, fascinado diante daquela pesada massa de fios sedosos, flamejantes, que descia em suaves ondas pelos ombros e costas da jovem, chegando abaixo da cintura. Ela soltou a mecha que segurava e passou a mão por aquele verdadeiro fogo líquido.

— Meu Deus! — ofegou ele.

— É tão... tão vermelho! — reclamou ela, infeliz.

Tardiamente percebendo que o verdadeiro noivo não ficaria estatelado daquele jeito ao olhar algo que já vira muitas vezes, Stephen desviou relutantemente os olhos dos cabelos mais magníficos que já vira.

— Do bronze? — repetiu, com vontade de rir.

Ela assentiu e, em seguida, impaciente, empurrou para trás a luminosa cortina de fogo, que deslizou e quase ocultou o lado esquerdo do seu rosto.

— Você não gosta dele — concluiu Stephen.

— Claro que não. Foi por isso que não quis me dizer a verdadeira cor quando perguntei?

O conde aproveitou a desculpa que ela lhe oferecia sem saber e fez que sim, mas não conseguia desviar os olhos da exótica cabeleira. Era a moldura perfeita para os traços delicados e a pele de porcelana.

Sheridan, por sua vez, notou que a expressão do conde não era de repulsa. Parecia que estava... admirado?

— Você *gosta?* — perguntou.

Stephen gostava. Gostava de tudo que dizia respeito a ela.

— Sim — respondeu, casualmente. — Imagino que cabelos ruivos não sejam muito comuns na América, não?

Ao abrir a boca para responder, ela descobriu que não sabia a resposta.

— Eu... francamente, não sei. Mas tenho certeza de que na Inglaterra não são.

— Por que afirma isso?

— Porque a criada que estava comigo confessou, depois que insisti muito, que jamais vira cabelos desta cor em *toda* a sua vida. Ela estava impressionada.

— Qual das duas opiniões vale mais? A minha ou a da criada?

— Bem, colocado dessa maneira... — Foi a resposta tímida de Sheridan.

Sentia-se sem jeito e confortada pelo cálido sorriso dele. Seu noivo era tão lindo, de um modo tão másculo e enigmático, que era difícil deixar de olhá-lo, e mais difícil ainda acreditar que ele a escolhera, em vez de uma mulher de seu próprio país. Gostava da companhia dele, do seu bom humor, da gentileza com que a tratava. Contava as horas entre as visitas dele, aguardando ansiosamente cada uma delas, mas eram sempre muito breves e pouco informativas. Como resultado, continuava sem saber quase nada a seu respeito, a respeito dele ou de seu relacionamento. Não queria mais viver no limbo, à espera de que a memória caprichosa voltasse de uma hora para outra e lhe desse as respostas.

Compreendia o ponto de vista de lorde Westmoreland, que insistia em que ela não devia prejudicar a própria saúde sobrecarregando a mente, mas seu corpo já estava curado. Deixara a cama, tomara banho, lavara os cabelos e vestira aquele penhoar a fim de provar a ele que estava recuperada o bastante para fazer perguntas e ouvir respostas. Suas pernas ainda não haviam recuperado toda a firmeza, mas isso se devia àquele tempo todo que passara deitada ou, mais do que isso, era efeito do nervosismo que às vezes sentia na presença dele.

Indicou o par de convidativas poltronas douradas diante da lareira:

— Importa-se se nos sentarmos ali? Passei muito tempo na cama e parece que minhas pernas enfraqueceram por falta de uso.

— Por que não disse antes? — Stephen pôs-se de lado para que ela o precedesse em direção às poltronas.

— Não sabia se seria permitido...

Depois de se enrodilhar em uma das poltronas, sentando-se sobre as pernas com os pés descalços, Sheridan ajeitou o penhoar ao redor do corpo. Uma das muitas coisas das quais ela se esquecera, notou Stephen, é que uma moça bem-educada não permanecia apenas de penhoar no quarto com um homem que não fosse seu marido. E ele, que não tinha a desculpa da amnésia, continuava cometendo a falta de permanecer ali. Preferiu ignorar tais questões em favor dos seus desejos.

— Por que disse que não sabia se era permitido se sentar? — indagou, curioso.

Embaraçada, ela desviou o olhar para a lareira, e Stephen se sentiu absurdamente lesado ao perder a possibilidade de fitar seu bonito rosto; em seguida, sentiu-se absurdamente feliz quando ela tornou a olhá-lo, para responder:

— Constance, a criada, disse que você é conde.

Ela o fitava como se esperasse que ele fosse negar, o que a tornava ainda mais diferente das mulheres que ele conhecia.

— E daí? — indagou, ao ver que ela não continuava.

— Bem, creio que seja mais apropriado me dirigir a você como "milorde". — Ao ver que ele apenas erguia as negras sobrancelhas, esperando, ela admitiu: — Uma das coisas que sei é que ninguém deve se sentar na presença de um rei, a não ser que seja convidado a fazê-lo.

Ele conteve a custo uma gargalhada:

— Não sou rei, só um mero conde.

— De fato, mas eu não sabia se o protocolo era o mesmo.

— Não é e, por falar na criada, onde ela está? Ordenei que não a deixasse sozinha nem por um instante.

— Eu a mandei sair.

— Por causa da reação dela diante de seus cabelos, aposto — comentou ele, em tom reprovador. — Isso me parece...

— Não. Foi porque Constance estava comigo desde o amanhecer e parecia exausta. Já havia acendido a lareira, preparado o banho, e não preciso que me banhem como se fosse uma criança.

Essa afirmativa surpreendeu Stephen, mas ela era cheia de surpresas, inclusive a comunicação que fez em seguida, com ar de determinada resolução e apenas uma sombra de incerteza na voz:

— Tomei algumas decisões hoje.

— É mesmo?

Ele teve de sorrir diante da expressão firme dela. Era claro que aquela jovem não tinha como tomar decisões, mas achou melhor não lhe dizer isso.

— Sim. Decidi que a melhor maneira de lidar com minha perda de memória é acreditar que se trata de um inconveniente passageiro e que devemos encará-la desse modo.

— Acho uma excelente ideia.

— No entanto, há algumas perguntas que preciso lhe fazer.

— O que quer saber?

— Coisas simples — garantiu ela, contendo o riso. — Quantos anos eu tenho? Qual é o meu nome do meio?

As defesas de Stephen caíram, deixando-o à mercê de uma arrasadora vontade de rir diante do maravilhoso e corajoso senso de humor dela, e do arrasador impulso de tirá-la da poltrona, mergulhar as mãos naquela massa de cabelos sedosos e colar os lábios nos dela. Aquela moça era tão excitante quanto era doce, e se mostrava mais provocante naquele penhoar amarrado com um cordão de cortina do que a mais refinadamente vestida, ou despida, cortesã que ele já conhecera.

Burleton devia ter sofrido a maior agonia na ansiedade de levá-la para a cama, pensou. Não era de admirar que pretendesse se casar com ela no dia seguinte ao de sua chegada...

A sensação de culpa estragou o prazer que o conde sentia ao admirar a beleza à sua frente, e a vergonha o queimou como ácido. Burleton, e não ele, é quem deveria estar ali, sentado diante dela. Burleton era o único que tinha o direito de saborear aqueles deliciosos momentos com ela, de vê-la enrodilhada na poltrona, descalça... Burleton é que tinha o direito de despi-la mentalmente e de pensar em levá-la para a cama. Não havia dúvida de que ele sonhara com bem mais do que isso enquanto aguardava a chegada da noiva.

Porém, em vez da felicidade de tê-la, o jovem e ardente noivo jazia em um caixão, e seu *assassino* passava momentos agradáveis com sua noiva. Não, corrigiu-se Stephen, com selvagem aversão a si mesmo, não estava apenas passando um tempo agradável com ela; estava *desejando-a lascivamente*.

A atração que sentia por ela era obscena! Insana! Se queria diversão, podia encontrá-la nos braços das mulheres mais bonitas da Europa. Sofisticadas ou ingênuas, espertas ou sérias, extrovertidas ou tímidas, loiras, morenas e *ruivas*... bastava chamá-las. Não havia motivo algum para sentir aquela selvagem atração por aquela mulher, não havia razão alguma para reagir diante dela como um adolescente desajeitado ou como um velho babão.

A voz suave da jovem o despertou da enfurecida autorrepreensão, mas ele continuou agitado.

— Seja o que for — dizia ela, meio séria —, acho que não tem muito tempo de vida.

O olhar de Stephen procurou o rosto de Sheridan rapidamente:

— O que disse?

— Seja o que for que você estava pensando ao olhar por cima do meu ombro esquerdo no último minuto, espero que tenha pernas longas e corra bem depressa.

Ele deu um breve sorriso, sem sinal de bom humor:

— Deixei-me levar pelos pensamentos, desculpe.

— Por favor, não peça desculpas! — A risada dela soou nervosa. — Fico *aliviada* por saber que pensava em outra coisa, e não nas minhas perguntas, enquanto ficava com aquela expressão tão zangada.

— Bem, creio que esqueci suas perguntas.

— Minha idade? — tornou a perguntar, com as finas e arqueadas sobrancelhas erguidas. — Tenho algum outro nome, além de Charise e do sobrenome Lancaster?

Apesar do tom leve com que ela falava, Stephen percebeu que a moça o observava muito atentamente. Ficou desconcertado pelo modo como os grandes olhos cinzentos procuravam os dele e hesitou por um segundo, ainda tentando descobrir um jeito de escapar das perguntas. Antes que conseguisse, Sherry tornou a romper o silêncio com um profundo e cômico suspiro de resignação e disse, em voz exageradamente lúgubre:

— O dr. Whitticomb me contou que minha doença se chama am-né-sia e que *não é* contagiosa. No entanto, eu me sentiria terrivelmente aflita se você fingisse que tinha pegado, isso me faria ser menos especial... Então, vamos começar com algo mais fácil? Importa-se de me dizer *seu* nome completo? *Sua* idade? Leve o tempo que quiser, pense bem nas respostas.

Stephen teria rido se não se detestasse por sentir vontade de rir:

— Meu nome é Stephen David Elliott Westmoreland — respondeu —, e eu tenho 33 anos.

— Está tudo explicado! — brincou ela. — Com tantos nomes, não é de admirar que você leve algum tempo para se lembrar de todos.

Dessa vez, o riso fez cócegas insuportáveis nos lábios do conde, que o conteve, tornando sua expressão facial o mais séria possível:

— Menina impertinente! Agradeceria se me demonstrasse um pouco de respeito.

Com ar rebelde e sem se arrepender, ela inclinou um pouco a cabeça de lado:

— Pelo fato de você ser um conde?

— Não, porque sou *muito maior* do que você.

A risada que Sherry deu foi tão musical e contagiante que o rosto de Stephen doía pelo esforço para se manter sério.

— Agora que estabelecemos que sou uma menina impertinente e que você é maior do que eu — comentou ela, rindo e o olhando com inconsciente sensualidade através dos longos cílios —, estarei certa se pensar que também é mais velho do que eu?

Stephen assentiu, porque não podia confiar na própria voz.

Ela pensou por alguns instantes, antes de perguntar:

— Quantos anos?

— Você é uma impertinente teimosa, não? — rebateu ele, entre divertido e admirado pelo modo como ela conduzia a conversa de maneira que sempre chegasse aonde queria.

Então, Sheridan ficou séria e implorou com os olhos:

— Por favor, diga quantos anos tenho. Diga qual é meu segundo nome... ou você não sabe se tenho um nome do meio?

Ele não sabia. Aliás, não sabia também a idade nem o segundo nome das mulheres que haviam passado por sua cama. Como se determinara a passar pouquíssimo tempo com sua "noiva", a verdade era a saída mais razoável:

— De fato, nenhuma dessas questões surgiram antes.

— E minha família, como é?

— Seu pai é viúvo — respondeu Stephen, lembrando-se do que ouvira do mordomo de Burleton e se sentindo finalmente capaz de contornar a situação. — Você é filha única.

Sheridan assentiu, assimilando a informação, depois sorriu:

— Como nos conhecemos?

— Bem, acredito que sua mãe a apresentou a ele assim que você nasceu...

Ela riu, porque pensou que o conde estivesse brincando. Ele franziu a testa porque não imaginara ter de enfrentar perguntas daquele tipo, que não lhe davam a chance de escapar e que, não importava o que ele dissesse, estaria mentindo se respondesse.

— Perguntei como nós nos conhecemos.

— Da maneira usual — respondeu ele, rispidamente.

— Que é?

— Fomos apresentados.

Para fugir da confusão e do escrutínio daqueles olhos cinzentos, ele se levantou e caminhou até o aparador, onde vira uma garrafa de cristal.

— Milorde?

Enquanto tirava a tampa da garrafa, ele a olhou rapidamente por cima do ombro, depois começou a se servir.

— Sim?

— Nos amamos muito?

Metade do conhaque escorreu pelo lado do copo, caindo na bandeja de ouro. Praguejando silenciosamente, ele compreendeu que qualquer coisa que lhe dissesse naquele momento iria fazê-la se sentir enganada quando recuperasse a memória. Entre isso e o fato de ser o responsável pela morte do homem que ela amava, Charise iria odiá-lo quando tudo aquilo terminasse. Porém, não tanto quanto ele odiava a si mesmo pelo que acontecia e pelo que estava prestes a fazer. Erguendo o copo, tomou um gole do pouco conhaque que conseguira colocar nele e se voltou para encará-la. Sem escolha, responderia de uma maneira que destruiria a boa opinião que ela podia ter a seu respeito.

— Aqui é a Inglaterra, não a América...

— Eu sei — interrompeu-o Sheridan —, o dr. Whitticomb me disse.

Por dentro, Stephen estremeceu: era também sua culpa que ela precisasse que lhe dissessem em que país se encontrava.

— Aqui é a Inglaterra — repetiu, secamente. — Na Inglaterra, nas classes altas, as pessoas se casam por uma série de razões, algumas puramente práticas. Ao contrário de alguns americanos, não esperamos nem desejamos exibir o coração, nem fazemos alarde ou questão dessa tênue emoção chamada "amor". Deixamos isso para os camponeses e os poetas.

Ela o olhou como se ele a houvesse estapeado, e Stephen pôs o copo de volta na bandeja com mais força do que pretendia.

— Espero que não a tenha chateado com minha aspereza. — Ele falava sentindo-se o maior canalha do mundo. — Já é tarde, convém que você descanse.

Fez uma leve reverência para indicar que a conversa estava encerrada e esperou que ela se levantasse, desviando cuidadosamente os olhos quando o penhoar se abriu e revelou de relance um tornozelo bem torneado. Ele já estava prestes a abrir a porta quando ela falou:

— Milorde...

— Sim? — Ele não se virou.

— Você tem um, não tem?

— Um o quê?

— Coração.

— Senhorita Lancaster... — disse ele, furioso consigo mesmo e com o destino, por se encontrar naquela penosa situação. Voltou-se e a viu de pé ao lado da cama, com a mão apoiada em uma das quatro colunas, formando um quadro lindo.

— Meu nome é... — Ela hesitou ao sentir uma pontada de inexplicável culpa por não ter conseguido se lembrar do próprio nome, que haviam precisado lhe dizer. — Charise. Quero que me chame assim.

— Com certeza — assentiu ele, determinado a não fazê-lo. — E agora, com licença. Tenho trabalho a fazer.

Sheridan esperou até que a porta se fechasse atrás dele, então se segurou na coluna também com a outra mão, enquanto uma violenta náusea lhe sacudia o corpo. Lentamente, deixou-se sentar sobre a colcha de cetim, com o coração batendo violentamente, de medo e fraqueza.

Que tipo de pessoa era ela, pensou, se ficara noiva de um homem que tivera a coragem de dizer o que o conde dissera? Que tipo de pessoa era ele? Seu estômago se contorceu quando se lembrou da frieza com que ele a fitara enquanto dava sua opinião sobre o amor.

Como seria seu próprio modo de pensar, uma vez que aceitara se casar com alguém como ele? Por que ficara noiva daquele homem?, perguntou-se, com amargura.

Já desconfiava da resposta: por causa da sensação arrebatadora que tinha quando ele lhe sorria.

Só que ele não estava sorrindo ao sair. Aborrecera-o com toda aquela conversa sobre o amor. Quando voltasse a vê-lo, na manhã seguinte, trataria de pedir desculpas a ele. Ou quem sabe seria melhor deixar aquilo passar e simplesmente procurar ser uma companhia divertida e alegre?

Erguendo as cobertas, deitou-se e as puxou até o queixo. De olhos muito abertos, com a garganta doendo pelo pranto contido, ficou olhando para o dossel. *Não iria* chorar, disse a si mesma. Não devia ter acontecido nada de irreparável no relacionamento deles naquela noite. Estavam comprometidos, afinal. Certamente o conde passaria por cima daquele pequeno desentendimento causado por pontos de vista diferentes. Então, lembrou-se de que lhe perguntara se ele tinha coração. Então, o bolo que lhe comprimia a garganta ficou do tamanho de um punho.

No dia seguinte, tudo lhe pareceria melhor, prometeu a si mesma. Sentia-se muito fraca e cansada por ter tomado banho sozinha, além de se vestir e lavar os cabelos.

No dia seguinte ele viria vê-la e tudo estaria bem outra vez.

13

Três dias depois, Stephen estava no meio do ditado de uma carta para seu secretário quando o dr. Whitticomb chegou. Com um sorriso, acenou-lhe ao passar pela porta dupla do escritório, que se encontrava aberta. Meia hora mais tarde, quando desceu depois de visitar a paciente, o simpático doutor não parecia nada contente.

— Preciso conversar com milorde em particular, se puder me dar alguns minutos — disse ele, fazendo um aceno para dispensar o mordomo, que permanecia junto à porta, com a intenção frustrada de anunciá-lo.

O conde teve a desagradável premonição do que iria ouvir e, com um gesto irritado, indicou ao secretário que se retirasse, largando a correspondência sobre a mesa e recostando-se no espaldar da cadeira.

— Lembro-me perfeitamente de ter-lhe dito — começou Hugh Whitticomb, assim que a porta se fechou atrás do secretário — que era imperativo evitar que senhorita Lancaster se perturbasse. O especialista em amnésia que consultei recomendou-me muito isso e eu fiz o mesmo com você. Lembra-se dessa nossa conversa?

O impulso de Stephen foi dar uma resposta agressiva diante do tom seco do médico, mas limitou-se a dizer:

— Sim.

— Então, por favor, pode me explicar — prosseguiu o doutor, sem ligar para o tom de advertência na voz do conde — por que não sobe há três dias para vê-la? Eu lhe disse que é importante que ela possa se distrair dos pensamentos sobre seu preocupante estado.

— Você me disse, e eu providenciei para que ela tivesse toda espécie de divertimento feminino de que pude me lembrar, desde livros e ilustrações de moda até bordados, telas e tintas para pintar.

— Há um "divertimento feminino" que não lhe proporcionou e que ela tem todo o direito de esperar.

— Qual é? — indagou Stephen, mas já sabia.

— Não lhe ofereceu sequer breves instantes de conversa com o noivo.

— *Não sou* o noivo dela!

— Não, mas *é* o responsável indireto por ela ter ficado sem o noivo. Surpreende-me que tenha se esquecido disso.

— Vou deixar passar esse insulto, doutor — respondeu Stephen, em um tom gélido —, por ter partido de um amigo antigo da minha família, muito mais velho do que eu.

O dr. Whitticomb percebeu que não apenas escolhera a tática errada para enfrentar o oponente, como também fora longe demais. Esquecera que o frio e determinado nobre sentado diante da escrivaninha não era mais o travesso garoto que ia à estrebaria no meio da noite para montar um novo garanhão, e que, em uma dessas vezes, recusara-se a chorar, valente, enquanto ele cuidava de um braço fraturado e lhe fazia um sermão a respeito da loucura de ir atrás de perigo.

— Tem razão — assentiu, contrito. — Estou muito perturbado... Posso me sentar?

Stephen aceitou esse arremedo de pedido de desculpas e assentiu, com um aceno de cabeça:

— Claro...

— Nós, velhos, cansamos com facilidade — sorriu o médico.

Tranquilizou-se ao ver uma sombra de sorriso no rosto do conde. Mais à vontade, fez um gesto para a charuteira de bronze pousada sobre a mesinha de madeira forrada de couro que havia entre as duas poltronas:

— De vez em quando sinto, a necessidade premente de fumar um bom charuto... Posso?

— Evidentemente.

Enquanto acendia o charuto, Hugh Whitticomb decidiu que era melhor tentar convencer Westmoreland da gravidade do estado de Charise Lancaster de outra forma. Achando que já esperara tempo suficiente para dissipar a hostilidade provocada por sua atitude estouvada, e acompanhando a fumaça clara que subia da brasa do charuto, recomeçou:

— Ao chegar lá em cima, agora há pouco, encontrei nossa paciente largada na cama, gemendo.

Alarmado, Stephen se levantou antes que o médico erguesse a mão para acalmá-lo e acrescentasse:

— Ela estava dormindo, sonhando. Está um tanto febril — acrescentou, desonestamente, para conseguir o que queria. — Fui informado de que não tem comido bem, que se sente sozinha e tão desesperada por respostas que interroga todas as criadas, lacaios e qualquer pessoa que esteja ao seu alcance para tentar saber algo mais sobre esta casa, sobre você, seu *próprio* noivo...

A culpa que o nobre sentia pesou ainda mais ao imaginar Charise Lancaster sofrendo. Entretanto, isso o tornou ainda mais duro:

— *Não sou* noivo dela. Sou o homem responsável pela morte do noivo dela. Primeiro, assassinei-o, agora tomei seu lugar. — E riu, amargamente. — É uma situação obscena!

— Você não o assassinou — retorquiu Whitticomb, assustado com a intensidade do remorso que atormentava Stephen. — Ele estava bêbado e se enfiou na frente da carruagem. Foi um acidente, essas coisas acontecem.

— Você veria a facilidade com que acontecem se estivesse lá! — A voz do conde parecia presa na garganta. — Foi terrível quando o tiramos de debaixo das patas dos cavalos... Seu pescoço estava quebrado, os olhos abertos, e ele tentava dizer alguma coisa, enquanto também lutava para respirar. Cristo! Era tão jovem, parecia que ainda nem começara a fazer a barba... Sussurrava algo que parecia ser "caçar"... Nenhum de nós entendeu, e só no dia seguinte, depois de falar com o mordomo dele, concluí que falava em seu casamento... Se você estivesse lá e tivesse visto a horrível morte do pobre rapaz, não me desculparia tão facilmente por tê-lo matado e por estar, *agora,* desejando possuir a noiva dele!

Hugh esperava o nobre terminar de falar para lhe dizer que havia descoberto que o barão de Burleton era um vagabundo, beberrão e jogador, cheio de dívidas, que não seria um marido decente para a senhorita Charise Lancaster se estivesse vivo, mas as últimas palavras reveladoras de Stephen baniram tudo o mais de sua mente: explicavam aquela estranha crueldade de deixar a jovem sozinha lá em cima.

Esquecendo-se do charuto preso entre os dentes, o médico recostou-se na poltrona e olhou o conde com indisfarçado fascínio:

— Então, ela o atrai *tanto* assim?

— Não exatamente *assim!* — contrapôs Stephen.

— Agora entendo por que a evita. — Estreitando os olhos por causa da fumaça, Whitticomb considerou a situação por alguns instantes, e então voltou a falar: — Não é de admirar que a julgue irresistível, Stephen. Eu mesmo a considero linda, encantadora...

— Perfeito! — Foi a resposta irônica de Westmoreland. — Então, diga-lhe que *você é* Burleton na verdade, que é o *noivo*, e case-se com ela. Isso resolveria tudo.

A última frase era tão inconscientemente reveladora e interessante que Hugh, cuidadosamente, desviou os olhos do rosto do lorde. Tirou o charuto da boca, segurou-o entre dois dedos e o estudou com aparente concentração.

— Essa linha de pensamento é muito interessante, principalmente vinda de você — comentou. — Eu diria que é *reveladora.*

— Do que está falando?

— Da implicação, em suas palavras, de que, se alguém se casasse com ela, "tudo estaria resolvido". — Sem esperar comentários, o médico prosseguiu: — Sente-se responsável pela morte de Burleton e pela perda da memória dela, e, ao mesmo tempo, fisicamente atraído por ela. Apesar disso, ou justamente por isso, recusa-se terminantemente a fazer algo tão simples e benéfico como fingir ser o noivo dela, não?

— Se insiste em colocar as coisas nesses termos, sim.

— Muito bem — aprovou Hugh, batendo a mão no joelho, com satisfação. — Isto é um verdadeiro quebra-cabeça, algo muito interessante. — Antes que seu adversário pedisse que se explicasse, disse: — A senhorita Lancaster ficou sem noivo por causa de um acidente do qual você não teve culpa, mas pelo qual é responsável, de qualquer maneira. Agora, se você está fingindo ser o futuro marido dela e se ela desenvolveu uma profunda afeição por você enquanto pensava ser isso, pode estar esperando, e tem todo o *direito* de esperar, que você não a decepcione.

O bom doutor fez uma breve pausa, então prosseguiu com o raciocínio:

— Com base em suas atitudes anteriores com as mulheres, que, aliás, levavam sua mãe a se desesperar para vê-lo casado, tenho a impressão de que há uma forte possibilidade de a senhorita Lancaster se tornar a atual favorita. Acontece que não será fácil se livrar dela como tem se livrado das outras até agora. Sente grande atração física por essa moça, mas também teme achá-la *irresistível* se a conhecer melhor... caso contrário, não deixaria que a presença dela o obrigasse a se esconder dentro da sua própria casa. Nem teimaria em evitar cruelmente uma pessoa frágil, que está precisando de companhia e atenção.

Calando-se apenas para respirar, o médico prosseguiu:

— Se não sentisse medo, você não a evitaria. É simplesmente isso. Mas você *tem* algo a temer: pela primeira vez em sua vida, vê sua adorada solteirice ameaçada.

— Terminou? — inquiriu Stephen, suavemente.

— Quase. O que acha do meu resumo da situação?

— Acho que é a mais espantosa combinação de impossibilidades e falta de lógica que já vi na vida.

— Então, milorde — disse o dr. Whitticomb, sorrindo sugestivamente e o olhando por cima dos óculos —, por que nega o conforto da sua presença à pobre moça?

— Não posso responder a isso no momento. Ao contrário de você, não parei para analisar todos os meus erros.

— Então, por favor, permita-me lhe dar um motivo para atenuar todos os erros que cometeu ou pensa ter cometido. — O tom de Hugh se tornara ríspido e firme. — Estive lendo artigos sobre perda de memória e andei conversando com colegas experientes a esse respeito. Parece que a amnésia pode se agravar não apenas por causa da pancada na cabeça, mas também por histeria e, no pior dos casos, por uma combinação de ambas. De acordo com o que aprendi, quanto mais a senhorita Lancaster se desesperar para recuperar a memória, mais perturbada, deprimida e *histérica* se tornará... o que não deve acontecer. Quanto mais agitada ficar, mais difícil será recordar o passado. — Com satisfação, viu a testa do conde franzir de preocupação. — Quer dizer, *se* ela se sentir segura e feliz, sua memória tem possibilidade de voltar mais rápido. *Se é* que vai voltar.

As grossas sobrancelhas se cerraram sobre os alarmados olhos azuis:

— O que quer dizer com "se é que vai voltar"?

— Exatamente o que eu disse. Há casos de perda de memória definitiva, e até mesmo casos em que o pobre paciente precisa reaprender a falar, ler, escrever e se alimentar.

— Meu Deus!

O dr. Whitticomb assentiu, reforçando sua afirmativa, e acrescentou:

— Se ainda tem alguma dúvida a respeito de fazer o que sugeri, considere mais este incentivo: a jovem senhorita está convencida de não ter passado muito tempo com o noivo antes de vir para cá, porque eu lhe disse isso. Como sabe que se encontra entre pessoas desconhecidas, em um lugar desconhecido, ela não fica perturbada nem ansiosa por não reconhecer pessoas ou coisas. Mas isso deixará de ser verdade se não recuperar a memória *antes* de os seus familiares chegarem. Se não conseguir se lembrar dos seus parentes quando os vir, sofrerá um choque físico e mental. Bem, o que está disposto a arriscar para evitar mais esse desastre a ela?

— Qualquer coisa — declarou Stephen.

— Sabia que mudaria de ideia no momento em que avaliasse a gravidade da situação. De qualquer modo, eu disse à senhorita Lancaster que ela não precisa ficar de cama daqui em diante, desde que não se canse muito durante uma semana. — Tirando o relógio do bolso, Hugh Whitticomb ergueu a tampa de ouro, enquanto se punha de pé. — Tenho que ir. Recebi um bilhete da sua adorável mãe: ela planeja vir passar a temporada aqui, com seu irmão e sua cunhada. Será muito bom de vê-los.

— Para mim também — respondeu o conde, distraído.

O dr. Whitticomb já fora embora quando ocorreu ao conde que, além de tudo mais, sua família iria se envolver naquele caso já bastante complicado. E isso não era o suficiente, verificou ao examinar os papéis sobre a sua mesa. Em uma semana, quando a família chegasse a Londres para a temporada, acabaria o sossego: convites para bailes e outros acontecimentos chegariam às centenas, juntamente com uma verdadeira procissão de visitas, todos os dias.

Guardou a papelada em uma gaveta e a trancou à chave. Depois, recostou-se na cadeira, erguendo as grossas sobrancelhas enquanto pensava na alternativa: se recusasse os convites e não convidasse ninguém, o que tinha muita vontade de fazer, não resolveria o problema, porque seus amigos e conhecidos continuariam a procurá-lo, com insistência, até que ele cedesse e tivessem uma chance de descobrir por que lorde Westmoreland fora passar a temporada em Londres e agira como um recluso.

Aborrecido, compreendeu que sua única saída seria tirar a senhorita Lancaster da capital, levando-a para uma de suas propriedades, de preferência a mais distante. Isso significava ter de arranjar uma desculpa para sua cunhada e sua mãe, que haviam insistido em que ele permanecesse em Londres durante a temporada. Ambas haviam argumentado muito carinhosa e astutamente que havia dois anos quase que não o viam e que adorariam ter a sua companhia. E ele sabia que as duas afirmativas eram verdadeiras. Elas não haviam mencionado o terceiro motivo, que Stephen sabia ser mais uma tentativa de fazê-lo se casar, de preferência com Monica Fitzwaring, uma campanha que as duas vinham fazendo com entusiasmo e divertimento, cada vez com maior pressão e perseverança. Uma vez que sua mãe e Whitney compreendessem seus motivos para sair de Londres, iriam perdoá-lo por estragar seus planos, mas ficariam muito desapontadas.

14

Agora que compreendera completamente a importância que Whitticomb dera para querer que ele desempenhasse o papel de noivo devotado, Stephen se determinara a resolver a situação o mais rápido e o melhor possível. Parou diante da porta do quarto dela, temendo a inevitável torrente de lágrimas e recriminações que recairia sobre ele assim que o visse. Por fim, bateu.

Sheridan teve um sobressalto ao ouvir a voz dele, mas, quando a criada se levantou para abrir a porta, desviou os olhos da notícia que lia em um jornal londrino e disse, com a voz firme:

— Por favor, diga a milorde que estou indisposta.

Quando a criada informou que senhorita Lancaster estava indisposta, Stephen franziu a testa de preocupação, imaginando quanto dessa *indisposição* se devia à sua negligência.

— Diga a ela que vim vê-la e que voltarei dentro de uma hora.

Sheridan se recusou a sentir satisfação ou alívio ao saber que ele pretendia voltar. Sabia que era melhor não depender dele para nada. O dr. Whitticomb ficara muito preocupado com o estado de desânimo e tensão em que a encontrara pela manhã, e a aflição dele a atingira, fazendo-a procurar reagir de algum jeito. Se queria recuperar a saúde, avisara-lhe o bondoso médico, era imperativo que cuidasse bem de seu corpo e mantivesse a mente em constante atividade.

Hugh Whitticomb passara então a dar uma esfarrapada — e Sherry desconfiava que era mentirosa — explicação para a negligência do seu noivo, que incluía motivos como "absorvido por negócios urgentes", "obrigações pessoais" e "problemas com a administração de uma de suas propriedades"... Dera até a entender que ultimamente o conde não vinha se sentindo muito bem. Infelizmente para o doutor, quanto mais ele tentava explicar o inexplicável e indesculpável desinteresse de lorde Westmoreland pela noiva, mais evidente se tornava para Sheridan que a presença dela e sua doença eram menos importantes para o noivo do que os negócios e a vida social. Mais e mais, portanto, havia razão para ela acreditar que o conde a punia, ou procurava lhe dar uma cruel lição, pelo grande atrevimento de falar em amor.

Passara dias se atormentando por haver tocado nesse delicado tema e repreendendo-se depois por ter perguntado a ele se tinha coração. Porém, quando ouvira as advertências do médico sobre sua saúde e vira uma sombra de verdadeira aflição em seus olhos, a culpa e a dor se transformaram em justificável indignação. Não era noiva do dr. Whitticomb, mas *ele* se preocupava com ela. *Ele* vinha de longe, todos os dias, para vê-la. Se o amor era um sentimento proibido e ridículo para o sofisticado nobre inglês, o conde poderia ao menos tentar ajudá-la a recuperar a memória!

Quanto a se casar com aquele homem, Sherry não conseguia imaginar que loucura a fizera tomar tal decisão. Até o momento, a única qualidade que ele parecia ter era a beleza, que, no entanto, não constituía motivo suficiente para levá-la a se casar. Além disso, quando sua memória voltasse, e se não conseguisse se lembrar de coisas que alterassem completamente a atual opinião que tinha sobre o noivo, pretendia lhe dizer para retirar o pedido de casamento e fazê-lo a qualquer outra mulher que fosse tão fria e impessoal diante do casamento quanto ele. Talvez seu pai tivesse se iludido, achando que o conde seria um bom marido e insistido para que ela aceitasse o pedido. Se assim fosse, estava decidida a explicar ao pai por que decidira romper o compromisso. Nos últimos dias, por mais que tentasse pensar nele, não conseguia ver semblante algum, mas sentira cálidas emoções, como um amor profundo e confiante, uma sensação de perda e uma profunda saudade. Com certeza, um pai que evocava sentimentos desse tipo jamais obrigaria a filha a se casar com um homem que nem ao menos lhe agradava!

Exatamente uma hora depois, Stephen tornou a bater à porta do quarto de Sheridan.

Ela olhou o relógio à lareira, observando que se tratava de um homem pontual, mas isso não influiu em sua decisão. Continuava sentada à escrivaninha, junto de uma das janelas, lendo e copiando trechos do jornal; tranquila, pediu à criada:

— Por favor, diga ao conde que estou descansando.

Ao dizer essas palavras, sentiu-se orgulhosa de si mesma. Embora nada conhecesse de Charise Lancaster, pelo menos sabia que não lhe faltavam orgulho e determinação!

Do outro lado da porta, a culpa de Stephen deu lugar a um início de alarme:

— Ela está doente? — perguntou à criada.

A criada olhou para Sheridan, que negou com a cabeça, e respondeu negativamente ao lorde.

Uma hora depois, ao bater de novo à porta, Stephen foi informado de que ela estava "tomando banho".

Mais uma hora, quando ele, já aborrecido em vez de preocupado, deu impacientes pancadinhas à porta, disseram-lhe que a "senhorita Lancaster estava dormindo".

— Diga à senhorita — ordenou ele, em tom irritado — que voltarei exatamente dentro de uma hora e espero vê-la muito limpa, muito descansada e pronta para jantar lá embaixo. Jantamos às nove.

Transcorrida uma hora, quando o conde bateu à porta, Sheridan sentiu divertida satisfação. Sorrindo para si mesma, enfiou-se mais na água quentinha, coberta de espuma, quase desaparecendo na imensa banheira de mármore.

— Diga a milorde que prefiro jantar em meu quarto esta noite — disse à criada, e sentiu pena ao ver o olhar desamparado da moça, que parecia temer ser despedida.

Stephen irrompeu quarto adentro antes que a criada terminasse de falar e quase a derrubou em sua impaciência.

— Onde ela está? — perguntou, bruscamente.

— No... no banho, milorde.

Começou a dirigir-se à porta que dava para o aposento onde, havia muitos anos, mandara instalar um banheiro. De repente, parou diante da expressão estupefata da criada e mudou de direção. Encaminhou-se para a escrivaninha, onde viu o jornal aberto e o papel em que Sherry estivera escrevendo.

— Senhorita Lancaster! — chamou, elevando a voz, em um tom que fez a jovem criada empalidecer. — Se não estiver lá embaixo em exatamente dez minutos, virei buscá-la e a levarei comigo do jeito que estiver, vestida ou não! Está claro?

Para sua maior irritação, ela não se dignou a responder ao ultimato. Imaginando o que a hóspede escrevera, pegou o papel, enquanto pensava que morrer devia ter sido melhor para o pobre Burleton, porque Charise Lancaster faria da vida dele um inferno, com sua ultrajante teimosia e mau gênio. Então, percebeu o que ela estava fazendo, ao ver o que escrevera no papel. Em letra elegante, clara, anotara dados que retirara do *Post;* dados que com certeza conhecera, mas que, com a perda de memória, precisava reaprender. Tais como:

Rei da Inglaterra — Jorge IV. Nascido em 1762.
O pai de Jorge IV era Jorge III. Falecido há dois anos.
Chamado "Fazendeiro Jorge" pelos ingleses.
O rei gosta de mulheres, roupas finas e vinhos excelentes.

Depois de anotar uma série de tópicos, ela tentara fazer uma lista de dados semelhantes sobre si mesma, mas havia espaços em branco onde deveriam estar informações simples.

Eu nasci em _____.
O nome de meu pai é _____.
Eu gosto de _____.

A tristeza e a culpa arrasaram Stephen, que fechou os olhos. Ela não sabia o próprio nome, nem o do pai, nem o ano do seu nascimento. Pior, quando sua memória voltasse, sofreria o golpe mais chocante: a tragédia da morte de seu noivo... causada por ele.

O papel com aquelas palavras parecia queimar-lhe as mãos, e ele o largou sobre a mesa, respirou fundo e voltou-se para sair. Não perderia a paciência com Charise de novo, independentemente do que ela fizesse ou dissesse, prometeu a si mesmo. Não tinha o direito de sentir raiva ou frustração; não tinha o direito de sentir nada, a não ser culpa e responsabilidade.

Dirigiu-se para a porta, determinado a fazer tudo o que estivesse ao seu alcance para suavizar o sofrimento que infligira a ela com sua negligência, e a dor que ainda iria infligir quando a pobre jovem soubesse que seu noivo havia morrido. No entanto, como só poderia começar a fazer o que se propunha quando ela saísse do banho, avisou, em um tom de voz mais cortês, porém firme:

— Você tem apenas oito minutos.

Ouviu barulho de água, assentiu satisfeito e se retirou. Enquanto caminhava pelo corredor em direção à escadaria, compreendeu que precisaria fazer mais do que pedir desculpas por tê-la negligenciado; teria de dar uma explicação que ela aceitasse. Era evidente que, antes de perder a memória, Charise Lancaster tinha juvenis, idealistas e românticas noções sobre amor e casamento, uma vez que lhe perguntara se eles "se amavam muito". Stephen estremecia intimamente apenas à menção da palavra amor. Como descobrira, com a idade e a experiência, pouquíssimas mulheres eram capazes de sentimentos ou atitudes que se aproximassem dessa terna emoção, apesar de todas falarem como se amar lhes fosse tão necessário quanto respirar. Ele, na verdade, desconfiava dessa palavra e de qualquer mulher que a mencionasse.

Helene partilhava sua opinião nesse sentido, o que era mais um motivo para gostar da companhia dela. Pelo menos, a jovem dama lhe era fiel, o que não podia se dizer da maior parte das esposas que conhecia. Por isso, ele a mantinha em um estilo que seria adequado à esposa legítima de um nobre: uma linda casa nos arredores de Londres, uma numerosa e selecionada criadagem, armários cheios de vestidos e peles, muitas joias e uma esplêndida carruagem folheada a prata, com estofamento de veludo cor de lavanda — cores que se haviam tornado a "assinatura" de Helene Devernay. Pouquíssimas mulheres ficavam bem com aqueles tons, e muitas que tentaram usá-los não haviam ficado bonitas nem elegantes nessas cores. Helene era sofisticada e sensual, compreendia as regras e não confundia "fazer amor" com amar.

Agora que Stephen pensava no assunto, nenhuma das mulheres com as quais ficara mais tempo, a ponto de despertar rumores de compromisso, tentara falar com ele sobre amor e muito menos esperara que ele o professasse.

Charise Lancaster, porém, evidentemente não era prática nem sensível. Procurara claramente discutir o amor com o homem que pensava ser seu noivo, e essa era uma coisa que, sem a menor dúvida, ele evitaria a qualquer custo, para o bem dela e para o seu próprio. Quando a memória voltasse, Charise iria detestá-lo: ela se sentiria humilhada com falsos protestos de uma afeição que ele não nutria.

Quando lorde Westmoreland chegou ao salão de jantar, dois lacaios se aproximaram e abriram a porta dupla. Sem nem sequer notar, com a cabeça fervilhando de pensamentos, passou pelos criados, aproximou-se do aparador e serviu-se de xerez. Atrás dele, as portas se fecharam silenciosamente enquanto o conde voltava novamente os pensamentos para seu mais premente problema. No máximo em dois minutos, tinha de elaborar uma explicação plausível para a atitude despida de afeto que tivera na última noite em que conversara com sua *noiva* e para o fato de tê-la evitado nos dias seguintes. Ao subir as escadas para vê-la, na primeira vez, pretendia pedir desculpas e dar justificativas vagas. Porém, agora, com uma ideia melhor do temperamento dela, tinha certeza de que ela não se contentaria com aquilo.

15

Tempestuosa e com pressa, Sheridan saiu do quarto terminando de fechar a frente do vestido longo, cor de lavanda. Andando rapidamente pelo corredor, passou por dois criados que escancararam a boca de espanto e viraram a cabeça para olhá-la. Quando pensou que fosse se perder, desembocou em um enorme patamar com parapeito de mármore branco que parecia se derramar em uma escadaria suntuosa, também de mármore, até o hall de entrada, lá embaixo.

Erguendo um pouco a saia, desceu as escadas quase correndo, passando por retratos de talvez dezesseis gerações dos arrogantes ancestrais do conde. Não tinha a menor ideia de onde ele estava nem de como encontrá-lo. A única coisa da qual tinha certeza era de que, além dos seus mais desagradáveis traços pessoais, o nobre falara com ela como se fosse propriedade dele, e que de fato estava determinado a arrastá-la como um saco de batatas, escadaria abaixo, caso não se encontrasse em sua presença no prazo determinado.

Faria o impossível para privá-lo desse prazer! Não conseguia imaginar onde estava com a cabeça no momento em que concordara em se ligar para a vida inteira àquele homem! Assim que seu pai chegasse, romperia o noivado e lhe pediria que a levasse imediatamente para casa.

Não gostava do conde, e tinha quase certeza de que não devia ter nada em comum com a mãe dele. Pelo que a criada de quarto dera a entender, aquele vestido pertencera à condessa. Era estranho imaginar uma castelã de certa idade, como a mãe dele ou outra dama respeitável, exibindo-se em bailes ou recebendo convidados em um vestido lavanda fútil como aquele, com nada mais além de fitas prateadas fechando o corpete na frente. Estava tão zangada e absorta naqueles revoltados pensamentos, que não reparou no esplendor do imenso hall, com gigantescos lustres de cristal que pareciam feitos de enormes diamantes, nem nos delicados afrescos nas paredes e no intrincado trabalho em gesso, no teto.

Quando chegava aos últimos degraus, viu um senhor idoso vestido de preto, com camisa branca, dirigindo-se apressadamente para a porta de uma sala à esquerda do hall.

— Chamou, milorde? — ouviu-o dizer, à porta.

Um instante mais tarde, o criado saiu do salão, fazendo uma reverência respeitosa antes de fechar a porta.

— Com licença... — começou Sheridan, sem jeito, tropeçando na meia cauda do pouco prático vestido e se encostando à parede para recuperar o equilíbrio.

Ele se voltou e, ao vê-la, pareceu ficar paralisado. Empalideceu de tal modo que dava a impressão de estar em choque.

— Estou perfeitamente bem — garantiu ela, empurrando a cauda do vestido para trás com o pé esquerdo. Como o homem continuava com um olhar estranho, estendeu-lhe uma das mãos, amigavelmente: — O dr. Whitticomb disse que já estou bem e que podia descer. Não nos conhecemos, eu sei, mas sou Charise... hum... Lancaster — lembrou-se, depois de um breve esforço.

O homem estendeu também a mão para ela, sem tocá-la, e parecia não saber o que fazer, então Sherry segurou a mão nodosa do velho criado e apertou-a, dizendo com um gentil sorriso:

— E o senhor é...?

— Hodgkin — respondeu o homem, como se tivesse uma lixa na garganta. Então, pigarreou e repetiu: — Hodgkin.

— Muito prazer em conhecê-lo, senhor Hodgkin.

— Não, senhorita... apenas Hodgkin.

— Não posso me dirigir ao senhor apenas pelo seu primeiro nome. Seria falta de respeito — explicou ela, com paciência.

— Aqui é assim... — disse ele, parecendo embaraçado.

Indignada, Sheridan fechou a mão esquerda e a posicionou na saia do vestido lavanda:

— É bem próprio daquela besta arrogante negar a um homem idoso a dignidade de ser tratado como *senhor!*

O rosto do velho se contorceu em aflição, e ele pareceu estar com dificuldade de respirar ao dizer:

— Tenho certeza de que não sei a quem se refere, senhorita.

— Refiro-me a...

Precisou se esforçar para lembrar-se da resposta que a criada de quarto lhe dera quando perguntara o nome do conde. Lembrava-se de que a moça dissera uma lista de nomes, mas o sobrenome da família era... Westmoreland! Sim, era isso.

— Refiro-me a Westmoreland! — esclareceu, negando-se a juntar o devido título ao nome. — Alguém devia pegar uma vara e ensinar um pouco de cortesia a ele.

No patamar acima, um lacaio que estivera flertando com uma criadinha voltou-se para olhar quem falava no hall lá embaixo; a criada, curiosa, aproximou-se do parapeito e inclinou-se, querendo ver também. A poucos passos de Sheridan, quatro lacaios empertigados, que se dirigiam ao salão de jantar carregando enormes bandejas, trombaram uns nos outros porque o lacaio que os precedia parou de repente, atônito ao ouvir aquilo. Outro criado também de cabelos brancos, apesar de mais jovem e vestido exatamente como ele, materializou-se diante da porta do salão de jantar, estranhando o infernal barulho das bandejas se chocando contra o chão de mármore. Uma delas rolou até perto dos pés dele.

— Quem é o responsável por... — começou a perguntar, então seus olhos encontraram Sheridan e se arregalaram, enquanto fitavam primeiro os cabelos dela, depois o vestido e, por fim, os pés descalços.

Ignorando a comoção que provocava, Sherry sorriu para Hodgkin e disse, gentilmente:

— Nunca é tarde para reconhecermos nossos erros, quando alguém nos faz o favor de mostrá-los. No momento apropriado, direi ao conde que ele deve se dirigir a um homem da sua idade como "Senhor Hodgkin". Posso lhe sugerir que se coloque em sua situação, imaginando-se com a sua idade e...

Ela se calou ao ver que as sobrancelhas grisalhas do pobre mordomo, de tão erguidas, estavam quase encostando na linha dos cabelos, e seus olhos de um azul aguado pareciam querer saltar das órbitas. Sherry fervia de raiva pelo modo de agir do conde, mas por fim compreendeu que possivelmente o infeliz criado tinha medo de perder o emprego se ela interferisse.

— Foi tolice minha, senhor Hodgkin — desculpou-se, meiga. — Não vou dizer nada disso, prometo.

No andar acima e no hall embaixo, os criados exalaram um suspiro coletivo de alívio, bruscamente interrompido quando Hodgkin abriu a porta do salão e eles ouviram a moça americana perguntar ao lorde, em tom altivo e nada servil:

— Chamou, milorde?

Stephen se voltou, surpreendido com a escolha de palavras dela, e parou, perplexo. Engolindo uma risada em parte de divertimento e em parte de admiração, olhou-a diante de si, com o impertinente narizinho erguido e os olhos cinzentos faiscando como cristais gêmeos de gelo. Em gritante contraste com o porte e a expressão altaneiros, usava um amplo e macio penhoar feito por tecidos de seda lavanda, drapeado nos ombros, que se mostravam quase nus. Segurava a frente do penhoar para poder andar, mostrando os pequenos pés descalços; o maravilhoso cabelo ruivo, ainda úmido nas pontas, descia-lhe pelos ombros e costas como se ela fosse um nu de Botticelli.

O lilás-pálido deveria se chocar com o vermelho dos cabelos, e chocava-se, mas sua pele macia era de um tom marfim cálido tão perfeito que o resultado era mais fascinante do que desagradável. Um resultado tão atraente e bonito que foi preciso algum tempo para Stephen compreender que ela não escolhera deliberadamente o penhoar de Helene por algum maldoso desejo de aborrecê-lo ou provocá-lo, mas sim porque não tinha o que vestir. Ele esquecera que a bagagem dela seguira no navio, mas, se aquele horroroso vestido marrom era uma amostra do gosto dela para roupas, preferia vê-la no penhoar de Helene. No entanto, como os criados não pareciam compartilhar de sua opinião liberal, tomou nota mentalmente de resolver esse problema no dia seguinte, bem cedo. Por ora, nada podia fazer a não ser agradecer ao penhoar por cobri-la o bastante para satisfazer a regra da decência.

Disfarçando um sorriso admirado, notou que ela precisava se esforçar para manter o ar altivo e gélido sob aquele exame silencioso, e maravilhou-se com o fato de a jovem conseguir expressar seus sentimentos sem se mover ou falar. Era inocentemente feminina, de uma audácia sem o tempero da sabedoria ou o freio da cautela. A visão daqueles cabelos lhe descendo pelo peito era empolgante, e Stephen levou um choque ao ser obrigado a voltar a si, quando ela rompeu o silêncio:

— Já acabou de me examinar?

— Na verdade, eu a estava admirando.

Sheridan descera preparada para um confronto, ansiando por um, na verdade, e perdeu a firmeza quando ele a fitou com uma estranha expressão nos profundos olhos azuis; em seguida, aquele cumprimento a abalou ainda mais. Tratando de lembrar que o coração dele, se existia, era gelado, que o conde era uma besta dominadora com quem ela *não* iria se casar, concluiu que não lhe importava o jeito como a olhava, nem seu modo suave de falar, nesse momento.

— Suponho que tenha alguma razão para exigir que eu venha até a sua presença, milorde — disse.

Para a surpresa dela, ele não se zangou. Ao contrário, pareceu bem-humorado ao responder, com uma reverência:

— Na verdade, tenho várias razões.

— E elas são... — inquiriu Sherry, confusa.

— A primeira de todas — sorriu Stephen — é que quero pedir desculpas.

— Verdade? — Ela sacudiu os ombros. — Por quê?

A perda desse primeiro assalto fez lorde Westmoreland ficar sério. A jovem era muito espirituosa e tinha uma boa dose de orgulho. Ele não conhecia nenhum homem, muito menos uma mulher, que se atrevesse a enfrentá-lo com a coragem e a inteligência com que ela o fazia.

— Pelo modo brusco como interrompi nossa conversa naquela noite e por não ter ido vê-la desde então.

— Aceito seu pedido de desculpas. Posso subir agora?

— Não — respondeu o conde, de repente desejando que ela não fosse tão corajosa. — Preciso... Não, eu quero... explicar por que fiz aquilo.

O olhar dela se tornou desdenhoso:

— Gostaria de vê-lo tentar.

A coragem era uma qualidade admirável em um homem. Em uma mulher, decidiu ele, era algo preocupante.

— *Estou* tentando — avisou-a.

Agora que ele perdera um pouco de sua altivez, Sheridan se sentia muito melhor.

— Então, explique — incentivou-o. — Estou ouvindo.

— Não quer se sentar?

— Talvez. Depende do que vai dizer.

As sobrancelhas dele se juntaram e os olhos se estreitaram, ela observou, mas, quando ele falou, sua voz soava calma e pausada:

— Na outra noite você me pareceu consciente de que eu... que as coisas entre nós não eram... o que você espera de um noivo.

Sherry assentiu com um leve e majestoso aceno de cabeça que sugeria superficial interesse.

— Há uma explicação para isso — continuou Stephen, desconcertado pela atitude dela. Deu-lhe então a única razão que lhe parecera lógica e aceitável entre as muitas em que pensara. — Brigamos na última vez em que nos vimos. Enquanto você esteve doente, esqueci a briga, mas, quando se recuperou, na outra noite, descobri que aquilo ainda continuava na minha cabeça. Foi por isso que me mostrei...

— Frio e distante? — ajudou-o ela, mais com surpresa e dor na voz do que com raiva.

— Exatamente — assentiu Stephen.

Ela se sentou, e o conde se descontraiu, aliviado por aquele duelo e as mentiras terem terminado. Porém, seu alívio durou pouco.

— Por que brigamos? — voltou a inquirir Sheridan.

Ele devia saber que uma rebelde americana de cabelos ruivos, com uma disposição imprevisível, sem respeito algum por títulos nobres ou etiqueta no vestir, insistiria em prolongar o embate, em vez de aceitar seu pedido de desculpas e deixar o assunto esfriar, educadamente.

— Por causa do seu gênio — respondeu, procurando se manter calmo.

— Meu gênio? — Confusos olhos cinzentos mergulharam nos dele. — O que há de errado com ele?

— Eu o acho muito... briguento.

— Ah, sei.

Stephen quase podia ouvi-la pensar que ele era muito mesquinho, uma vez que continuava alimentando uma briga apesar do acidente que ela sofrera. Ela olhou para as próprias mãos, unidas no colo, como se de repente não conseguisse mais encará-lo, e depois perguntou, em tom desapontado e hesitante:

— Quer dizer que sou uma megera?

Ao observar a cabeça baixa, os ombros caídos em desânimo, Stephen sentiu o estranho impulso de ternura que aquela moça despertava nele nos momentos mais inesperados.

— Não quis dizer isso — respondeu, com evidente diversão na voz.

— Percebi que meu gênio tem sido um tanto... incerto, nos últimos dias — admitiu Sherry, conformada.

O dr. Whitticomb dissera que achava a jovem graciosa, e Stephen estava quase admitindo que ele tinha razão. Concordou:

— É compreensível, dadas as circunstâncias.

Ela ergueu a cabeça, procurando os olhos dele:

— Quer me dizer exatamente por que brigamos da última vez em que estivemos juntos?

Apanhado em uma verdadeira armadilha, Stephen foi até a bandeja de bebidas e pegou a garrafa de xerez, procurando ansiosamente uma resposta que a satisfizesse e a acalmasse.

— Achei que estava dando muita atenção a outro homem — esclareceu, em uma súbita inspiração. — Fiquei enciumado.

O ciúme era um sentimento que ele jamais experimentara em sua vida, mas sabia que as mulheres gostavam muito de despertá-lo nos homens. Olhou de relance por cima do ombro e ficou contente ao ver que Charise Lancaster era igual às suas semelhantes sob esse ponto de vista: parecia contente e lisonjeada. Escondendo o sorriso, serviu xerez em um pequeno cálice e, quando se virou, ela olhava outra vez para as mãos.

— Xerez? — ofereceu.

Sheridan teve um repentino sobressalto ao som familiar que parecia ser seu nome, e seus olhos brilharam, alegres, ao responder:

— Sim...

Ele lhe estendeu um cálice, e ela continuou a olhá-lo, aguardando algo que não era o cálice.

— Aceita um pouco de licor? — esclareceu ele.

— Não, muito obrigada.

— Pensei que tivesse dito sim — comentou o conde, colocando o cálice sobre a mesinha.

Ela sacudiu a cabeça:

— Pensei que você tivesse me chamado e... Xerez... *Sherry!* — exclamou, saltando em pé, com o rosto radiante. — Pensei que fosse eu. Quero dizer, sou eu. Quero dizer, parece que era assim que me chamavam... quero dizer...

— Entendo — disse ele, gentilmente.

Stephen teve uma sensação de alívio tão intensa quanto a dela. Permaneceram parados um diante do outro, com os braços caídos dos lados do corpo, sorrindo, partilhando aquele momento de triunfo que parecia uni-los e enviar seus pensamentos na mesma direção. De repente, ele compreendeu por que Burleton ficara "louco de amor" por ela, como lhe dissera Hodgkin. E, enquanto fitava aqueles sorridentes olhos azuis, Sherry compreendeu por que se sentia tão atraída por ele. Frases estranhas começaram a flutuar em sua memória, sugerindo o que deveria acontecer em seguida...

O barão lhe segurou a mão e levou-a aos lábios, jurando-lhe eterna devoção:

— Você é meu amor, meu único amor...

O príncipe a tomou nos braços fortes e a apertou contra o coração:

— Se eu tivesse cem reinados, trocaria todos por você, minha doce amada. Eu não era nada até você chegar...

O conde estava tão deslumbrado com sua beleza que perdeu o controle e beijou-lhe a face:

— Perdoe-me, mas não pude evitar. Eu a adoro!

Havia um suave convite nos profundos olhos cinzentos e, naquele momento de completo acordo, pareceu muito natural a Stephen aceitá-lo. Erguendo o queixo dela, tocou os lábios macios e cheios com os seus; no mesmo instante, sentiu-a prender a respiração e estremecer. Surpreso pela forte reação, ergueu a cabeça e ficou esperando por alguns segundos que ela abrisse os olhos. Quando finalmente os longos cílios estremeceram e as pálpebras se separaram, viu que ela parecia confusa e um tanto desapontada.

— Alguma coisa errada? — perguntou, cauteloso.

— Não, nada — afirmou ela polidamente, mas parecia que pensava justamente o contrário.

Ele ficou olhando para ela em ansioso silêncio, tática que em geral fazia as mulheres falarem; teve de desistir: com sua "noiva", esse truque não funcionava.

— É que acho que esperava algo diferente — explicou ela, apenas.

Dizendo a si mesmo que estava apenas tentando ajudá-la a recuperar a memória, ele perguntou:

— O que você esperava?

Ela sacudiu a cabeça, com as finas sobrancelhas franzidas e os olhos fixos nos dele:

— Não sei.

As palavras hesitantes e o olhar confuso confirmaram as desconfianças do conde: que o verdadeiro noivo dera rédeas livres à paixão. Enquanto fitava os convidativos olhos cinzentos, decidiu de repente que era praticamente *obrigado* a ajudá-la a se lembrar de Burleton. A consciência dele gritava que seu motivo era outro, que estava sendo levado por uma determinação egoísta, mas Stephen a ignorou. Afinal de contas, prometera ao dr. Whitticomb que faria tudo para que ela se sentisse querida e protegida.

— Talvez estivesse esperando — disse, com a voz macia, passando um braço pela fina cintura e tocando a pequena orelha rosada com os lábios — algo mais ou menos assim...

A respiração quente em seu ouvido provocou arrepios na espinha de Sheridan, e ela voltou o rosto de modo que seus lábios encontrassem os dele. A intenção de Stephen era beijá-la como julgava que Burleton a beijara, mas, quando a boca de Sherry se entreabriu e sua respiração se tornou ofegante, as determinações dele desapareceram por completo.

No momento em que o braço de Stephen lhe apertou a cintura e que os lábios dele se moveram insistentemente sobre os seus, Sherry soube que não estivera esperando *aquilo*... Não aquela sensação tempestuosa que a fizera parar de respirar e se agarrar a ele; nem a compulsão que a obrigou a abrir a boca para a língua ardente; nem o disparar louco de seu coração no momento em que a mão dele se introduziu sob seus cabelos e lhe segurou a nuca, enquanto o corpo másculo parecia querer se fundir ao dela.

Stephen sentiu que ela se apoiava nele completamente sem forças, vítima da intensidade do beijo. Quando, por fim, conseguiu separar seus lábios dos dela, afastou um pouco a cabeça, viu o rostinho corado e surpreendeu-se pela própria reação aos beijos virginais de uma jovem inexperiente, que parecia não ter a menor ideia de como se correspondia a um beijo como aquele. Viu as pálpebras se abrirem e perscrutou os olhos deslumbrados, meio aborrecido com sua falta de controle, mas achando graça no fato de uma menina quase inocente ter provocado aquilo.

Aos 33 anos, suas preferências eram as mulheres apaixonadas, experientes e sofisticadas, que sabiam dar e receber prazer. Era cômico o fato de ter ficado excitado por uma menina-mulher vestida com o penhoar da sua amante. Por outro lado, ela demonstrara ser uma aluna aplicada, naqueles ardentes minutos nos braços dele, e não houvera sinal de timidez virginal durante o beijo, nem mesmo agora, enquanto se fitavam.

De qualquer modo, decidiu ele, Charise Lancaster talvez não fosse uma mulher inexperiente, mas não do modo certo, em relação a Burleton e possíveis predecessores. A ideia de que estava sendo ingênuo fez o nobre sorrir, depois erguer as sobrancelhas e perguntar, secamente:

— Era esse algo mais que esperava?

— Não. — E um enérgico balançar de cabeça acompanhou a negativa, fazendo os cabelos flamejantes se sacudirem sobre os delicados ombros. A voz dela tremia, mas seu olhar era firme ao confessar: — Sei que jamais esqueceria algo assim.

O divertimento de Stephen desapareceu, e ele sentiu um desconhecido e doloroso aperto no peito. Sem se dar conta do que fazia, ergueu a mão e acariciou o rosto macio dela, os dedos se deleitando na incrível maciez:

— Fico imaginando — e a voz dele soou rouca — como é possível alguém ser tão doce quanto você.

Era mais um pensamento que ele não pretendia revelar e para o qual não esperava resposta, por isso se surpreendeu quando ela disse, como quem confessa um segredo terrível:

— Não acho que eu seja doce, milorde. Talvez não tenha notado, mas acho minha natureza muito rebelde.

Stephen tentou conter uma risada e lutou para manter a expressão impassível, mas ela entendeu o silêncio como discordância.

— Parece... — e sua voz era um sussurro perturbado, enquanto baixava os olhos para a camisa dele, com ar de culpa — ... que andei escondendo muito bem de você minha verdadeira natureza...

Como ele nada dissesse, Sheridan estudou as minúsculas pregas da camisa, de um tom branco-neve, saboreando aquela deliciosa sensação do braço musculoso ao redor da sua cintura. Mais uma vez teve a impressão de que havia algo errado no que fazia. Concentrou-se nessa impressão, procurando forçá-la a tomar forma e se revelar, mas nada aconteceu: não combinava com os inegáveis impulsos que tinha em relação ao seu prometido, em relação a tudo, aliás. Em um momento odiava o que vestia, seu noivo, a perda de memória, desejando estar muito longe dali, dele e dessas coisas todas. Em outro, aquele homem conseguia modificar seus sentimentos com um sorriso cálido, um olhar admirado... ou um beijo. Com um simples sorriso, ele conseguia fazê-la sentir-se vestida como uma princesa, dando-lhe a certeza de que era linda e que fora melhor que tivesse perdido a memória. Não conseguia entender o motivo disso tudo, principalmente por que havia momentos em que *não queria* lembrar. E, Santo Deus, o jeito como ele a beijara! Seu corpo inteiro parecera derreter, queimar, e amara aquela sensação, que a fizera se sentir perturbada, culpada e insegura. Em um esforço para explicar isso tudo a ele, e talvez pedir-lhe um conselho, Sheridan respirou fundo e falou, com o rosto quase oculto no peito de Stephen:

— Não sei que tipo de pessoa você pensa que sou, mas parece que tenho um... um gênio *terrível.* Acho que até se pode dizer que meu gênio é... completamente imprevisível.

Perdidamente encantado com a candura de Sherry, Stephen lhe segurou o queixo e ergueu-lhe o rosto, forçando-a a encontrar seu olhar:

— Já percebi — afirmou ele, em voz baixa.

Os olhos cinzentos procuraram os dele:

— E isso não o incomoda?

Havia muitas coisas que "incomodavam" Stephen naquele momento, e elas nada tinham a ver com a disposição de Sherry. Os seios macios se encontravam pressionados contra o seu peito, os cabelos sedosos lhe roçavam a mão apoiada nas costas dela e os lábios cheios, bem-feitos, pareciam exigir que um homem os beijasse. O nome "Sherry" combinava perfeitamente com ela: era perigosa e sutilmente inebriante. *Não* era noiva dele, *não* era amante dele: merecia seu respeito e proteção, não sua luxúria. Sua mente sabia disso, mas seu cérebro parecia paralisado pelo sorriso, pela voz dela, e o corpo macio dela despertava o seu de maneira quase dolorosa. Ou ela não entendia por que ele estava excitado ou ela não o notara ou, ainda, não se importava. De qualquer modo, ele estava contente com o resultado e respondeu:

— Você me "incomoda" muito, sim.

— De que modo? — indagou ela, sentindo o coração disparar ao ver que ele fitava seus lábios.

— Vou lhe mostrar — sussurrou o conde roucamente, e sua boca colou-se à dela com violenta ternura.

Ele a beijou lentamente, levando-a a participar dessa vez, e Sheridan sentiu o sutil convite. Uma das mãos de Stephen a segurou de leve na nuca, enquanto a outra lhe subia e descia pela espinha, em infindável carícia. Seus lábios entreabertos se moveram sobre os dela, solicitando que se abrissem, e Sheridan atendeu, desajeitada. Imitou os movimentos da boca de Stephen e sentiu que os lábios dele se entreabriam mais; passou a língua por eles, reconhecendo o firme contorno, enquanto a mão dele se contraía na base da sua espinha.

Ela se ergueu na ponta dos pés, deslizando as mãos pelos músculos do peito largo até os ombros fortes, que se arqueavam de modo a ficar colados a ela... e, de repente, os braços dele a rodearam como se fossem de aço, e o beijo tornou-se selvagem, quase brutal, e exigente. A língua de Stephen acariciou a dela, depois lhe explorou a boca, enviando sensações primitivas ao corpo trêmulo, fazendo-a se agarrar a ele com mais força, correspondendo ao beijo sensual. As mãos deslizaram pelas laterais dos seios, e começaram a acariciá-los...

Avisada por um instinto que não entendia e não se atrevia a desafiar, ela interrompeu o beijo e sacudiu a cabeça, em um princípio de pânico, embora desejasse desesperadamente continuar a beijá-lo.

Relutante, Stephen a soltou, deixando os braços caírem ao lado do corpo. Com um misto de frustração e divertimento, olhou a exótica e jovem beleza que conseguira atordoar não apenas seus sentidos, como também sua mente. O rosto dela estava corado, os seios arfavam com a respiração ofegante, e nos olhos sombreados pelos cílios longos e escuros brilhavam confusão e desejo. Ela parecia não saber o que queria fazer.

— Acho que está na hora de fazermos alguma outra coisa — disse ele, tomando a decisão por ambos.

— O que quer fazer? — perguntou ela, perturbada.

— O que quero fazer — respondeu ele, insinuante — e o que *vamos* fazer são coisas completamente diferentes.

Decidiu então ensiná-la a jogar xadrez.

Foi um erro. Ela ganhou duas vezes porque ele não conseguia prestar atenção no jogo.

16

No dia seguinte, Stephen, escrupulosamente, evitou pensar nela, mas, quando seu valete começou a preparar a roupa que iria vestir à noite, viu-se esperando com grande ansiedade o momento de estar com Sherry. Havia muito tempo não aguardava um jantar com tanto entusiasmo. Naquela manhã, fora procurar a modista de Helene e encomendara roupas decentes para Sheridan, insistindo que ao menos um dos vestidos fosse entregue naquela mesma tarde, e os demais, assim que ficassem prontos. Quando a modista, quase histérica, lembrara a ele que a temporada estava prestes a começar e que todas as suas costureiras se encontravam ocupadíssimas, trabalhando dia e noite, o conde lhe pedira, polida e secamente, que atendesse ao seu pedido da melhor forma possível. Como as compras de Helene naquele ateliê de modas eram astronomicamente altas, ele tinha certeza de que a modista daria um jeito de estar com tudo pronto o quanto antes, e que o faria pagar por essa exigência de maneira exorbitante.

Horas depois, três costureiras chegaram à mansão e, apesar de ele não se iludir ao supor que ela trajaria um modelo de alta classe naquele jantar, dado o pouco tempo, estava ansioso para ver como ficaria em um vestido apropriado. Enquanto inclinava a cabeça para trás para que seu valete pudesse barbeá-lo embaixo do queixo, decidiu que, fosse o que fosse que Charise Lancaster vestisse, ela o vestiria com seu próprio estilo especial, fosse um lençol preso por um cordão de cortina ou um vestido de baile.

Ele não se desapontou a esse respeito, nem a respeito daquela noite. Sheridan entrou no salão, os cabelos ruivos descendo pelos ombros, emoldurando o rosto expressivo, parecendo uma ingênua ninfa em um vestido de lã finíssima, verde-água, com decote profundo e quadrado, corpete justo, que chamava a atenção para o colo dos seios redondos e acentuava a cintura fina antes de descer em pregas simples até o chão. Evitando com timidez o olhar francamente admirado de Stephen, ela cumprimentou com um leve aceno de cabeça os criados enfileirados diante do bufê. Em seguida, fez um elogio ao conde pelas elegantes floreiras de prata com rosas brancas e os candelabros de prata maciça trabalhada, com altas velas vermelhas, que enfeitavam e iluminavam a mesa, e então se sentou com natural polidez no lugar em frente ao dele. Só então ergueu os olhos para o lorde, e o sorriso que lhe deu era tão cálido, tão franco e cheio de inconscientes promessas que foi preciso que Stephen pensasse alguns instantes até compreender que ela estava apenas agradecendo pelo vestido.

— ... mas o conde foi extravagante demais — concluiu ela, calmamente.

— O vestido está longe de ser extravagante, e nem em sonho se compara à mulher que o usa — replicou Stephen.

E, ao vê-la desviar os olhos, parecendo envergonhada com o elogio, lembrou a si mesmo, com firmeza, que ela não *pretendia* seduzi-lo com seu fascinante sorriso, nem com o sensual balançar dos quadris, tampouco com a curva dos seios macios, e que aqueles eram o momento, o lugar e a mulher impróprios para seus pensamentos eróticos a respeito de travesseiros de cetim sob os cabelos, que eram verdadeiros fios de cobre sedosos, e seios redondos sob suas mãos desejosas. Em vista disso, voltou os pensamentos para temas seguros e perguntou a ela como passara o dia.

— Li os jornais — respondeu Sheridan.

A luz das velas dançava nos cabelos ruivos, nos olhos sorridentes, enquanto ela passava a diverti-lo com um hilariante relato dos efusivos comentários de uma reportagem que lera nos jornais sobre os acontecimentos sociais durante a temporada londrina. A intenção original dela, explicou, era adquirir informação, pelas reportagens e artigos, sobre os conhecidos dele e demais componentes da aristocracia inglesa antes de ser apresentada a eles. A consciência de Stephen se rebelou à ideia dela fazendo aquilo, já que não conheceria nenhuma daquelas pessoas, mas, argumentou consigo mesmo, aquela tarefa a ocupara e parecia tê-la divertido, então lhe perguntou o que havia aprendido até aquele momento.

As respostas dela e as expressões do seu rosto cheio de vida o entreteram, o divertiram e o desafiaram durante todo o jantar. Quando Sherry falava sobre alguma das inúteis frivolidades e excessos sobre os quais lera, tinha um jeitinho especial de franzir o pequeno nariz em desaprovação ou de revirar os olhos em divertida descrença que o fazia sentir vontade de rir. Às vezes, enquanto ainda tentava segurar o riso, ela se tornava pensativa e fazia uma pergunta séria que o apanhava de surpresa. Sua memória danificada parecia ter lacunas quando tentava compreender como e por que as pessoas do nível social dele — e do dela, na América, aliás — faziam certas coisas de um modo específico; era quando suas perguntas se tornavam tão profundas que o obrigavam a reavaliar os costumes que até então achara naturais e corretos.

— De acordo com o *Gazette* — informou-o Sherry, rindo, enquanto os criados colocavam em seu prato um suculento pedaço de pato —, o vestido com que a condessa de Evandale se apresentou na corte era embelezado por três mil pérolas. Você acha que o número de pérolas era esse mesmo?

— Tenho absoluta confiança na integridade jornalística do repórter social do *Gazette* — brincou Stephen.

— Se isso for verdade — comentou ela, com um sorriso afetado —, tenho que imaginar que eram pérolas muito pequeninas ou que essa lady é uma mulher *muito forte.*

— Por quê?

— Porque, se as pérolas eram grandes, e ela não, deve ter sido necessário um guindaste para erguê-la depois que ela se ajoelhou diante do rei.

Stephen ainda sorria, imaginando a fria, magnífica e rotunda condessa sendo guinchada da frente do trono, enquanto Sheridan passava de repente do frívolo para o sério. Apoiando o queixo sobre os dedos entrelaçados, ela o fitou do outro lado da grande mesa de jantar e perguntou:

— Em abril, quando todas as pessoas importantes se reúnem em Londres para a temporada que dura até junho, o que fazem com as crianças?

— Elas ficam no campo, com suas babás, governantas e tutores.

— E acontece a mesma coisa no outono, durante a pequena temporada? — O conde assentiu; ela inclinou um pouquinho a cabeça e disse, com ar sério: — As crianças inglesas devem se sentir muito solitárias durante esses longos meses.

— Mas elas não ficam sozinhas — enfatizou ele, paciente.

— Solidão nada tem a ver com ficar só, seja para crianças ou adultos.

Stephen se sentiu tão desesperado para evitar esse assunto, que, temia, levaria os dois diretamente para uma impossível discussão sobre os filhos *deles*, que não percebeu que sua voz gelava ou que, dado o estado vulnerável dela, sua pergunta parecia um dardo lançado:

— Está falando por experiência própria?

— Eu... não sei — hesitou Sheridan.

— Temo que amanhã à noite você tenha que ficar...

— Sozinha?

Quando ele fez que sim, Sherry fixou os olhos, rapidamente, na delicada concha de massa recheada por um delicioso patê que estava no prato dela. Respirou fundo, como se reunisse coragem, e o olhou diretamente:

— Vai sair por causa do que eu disse?

Ele se sentiu um bruto por levá-la a perguntar isso e respondeu, com ênfase:

— Tenho um compromisso assumido anteriormente que não posso cancelar. — Então, como se a necessidade de se desculpar diante dela não fosse um absurdo, acrescentou: — Para que não fique triste, quero que saiba que meus pais sempre trouxeram a mim e ao meu irmão quando vinham a Londres para a temporada. Meu irmão e a esposa dele, assim como alguns dos seus amigos, também têm o hábito de trazer os filhos, babás, governantas e tutores quando vêm para cá.

— Ah, que amável! — exclamou Sherry, com um sorriso tão luminoso que lembrava o sol. — Fico feliz em saber que existem pais devotados na alta sociedade londrina.

— Na verdade, a maioria da alta sociedade — informou ele, secamente — acha *engraçado* esse exagero de devoção paterna.

— Acho que opiniões alheias não devem influenciar o nosso modo de agir, não é? — disse ela, franzindo a testa.

Três sentimentos atingiram Stephen de uma só vez: divertimento, pena e mágoa. Quer percebesse ou não, Charise Lancaster o "entrevistava", avaliando seus méritos, não apenas como futuro marido, mas também como futuro pai de seus filhos — dois papéis que ele não representaria. E era uma boa coisa porque, em primeiro lugar, ele não parecia estar muito bem cotado na estima de Charise e, em segundo, o desinteresse dela pela opinião dos outros certamente a baniria da alta aristocracia londrina em uma semana, caso algum dia ingressasse nela. Stephen jamais dera importância para o que os outros pensavam, mas ele era homem, e sua riqueza e nome ilustre lhe davam o direito de fazer tudo o que bem quisesse impunemente. No entanto, as mesmas matriarcas aristocratas que estavam ansiosas por casá-lo com suas filhas, e que para isso se mostravam perfeitamente dispostas a passar por cima de seus vícios e excessos, crucificariam Charise Lancaster à menor infração social, até mesmo a uma bem menos chocante daquela na qual incorria agora, ao jantar sozinha com ele.

— Acha que devemos deixar que a opinião dos outros influencie nossas ações?

— Não. Definitivamente, não — afirmou ele, solenemente.

— Estou contente por ouvir isso.

— Era o que eu temia — retrucou o conde, sem poder evitar um sorriso.

O bom humor de ambos continuou durante todo o jantar e mais tarde, na saleta do café. Quando chegou a hora de se desejarem boa noite, ele compreendeu que não podia confiar em si mesmo para lhe dar mais do que um leve e fraternal beijo no rosto.

17

— Seja o que for que você fez, deu certo — anunciou o dr. Hugh Whitticomb na noite seguinte, quando entrou na saleta onde Stephen esperava por Sheridan, antes do jantar.

— Então, ela está bem? — perguntou o conde.

Sentia-se contente e aliviado pelo fato de sua apaixonada e receptiva "noiva" não ter assumido um sombrio ar de culpa virginal, após as liberdades que tomara na noite anterior, e confessado tudo a Whitticomb. Estivera muito ocupado o dia inteiro, primeiro com um de seus administradores, depois com o arquiteto que estava fazendo o projeto para a reforma de uma de suas propriedades, por isso nem sequer a vira. Porém, os criados sempre o mantinham informado do andamento e do clima da casa, e um deles lhe dissera que a hóspede parecia estar bem de saúde e de bom humor. Assim, ele se preparara para uma excelente noite, primeiro em companhia de Sherry e, depois, de Helene. Não se detivera em considerar qual das partes lhe interessava mais.

— Ela está mais do que bem — garantiu o médico. — Eu diria até que nossa paciente está florescendo. Aliás, pediu-me que lhe dissesse que descerá dentro de alguns instantes.

A agradável perspectiva da noite que Stephen tinha pela frente foi um tanto reduzida pela presença não solicitada e não desejada do médico, que permanecia impassível, observando-o abertamente, com um interesse mais do que perturbador, uma vez que vinha de uma pessoa astuta como ele.

— Como conseguiu essa transformação quase milagrosa, milorde?

— Fiz o que você sugeriu. — disse o conde, aproximando-se da lareira, onde deixara seu cálice de xerez. — Procurei fazê-la sentir-se... hum... querida e segura.

— Será que pode ser mais específico? Meus colegas, os quais consultei sobre a amnésia da senhorita Lancaster, com certeza gostariam de conhecer seu método de tratamento. É de espantosa eficiência!

Como resposta, Stephen apoiou um braço no console da lareira, fitou o médico com as sobrancelhas erguidas e disse secamente:

— Não quero fazê-lo se atrasar na visita ao próximo paciente.

A grosseria evidente levou Hugh Whitticomb a concluir que o nobre queria passar a noite sozinho com a hóspede. Isso, ou ele simplesmente não queria testemunhas da farsa que era obrigado a desempenhar diante da devotada noiva. Desejando descobrir qual das duas possibilidades era a certa, o médico insistiu, com habilidoso tato social:

— Por sorte, estou livre daqui por diante. Espero poder ficar para o jantar, assim testemunharei, em primeira mão, seus métodos com a senhorita Lancaster...

O olhar do lorde foi o mais tranquilo possível, mas sua voz soou carregada de ameaça:

— De jeito nenhum.

— Esperava que dissesse algo parecido — disse o doutor, sorrindo.

— No entanto, aceita um cálice de Madeira? — ofereceu o conde, já com a expressão tão impassível quanto o tom em que fizera a pergunta.

— Sim, obrigado. Acho que sim...

O dr. Whitticomb já não tinha certeza dos motivos pelos quais sua presença era tão indesejada. Lorde Westmoreland fez um gesto de cabeça para o criado, que estava próximo do aparador repleto de copos e garrafas de cristais; no momento seguinte, o médico recebia seu cálice de vinho Madeira.

Hugh se perguntava o que o nobre pretendia fazer com sua hóspede quando a aristocracia em peso chegasse a Londres, na semana seguinte, para a temporada. De súbito, notou que os olhos de Stephen se fixavam na porta da saleta e que ele tinha parado junto da lareira. Seguiu a direção do olhar e viu a senhorita Lancaster entrando na saleta, com um encantador vestido amarelo, combinando com a larga fita que marcava a cintura fina e com a outra que envolvia e arrematava os pesados cachos em sua cabeça. Ao ver o médico, ela se dirigiu primeiro a ele, como mandava a boa educação que se fizesse com uma pessoa mais idosa.

— Dr. Whitticomb — exclamou Sherry com um sorriso luminoso e cativante —, não me disse que estaria aqui quando eu descesse!

Estendeu-lhe ambas as mãos, em um gesto que, para uma jovem lady inglesa, seria cordial demais diante de um conhecido tão recente. Hugh lhe tomou as mãos e viu que gostava muito daquela espontaneidade carinhosa e sem afetação: para o diabo, com a etiqueta! Realmente gostava muito dela.

— Você está adorável! — exclamou, dando um passo para trás a fim de lhe admirar o vestido. — Parece um botão-de-ouro — acrescentou, embora esse cumprimento não lhe parecesse lisonjeiro o bastante.

Sheridan estava tão nervosa por reencontrar o noivo depois do que houvera entre eles na noite anterior que adiou o mais que pôde o momento de olhar para ele.

— Sou exatamente a mesma que era quando o senhor me viu há algum tempo. Claro, naquela hora eu não estava vestida... — acrescentou Sherry. Quis que o chão a engolisse quando o conde soltou um riso abafado. — Eu quis dizer — tratou de corrigir imediatamente, olhando para o rosto sorridente e bonito de lorde Westmoreland — que não estava vestida com *esta* roupa, ainda.

— Sei o que quis dizer — garantiu Stephen, admirando o rubor que cobria as bochechas e a pele de porcelana na linha do decote.

— Nem sei como lhe agradecer pelos adoráveis vestidos. — Enquanto falava, Sheridan tinha a sensação de que poderia se afogar nas profundezas daqueles olhos azuis. — Devo confessar que fiquei muito aliviada quando chegaram.

Stephen sorria, sem motivo algum exceto o estranho prazer que sentia ao vê-la entrar na sala... ou a maneira como ela olhava para ele, com aberto deleite por algo tão trivial quanto alguns vestidos simples e feitos às pressas.

— De fato? —disse ele, por fim. — E por que ficou aliviada? — quis saber, enquanto notava que ela não lhe estendia as mãos como fizera para o médico.

— Era o que eu também estava querendo saber — declarou o dr. Whitticomb.

Sheridan olhou para lorde Westmoreland com uma expressão que misturava embaraço e relutância:

— Bem, é que tinha medo de que fossem como um vestido que usei duas noites atrás — explicou, voltando-se para o médico. — Quero dizer, era um vestido lindo, mas... bem... muito... *audacioso.*

— Audacioso? — repetiu o dr. Hugh, inexpressivo.

— É. Ele quase flutuava em cima de mim, e eu me sentia como se estivesse envolta em um *véu* da cor de lavanda em vez de estar com um vestido. Fiquei o tempo todo com medo de que aquelas fitas prateadas se desamarrassem e eu me visse...

Calou-se ao ver que Whitticomb se voltava para o conde, olhando-o fixamente.

— Era cor de lavanda, então? — perguntou a ela, mas sem desviar os olhos do lorde. — E de tecido muito fino?

— Sim, mas perfeitamente apropriado para ser usado na Inglaterra — afirmou Sheridan, depressa, percebendo a expressão de censura com que o médico fitava seu noivo.

— Quem lhe disse isso, minha querida? — indagou Hugh.

— A criada... Constance. — Determinada a não deixar que o médico pensasse mal do seu noivo, que parecia se divertir com o olhar cortante do velho amigo, ela acrescentou, firmemente: — Dr. Whitticomb, a criada me assegurou que era o vestido perfeito para uma ceia a dois. Foi bem assim que ela falou: "Para uma ceia a dois!".

Por algum motivo, aquela explicação fez com que o duelo entre os dois cavalheiros terminasse de repente, quando ambos a fitaram ao mesmo tempo.

— O quê? — perguntaram em uníssono.

Desejando não ter tocado naquele assunto, Sheridan tomou fôlego e, com paciência, explicou aos dois homens estupefatos:

— Ela disse que aquele vestido cor de lavanda era adequado apenas para *uma ceia a dois*. Eu sabia que iríamos jantar, não cear, mas, como seríamos apenas dois, não tinha outra coisa para vestir e não pretendia usar o vestido para nenhum outro jantar ou ceia a dois, achei que... — Calou-se ao notar que o conde estava se esforçando muito para conter o riso. Perguntou, ressabiada: — Eu disse algo engraçado?

O dr. Whitticomb se voltou para Stephen:

— O que ela quer dizer?

— A criada de quarto tentou avisá-la, pelo jeito...

Assentindo para informar que entendera, Hugh Whitticomb não achou o caso engraçado:

— Eu devia ter desconfiado. Suspeitei quando ela falou em vestido *cor de lavanda*... Espero que providencie criadas qualificadas para a senhorita

Lancaster e resolva o problema dos vestidos, de maneira que um mal-entendido como esse não aconteça de novo, sim?

O copo do médico já se esvaziara, e ele o colocou na bandeja de prata estendida pelo criado que se materializara ao seu lado antes que ele percebesse que o anfitrião não respondera. Ao se virar, decidido a conseguir uma resposta, percebeu que Stephen se esquecera não apenas de lhe responder, como também da sua presença. Em vez de se preocupar com o que Hugh dissera, sorria para Charise Lancaster e dizia, em tom de bem-humorada queixa:

— Você ainda não me cumprimentou com um boa noite, minha cara. Estou começando a me sentir desprezado e triste...

— Ah, sim! Percebe-se que está mesmo!

Alegre, ela riu do evidente, mas lisonjeiro, exagero. Apoiado casualmente na lareira, com os brilhantes olhos azuis fixos nos dela e um sorriso fácil no rosto bonito, lorde Westmoreland era a imagem viva da segurança e da potência masculinas. No entanto, a galanteria brincalhona e o calor transmitido pelos olhos dele causavam uma estranha euforia nela, que admitiu, sem jeito:

— Eu pretendia cumprimentá-lo, mas esqueci como devo fazê-lo e ia lhe perguntar.

— Como assim? — estranhou ele.

— Quero dizer, devo fazer uma reverência? — perguntou Sherry, com um sorrisinho ansioso que ele achou cativante.

De algum modo, aquela jovem conseguia encarar seus angustiantes problemas e obstáculos com uma honestidade sorridente que ele achava de um bom humor impressionante e uma coragem incrível. Na verdade, preferia que ela o cumprimentasse lhe estendendo as mãos, como fizera com Hugh Whitticomb, ou, melhor ainda, que lhe oferecesse os lábios, que, de súbito, ele sentia uma vontade louca de beijar, mas, como isso era impossível naquele momento, assentiu em resposta à pergunta dela dizendo casualmente:

— É o costume.

— Pensei mesmo que fosse. — Enquanto falava, fez uma graciosa reverência. — Assim está aceitável? — perguntou, e ao se erguer colocou a mão sobre a que Stephen lhe estendera.

— Mais do que aceitável — disse ele, sorrindo. — Como passou o dia?

Com o canto dos olhos, o dr. Whitticomb notou o *calor* no sorriso do conde, o jeito *profundo* como a olhava enquanto a jovem respondia à sua pergunta e o fato de ele se manter mais próximo dela do que era necessário ou apropriado. Se estava apenas representando um papel, era um excelente ator! E se não estava representando...

O dr. Hugh decidiu testar a segunda possibilidade e atacou, em tom de brincadeira:

— Eu poderia me ver obrigado a ficar para o jantar, se fosse convidado...

Charise Lancaster se virou para olhá-lo, mas Stephen disse secamente, sem se mexer:

— De modo algum. Vá embora.

— Ninguém pode dizer que não reconheço uma insinuação quando me fazem uma! — exclamou o médico, encorajado.

Sentia-se tão feliz, inclusive com a surpreendente falta de hospitalidade de Stephen, que sentiu vontade de abraçar o mordomo que lhe deu o chapéu, a bengala e abriu-lhe a porta. Em vez disso, disse-lhe em voz baixa e com uma piscadela de conspirador:

— Tome conta da mocinha para mim: esse será nosso acordo secreto.

Já estava no meio da escadaria que dava para o parque ao redor da mansão quando percebeu que o mordomo não era Colfax, mas sim outro, bem mais velho do que ele.

Não tinha importância, nada poderia tirar o bom humor que sentia.

Sua carruagem o esperava diante do portão, mas a noite estava tão linda que teve vontade de caminhar e fez sinal ao cocheiro para que o acompanhasse. Durante anos, ele e a família Westmoreland assistiram, consternados, ao verdadeiro desfile de mulheres-caçadoras na vida de Stephen, todas ansiosas por conquistar seus títulos e sua riqueza, e fazer parte da família Westmoreland. Com o tempo, o conde, que era a personificação da elegância e da cordialidade, tornara-se um homem duro e cínico.

Sofrera um violento assédio de todas as patronesses e mamães casamenteiras da Inglaterra; assédio devidamente disfarçado pela deferência e pelo respeito que a aristocracia devia a uma família rica e poderosa como a dele. Tratava-se de um homem muito desejado não pelo que era, mas sim por quem era e por aquilo que *tinha.*

Quanto mais tempo resistia, maior o desafio se tornava tanto para mulheres solteiras como para as casadas, até que ficara impossível o conde de Westmoreland entrar em um salão de baile sem provocar um frêmito nervoso entre todas as mulheres presentes. Ele via isso acontecer, entendia os motivos, e sua opinião sobre as mulheres piorava em proporção direta ao aumento da própria popularidade. Como resultado, sua consideração para com o sexo feminino se tornara tão baixa que ele preferia publicamente a companhia de uma amante à de qualquer mulher respeitável da sua própria classe. Mesmo quando ia a Londres para a temporada, o que não fizera por dois anos, desdenhava das mais importantes festas aristocráticas e passava as noites em clubes de jogo com amigos ou no teatro e na ópera, com Helene Devernay. Exibia-se de modo tão tranquilo com ela diante da ofendida aristocracia que vinha provocando um escândalo profundamente desagradável para sua mãe e sua cunhada.

Até um ou dois anos atrás, ele tolerara as mulheres que o assediavam e as tratara com nada mais do que uma divertida condescendência, mas parecia que sua paciência chegara ao fim. Nos últimos dias, era bem capaz de agir com uma incivilidade que reduzia *ladies* a mortificadas lágrimas e ultrajava parentes, quando tomavam conhecimento da atitude dele.

E agora, naquela noite, sorrira com os olhos fixos nos de Charise, transmitindo algo da sua antiga cordialidade. Não havia dúvida de que parte dessa atitude se devia ao fato de se sentir responsável pela situação difícil em que ela se encontrava. E era mesmo o responsável. Aquela moça precisava desesperadamente dele, mas, na opinião do dr. Whitticomb, ele precisava dela mais ainda. Necessitava de sinceridade e doçura em sua vida. Mais do que tudo, precisava de uma prova de que no mundo existiam mulheres solteiras que o queriam e precisavam dele, de sua pessoa, e não de seus títulos, sua riqueza e posição social.

Mesmo no vulnerável estado mental em que se encontrava, Charise Lancaster parecia não dar importância aos títulos dele, ao tamanho e à elegância da sua casa. Não se sentia intimidada pelo conde, nem por suas posses, e não se demonstrava lisonjeada com a atenção dele. Naquela noite, ela cumprimentara Hugh com um irresistível carinho natural, depois se divertira indisfarçadamente diante da galanteria de Stephen. Era inesperadamente franca e sincera, embora também doce e delicada, o bastante para se ressentir da negligência de Stephen. Essa era uma espécie rara de mulher, que pensava nos outros antes de pensar em si mesma, e que perdoava ofensas com delicadeza e generosidade. Durante os primeiros dias de recuperação, quando ainda se encontrava presa ao leito, invariavelmente ela pedia a Hugh que garantisse ao "conde" que recuperaria a saúde e a memória, e que, portanto, era inútil que ele se atormentasse sem necessidade. E mais, ela havia levado em consideração, com astúcia, que o conde se culparia pelo acidente. Além disso, o médico ficara encantado com a amigável e límpida cordialidade com que ela tratava a todos, desde os criados até ele, inclusive o seu "noivo".

Monica Fitzwaring era uma jovem finíssima, de excelente caráter e elevada linhagem familiar. Hugh Whitticomb gostava muito dela, mas não para ser esposa de Stephen. Era adorável, graciosa, serena — como a haviam ensinado a ser —, e justamente por essa disciplina imposta, ela não tinha o desejo nem a capacidade de evocar profundas emoções no homem que se tornasse seu marido, principalmente se fosse o lorde Westmoreland. De todas as vezes que Hugh vira Stephen com ela, nem uma só o lorde a fitara nem mesmo com um milésimo do cálido interesse que demonstrara por Charise havia poucos instantes. Monica Fitzwaring seria uma excelente e encantadora anfitriã ao lado do conde, mas nunca teria habilidade para lhe tocar o coração.

Não fazia muito tempo, Stephen alarmara a família inteira ao anunciar que não tinha a intenção de se casar com Monica nem com qualquer outra moça simplesmente para ter um herdeiro. Whitticomb achara essa decisão mais tranquilizadora do que alarmante. Ele não aprovava esses casamentos modernos por conveniência, que eram tão *de rigueur* entre os aristocratas — pelo menos não os apreciava para pessoas das quais gostava, e nutria uma profunda amizade pelos Westmoreland. Queria para Stephen nada mais nada menos do que o tipo de casamento de Clayton Westmoreland, o pai dele, o tipo de casamento que ele próprio, Hugh, tivera enquanto sua Margaret vivera.

Sua Margaret...

Ainda agora, enquanto caminhava entre as luxuosas mansões da Upper Brook Street, sorria ao pensar nela. Charise Lancaster lembrava sua Margaret, descobriu de súbito. Não na aparência, claro, mas na bondade e na coragem.

Afinal, estava convencido de que o destino dera a Stephen Westmoreland a bênção que ele merecia. Claro, o conde não queria aquela espécie de bênção, e Charise Lancaster não iria se sentir "abençoada" quando descobrisse que fora enganada por seu "noivo" e seu médico. No entanto, o destino tinha um aliado em Hugh Whitticomb, que se julgava um homem de muita força quando era preciso.

— Minha pequena Maggie — pensou, em voz alta, porque, apesar de sua esposa ter morrido havia dez anos, ainda a sentia por perto e gostava de conversar com ela para mantê-la sempre ao seu lado —, acho que vamos conseguir fazer o melhor casamento em muitos anos! O que você acha?

Girando a bengala, inclinou a cabeça e escutou, depois começou a rir, porque quase foi possível ouvir a conhecida resposta:

— *Acho que você deveria me chamar de Margaret, não de Maggie, Hugh Whitticomb!*

— Ah, minha pequena Maggie — sussurrou ele, sorrindo, porque *sempre* respondia a ela do mesmo modo —, você é minha Maggie desde o dia em que escorregou de cima daquele enorme cavalo e caiu em meus braços!

— *Eu não escorreguei, eu desmontei. Um tanto desajeitadamente, é verdade...*

— Maggie — sussurrou Hugh —, queria tanto que você estivesse aqui!

— *Eu estou, querido.*

18

Stephen planejara passar a noite com Helene, no teatro e, mais tarde, na cama dela, mas, três horas depois de encontrá-la, viu-se de volta à porta da mansão, com a testa franzida porque ninguém o havia atendido. No hall, olhou ao redor em busca de um mordomo ou lacaio, mas não havia vivalma, apesar de não ser muito tarde da noite. Deixando as luvas sobre uma mesa, dirigiu-se ao salão principal. Como não surgiu nenhum mordomo para tirar sua casaca, ele mesmo a tirou, jogando-a sobre uma cadeira. Em seguida, consultou o relógio de bolso, imaginando se teria parado.

Marcava 10h30 e, quando se voltou para comparar a hora com a do relógio de pêndulo acima da lareira, viu que elas combinavam. Normalmente, não voltava de uma noitada com Helene ou em um dos seus clubes antes do amanhecer e, mesmo assim, sempre havia um lacaio no hall para recebê-lo.

Pensou nas horas em companhia de Helene e passou a mão na nuca, como se isso pudesse livrá-lo do descontentamento e do tédio que não o haviam deixado o tempo todo. Sentado ao lado dela no camarote particular do teatro, mal prestara atenção ao que acontecia no palco e, quando o fizera, acabara descobrindo defeitos no desempenho dos atores, dos músicos, no cenário, ou sentindo repulsa pelo perfume que vinha do camarote vizinho. No estado de inquietação em que se encontrava, tudo o aborrecia ou irritava.

Assim que saíra de casa, dissipara-se o até então desconhecido prazer que sentira no começo da noite, ao jantar em companhia de Sherry, que o alegrara e divertira com espirituosas e inteligentes observações sobre as coisas que lera nos jornais.

Ao fim do primeiro ato, Helene percebeu o descontentamento dele e, sorrindo de modo insinuante por trás do leque, sussurrou:

— O que acha de irmos embora e criarmos um "segundo ato" em um ambiente mais agradável?

Stephen aceitou prontamente a sugestão de levá-la para a cama. O desempenho dele, porém, lhe pareceu tão insatisfatório quanto tudo no teatro. Depois de tirarem as roupas, ele descobriu que não estava com disposição para as deliciosas preliminares das quais normalmente gostava tanto; simplesmente queria possuí-la e se livrar do desejo. Buscava um alívio físico, não um prazer sensual. No entanto, não conseguiu nenhum dos dois.

Helene percebeu o que se passava, é claro; enquanto ele jogava as cobertas de lado e se levantava, ela se apoiou em um cotovelo para observá-lo se vestir.

— Onde estão seus pensamentos esta noite? — indagou, suavemente.

Sentindo culpa e frustração, o lorde se inclinou para dar um beijo, como pedido de desculpa, na testa franzida da amante, e respondeu:

— A situação em que me encontro é complicada e vexatória demais para perturbá-la.

Era uma resposta evasiva e ambos sabiam disso, como também sabiam que uma amante normalmente não era para explicações ou recriminações. Porém, Helene Devernay estava longe de ser uma amante "normal". Era uma das belezas mais cobiçadas e admiradas da aristocracia. Escolhia os amantes que mais lhe conviessem e tinha um amplo campo de escolha entre inúmeros nobres riquíssimos, que esperavam, ansiosos, pela chance de lhe oferecer uma "proteção" como a de lorde Westmoreland, em troca do exclusivo direito à sua cama e companhia.

Ela sorriu diante da evasiva dele, deslizando a ponta de um dedo pelo colarinho da camisa ainda desabotoada, e disse, com o ar mais inocente do mundo:

— Ouvi as costureiras de Madame LaSalle comentando que você esteve lá e encomendou vários vestidos, com grande urgência, para uma hóspede que tem em sua casa. Qual é a... situação? — concluiu, com delicadeza.

Stephen endireitou o corpo, depois a olhou com um misto de diversão, irritação e admiração pela apurada percepção da amante.

— É uma situação "vexatória" e "complicada" — repetiu, incisivo, sem acrescentar mais nada.

— Imagino que seja mesmo — disse ela sorrindo, compreensiva.

No entanto, Stephen notou uma indisfarçável nota de tristeza em sua voz. Era evidente que Helene ficara preocupada com a presença de uma desconhecida na casa dele, e isso o intrigou. Em seu círculo social, nem mesmo a presença de uma esposa impedia um homem de ter amantes. Na aristocracia, os casamentos em geral aconteciam entre dois estranhos que pretendiam permanecer exatamente estranhos depois que gerassem um herdeiro. Nenhuma das partes era obrigada a abandonar seu estilo de vida para seguir o da outra, e eram comuns casos amorosos extraconjugais, tanto pelos maridos como pelas esposas. Discrição, não moralidade, era o que importava em um casamento aristocrático. Já que tanto ele como Helene compreendiam isso, e já que *não* eram casados, Stephen ficou surpreso que ela se preocupasse o mínimo que fosse com sua hóspede. Inclinando-se de novo, beijou a boca de Helene e deslizou a mão pelas coxas nuas e macias.

— Você está se preocupando à toa — tranquilizou-a. — Ela é apenas uma mulher sem lar aqui na Inglaterra, que está em minha casa se recuperando de um acidente, à espera de sua família, que vem buscá-la.

Porém, assim que saiu da casa e apesar da explicação que dera à amante, encarou o fato de que Charise Lancaster estava muito longe de ser uma pobre mulher desamparada. Na verdade, era corajosa, inteligente, espontânea, divertida, naturalmente sensual e incrivelmente engraçada. A surpreendente e irritante verdade era que ele gostara mais da companhia dela naquela noite do que de ir ao teatro e estar na cama com Helene. Sherry também gostava de sua companhia, de conversar e rir com ele, de estar em seus braços...

Esses pensamentos haviam gerado a ideia de uma possibilidade que ele considerara enquanto a carruagem se dirigia à sua casa, na Upper Brook Street: Burleton nada tinha a oferecer a Charise Lancaster a não ser um pequeno título de nobreza e a respeitabilidade do casamento; ela e o pai pareciam contentar-se com isso. Horas depois da repentina morte do barão, Stephen tomara providências para o funeral e começara a inquirir sobre os negócios do jovem falecido a fim de verificar se precisava resolver alguma coisa que houvesse ficado em suspenso. Descobrira que Burleton se dedicava intensamente ao jogo. Naquela manhã mesmo, quando o escritório de Matthew Bennett lhe entregara um extenso relatório, soubera que o barão dilapidara a pequena fortuna que herdara. Além de um monte de dívidas de jogo, que o conde pretendia saldar, o falecido nada deixara: nenhuma propriedade, joias de família, nem uma carruagem sequer. Os excessos no jogo haviam consumido inclusive algum dinheiro que ele porventura tivesse recebido como dote ao aceitar o casamento com Charise Lancaster.

Em um ano ou dois de casada, Sherry estaria vivendo em distinta pobreza, como o barão de Burleton vivia na ocasião de sua morte, sem nenhum benefício trazido do casamento além de um título de nobreza equivalente ao menor dos títulos de Stephen. Westmoreland chegou à conclusão de que não tinha intenção alguma de se casar com a jovem americana, mas poderia — aliás, com enorme boa vontade — oferecer-lhe o mundo se continuassem a gozar a companhia um do outro nas semanas seguintes e se ela estivesse disposta a aceitar um acordo nos termos dele...

Se ela estivesse disposta a aceitar um acordo...

De súbito, a baixeza do que estava planejando o chocou, fazendo-o sentir nojo de si mesmo. Charise Lancaster era uma virgem ingênua, não uma cortesã. E, mesmo que tivesse experiência para entender o que aquele tipo de relacionamento significava, era jovem demais para ele, que, por sua vez, era um homem vivido e desgastado demais para ela.

Felizmente, não era cínico, debochado ou *entediado* o bastante para lhe oferecer um acordo que roubaria sua virtude e todas as chances de respeitabilidade. Era difícil acreditar que tivesse tão pouca moral, que fosse tão vil a ponto de, após ter matado o jovem noivo, em tão pouco tempo estar pensando em tomar como amante a noiva do falecido. Era revoltante, uma loucura. Havia anos que se conformara por ter perdido seus ideais, mas até aquele momento não sabia que havia perdido também o juízo.

Sentindo-se um desprezível degenerado, Stephen resolveu que, daquele momento em diante, se tornaria o guardião de Sherry e que só pensaria nela nos termos mais impessoais. Desse modo, não apenas deveria garantir que ficasse bem de saúde e em segurança, como também evitar qualquer contato físico partindo dele.

Ela podia pensar que eram noivos, mas ele sabia muito bem que não era assim e iria se lembrar disso no futuro! *Uma* pessoa com perda de memória já era o bastante!

Desejava ardentemente que ela ficasse bem logo, e começava a se sentir menos culpado por tê-la privado do noivo verdadeiro. Charise merecia alguém melhor do que o jovem barão de Burleton. Esse jamais seria homem o bastante para ela: era imaturo demais, irresponsável demais e pobre demais.

Aquela moça precisava, e merecia, ser agasalhada por peles caras e viver em um luxo suntuoso.

No fundo, o conde tinha consciência de que era dele a responsabilidade de encontrar alguém em condições para ela, mas não queria pensar nisso por enquanto, pois estragaria seu humor, e pretendia salvar o restante da noite, tornando-a agradável para ambos.

Tentando descobrir quando se desenvolvera nele essa suscetibilidade por virgens desamparadas — e essa estranha preferência por virgens desamparadas com cabelos cor de fogo —, Stephen parou um instante no salão vazio, preparando-se para desempenhar o dever de guardião entretendo sua hóspede.

Só que a mansão estava silenciosa e deserta como um túmulo.

Enfiando as mãos nos bolsos, virou-se lentamente, ainda esperando que Sherry, ou um criado, se materializasse em um dos cantos do salão. Como nada disso aconteceu, voltou para o hall, disposto a ir se deitar ou acordar a eficiente criadagem, que se tornara inexplicavelmente relapsa naquela noite. Aproximava-se do cordão da campainha quando ouviu um fraco som de vozes vindo de algum lugar nos fundos da mansão. Em seguida, fez-se absoluto silêncio de novo.

Intrigado, Stephen caminhou na direção de onde o som viera, e o som de seus passos ecoou pelo piso ladeado de colunas do hall que dava para um corredor que levava aos fundos da casa. Parou no final desse corredor com a cabeça levemente inclinada, ouvindo atento o silêncio. Sem dúvida, Sherry devia ter-se deitado horas antes, imaginou, aborrecido por ter trocado os braços acolhedores de sua ardorosa amante por aquela casa silenciosa e fria.

Já ia girando o corpo para voltar ao hall quando estacou ao ouvir a voz alegre de Sherry vinda da cozinha:

— Muito bem. Então, vamos tentar de novo, todos juntos... só que o senhor Hodgkin tem que vir aqui para perto de mim e cantar mais alto, para eu aprender a letra direito. Prontos?... Então, já!

As vozes dos criados se elevaram, em coro, entoando uma das bonitas canções de Natal que, desde a Idade Média, toda criança inglesa aprende. Stephen caminhou para a cozinha, e sua irritação foi crescendo ao pensar em Sherry ali com os preguiçosos criados, em vez de estar sendo atendida por eles na parte nobre da mansão. Ao chegar à ampla porta da imensa cozinha, parou, sem conseguir acreditar na cena que o recebia.

Cinquenta criados, em seus diferentes uniformes, de acordo com as funções, estavam dispostos em cinco fileiras perfeitas, com Sherry e o velho Hodgkin diante deles. Normalmente a criadagem se dispunha em rígida hierarquia havia séculos, com o mordomo-chefe e a governanta no lugar de honra. Porém, era óbvio que a jovem americana os organizara sem dar a menor importância a qualquer regra ou decoro, provavelmente de acordo com a habilidade de cantar de cada um. O pobre Colfax, mordomo-chefe da mansão, encontrava-se relegado ao último lugar de uma das fileiras, entre uma criada de quarto e uma lavadeira, enquanto seu arquirrival pela supremacia no comando dos criados — Damson, o criado de quarto do conde — conseguira o primeiro lugar em uma das fileiras. Damson, o cavalheiro dos cavalheiros, rigidamente superior, que nunca se dignava a falar com alguém que não fosse Stephen, tinha um braço passado pelos ombros de um lacaio, e os dois entoavam suas harmonias com prazer, olhar extasiado fixo no teto, as cabeças quase unidas.

O quadro era tão irreal, tão além da imaginação de Stephen, que ele ficou imóvel por vários minutos, ouvindo e olhando os lacaios, criados, cavalariços, criados de quarto e mordomos, esquecidos de seus níveis e livres, cantando em democrática harmonia com criadas de quarto, arrumadeiras, lavadeiras, cozinheiras e ajudantes de cozinha — com seus alvos aventais —, obedecendo prazerosamente a um mordomo inferior de bastos cabelos brancos, que movimentava animadamente as mãos como se regesse uma orquestra sinfônica.

O lorde ficou tão arrebatado com a cena à sua frente que vários minutos se passaram até notar que Damson e o lacaio, assim como muitos outros criados, tinham vozes muito bonitas. E muitos minutos mais para perceber que estava gostando mais da performance amadora em sua cozinha do que do espetáculo profissional que vira no teatro.

Enquanto se perguntava por que entoavam uma canção de Natal em plena primavera, Sherry juntou-se ao coro, e o som de sua voz pura e cristalina superpôs-se suavemente às vozes dos tenores, barítonos e contraltos, roubando a respiração de Stephen. Quando as notas eram graves, ela as cantava com tamanha naturalidade que o improvisado coro de vez em quando era interrompido por exclamações admiradas que se intercalavam no canto; quando a melodia atingia as notas mais agudas, ela as alcançava sem qualquer esforço, com tal potência e clareza que cada canto da vasta cozinha parecia reverberar com a beleza de sua voz.

Quando a canção chegou ao seu apoteótico final, um garotinho de uns 7 anos se adiantou e mostrou a mão enfaixada a Sheridan, enquanto dizia, sorrindo:

— Minha mão ia doer menos, senhora, se eu pudesse ouvir mais uma linda canção.

No umbral da cozinha, Stephen endireitou os ombros e abriu a boca para dizer ao menino que não a incomodasse, mas Damson começou a falar primeiro e o conde calou-se, achando que seu criado de quarto diria o mesmo que ele pretendia dizer. Em vez disso, Damson disse:

— Tenho certeza de estar falando por todos quando digo que a senhorita tornou esta noite extraordinária ao nos oferecer sua companhia e, perdoe meu atrevimento, sua *maravilhosa* voz!

Esse longo e floreado discurso arrancou um sorriso confuso e tímido de Sherry, que se inclinou para ajeitar a faixa na mão machucada do garotinho.

— O que o senhor Damson quis dizer — traduziu o mordomo-chefe Colfax, lançando um olhar furibundo para o *criado* — é que *todos* nós *gostamos demais* dessas horas, e que ficaríamos profundamente agradecidos se a senhorita fizesse a bondade de prolongá-las mais um pouquinho.

O garotinho revirou os olhos para Colfax e para Damson e, depois, olhou para Sherry, que estava de cabeça baixa e sobrancelhas franzidas, pelo que via sob a bandagem.

— O que os dois tentaram dizer — esclareceu ele, muito sério — é: será que podemos cantar outra música, por favor?

— Ah — riu Sheridan, e Stephen viu que ela dava uma piscadela de conspiração para o mordomo-chefe e o criado de quarto. Endireitou o corpo e perguntou: — Então, era isso que vocês queriam dizer?

— De fato — confirmou Damson, com um olhar depreciativo para Colfax.

— Bem, posso dizer o que *eu* quis dizer — declarou o mordomo-chefe.

— Então, podemos? — indagou o pequeno, ansioso.

— Podemos, sim — afirmou ela, sentando-se na beirada da mesa e pondo o garoto no colo. — Mas, agora, quero ouvir vocês, para aprender outra das suas canções. — Olhou para Hodgkin, que, radiante, fitava-a, esperando ordens. — Acho que poderia ser aquela primeira, sr. Hodgkin, aquela que vocês cantaram para mim, que falava de "uma noite de Natal branca de neve, com o calor de uma acha de lenha em brasa...".

O velho mordomo assentiu, emocionado, ergueu as mãos exigindo silêncio, agitou os braços de forma dramática, e os criados todos iniciaram ao mesmo tempo um exuberante cântico natalino. Stephen mal os via e ouvia. Tinha os olhos presos à imagem de Sherry, sorridente, com o pequenino no colo. De vez em quando, ela sussurrava algo ao ouvido dele, colocava a mão no rostinho radiante e o apertava contra o peito. O quadro que os dois formavam era de uma ternura maternal tão eloquente, e emocionou o conde de tal maneira, que ele tratou de acabar com aquele encanto.

Dando um passo à frente, inexplicavelmente ansioso por se livrar da visão que tinha diante dos olhos e rompendo aquele clima aconchegante, perguntou:

— Já estamos no Natal?

Se estivesse com um revólver em cada mão, sua irrupção não faria um efeito mais galvanizante e aterrador sobre os alegres cantores improvisados. Cinquenta criados pararam de cantar e recuaram para o fundo da cozinha, tropeçando uns nos outros na pressa e na aflição de se distanciar do patrão. Até mesmo o garotinho saltou do colo de Sherry e escapou antes que ela conseguisse detê-lo. Só Colfax, Damson e Hodgkin fizeram uma retirada mais digna e, mesmo assim, muito cautelosa, desaparecendo da cozinha.

— Eles morrem de medo de você, não? — perguntou Sherry, feliz por vê-lo de volta mais cedo do que esperava.

— Não o bastante para se conservarem em seus postos, evidentemente — retorquiu Stephen, mas teve de rir ao ver a expressão de culpa naquele rosto lindo.

— Foi por minha causa — acusou-se Sherry.

— Imaginei que fosse.

— Como? — desafiou ela.

— Graças aos meus magníficos poderes de dedução! — disse ele, com uma reverência exagerada. — Jamais ouvi meus criados cantarem, e nunca encontrei minha casa tão deserta quanto hoje.

— Eu me sentia muito triste e sozinha, e resolvi explorar a mansão... — explicou Sherry. — Quando cheguei aqui, Ernest, o menininho, havia acabado de queimar a mão em uma chaleira com água fervendo.

— E você resolveu curá-lo organizando um coro de criados?

— Não. Fiz isso porque todos eles me pareceram solitários e tristes como eu.

— Por acaso você estava se sentindo mal?

Stephen se mostrava preocupado, observando-a atento. Charise parecia estar bem. Muito bem. Adorável, vibrante e... envergonhada.

— Não. Eu estava...

— Sim? — pressionou o conde, ao ver que ela hesitava.

— Estava triste porque você saiu.

A resposta cândida fez o coração dele se apertar de surpresa e... de algo mais, um sentimento que ele não conseguiu identificar, e nem quis tentar. Como, para todos os efeitos, ela era sua noiva, pareceu-lhe muito apropriado, e agradável, inclinar-se e lhe beijar a face corada, embora, poucos minutos antes, tivesse prometido a si mesmo que manteria um relacionamento puramente platônico com ela. Foi muito natural o beijo escorregar para os lábios, e suas mãos a segurarem pelos ombros, apertando-a contra si por um momento. O que não pareceu nada natural e seguro ao lorde foi o modo como seu próprio corpo reagiu instantaneamente no momento em que ela se encostou a ele, apoiando as mãos em seu peito. Menos natural ainda, e mais perigoso, foi o pensamento terno que lhe surgiu na mente: *Senti muito a sua falta esta noite!*

Stephen a largou como se os ombros dela lhe queimassem as mãos e recuou, mas manteve a expressão impassível, de modo que sua confusão não ficasse evidente. Estava tão preocupado com isso que concordou automaticamente quando ela sugeriu que esperasse, enquanto ia preparar algo para beberem.

Depois de arrumar xícaras e o bule em uma bandeja, Sheridan se aproximou e se sentou do outro lado da mesa, diante dele.

Ela apoiou o queixo nas mãos e ficou a olhá-lo com um suave sorriso, enquanto Stephen observava que as chamas da lareira punham reflexos de cobre nos cabelos dela e lhe davam certo rubor às faces.

— Deve cansar muito ser conde — comentou Sherry de súbito. — Como se tornou um?

— Conde? — despertou ele.

Ela assentiu, então olhou a panela que pusera no fogo e se levantou rapidamente, enquanto dizia:

— Outra noite, depois do jantar, você me disse que tem um irmão mais velho que é duque e que recebe seus títulos por falta de outro herdeiro.

— É verdade — confirmou Stephen, acompanhando os graciosos movimentos com que ela preparava não importava o que fosse. — Meu irmão herdou o título ducal e vários outros do nosso pai. Os meus vieram de um tio.

Segundo os termos de uma carta-patente e de um parágrafo especial acrescentado por uma das gerações dos meus ancestrais, os condes de Langford podem designar para quem devem ir seus títulos, caso não tenham herdeiros diretos.

Ela sorriu distraída, assentindo, e o nobre percebeu com surpresa que ela não estava interessada em um assunto que em geral fascinava todas as mulheres que conhecia.

— O chocolate está pronto — disse Sherry enquanto carregava uma pesada bandeja com um bule, xícaras, colheres e vários biscoitos delicados que havia encontrado na despensa. — Espero que goste. Acho que sei fazer chocolate, mas não tenho certeza se está bom... — Colocou a bandeja nas mãos dele como se fosse perfeitamente comum que ele a segurasse.

Sheridan demonstrava orgulho por se lembrar de como se fazia chocolate, mas pareceu esquisito a Stephen que não lembrasse, também, que era uma tarefa delegada aos criados. Bem, ela era americana, e talvez na América as mulheres se dedicassem mais à cozinha do que as inglesas.

— Espero que goste — repetiu ela, parecendo em dúvida enquanto se dirigiam para a frente da casa.

— Tenho certeza de que vou gostar — garantiu ele, desonestamente.

A última vez que bebera chocolate quente perdia-se no passado. Havia muito tempo preferia um cálice de xerez ou uma dose de um bom conhaque àquela hora da noite. Subitamente, com medo de que ela lesse seus pensamentos, declarou de forma enfática:

— O cheiro está delicioso, e todas aquelas músicas sobre o Natal, lareiras e neve abriram meu apetite para um bom chocolate quente.

19

Stephen carregou a pesada bandeja de prata pelo hall, passou por três lacaios boquiabertos e se dirigiu à saleta. Colfax se encontrava em seu costumeiro posto, junto à porta de entrada, e deu um passo adiante, com a evidente intenção de tirar a bandeja das mãos do conde, mas este o deteve com um ácido comentário sobre o fato de que ele e a senhorita Lancaster já se haverem arranjado sem nenhuma ajuda e que não havia motivo para alguém se incomodar, pois a maior parte do trabalho já fora feita.

Estavam no meio da saleta quando a aldrava da porta de entrada foi erguida e baixada com enfática regularidade. Lorde Westmoreland havia recomendado que eventuais visitas fossem informadas de que ele não estava e despachadas o mais rápido possível, mas, um instante depois, ele ouviu um coro de vozes animadas e gemeu, desconsolado.

— Tenho certeza de que ele *está* em casa, Colfax — Foram as claras palavras da mãe do conde. — Antes de virmos para Londres, recebemos uma carta de lorde Westmoreland anunciando sua intenção de ir para o campo. Mas, como não apareceu, resolvemos vir. Muito bem, onde ele está escondido?

Sentindo a testa coberta de suor, Stephen se virou bem a tempo de ver a mãe, o irmão, a cunhada e um amigo entrarem na saleta: um verdadeiro pequeno exército disposto a uma acirrada batalha contra o que considerava um comportamento antissocial.

— Não gosto disso, querido! — anunciou sua mãe, marchando em sua direção para lhe beijar o rosto. — Você está muito... — Seus olhos deram com Sheridan e a voz dela baixou: — ... sozinho.

— Sozinho demais! — apoiou Whitney Westmoreland, de costas para o interior da saleta, enquanto Colfax a livrava da capa. — Clayton e eu pretendemos levá-lo aos bailes e às reuniões mais importantes nas próximas seis semanas.

Passou um braço pelo do marido e ambos começaram a andar em direção ao conde, porém estacaram depois de dar dois passos.

O conde lançou um olhar de desculpas a Sherry, que parecia completamente desorientada, à beira do pânico.

— Não se aflija — sussurrou ele. — Todos vão gostar de você assim que a surpresa passar.

No intervalo de alguns tensos segundos, Stephen considerou rapidamente todos os meios, plausíveis e implausíveis, de lidar com o que ameaçava ser um tremendo desastre; mas não podia pedir que senhorita Lancaster se retirasse para se explicar: ela se sentiria humilhada e ficaria ainda mais insegura. Não tinha saída a não ser improvisar e dar sequência à farsa diante da sua família; mais tarde explicaria tudo a eles, depois que sua "noiva" fosse se deitar.

Disposto a enfrentar a situação, lançou um olhar de advertência ao irmão, pedindo-lhe que cooperasse para não piorar as coisas, mas Clayton, com ar admirado e divertido, prestava toda a atenção a Sheridan e à bandeja que o lorde segurava.

— Que cena doméstica, Stephen! — exclamou, ironicamente.

Impaciente, o conde colocou a bandeja em uma mesinha, olhou para a porta, onde Colfax aguardava ordens para servir bebidas, fez um aceno para que o mordomo as providenciasse de imediato, então se voltou para o pequeno grupo e começou as apresentações:

— Mãe, apresento-lhe a senhorita Charise Lancaster.

Sherry fitou a futura sogra, percebendo que estava sendo apresentada a uma duquesa viúva e entrou em pânico porque não sabia o que dizer. Lançou um olhar desesperado para Stephen e perguntou, em um murmúrio que soou claramente no pesado silêncio da espera:

— Uma reverência comum é o bastante?

Stephen lhe segurou de leve o cotovelo, em parte para lhe dar apoio, em parte para fazê-la avançar, e sorriu-lhe de modo tranquilizador:

— É...

Ao fazer a graciosa reverência, Sherry sentiu que seus joelhos amoleciam; lançou mão de uma coragem que não sabia ter, endireitou o corpo e, sustentando o olhar penetrante da senhora, disse cortesmente:

— Estou muito feliz em conhecê-la, madame, quero dizer, *Alteza*.

Voltando-se, esperou que Stephen a apresentasse à cunhada, uma linda mulher de cabelos negros a quem ele chamara de Whitney, cujos enormes olhos verdes fitavam-na com disfarçada confusão. *Mais uma duquesa!*, pensou Sherry, aflita, mais velha do que ela, porém não muito. Deveria ou não fazer uma reverência? Como se intuísse as dúvidas dela, Whitney estendeu a mão e disse, com um sorriso hesitante:

— Como vai, senhorita Lancaster?

Agradecida por aquela atitude, depois de lhe apertar a mão, Sheridan se voltou para ser apresentada ao duque, um homem muito alto, de cabelos castanho-escuros, parecido com seu noivo na altura, no porte físico e nas feições.

— Alteza — sussurrou, com uma reverência.

O quarto membro do grupo era um bonito homem de cerca de 30 anos, chamado Nicholas DuVille, que depositou um galante beijo no dorso da mão dela e disse estar "encantado" por conhecê-la, fitando-a de um modo que a fez se sentir como se acabasse de receber um caloroso elogio.

Terminadas as apresentações, esperou que um dos parentes de Stephen lhe desse as boas-vindas à família ou, pelo menos, lhe desejasse felicidade, mas ninguém parecia disposto a falar.

— A senhorita Lancaster esteve doente...

À explicação do conde, os três pares de olhos se fixaram nela, como se temessem vê-la perder os sentidos, coisa que, aliás, gostaria muito que acontecesse com ela naquele momento.

— Não se trata de uma doença, de fato — corrigiu Sherry. — Foi um ferimento, por causa de uma pancada na cabeça.

— Por que não nos sentamos? — propôs Stephen, amaldiçoando o destino por ter armado aquela situação difícil, que prometia se agravar.

Era evidente que Sherry não podia imaginar o que sua família pensava, mas ele podia. Haviam-no encontrado com uma mulher sozinha, sem acompanhante, o que significava que a moralidade dela deveria ser seriamente questionada; quanto a ele, deveria ser julgado por ter levado aquela mulher para casa, principalmente em uma hora nada adequada para visitas. Além de tudo, se ela era amante dele, o conde cometera uma ofensa imperdoável ao apresentá-la aos familiares. Como não o imaginavam capaz de uma atitude tão grosseira, todos esperavam, pacientes, por uma explicação sobre quem era ela, onde sua acompanhante se encontrava ou onde ele estava com a cabeça...

Procurando ganhar tempo, Stephen se levantou quando o mordomo se aproximou com uma bandeja de copos e garrafas.

— Ah, aí está Colfax! — exclamou, com a expressão desesperada. — Mãe, o que deseja beber?

O tom de voz com que o conde falou fez com que a duquesa o fitasse, intrigada, mas ela percebeu que o filho desejava sua cooperação silenciosa e a deu. Com um bem-educado sorriso, fez que não com a cabeça, indicando a bandeja que o criado colocara sobre o aparador, e olhou para a outra que Stephen trouxera.

— É cheiro de chocolate que estou sentindo? — perguntou, animada. Sem esperar resposta, disse ao mordomo: — Creio que prefiro chocolate, Colfax.

— No seu lugar, eu tomaria um licor — preocupou-se o conde.

— Não. Acho que quero chocolate mesmo — confirmou a mãe. Em seguida, demonstrou sua habilidade em pressionar com graça: — Notei que tem sotaque americano, senhorita Lancaster... Há quanto tempo está na Inglaterra?

— Há pouco mais de duas semanas.

A voz de Sheridan se mostrava tensa pela confusão e a insegurança. Aquelas pessoas nada sabiam dela, apesar de estar noiva de um membro da família. Era uma situação esquisita. Muito esquisita.

— É a primeira vez que vem aqui?

— É...

Desamparada, Sherry olhou para Stephen, o peito se apertando de ansiedade e um mau pressentimento irracional.

— E o que a trouxe aqui?

— A senhorita Lancaster veio para a Inglaterra porque é noiva de um inglês — disse Stephen em socorro dela, rezando para que o coração da mãe continuasse forte.

O corpo inteiro da duquesa pareceu se descontrair, e sua expressão se tornou amável:

— Que bom... — começou ela, e se calou para olhar o mordomo, que servira licor e o oferecia a ela, apesar de sua preferência por chocolate. — Colfax, pare de passar esse licor por baixo do meu nariz. Prefiro chocolate quente. — Sorriu para Sherry, enquanto o mordomo distribuía licor aos demais presentes. — De quem é noiva, senhorita Lancaster? — indagou, curiosa, enquanto se inclinava para pegar a xícara de chocolate.

— Ela é minha noiva — esclareceu o conde.

O silêncio pareceu explodir na sala. Se a situação não fosse tão séria, Stephen teria rido das várias reações ao que declarara.

— Su... sua... noiva? — gaguejou a mãe, atordoada.

Sem dizer mais nada, colocou a xícara de chocolate sobre a mesinha e pegou um cálice de licor da bandeja que Colfax deixara ao seu alcance. À direita de Stephen, o irmão o encarava com fascinada descrença, e a cunhada se tornara uma perfeita estátua, com o cálice esquecido na mão, que se congelara a meio caminho dos lábios, como se estivesse fazendo um brinde. Colfax dividia sua angustiada simpatia entre a mãe e a noiva do conde, enquanto Nicholas DuVille observava atentamente a manga da própria casaca, sem dúvida desejando estar muito longe dali.

Ignorando aquela situação complicada por alguns instantes, Stephen se voltou para Sheridan, que olhava para as mãos unidas no colo, com a cabeça abaixada em mortificação, diante da insultante falta de entusiasmo dos futuros parentes ao conhecê-la. Pegando-lhe uma das mãos, ele a apertou, protetor, e lhe deu a primeira explicação que lhe veio à mente:

— Seu desejo era conhecer minha família para só então contarmos que vamos nos casar — mentiu, com o que considerava ser um sorriso convincente. — É por isso que eles parecem tão surpresos.

— Parecemos surpresos porque *estamos* surpresos — disse a duquesa, secamente, olhando-o como se ele tivesse perdido o juízo. — Quando vocês se conheceram? *Onde* vocês se conheceram? Você não vai a...

— Responderei a todas as suas perguntas daqui a alguns minutos — interrompeu-a o conde, com uma voz contida que silenciou a mãe antes que ela dissesse que ele não ia à América havia anos. Voltando-se de novo para Sherry, indagou, gentilmente: — Está pálida, minha querida. Não quer subir e se deitar?

Ela queria muito escapar daquela sala, da pesada tensão que pairava no ar, mas havia algo muito estranho naquilo tudo, e teve medo de se ausentar.

— Não — decidiu. — Acho que prefiro ficar.

Fitando profundamente os magoados olhos cinzentos, Stephen pensou no que aquele momento teria sido para ela se ele não houvesse matado seu verdadeiro noivo. De fato, Burleton não era um partido de alta qualidade, mas gostavam um do outro, e certamente Sherry não seria submetida àquela humilhante falta de entusiasmo por parte da família dele, se é que ele a tinha.

— Bem, se prefere ficar... — tentou brincar — *eu* vou dormir, enquanto *você* fica aqui e explica à minha família que eu sou um... um tolo sentimental... que você faz o que quer comigo e me convenceu de que não deveríamos lhes comunicar nosso noivado *antes* que tivessem a oportunidade de conhecê-la pessoalmente.

Sherry sentiu como se ele tivesse tirado um enorme peso dos seus ombros.

— Oh... — sussurrou com um sorriso embaraçado, enquanto olhava para os demais ocupantes da sala. — Foi isso o que aconteceu, então?

— *Você* não sabe? — indagou a duquesa diretamente, no que Stephen julgou ser a primeira falta de compostura da vida de sua mãe.

— Não, milady... É que perdi a memória — respondeu Sherry, com tanta doçura e coragem que o conde sentiu o peito doer de admiração. — Sei que é uma grande inconveniência, mas pelo menos posso garantir que não se trata de nenhuma doença mental hereditária. É simplesmente consequência de um acidente que aconteceu no porto, ao lado do navio que...

A voz dela falhou, e Stephen evitou outra embaraçosa bateria de perguntas se levantando, decidido a fazê-la subir.

— Você está cansada, e Hugh Whitticomb vai cortar minha cabeça se não estiver disposta e saudável amanhã cedo quando ele chegar — disse, com gentileza. — Deixe-me levá-la ao seu quarto, diga boa noite a todos, eu insisto.

— Boa noite a todos — obedeceu Sheridan, com um sorriso hesitante. — Tenho certeza de que vocês sabem que lorde Westmoreland é terrivelmente protetor.

Ao se retirar, ela pôde perceber que, enquanto os demais a fitavam como se a achassem esquisita, Nicholas DuVille a olhava com um suave sorriso, como se a considerasse mais interessante do que estranha. Sherry procurou guardar na memória aquele sorriso encorajador, enquanto fechava a porta do seu quarto e se sentava na beira da cama, com a mente fervilhando de dúvidas assustadoras e perguntas sem respostas.

20

Quando Stephen voltou para a saleta, alguns minutos mais tarde, quatro pares de olhos acompanharam seu avanço pela sala, mas todos esperaram até que estivesse sentado para fazer suas perguntas. No entanto, assim que ele se acomodou na poltrona, as duas mulheres falaram ao mesmo tempo.

Sua mãe indagou:

— Que acidente?

A cunhada quis saber:

— Que navio?

Stephen olhou para o irmão a fim de saber qual seria sua primeira pergunta, mas Clayton apenas o fitou com as sobrancelhas erguidas e comentou, secamente:

— Não consigo entender de onde você tirou que é um "tolo sentimental", nem como ela chegou à conclusão de que você é "terrivelmente protetor".

Nicholas DuVille teve o bom gosto de ficar calado, mas o conde percebeu nitidamente que o francês estava se divertindo muito com a situação. Pensou, irritado, em providenciar uma carruagem para levá-lo embora, mas DuVille era um velho amigo de Whitney e, o que era mais importante, a presença dele impediria que a digníssima mãe de Stephen tivesse um de seus aborrecidos ataques histéricos.

Satisfeito ao ver que o pequeno grupo estava mais do que preparado para ouvir a verdade, Stephen descansou a cabeça no encosto da poltrona, fitou o teto e começou, com a voz calma e clara:

— A cena que vocês acabam de testemunhar entre mim e Charise Lancaster é uma grande farsa. Tudo começou com um acidente de carruagem, há pouco mais de uma semana... Um acidente pelo qual sou responsável e que iniciou uma cadeia de acontecimentos que vou lhes contar. A jovem que conheceram agora é tão vítima desses acontecimentos quanto seu falecido noivo, um jovem barão chamado Arthur Burleton.

Em um sofá do outro lado da mesinha, diante do conde, Whitney comentou, consternada:

— Arthur Burleton é... era um desclassificado.

— Pode ter sido — assentiu o conde, com um suspiro entrecortado —, mas eles gostavam um do outro e iam se casar. Como irão verificar depois que eu contar tudo, Charise Lancaster, que vocês imaginam ser uma moça sem juízo ou uma caçadora de títulos e fortunas que me levou a pedi-la em casamento, é apenas uma inocente e lamentável vítima da minha negligência e desonestidade...

Quando Stephen terminou de contar tudo o que acontecera e de responder às perguntas de todos, um longo silêncio recaiu sobre os ocupantes da sala, como se cada um estivesse mergulhado nos próprios pensamentos. Erguendo seu cálice, o conde tomou um longo gole, como se o vinho pudesse apagar de algum modo a amargura e o arrependimento que sentia.

Seu irmão foi o primeiro a falar:

— Se Burleton estava bêbado o bastante para se enfiar embaixo das patas dos cavalos, em uma via pública onde a visão era prejudicada pela neblina, com certeza foi apenas ele o responsável pela própria morte.

— A responsabilidade foi minha — retrucou Stephen, recusando a tentativa que Clayton fazia para absolvê-lo. — Eu dirigia uma parelha de cavalos destreinados e devia ter sido capaz de mantê-los sob controle.

— Foi seguindo essa lógica que você concluiu que também é responsável pelo rompimento da rede e pela queda da carga que atingiu Charise Lancaster?

— Claro que sim — confirmou Stephen, sombrio. — Ela não estaria no local em que o caixote caiu, nem eu teria permitido que se dirigisse àquele ponto perigoso, se não estivéssemos preocupados com a morte de Burleton. Se não fosse minha falta de cuidado nessas duas ocasiões, Charise Lancaster não teria perdido a memória, seria hoje a esposa de um barão inglês e teria diante de si a vida que escolheu.

— Uma vez que já fez o próprio julgamento e chegou à conclusão de que é culpado — argumentou Clayton, esquecendo-se da presença de DuVille —, decidiu também qual será a sua pena?

Todos os presentes sabiam que Clayton se sentia nervoso e assustado com a amarga autorrecriminação que vibrava na voz do irmão, mas foi Nicholas DuVille quem dissipou a atmosfera carregada, interferindo de modo bem-humorado:

— Com a interessada intenção de evitar um sangrento duelo entre vocês dois de madrugada, o que me obrigaria a levantar em inconveniente e pouco civilizado horário para servir como testemunha, posso respeitosamente sugerir que voltem suas férteis mentes para conseguir possíveis soluções para os problemas, em vez de discutirem por causa deles?

— Nicholas tem toda a razão — sussurrou a duquesa mãe para seu cálice vazio, com uma expressão sombria e preocupada. Erguendo os olhos, acrescentou: — Sei que não é justo envolvê-lo em nossas questões familiares, DuVille, mas é óbvio que, entre nós, o senhor é o único que pode pensar com mais clareza, por ser o menos envolvido.

— Obrigado, alteza. Nesse caso, posso expor o que penso do assunto? — Uma vez que as duas damas assentiram, enfáticas, e nenhum dos cavalheiros opôs objeções, ele disse: — Se entendi tudo corretamente, parece que a senhorita Lancaster era noiva de um incapaz sem um centavo, pelo qual nutria ternos sentimentos, mas que nada tinha a lhe oferecer a não ser um pequeno título de nobreza. Estou certo até aqui?

Stephen assentiu, sem demonstrar sentimento algum.

— E — prosseguiu Nicki — por causa de dois acidentes pelos quais milorde se sente responsável, agora a senhorita Lancaster não tem noivo nem memória. Correto?

— Correto — concordou o conde.

— Segundo entendi, o médico da família Westmoreland acredita que a memória dela deverá voltar a qualquer momento. Isso também é correto?

O lorde anuiu e Nicki continuou:

— Portanto, a única perda que ela realmente sofreu, e pela qual milorde tem certos motivos para se sentir responsável, foi a do noivo, que tinha um pequeno título e muitos maus hábitos. Nesse caso... — O francês ergueu o cálice em um arremedo de brinde ao próprio raciocínio. — Parece-me que milorde pode saldar sua dívida com essa jovem simplesmente arranjando um noivo que ocupe o lugar de Burleton. Se o noivo que o senhor escolher for, além de tudo, um homem decente, capaz de oferecer a ela um alto nível de vida, não apenas estará isento de culpa, como também a terá salvo de uma vida de sofrimento e degradação. — Fitou Whitney e Stephen, e perguntou: — Então, como me saí?

— Eu diria que se saiu muito bem — sorriu o conde. — Eu tive uma ideia similar à sua. Só que — acrescentou, franzindo as sobrancelhas — é mais fácil ter a ideia do que executá-la.

— Mas podemos levá-la adiante, desde que coloquemos o cérebro para funcionar! — exclamou Whitney, ansiosa por uma solução qualquer, desde que dissipasse a sensação de culpa do cunhado e lhe desse uma boa saída. — Tudo que temos a fazer é apresentá-la aos cavalheiros respeitáveis que estarão aqui durante a temporada.

A jovem duquesa olhou para a sogra em busca de apoio e recebeu um sorriso forçado que encobria profundos temores.

— Acontece que há alguns probleminhas associados a esse plano...

A voz de Stephen soou seca, mas não conseguiu diminuir o entusiasmo da cunhada. Aliás, aquele plano parecia mais plausível agora do que nos dias anteriores, pois contava com as mulheres da sua família dispostas a ajudar. Sugeriu, então:

— Por que não pensa no plano cuidadosamente e voltamos a conversar para discutir os vários aspectos amanhã, por volta de uma da tarde? — Todos assentiram, e então ele os preveniu: — Pelo bem de Sherry, é muito importante que levantemos todos os possíveis problemas e os solucionemos de antemão. Lembrem-se disso, quando pensarem no assunto. Vou enviar um recado para Hugh Whitticomb vir também à reunião, para que tenhamos a certeza de não pôr em risco a recuperação dela, de maneira alguma.

Quando todos se levantaram para se recolher, ele olhou para a mãe e a cunhada:

— A menos que eu esteja redondamente enganado, Sherry deve estar acordada e se torturando com perguntas sobre as reações de todos nós esta noite...

Ele nem precisou continuar: Whitney e a duquesa mãe se encaminharam apressadas para a porta, ansiosas por eliminar a infelicidade que haviam causado à noiva temporária de lorde Westmoreland.

21

De pé, junto a uma das enormes janelas, olhando para a noite tão escura quanto sua memória, Sheridan estremeceu ao ouvir as delicadas batidas à porta do quarto e convidou quem batia a entrar.

— Viemos pedir perdão — disse a mãe de Stephen, caminhando em direção a ela. — Não entendemos nada sobre o noivado, o acidente e tudo o mais até que Stephen nos explicasse.

— Ainda bem que a encontramos acordada! — exclamou a bela cunhada do conde. Ao fitar Sherry, seus olhos verdes tinham uma estranha expressão que parecia arrependimento. — Acho que não conseguiria dormir, depois do modo como agi com você.

Momentaneamente esquecida das regras da etiqueta social, que ensinavam a responder adequadamente ao pedido de desculpas de uma duquesa, Sheridan nem pensou em protocolo e fez o possível para afastar a preocupação das duas aristocratas:

— Por favor, não se preocupem com isso — pediu, com meiga sinceridade. — Não sei o que deu em mim para querer que nosso noivado ficasse em segredo. Quando estou sozinha, às vezes me pergunto se sou um tanto... excêntrica.

— Acho — Whitney Westmoreland se esforçou para sorrir, mas parecia muito triste — que é muito corajosa, senhorita Lancaster. — Então, como se caísse em si, segurou as mãos de Sherry, e seu sorriso se tornou luminoso. — Ah! Bem-vinda à família, Charise, eu sempre quis ter uma irmã!

Algo sob aquela forçada e desesperada alegria na voz dela fez soar uma campainha de alarme no cérebro de Sheridan; suas mãos tremeram enquanto ela as estendia para a futura cunhada.

— Obrigada... — Essa palavra soou tão inadequada quanto o silêncio que se seguiu, e ela tentou explicar, com um riso nervoso: — Não faço a *menor* ideia se algum dia eu quis ter uma irmã, mas tenho certeza de que, se isso aconteceu, gostaria que fosse linda e adorável como você.

— Que coisa linda de se dizer! — admirou-se a duquesa-mãe.

Sua voz soara emocionada, então ela envolveu a hóspede em um abraço breve e quase protetor. Depois lhe ordenou que fosse direto para a cama, como se falasse com uma criança.

Saíram, prometendo que se veriam logo cedo, na manhã seguinte, e Sherry ficou olhando, aturdida, a porta se fechar atrás das duas damas. As parentes do seu futuro marido eram tão imprevisíveis quanto ele: em um momento, mostravam-se frias, distantes e inatingíveis, para, em seguida serem carinhosas, meigas e boas. Deitou-se, com a testa franzida, procurando uma explicação para a tão repentina diferença no modo de agir.

Com base em vários comentários que lera no *Post* e no *Times* na semana anterior, constatou que os britânicos viam os americanos de várias maneiras, nenhuma delas muito lisonjeira: desde engraçados colonos malnascidos até incultos bárbaros. Sem dúvida, as duquesas deviam imaginar o que teria levado lorde Westmoreland a decidir se casar com uma americana, o que explicaria a reação negativa que tiveram ao conhecê-la. Era evidente que ele lhes dissera algo que as acalmara, mas o quê? Exausta devido às intermináveis perguntas que povoavam sua mente sempre que estava acordada, Sherry afastou os cabelos da testa e se deitou de costas, fitando o dossel de sua enorme cama.

A DUQUESA DE Claymore se virou de lado, apoiando-se em um cotovelo, e observou as feições contraídas do marido, à luz da única vela acesa à cabeceira da cama deles, mas seus pensamentos agitados eram sobre a "noiva" de Stephen.

— Clayton — sussurrou, passando as pontas dos dedos de leve no braço dele. — Você está acordado?

Os olhos do duque continuaram fechados, mas seus lábios esboçaram um sorriso enquanto ela traçava um desenho em seu ombro, de leve, com a unha do indicador.

— Você quer que eu esteja? — perguntou, maliciosamente.

— Acho que sim.

— Acha? Avise-me quando tiver certeza — sussurrou ele.

— Você não notou algo esquisito no comportamento de Stephen esta noite? Quero dizer... o jeito como ele tratou a senhorita Lancaster, o noivado deles e tudo o mais?

Os olhos dele se abriram apenas para lhe lançar um rápido olhar, enquanto ele respondia:

— Como poderia não ser "esquisito" o comportamento de um homem que está temporariamente noivo de uma mulher que não conhece, que não ama, com quem não quer se casar... e sei lá mais o quê?

Whitney riu da reação do marido, depois mergulhou de novo em pensamentos e, por fim, disse:

— O que quero dizer é que notei nele uma suavidade que não via há anos. — Como Clayton nada disse, ela prosseguiu com sua confusa linha de raciocínio:

— Pode me dizer uma coisa? Acha a senhorita Lancaster atraente?

— Eu poderia lhe dizer qualquer coisa que a levasse a fazer amor comigo; caso contrário, é melhor dormir...

Ela se inclinou e lhe beijou de leve a boca, mas, quando o marido começou a se inclinar para ela, colocou a mão no peito dele e disse, com uma risada:

— Será que *pode* me dizer se senhorita Lancaster é tão atraente assim... de maneira não convencional?

— Se eu responder que sim, você me deixa beijá-la? — brincou ele, segurando-lhe o queixo e erguendo seu rosto para um beijo.

Quando ele terminou, Whitney suspirou profundamente, mas estava determinada a dizer o que pensava antes de ser dominada pelo encanto sensual com que o marido sempre a envolvia.

— Acha que Stephen pode nutrir um afeto... especial por ela? — sussurrou, junto aos lábios dele.

— Acho — provocou ele, deslizando a mão da nuca da esposa para um dos seios — que você está querendo acreditar nessa possibilidade. Na minha opinião, DuVille parece mais inclinado a gostar dela do que Stephen, e eu bem que gostaria que isso acontecesse.

— E por que gostaria?

— Porque — disse ele, apoiando-se em um cotovelo e a forçando a se deitar de costas —, se DuVille tivesse a própria mulher, deixaria de desejar a *minha*.

— Nicki não me "deseja"! Ele...

Whitney esqueceu o que ia dizer quando a boca do marido sufocou suas palavras e pensamentos.

22

Erguendo-se nas pontas dos pés, Sherry pegou um livro sobre a América em uma das estantes da biblioteca, dirigiu-se a uma das polidas mesas de mogno, sentou-se e o abriu. Na tentativa de encontrar algo que despertasse sua memória, foi virando as páginas, em busca de informações que por acaso reconhecesse. Havia vários e intrincados desenhos de baías com barcos e navios, largas ruas de cidades percorridas por carruagens, mas nada lhe parecia nem mesmo remotamente familiar. Uma vez que os assuntos do livro se encontravam dispostos em ordem alfabética e, como lhe parecia lógico que as figuras tivessem mais probabilidade de lhe despertar alguma lembrança do que o texto, voltou ao começo e pôs-se a virar lentamente as páginas até se deter em um desenho. Estava na letra "A", no tópico de informações sobre agricultura, e a ilustração era de uma vasta e verdejante plantação de trigo que se estendia por planícies e encostas de suaves colinas. Estava virando a página quando um quadro se esboçou em sua mente: a rápida visão de um campo em que os arbustos tinham manchas brancas. A imagem desapareceu em um átimo, mas sua mão tremia quando virou a página e passou para a seguinte, e para a próxima. A mina de carvão representada na imagem nada lhe despertou, e assim foi por muitos desenhos adiante, até que chegou à figura de um homem moreno, de rosto enrugado, nariz proeminente e longos cabelos negros, agitados pelo vento. "Índio americano", dizia a legenda da ilustração, e Sherry sentiu que o sangue corria mais rápido em suas veias enquanto olhava aquela expressão dura. Um rosto familiar... de onde mesmo? Fechou os olhos com força, tentando focar as imagens que se agitavam em sua mente, surgindo e sumindo. Campos... carroções... e um velho que não tinha um dente. Um homem feio, que sorria para ela.

— Sherry?

Ela conteve um grito de susto ao se virar na cadeira e deparar com o belo homem cuja voz normalmente a acalmava e excitava.

— O que foi? — indagou Stephen, e havia alarme no seu tom, pois notara o sobressalto de Sherry e algo indefinível em seu rosto, que se tornara pálido.

— Nada, milorde — mentiu ela, com uma risadinha nervosa. — Você me assustou.

Franzindo a testa, ele colocou as mãos nos ombros dela e olhou com atenção para o rosto pálido:

— Foi só isso? O que está lendo?

— Um livro sobre a América.

O toque das mãos grandes e fortes em seus ombros a tranquilizou. Às vezes, tinha a impressão de que o conde realmente se importava com ela... Outra visão flutuou em sua mente, menos nítida do que as primeiras, mas tão calma e tão doce quanto as outras! Ajoelhado diante dela, com um ramo de flores nas mãos, um bonito homem que bem poderia ser lorde Westmoreland dizia:

— *Eu não era nada até que você apareceu em minha vida... Nada, até que você me deu seu amor... Nada, até você... até você...*

— Não seria bom eu chamar Whitticomb? — perguntou Stephen, preocupado e sacudindo-a de leve.

Emergindo do devaneio, ela riu, negando com a cabeça:

— Não, claro que não. Apenas estava me lembrando de uma coisa ou, quem sabe, imaginando que aconteceu.

— O que era? — quis saber ele, atenuando a força com que lhe apertava os ombros, mas sem desviar os olhos dos dela.

— Prefiro não dizer — disse Sherry, enrubescendo.

— O que era? — insistiu o lorde.

— Você vai rir de mim...

— Vamos ver — declarou ele, determinado.

Semicerrando as pálpebras, com um suspiro desanimado, ela se levantou e ficou com o quadril encostado na mesa onde o livro se encontrava aberto:

— Preferia que você não insistisse.

— Mas eu insisto — falou Stephen, recusando-se a se deixar enternecer pelo meigo sorriso que entreabria os macios e rosados lábios. — Talvez seja uma lembrança verdadeira, e não produto da sua imaginação.

— Só você pode saber se é ou não verdade...

Sheridan de repente pareceu ficar muito interessada na cutícula do delicado polegar. Olhando-o de lado, entre os espessos e longos cílios, perguntou:

— Por acaso, quando você me pediu em casamento, mencionou que não era nada até que eu chegasse?

— Como?

— Pelo jeito como se revolta só de pensar nessa possibilidade — comentou Sherry, sem rancor —, devo imaginar que também não se pôs de joelhos quando me pediu em casamento.

— Sim, deve.

A resposta de Stephen soou seca; estava tão ofendido com a imagem de si mesmo assumindo uma posição ridícula que se esqueceu de que jamais a pedira em casamento.

O desapontamento de Sherry diante das três primeiras respostas aumentou seu desconforto em fazer mais perguntas:

— E o que me diz de flores? Por acaso, ofereceu-me um buquê ao dizer-me "Eu não era nada até que você me deu seu amor, Sherry. Nada, até você chegar na minha miserável vida..."?

Só então, Stephen percebeu como ela estava sem jeito e lhe segurou o queixo:

— Menina — disse, com suavidade, lembrando-se de que não devia intimidá-la —, vim convidá-la para me acompanhar até o meu escritório. Toda a família vai se reunir lá, daqui a alguns momentos, para uma "conferência".

— Que tipo de conferência? — indagou Sheridan, fechando o livro para recolocá-lo em seu lugar.

— Uma conferência sobre você... sobre o melhor meio de apresentá-la à sociedade.

Stephen respondeu distraidamente, observando-a se erguer nas pontas dos pés e procurando não pensar na atração poderosa que ela exercia sobre ele, apesar de nada haver de sofisticado naquele simples vestido cor de pêssego de gola alta, tipo mandarim, e corpete justo que realçava as curvas suaves do seu corpo, sem mostrar nem um centímetro de pele.

Depois de uma noite de sono repousante, ele havia acordado otimista pela primeira vez sobre o estado de Sherry desde que a vira cair no cais, sem sentidos. Com a ajuda da sua família, que estava disposta a cooperar e lhe dar assistência, a ideia de encontrar um marido adequado durante a temporada parecia não apenas a solução ideal, como também possível. De fato, ficara tão entusiasmado com a perspectiva que logo cedo enviara um bilhete a todos, pedindo-lhes que fizessem duas listas: uma, dos homens disponíveis e adequados; outra, das providências necessárias para apresentá-la da melhor maneira à sociedade.

Agora que tinha um objetivo específico, Stephen se determinara a administrar esse caso do mesmo modo como administrava seus negócios, sempre com sucesso. Como seu irmão e outros poucos aristocratas, ele preferia dirigir pessoalmente seus bens pessoais, suas finanças, e adquirira a bem merecida reputação de fazê-lo com brilho e eficiente audácia. Ao contrário de muitos cavalheiros que se afogavam mais e mais em dívidas porque viam os negócios como trabalho da "classe de mercadores" ou coisa pior, o conde aumentava constantemente as suas já imensas posses. Fazia isso porque sempre gostara do desafio de testar seus pontos de vista, julgamentos, decisões e, mais ainda, da sensação de triunfo que tinha ao dar o passo certo no momento exato para alcançar os melhores resultados.

Pretendia lidar com Sherry Lancaster como se ela fosse um dos seus "bens", um do qual pretendia dispor. O fato de se tratar de uma mulher, e não de uma propriedade, um artefato ou um armazém repleto de especiarias preciosas, não alterava sua estratégia a não ser no ponto em que o "comprador" teria de ser um homem rico, bondoso e responsável. A única dificuldade naquela delicada transação era conseguir que a "mercadoria" concordasse.

Ele considerava esses fatos pela manhã, enquanto tomava banho. Quando Damson tirara de um dos imensos armários uma elegantíssima casaca marrom e a submetera à aprovação do conde, ele já chegara à melhor e única solução. Em vez de acrescentar mais uma mentira às que já dissera a Sherry, iria lhe dizer parte da verdade, mas só depois que encontrasse a família dela.

Depois de guardar o livro, Sherry guardou também outros que havia separado com a intenção de ver em seguida, assim como a pena e os papéis que pegara em uma das gavetas. Voltou-se, e o conde lhe ofereceu o braço. O gesto era tão galante e a expressão em seus olhos azuis era tão cálida que ela sentiu profunda alegria e orgulho. Com a casaca marrom, calças justas bege e botas marrons, de cano alto, Stephen Westmoreland era a encarnação do homem dos seus sonhos: alto, forte e atraente.

Enquanto desciam a escadaria, ela observou mais uma vez seu perfil bem-talhado, admirando a força e o orgulho presentes em cada traço do rosto moreno e bonito, porém másculo. Com aquele sorriso atrevido, quase íntimo, e os olhos profundos e penetrantes, com certeza ele vinha machucando corações femininos na Europa inteira havia anos! Sem dúvida, beijara uma infinidade de mulheres, pois sabia fazê-lo muito bem e, quando a beijara, não demonstrara a menor hesitação. Certamente centenas de mulheres o achavam irresistível, como ela... No entanto, por algum motivo incompreensível, ele a escolhera entre todas. Isso lhe parecia tão inconcebível que Sherry chegava a se sentir desconfortável. Então, para não se deixar dominar pela dúvida e pela incerteza, procurou retomar a conversa que estavam tendo na biblioteca.

Quando se aproximavam da porta aberta do escritório dele, disse, com um sorriso alegre e em tom de brincadeira:

— Uma vez que não me lembro de como me pediu em casamento, você poderia pelo menos ter *fingido* que fez um pedido formal, romântico... de joelhos e tudo. Considerando minha condição de fraqueza, era a atitude mais gentil a tomar.

— Não sou um homem dado a galanteios — replicou Stephen, com um sorriso insolente.

— Então, espero que pelo menos eu tenha tido o bom senso de fazê-lo esperar bastante até aceitar seu pouco galante pedido — retrucou Sherry, séria, parando à porta. Hesitou, riu com certa tristeza da inabilidade de se lembrar e perguntou: — *Eu o* fiz esperar, milorde?

Enfeitiçado por esse lado dela que não conhecia, travesso e malicioso, automaticamente Stephen entrou no jogo:

— Claro que não, senhorita Lancaster. Se quer saber a verdade, ajoelhou-se a meus pés e chorou de gratidão pela minha esplêndida oferta.

— Não seja arrogante e desonesto! — exclamou ela, fingindo-se horrorizada. — Eu não fiz uma coisa dessas!

Como se procurasse confirmação, Sheridan olhou para Colfax, que estava atento, mantendo uma parte da enorme porta dupla aberta e fazendo o possível para não demonstrar que ouvia — e se divertia ouvindo — aquele duelo de palavras. Seu noivo parecia bastante satisfeito consigo mesmo, tinha uma expressão tão afável e complacente que ela teve a horrível sensação de que ele dissera a verdade.

— Eu não fiz isso, não é? — perguntou, em voz baixa e temerosa.

Foi impossível Stephen conter uma gargalhada diante do olhar aflito e da expressão angustiada dela. Rindo, sacudiu a cabeça, aplacando a angústia dela:

— Não — disse, para tranquilizá-la.

O conde não percebia que estava flertando abertamente com Sherry no umbral de seu escritório, demonstrando uma alegria que não sentia havia anos para os surpresos empregados, sua fascinada família e os dois amigos, que chegaram enquanto ele estava com ela na biblioteca.

— Depois que cumprimentar a todos, quero que vá dar um passeio no parque, assim conhecerá os arredores e tomará um pouco de ar, enquanto discutimos as providências que...

Stephen se calou de repente, quando um movimento dentro do escritório lhe chamou a atenção. Voltou-se e descobriu que ele e Sheridan eram o foco da atenção do pequeno grupo de pessoas que os esperavam e que, estranhamente, não haviam feito nada para alertá-lo de que estavam ali.

Censurando-os, no íntimo, pela atitude indiscreta, ele entrou com Sherry no escritório e esperou que ela os cumprimentasse com a mesma cálida e simples cordialidade que demonstrava a todos, desde os criados até o médico. Ansioso por entrar no assunto que era o motivo da reunião, o conde interrompeu Hugh Whitticomb, que iniciara um entusiasmado relatório sobre a coragem e os poderes de recuperação de senhorita Lancaster.

— Já que estão todos aqui, por que não começam a conversar sobre o melhor modo de apresentar Sherry à sociedade, enquanto eu a levo até a carruagem? — E, para Sheridan: — Espero no hall enquanto você vai pegar um agasalho, depois iremos até a carruagem e combinarei com meu cocheiro um trajeto.

Sherry sentiu a mão firme de Stephen em seu cotovelo, dirigindo-a para longe das pessoas com quem ela gostaria de ficar, mas ela agiu como ele lhe pedia e lhes deu até logo.

Assim que saíram, o dr. Whitticomb fez um sinal para Colfax fechar a porta, depois se voltou para a família do conde e notou que todos estavam com ar distraído e pensativo. A cena de flerte entre Charise Lancaster e Stephen havia confirmado suas desconfianças; era evidente que os demais também haviam notado a mudança que se operava em Stephen.

O médico hesitou, vacilou, depois decidiu verificar se estavam pensando o mesmo que ele. Com ar casual, voltou-se para a duquesa-mãe:

— Jovem adorável, não?

— Adorável — assentiu a mãe de Stephen, sem hesitar —, e Stephen se mostra muito protetor para com ela... Jamais o vi tratar uma mulher dessa maneira. — Sorriu, pensativa. — Ela parece gostar muito dele. Não sei para que procurar um marido para ela. Quem sabe, com o tempo, ele...

— É exatamente o que penso — interrompeu-a Hugh, com tanto ardor que a duquesa o fitou espantada. Satisfeito ao ver que contaria com o apoio da dama, ele se voltou para Whitney: — E o que pensa, alteza?

A jovem duquesa sorriu, um sorriso cálido que aqueceu o coração do médico e que prometia plena colaboração:

— Acho Sherry um encanto e creio que Stephen também acha, mas duvido que admita isso.

Dominando o absurdo impulso de piscar para lady Westmoreland, Hugh voltou-se para Nicholas DuVille. Até aquele momento, Hugh Whitticomb fora o único estranho que os Westmoreland consideravam da família. DuVille não era membro nem amigo da família. Na verdade, fora rival de Clayton na pretensão à mão de Whitney, que o considerava um querido amigo, mas Hugh duvidava de que o duque partilhasse essa ideia. Por isso, não entendia por que ele fora convidado a participar de um assunto tão particular como aquele.

— Encantadora — disse o francês, com um sorriso tranquilo.

— E única, desconfio. Com base no que testemunhei, acredito que Stephen não esteja imune ao poder de atração dela.

Contente por mais uma adesão, o médico se voltou para Clayton Westmoreland, o único membro do grupo que poderia impedir qualquer tipo de interferência se não concordasse.

— Alteza? — perguntou.

O duque o fitou longamente, depois disse uma única palavra, clara e decididamente:

— Não.

— Não?

— Seja o que for que está pensando, esqueça. Stephen não toleraria nossa interferência em sua vida pessoal. — Ignorando o movimento da esposa, que queria falar, Clayton prosseguiu:

— Além disso, a situação em que ele se encontra com a senhorita Lancaster já é complicada o bastante por si só.

— Mas você *gosta* dela, não? — perguntou Whitney, frustrada.

— Com base no pouco que a conheço — especificou o duque —, gosto muito. Por isso mesmo penso nela. Seria bom todos nós lembrarmos que, quando essa moça recuperar a memória, vai saber que Stephen foi o responsável pela morte do noivo dela e que vem mentindo desde então... Talvez não goste tanto assim dele. Na verdade, a senhorita Lancaster não terá por que pensar bem de nenhum de nós quando recuperar a memória.

— De fato, poderá sentir-se confusa e revoltada quando souber que jamais vira Stephen até a última semana — concordou o dr. Whitticomb. — No entanto, mesmo antes de sua vida estar fora de perigo, ela demonstrou muita preocupação com ele. Vivia me pedindo que não o deixasse preocupado com seu estado de saúde. Creio que essa atitude demonstra um alto grau de consideração e calor humano, por isso creio que ela poderá compreender rapidamente por que mentimos e irá nos desculpar.

— Como eu já disse — acrescentou o duque, com firmeza —, Stephen não vai gostar de interferirmos em sua vida pessoal. Se algum de nós sente a necessidade de fazê-lo desistir de procurar um marido para a senhorita Lancaster ou de influenciá-lo a respeito dela de algum modo, acho que deve agir abertamente. Hoje. O resto pertence a ele, à senhorita Lancaster e ao destino.

Surpreendido pelo fato de sua mulher não protestar, o duque se voltou para brincar com ela a respeito de seu estranho silêncio e viu que Whitney olhava para DuVille erguendo as sobrancelhas, enquanto o francês parecia estar se divertindo muito com algo. Clayton tentava imaginar o que significaria aquela troca de olhares entre os dois quando Stephen entrou no escritório.

23

— Não corremos o risco de que Sherry ouça o que temos a dizer — anunciou Stephen, enquanto fechava as portas do escritório. — Desculpem tê-los feito aguardar, mas vocês vieram mais cedo do que eu esperava.

Dirigiu-se à escrivaninha, sentou-se, passou os olhos por todos os presentes, que se encontravam sentados em semicírculo, diante dele, e foi direto ao ponto:

— Em vez de tratarmos da parte mais fácil, que é apresentar a senhorita Charise Lancaster à sociedade... — seu tom era cordial, como de quem trata de negócios — ... vamos ao assunto dos eventuais maridos. Fizeram listas de cavalheiros adequados?

Fez-se um silêncio enquanto as duas mulheres mexiam em suas pequenas bolsas, e o dr. Whitticomb tirava de um bolso a lista que preparara naquela manhã. A duquesa-mãe se inclinou e entregou um papel ao conde, enquanto observava:

— Sem dote, a senhorita Lancaster estará em enorme desvantagem, apesar de ser uma criatura adorável. Se o pai dela não tiver as posses que desconfia...

— Vou providenciar um generoso dote para ela — interrompeu Stephen, enquanto desdobrava o papel. Olhou a lista e reagiu, surpreso e achando graça: — Lorde Gilbert Reeves? — Fitou a mãe. — Sir Frances Baker? Sir John Teasdale? Mãe, Reeves e Baker devem ser cinquenta anos mais velhos do que Sherry... e o neto de Teasdale foi para a universidade comigo. Esses homens são velhos demais.

— Bem, *eu* sou velha! — retrucou ela, na defensiva. — Você disse que fizéssemos uma lista de conhecidos que achássemos adequados para se casar com a senhorita Lancaster, e eu fiz.

— Entendo... — Stephen se forçou a ficar sério. — Mas, enquanto vejo as outras listas, não quer pensar em homens mais jovens, de boa reputação, mesmo que não sejam seus amigos?

A duquesa-mãe assentiu, e ele passou para a lista da cunhada. Sorriu ao pegar o papel das mãos dela. Seu sorriso, porém, desapareceu ao olhar a lista de nomes:

— John Marchmann? — disse com uma careta. — Ele é um esportista compulsivo. Se Sherry quiser ver o marido e se casar com ele, terá que procurá-lo na beira dos rios escoceses e passar o resto da vida em campos de caça.

Whitney o fitou, procurando demonstrar inocente confusão:

— Mas ele é muito bonito, além de muito alegre e divertido.

— Marchmann? — duvidou o conde. — Ele fica apavorado com mulheres! Fica vermelho diante de qualquer moça e tem quase 40 anos!

— De qualquer maneira, é um homem bondoso e bonito.

Stephen assentiu, com o ar distraído, enquanto lia o nome seguinte e comentava a seguir:

— O marquês de Salle não serve: é muito mulherengo e dado aos prazeres da bebida e do jogo.

— Talvez — concedeu a jovem duquesa, graciosa —, mas tem charme, dinheiro e uma excelente propriedade.

— Crowley e Wiltshire são imaturos e vivem se metendo em encrencas... — comentou o lorde, continuando a examinar a lista. — Crowley não é muito brilhante quanto à inteligência, e Wiltshire é um completo idiota. Os dois duelaram há alguns anos, e Crowley atirou no próprio pé. — Whitney começou a rir enquanto ele acrescentava, desgostoso: — Um ano depois eles decidiram resolver outra contenda no campo de honra, e Wiltshire acertou em uma árvore. — Com um olhar de reprovação à cunhada, que continuava a rir, repreendeu-a: — Não tem graça. A bala da pistola de Crowley ricocheteou e feriu Jason Fielding, que havia corrido para detê-los. Se Jason não tivesse sido ferido em um braço, com certeza Crowley não teria saído dali vivo. Se Sherry se casar com um deles, não tardará a ficar viúva, acredite no que eu digo.

Examinou os dois nomes seguintes, ergueu a cabeça e encarou Whitney:

— Warren é um almofadinha afeminado! Serangley mata qualquer um de tédio! Não acredito que possa achar esses homens noivos em potencial para alguém, principalmente para uma moça sensível e inteligente.

Nos minutos seguintes, Stephen foi recusando todos os nomes da lista por uma variedade de motivos válidos para ele. No entanto, começou a ter a desagradável sensação de que os demais começavam a se divertir com suas recusas.

O último nome indicado por Whitney o fez franzir as sobrancelhas, muito sério:

— Roddy Carstairs! — exclamou, com desgosto. — Jamais deixaria Sherry ao alcance desse egoísta baixinho, enfeitado demais, que tem a língua mais afiada do que uma navalha. Ele não se casou porque acha que mulher alguma o merece.

— Roddy não é "baixinho" — discordou Whitney, com firmeza —, apesar de não ser muito alto. Além disso, é um bom amigo meu. — Mordendo o lábio para conter um sorriso, ela acrescentou: — Você está sendo exigente demais, Stephen.

— Estou sendo prático! — Pôs a lista da cunhada de lado, pegando a de Whitticomb. Deu uma espiada e a largou sobre a mesa. — Pelo jeito, você e minha mãe têm muitos amigos em comum. — Com um suspiro desanimado, levantou-se, foi para diante da escrivaninha, apoiou-se nela, cruzou os braços no peito e fitou o irmão, entre frustrado e esperançoso: — Vejo que não trouxe uma lista, mas acredito que conheça alguém que possa se casar com a senhorita Lancaster.

— Para ser franco... — havia um toque de ironia divertida na voz do duque — ... estive pensando enquanto ouvi você eliminando os possíveis candidatos...

— E?

— E descobri que conheço alguém, sim. Ele não tem *todas* as qualidades que você exige, mas tenho certeza de que é o homem ideal para ela.

— Graças a Deus! Quem é ele?

— Você.

A palavra pairou no ar até que Stephen respondeu, com estranha e irracional amargura:

— Eu *não* sou um candidato!

— Excelente! — A exclamação alegre de Nicholas DuVille chamou a atenção de todos. Ele tirou do bolso um papel com o brasão da sua família, enquanto Stephen descruzava os braços e se inclinava para pegá-lo. — Nesse caso, não perdi tempo fazendo também uma lista. Como fui convocado para a reunião, achei que também devia trazer uma lista...

— Agradeço por ter se dado esse trabalho — disse Stephen.

Enquanto falava, o conde imaginava por que deixara que o ciúme do seu irmão tivesse afetado sua própria impressão de DuVille. O francês não era apenas bem-educado, de boa família, rico, como também era espirituoso e tinha uma aparência agradável. Desdobrou o papel, leu, ergueu a cabeça e fitou Nicholas por alguns instantes, com os olhos tão apertados que pareciam duas fendas.

— Você acha isto uma brincadeira? — indagou, por fim.

— Não pensei que fosse encarar a situação dessa forma — respondeu o francês, suavemente.

Sem saber se DuVille falava sério, Stephen o estudou com frieza, por alguns instantes, notando que havia uma irritante arrogância naquele homem, no sorriso dele, no modo como estava sentado, com as luvas em uma das mãos. Percebendo então que ninguém sabia do que os dois falavam, Stephen decidiu esclarecer a situação e, ao mesmo tempo, desafiar o francês:

— Quer, seriamente, ser considerado um pretendente de Charise Lancaster?

— Por que não? — retrucou Nicholas, divertindo-se claramente com o desconforto do conde. — Não sou muito velho, nem muito baixo, nunca acertei meu pé com um tiro... Não gosto de pescar, não tenho apego à caça... Creio que tenho alguns vícios, mas ninguém pode dizer que bebo e jogo em excesso, que tenho a língua ferina, que sou um almofadinha afeminado...

Mas é um egoísta!, pensou Stephen, com hostilidade. Visualizou o francês beijando Sherry apaixonadamente, o cabelo dela descendo sobre os braços dele, como fios de fogo, e a hostilidade se transformou em ódio. Todo o calor e a inocência dela, aquele espírito alegre e rebelde, aquela coragem e meiguice pertencendo a DuVille, que iria...

Casar-se com ela.

A violenta fúria, de repente, deu lugar ao bom senso, e o conde compreendeu que o destino trouxera a solução ideal para seus problemas: DuVille era perfeito; de fato, era um excelente partido entre a aristocracia.

— Devo tomar seu silêncio como consentimento? — perguntou DuVille, como se soubesse que Stephen não tinha como recusá-lo.

Recuperando as boas maneiras, embora não uma cordial atitude em relação ao outro homem, o lorde assentiu e disse, com exagerada civilidade:

— Certamente. Tem minha bênção como...

Ele ia dizer "como tutor dela", mas se lembrou de que isso não era verdade.

— Como noivo dela contra a vontade? — sugeriu Nicholas. — Como o homem que quer se livrar da obrigação de se casar com ela para continuar solteiro, sem o desagradável peso na consciência de ter matado o noivo verdadeiro dela, deixando-a solteira?

Whitney viu o maxilar do cunhado se apertar e reconheceu o brilho perigoso nos olhos azuis. Sabia que, enfurecido, Stephen seria capaz de acabar com Nicki, apesar de ele ser seu amigo e seu hóspede. Seu temor se confirmou ao vê-lo cruzar os braços de novo e medir Nicholas DuVille de alto a baixo, com o olhar gelado. Ela abriu a boca, imaginando se o cunhado engoliria a isca de Nicholas, respondendo que ele, Stephen, é quem iria se casar com Sherry. Em vez disso, o conde determinou, com um olhar insultante:

— Precisamos verificar suas qualidades e a falta delas, DuVille. Ao rejeitar um dos possíveis candidatos, creio que mencionei a palavra "libertino"...

— Não, não mencionou! — explodiu Whitney, com tamanho desespero que Stephen a olhou, desarmado. Aproveitando aquele momento, ela insistiu: — Stephen, *por favor,* não jogue sua frustração em cima do Nicki. Ele só quer ajudar...

Ela olhou para Nicholas, que estava completamente imóvel desde o momento em que Stephen lançara sua acusação e mais parecia ter sido contemplado com um assassinato do que com um casamento, depois para seu exasperante marido, que permanecia sentado, como se estivesse se divertindo com o embate entre os dois homens. Atendendo ao apelo silencioso de Whitney, Clayton interferiu com bom humor, tentando dissipar a tensão:

— Francamente, Stephen, isso não é jeito de tratar seu genro...

— Meu o quê? — perguntou o lorde, com repulsa.

O duque riu, zombeteiro:

— Desde que você vai providenciar o dote, e um bem "generoso", está desempenhando o papel de pai. Como DuVille é um pretendente, portanto não ainda marido, meu conselho é que você o trate bem, pelo menos até *depois* do casamento.

O absurdo da situação ficou bem claro para os dois combatentes, que se descontraíram; Whitney, porém, só voltou a respirar direito quando Stephen estendeu a mão para Nicki, em sinal de conciliação:

— Bem-vindo à família — disse, com ironia.

— Obrigado. — Nicholas se inclinou e lhe apertou a mão. — De quanto é o dote que devo esperar? — brincou.

— Agora que resolvemos a parte mais difícil — Stephen voltou para trás da escrivaninha e se sentou —, vamos tratar dos problemas da apresentação de Sherry à sociedade.

Whitney o surpreendeu com uma objeção:

— Não é preciso: Charise já tem um pretendente.

O conde lhe lançou um olhar rápido, enquanto punha um papel sobre a mesa:

— Quero que ela tenha mais de um pretendente para escolher o que achar melhor, por isso vamos apresentá-la à sociedade. Espero que ela já esteja gostando de alguém no momento em que a memória voltar, assim sofrerá menos quando souber da morte de Burleton.

A objeção seguinte partiu de DuVille:

— É esperança demais, na minha opinião.

— Não neste caso — retorquiu lorde Westmoreland, sacudindo a cabeça. — A senhorita Lancaster mal conhecia Burleton. Duvido que tenha se tornado o centro do universo dela no pouco tempo que ficou na América.

Ninguém podia ir contra essa lógica e, dali em diante, a apresentação de Sheridan à sociedade se tornou um debate sem-fim. Stephen ouvia e ficava cada vez mais frustrado com cada obstáculo e objeção apresentados pelos demais, que iam desde os eventos possíveis até os mais absurdos que poderiam acontecer quando ela fosse apresentada à sociedade, na temporada seguinte.

24

Ao fim de uma hora, quando a impaciência passou a fazer Stephen descartar as objeções ao seu plano, Hugh Whitticomb decidiu dar sua opinião profissional, como médico de Sheridan:

— Sinto muito, mas não posso permitir isso — declarou, secamente.

— Por favor, poderia me esclarecer seus motivos? — ironizou o conde, uma vez que o médico agia como se suas palavras resolvessem tudo e nada mais houvesse a dizer.

— Pois não. Sua colocação de que a sociedade desculpará a falta de conhecimento de senhorita Lancaster sobre nossos costumes porque é americana pode ser correta em parte. No entanto, ela é sensível o bastante para notar imediatamente que está falhando na etiqueta social, e será sua crítica mais severa. Isso aumentará o estresse ao qual Sherry já está submetida, e não posso permitir que isso ocorra. A temporada vai começar dentro de alguns dias, e é impossível que ela aprenda em tão pouco tempo tudo o que é necessário para a apresentação, por mais inteligente que seja.

— Mesmo que não houvesse esse obstáculo — acrescentou Whitney —, não conseguiríamos prepará-la para a temporada inteira nesse tempo escasso. Seria preciso contar com alguém com muita influência sobre madame LaSalle, ou sobre outra modista aceitável, para fazer todos os vestidos de que a senhorita Lancaster vai precisar e, ao mesmo tempo, continuar atendendo à sua clientela.

Ignorando esse problema no momento, Stephen se voltou para o dr. Whitticomb:

— Não podemos mantê-la isolada do mundo. Isso não a ajudaria a encontrar pretendentes. Além do mais, começariam a falar, imaginando por que a escondemos. E, o mais importante, Sherry mesma começaria a pensar nesse assunto, e temo que poderia concluir que temos vergonha dela.

— Não havia pensado nisso — admitiu Hugh, parecendo muito perturbado diante dessa possibilidade.

— Entremos em um acordo... — propôs Stephen, imaginando por que cada um parecia procurar problemas, e não soluções. — Podemos limitar ao mínimo a participação da senhorita Lancaster a compromissos sociais, e um de nós estará sempre ao seu lado, a fim de protegê-la de perguntas demais.

— Não vão poder protegê-la completamente — discordou Whitticomb. — Vão contar a todos quem ela é e como perdeu a memória?

— Vamos dizer a verdade, sem entrar em detalhes. Diremos que sofreu um acidente e que podemos garantir que é uma pessoa de excelente nascimento e caráter, mas que por enquanto não pode responder a perguntas.

— Você sabe como as pessoas podem ser cruéis! — advertiu o médico. — A falta de memória dela pode ser confundida com estupidez.

— Estupidez? — Stephen soltou uma risada áspera. — Quanto tempo faz que você foi a um baile de debutantes e tentou manter uma conversa inteligente com uma daquelas mocinhas? — Sem esperar resposta, continuou: — Lembro-me de que, na última vez que o fiz, a metade delas era incapaz de falar sobre qualquer coisa que não fosse a moda e o tempo. O restante não sabe fazer mais do que enrubescer e sorrir timidamente. Sherry é muito inteligente, e isso será percebido por qualquer pessoa esperta que se aproxime dela.

— Não acredito que alguém possa achá-la idiota — anuiu Whitney. — No máximo, pensarão que é meio misteriosa, principalmente os jovens cavalheiros.

— Então, está decidido. — O tom de Stephen avisava que qualquer objeção seria inútil. — Mãe, Whitney ajudará a senhora a tornar Charise apresentável. Vamos introduzi-la na sociedade sob nossa proteção, e sempre com a certeza de ter ao menos um de nós junto a ela. Começaremos levando-a à ópera, onde será vista por todos, mas onde dificilmente poderão se aproximar dela. Depois disso, um sarau e alguns chás. A aparência de Sherry é tão extraordinária que irá chamar a atenção e, quando notarem que não comparece aos bailes, um mistério a envolverá, como Whitney observou, e isso será uma vantagem para nós. — Feliz por tudo estar resolvido, ele olhou ao redor e perguntou: — Alguém quer discutir mais alguma coisa?

— Sim — respondeu a duquesa-mãe, enfática. — A senhorita Lancaster não pode ficar sob o mesmo teto que você nem por mais uma noite sequer. Se souberem que ela esteve aqui sozinha, nada do que dissermos poderá lhe salvar a reputação, e um casamento decente se tornará impossível. Será um milagre se os criados já não tiverem espalhado fofocas!

— Os criados a adoram — explicou o conde —, e jamais diriam ou fariam algo que a magoasse.

— Acredito, mas podem ter falado com outros criados, mesmo sem a intenção de prejudicá-la. Se algum boato se espalhar pela cidade, dirão que ela é sua amante, e não podemos nos arriscar a esse tipo de comentário.

— Creio que ela poderia ficar comigo e com Clayton...

Whitney se vira obrigada a fazer essa proposta, relutantemente, porque não queria separá-la de Stephen. Uma vez que começassem as atividades sociais, os dois não se veriam durante dias, e, quando se vissem, seria por momentos rápidos.

— Perfeito — concordou o conde de imediato, com irritante satisfação. — Ela vai ficar com vocês.

Hugh Whitticomb tirou os óculos de aros dourados e, enquanto limpava uma das lentes com um lenço imaculado, comentou:

— Não estou gostando desse plano.

Stephen fez um esforço hercúleo para dominar a impaciência e se obrigar a tentar manter o médico sob controle:

— O que quer dizer?

— Quero dizer que ela não deve ser retirada de um local que já se tornou familiar e levada para uma casa com pessoas que não conhece. — Quando as sobrancelhas negras do lorde se ergueram e ele abriu a boca para falar, o dr. Whitticomb impediu-o, com a explicação: — A senhorita Lancaster acredita que é noiva de Stephen e que ele gosta muito dela. Ele é a única pessoa que ficou ao seu lado enquanto ela lutava contra a morte e é a única pessoa em quem confia.

— Posso lhe explicar o estigma social a que se arrisca se permanecer aqui — retorquiu Stephen, bruscamente. — Ela tem que entender que não é apropriado.

— Charise não tem a menor ideia da importância de um comportamento apropriado, Stephen — contradisse o médico, suavemente. — Se tivesse, não estaria com você, vestida apenas com aquele penhoar cor de lavanda, naquela noite em que vim vê-la.

— Stephen! — horrorizou-se a duquesa-mãe.

— Ela estava perfeitamente coberta — disse ele, sacudindo os ombros —, e não tinha outra coisa para vestir.

Nicholas DuVille entrou no debate:

— Ela não pode ficar aqui sem acompanhante. *Eu* não admito!

— *Você* não tem nada que admitir ou não! — exclamou Stephen.

— Acho que tenho. Não quero que a reputação da minha futura esposa seja manchada. E também tenho uma família que deverá aceitá-la.

Inclinando a cadeira para trás, o conde tamborilou por alguns instantes no tampo da escrivaninha, enquanto fitava o francês com expressão desagradável. Ao falar, sua voz pareceu tão gelada quanto seu olhar:

— Não me lembro de ter ouvido sua proposta de casamento, DuVille.

As sobrancelhas de Nicholas se ergueram, em tom de desafio:

— Quer que eu faça isso agora?

— Eu disse que quero que ela tenha vários pretendentes para escolher — disse Stephen em voz ameaçadora, e ficou imaginando por que seu irmão permitia que aquele patife arrogante permanecesse perto de sua esposa. — Até agora, você não é nada mais que um possível pretendente à mão dela. Se teimar em se considerar mais que isso, sugiro...

— Eu poderia ficar aqui com a senhorita Lancaster — interrompeu a duquesa-mãe, desesperada.

Relutantes, os dois homens abandonaram o duelo visual e olharam para Hugh Whitticomb, em busca de uma decisão. Em vez de falar logo, o médico se esmerou na limpeza da outra lente dos óculos, enquanto considerava até que ponto a presença da duquesa poderia atrapalhar um possível romance. Majestosa e imponente mulher de quase 60 anos, a duquesa era severa demais para permitir a atmosfera de intimidade que Hugh queria que houvesse entre Stephen e Sherry. Além disso, era evidente que ela intimidava a jovem americana, por mais que tentasse não fazê-lo. Considerando rapidamente os melhores argumentos contra a solução da duquesa, ele disse:

— No interesse da sua saúde, alteza, creio que não deve se sobrecarregar com as responsabilidades de ser uma acompanhante constante. Não quero ver uma recorrência dos problemas do ano passado...

— Mas você disse que não era sério, Hugh — protestou a dama.

— E quero que continue assim.

— Ele tem razão, mãe. — Aborrecido por perturbar a família com seus problemas, Stephen procurou aparentar tranquilidade. — Precisamos de alguém que fique com ela o tempo todo, uma acompanhante de caráter e reputação impecáveis, que também sirva como dama de companhia de *ladies*...

— Que tal Lucinda Throckmorton-Jones? — sugeriu a duquesa, depois de pensar por alguns momentos. — Ninguém pode duvidar do caráter e da reputação de qualquer moça que ela acompanhe.

— Ah, meu Deus, não! — protestou Hugh, com tanta ênfase que todos o fitaram. — Aquele dragão com cara de machado pode ser a escolha ideal das melhores famílias, mas vai deixar a senhorita Lancaster mais doente! Essa mulher ficou grudada no meu cotovelo enquanto eu tratava do polegar queimado de uma das suas protegidas. Agiu como se tivesse a certeza de que eu iria seduzir a pobre menina!

— Bem, o que *você* sugere? — explodiu Stephen, perdendo a paciência de vez com o teimoso e inútil médico.

— Deixe isso comigo — respondeu Whitticomb, surpreendendo-o. — Conheço a senhora certa, se a saúde dela estiver adequada para a tarefa. É muito solitária e está se apagando por não ter nada que fazer.

A duquesa o fitou, interessada:

— De quem está falando?

Temendo que a astuta lady vetasse sua escolha, Hugh Whitticomb resolveu tomar para si toda a responsabilidade, e apresentar finalmente a acompanhante como um caso consumado.

— Deixe-me pensar mais um pouco antes de fazer a escolha. Deverei trazer a acompanhante amanhã. Outra noite sozinha sob o teto de Stephen não vai fazer mais mal a Sherry do que o que já foi feito.

Nesse momento, Colfax bateu à porta, anunciando que a senhorita Lancaster já voltara do passeio.

— Creio que está tudo resolvido, então — Stephen se levantou, encerrando a reunião.

— Tudo, exceto dois pequenos detalhes — observou Clayton. — Como você pretende conseguir a cooperação da sua noiva para o esquema de arranjar outro marido para ela sem humilhá-la? E o que pretende fazer quando ela disser, em sociedade, que é sua noiva? Londres inteira vai rir dela!

Stephen abriu a boca para responder que a senhorita Lancaster não era sua noiva, mas a fechou.

— Vou dar um jeito nisso entre hoje e amanhã — disse, por fim.

— Tenha cuidado — avisou Hugh. — Não a deixe triste.

Whitney se levantou, colocando as luvas:

— Acho que é melhor eu ir conversar pessoalmente com madame LaSalle. Vai ser preciso ocorrer um milagre para conseguir persuadi-la a largar tudo e preparar um guarda-roupa completo agora, com a temporada prestes a começar.

— Vai ser preciso muito dinheiro de Stephen, e não um milagre — riu o marido dela. — Deixo você no ateliê de LaSalle, no caminho para o White's.

— O White's fica para outro lado, Claymore — observou Nicholas. — Se você me permite levar sua esposa à modista, talvez durante o trajeto ela possa me sugerir o melhor modo de conquistar a confiança da senhorita Lancaster.

Sem motivo para objetar, Clayton assentiu; Whitney aceitou o braço que DuVille lhe oferecia, beijou o rosto do marido, e os dois saíram. Os irmãos se fitaram e fizeram uma expressão idêntica.

— Quantas vezes — indagou Stephen, cínico — você já teve vontade de torcer o pescoço de DuVille?

— Muitas, mas não tantas quantas desconfio que você vai ter — retrucou Clayton, secamente.

— O QUE acha, Nicki? — perguntou Whitney depois de olhar para trás e se certificar de que o mordomo fechara a porta e não podia mais ouvir o que diziam.

Ele lhe deu um sorriso enviesado, enquanto indicava sua carruagem:

— Acho que, neste momento, seu marido e seu cunhado estão arranjando uma desculpa para me matar!

Whitney riu enquanto o lacaio se apressava em abrir a portinhola e descer a escadinha, e então subiu na carruagem:

— Creio que Stephen é quem está mais ansioso para isso!

— Constatação alarmante — riu o francês —, uma vez que ele tem gênio esquentado e reputação de ótimo atirador.

Whitney suspirou:

— Nicki, meu marido foi muito claro ao dizer que não devemos interferir. Pensei que você tivesse entendido quando tentei lhe dizer, com os olhos, que deixasse de lado o plano de se oferecer como pretendente à mão da senhorita Lancaster. Tem que retirar o pedido na primeira oportunidade. Clayton nunca me proíbe nada, e não quero desafiá-lo...

— Não está desafiando seu marido, *chérie*. Eu estou. Além disso, ele falou que a "família" não deveria interferir. Não faço parte da sua família, para minha grande tristeza, aliás.

Nicholas riu, apesar da solenidade com que falara, e Whitney percebeu que ele estava apenas brincando.

— Nicki...

— Sim, meu amor?

— Não me chame assim.

— Sim, alteza? — corrigiu ele.

— Lembra como eu era ridiculamente ingênua e desastrada quando você decidiu me ajudar no meu *début* para a sociedade dispensando-me uma atenção especial?

— Você nunca foi desastrada, *chérie*. Você era, apenas, deliciosamente inocente e incomum.

— Charise Lancaster — prosseguiu a jovem duquesa — é tão inexperiente quanto eu era. Mais, até. Não a deixe confundir suas atenções com outro sentimento... Quero dizer, não a deixe se apegar muito a você. Eu nunca me perdoaria se a fizéssemos sofrer mais.

Nicki esticou as longas pernas, ficou olhando um momento para as pontas dos pés, e então sorriu:

— Lembro-me de que, na noite em que você debutou, eu a preveni para não confundir um simples flerte com algo mais importante. Fiz isso para você não se magoar. Lembra-se?

— Sim...

— E, no fim, eu é que fui recusado.

— Depois disso, você entregou seu "coração partido" a uma infinidade de mulheres de boa vontade!

DuVille não negou, apenas disse:

— Assim que vi Charise Lancaster pela primeira vez, lembrei-me de você. Não consigo explicar, mas tenho certeza de que ela não é uma moça comum; nem sei até onde vai a semelhança com você, mas pretendo descobrir.

— Quero que ela se case com Stephen, Nicki. Essa moça foi feita para ele. Tenho certeza de que o dr. Whitticomb pensa como eu. Tudo o que você deve fazer é dar-lhe atenção suficiente, para que meu cunhado sinta ciúme e...

— Creio que posso fazer isso com muita facilidade — garantiu Nicholas, rindo.

— Diga como Sherry é linda, única, e que não quer correr o risco de perdê-la para outro.

— Se você vai obedecer à ordem do seu marido de não se envolver no caso, tem que me deixar agir a meu modo. Combinado?

— Combinado.

25

Conduzida ao escritório do conde por um lacaio, Sherry cumprimentou com alegria os criados que se encontravam no hall e parou diante do enorme espelho para verificar se seu cabelo estava em ordem; ajeitou a saia do vestido cor de lima e parou diante de Hodgkin, que, imóvel como uma estátua no umbral da porta dupla do escritório, observava os criados limparem os móveis e os candelabros de prata do hall.

— Bom dia, Hodgkin. Você está muito elegante hoje! Roupa nova?

— Sim, senhorita. Obrigado, senhorita.

O velho mordomo lutou sem sucesso para esconder o prazer que sentira por ela ter notado como lhe ficavam bem a elegante calça e a casaca preta, traje que seu cargo lhe dava o direito de receber duas vezes por ano. Erguendo os ombros e estufando o peito, ele confidenciou:

— Chegou ontem, diretamente do alfaiate.

— E eu estou de vestido novo — confidenciou ela, em troca. Stephen ouviu as vozes e olhou a tempo de vê-la segurar a ampla saia e dar uma graciosa volta para exibir o vestido ao mordomo, perguntando: — Não é lindo?

A cena era tão natural e encantadora que ele sorriu e respondeu antes do criado:

— Muito lindo!

Hodgkin deu um pulo de susto, e Sherry soltou a saia. Com aquele luminoso e lindo sorriso, tão próprio dela, aproximou-se da escrivaninha, fazendo ondular suavemente os quadris. A maioria das mulheres que Stephen conhecia haviam aprendido a caminhar e a se movimentar, por isso andavam e se mexiam todas do mesmo jeito prático e preciso, como um time esportivo bem treinado. Sherry o fazia do seu jeito, sem esforço algum, com graça incomparável e natural feminilidade.

— Bom dia. Espero não estar atrapalhando — disse ela, indicando a papelada sobre a escrivaninha. — Recebi o recado de que queria falar comigo...

— Você nunca atrapalha — garantiu-lhe Stephen. — De fato, quero falar com você e dispensei meu secretário, para ficarmos a sós. Sente-se, por favor.

Com um gesto, ele indicou ao mordomo que fechasse a porta, e foi imediatamente obedecido. Quando as portas foram fechadas silenciosamente, Sherry ajeitou a saia à sua volta. Tomou um compenetrado cuidado com seu vestido novo, o conde notou, alisando alguns vincos e se inclinando para verificar se não estava pisando na barra. Depois de constatar que tudo estava em ordem, ergueu para ele os lindos olhos inquisitivos e confiantes.

Charise confiava nele cegamente, percebeu Stephen. Desse modo, abusaria da sua confiança ao manipulá-la. Como o silêncio se prolongou até criar certo embaraço, ele percebeu que adiara aquele momento na noite anterior para poder jantar com ela tranquilamente. Só que não podia adiar mais e, no entanto, era o que tentava fazer.

Procurou algo para dizer, mas não encontrou, e quebrou o silêncio com a primeira frase que lhe veio à mente:

— Sua manhã foi boa?

— Ainda é muito cedo para saber — respondeu ela, solenemente, mas o riso brilhava nos olhos cinzentos. — Tomamos o desjejum há apenas uma hora.

— Foi só há uma hora? Tive a impressão de que fazia mais tempo... — Era a primeira vez que Stephen se sentia inexperiente e pouco à vontade, como um menino, diante de uma mulher. — Bem, o que fez desde então? — insistiu.

— Estava na biblioteca, procurando algo para ler, quando o lacaio foi me chamar.

— Não é possível que já tenha lido todas as revistas que eu trouxe! Era uma pilha considerável.

Ela mordeu os lábios e riu:

— Por acaso, deu uma olhada nelas?

— Não, por quê?

— Creio que não iria achá-las muito interessantes.

Lorde Westmoreland não sabia nada sobre revistas femininas, a não ser que as mulheres as liam com absoluta confiança, mas, para manter a conversação, demonstrou interesse perguntando os nomes das revistas.

— Há uma com um nome muito comprido. Se bem me lembro, chama-se *Museu Mensal das Damas ou Polido Repositório de Divertimento e Instrução: uma Reunião de Tudo o que Tende a Conservar a Beleza, Instruir a Mente e Exaltar o Caráter das Damas Britânicas.*

— Tudo isso em uma revista apenas? — brincou Stephen. — Impressionante a pretensão!

— Foi o que pensei quando dei uma espiada nos artigos. Sabe do que um deles tratava?

— Pela sua expressão, tenho até medo de tentar adivinhar — respondeu ele, rindo.

— Era sobre ruge.

— O quê?

— O artigo ensinava a passar ruge nas faces. Era absolutamente *fútil.* Você imagina como isso pode "instruir a mente" ou "exaltar o caráter"?

A pergunta foi feita com tanta seriedade que o conde não conseguiu conter uma gargalhada de sacudir os ombros.

— No entanto, havia artigos com muito mais substância — acrescentou Sherry. — Por exemplo, em uma revista chamada *A Assembleia das Belas ou Revista das Belas e da Moda da Corte, dedicada especialmente às Ladies*, havia um verdadeiro tratado que analisava o modo correto de uma dama segurar e erguer a saia ao fazer uma reverência. Fiquei fascinada! Nunca pensei que fosse preferível utilizar apenas o polegar e o indicador de cada mão para segurar a saia a usar todos os dedos que Deus nos deu. Essa delicada perfeição é o máximo a que uma mulher pode aspirar, sabe?

— Essa teoria é sua ou da revista? — Stephen perguntou, sorrindo.

Ela o olhou de lado, com uma expressão que era um milagre de alegre irreverência:

— O que você acha?

Ele achava que preferia a irreverência dela à perfeição, em todos os dias da sua vida, mas se limitou a responder:

— Acho que devemos remover esse lixo do seu quarto imediatamente.

— De modo algum — opôs-se Sherry. — Não faça isso. Leio os artigos todas as noites, já deitada.

— É mesmo? — ele estranhou, vendo-a absolutamente séria.

— É, sim! Uma página é o bastante: nunca vi sonífero tão eficiente!

O lorde não conseguia desviar os olhos do rostinho alegre; viu-a afastar os cabelos da testa e jogar, com um gesto impaciente, a massa sedosa e ruiva para trás do ombro. Preferia o cabelo como estava antes, descendo por cima do seio direito. Aborrecido com o rumo tomado por seus pensamentos, disse abruptamente:

— Uma vez que o ruge e as reverências estão descartadas, o que lhe interessa?

Você, pensou Sherry. Estou interessada em você. Estou interessada em saber por que você está sem jeito neste momento. Estou interessada em saber por que há momentos em que me olha e sorri como se só eu tivesse importância para você. Estou interessada em saber por que há momentos em que sinto que não quer me ver, mesmo quando estou bem na sua frente. Estou interessada em tudo o que se refere a você porque quero muito significar algo para a sua vida. Estou interessada em história. Sua história. Minha história...

— História! Gosto de história — respondeu ela, depois da breve pausa.

— De que mais você gosta?

Como não tinha condições de buscar na memória, ela disse a primeira coisa que lhe veio à mente:

— Acho que gosto muito de cavalos.

— Por que acha isso?

— Ontem, quando seu cocheiro me levou para passear no parque, vi damas cavalgando e me senti... feliz. Animada. Acho que sei cavalgar.

— Nesse caso, tenho que providenciar uma montaria adequada para você. Vou pedir a alguém que escolha uma égua bonita e mansa de Tattersall.

— Tattersall?

— É uma casa de leilão de cavalos.

— Não posso ir lá?

— Não sem causar rebuliço... — Ele fez uma pausa, fitando-a, e sorriu. — Não se admitem mulheres em Tatt.

— Ah, sim... Acho melhor você não gastar dinheiro com um cavalo. Afinal, nem mesmo tenho certeza se sei cavalgar. Creio que é melhor primeiro experimentar em um dos seus cavalos, não? Posso pedir ao seu cocheiro que...

— Nem pense nisso! — cortou Stephen, secamente. — Não tenho cavalo que sirva para você ou qualquer outra mulher montar, por melhor amazona que seja. Meus cavalos não são do tipo dos que passeiam a trote pelo parque.

— Não foi isso que imaginei ontem: senti como se estivesse galopando, com o vento batendo em meu rosto.

— Nada de galopes — determinou o conde. Não importava quanto ela havia cavalgado antes, não era uma atlética garota do campo; era esguia e delicada, sem forças para aguentar um impetuoso galope. E, ao ver a expressão confusa e rebelde nos olhos cinzentos, acrescentou: — Não quero carregá-la sem sentidos mais uma vez.

Procurou se livrar da lembrança do corpo inerte em seus braços e se lembrou de outro tremendo acidente... o corpo inerte do jovem barão, que teria uma vida pela frente e uma noiva linda com quem se casaria se ele não o tivesse matado. A recordação lhe tirou toda a vontade de adiar o motivo pelo qual a chamara ao escritório.

Inclinando a cadeira para trás, o lorde lhe deu o que supunha ser um sorriso amável, entusiasmado, e começou a pôr em ação o plano para decidir o futuro dela:

— Estou feliz em poder lhe comunicar que minha cunhada conseguiu convencer a mais famosa modista de Londres a abandonar seu ateliê, em um momento em que está ocupadíssima, para vir aqui, com algumas costureiras, a fim de fazer um guarda-roupa que lhe permita participar das atividades da temporada. — Como Sherry não demonstrou o entusiasmo que ele esperava e apenas franziu a testa, perguntou: — Ficou aborrecida?

— Não. Claro que não. Mas não preciso de outros vestidos. Ainda há dois que nem usei!

Na verdade, Sherry tinha cinco vestidos de uso diário, e achava de fato que aquilo constituía um guarda-roupa! Stephen concluiu que o pai dela devia ser um tanto miserável.

— É preciso acrescentar muita coisa a esses poucos vestidos — observou.

— Por quê?

— Porque a temporada londrina exige um vasto guarda-roupa — respondeu ele, vagamente. — Também queria lhe dizer que o dr. Whitticomb trará uma conhecida dele aqui, esta tarde. Trata-se de uma senhora, ele me garantiu, competente e aceitável para ser sua acompanhante.

Uma risada incontida subiu aos lábios de Sherry:

— Não preciso de uma dama de companhia — disse, quando conseguiu. — Sou uma...

O estômago dela se contraiu dolorosamente, as palavras morreram na sua garganta e o pensamento súbito se desvaneceu.

— Você é o quê? — indagou Stephen, preocupado com a agitação dela.

— Eu... — Ela procurou as palavras, a explicação, mas nada surgia em seu cérebro, e sentiu uma leve dor de cabeça. — Eu... não sei.

Preocupado com a aflição que via no rosto de Sherry, o conde se apressou em acalmá-la:

— Não tem importância. Fique tranquila: vai se lembrar de tudo quando chegar o momento certo. Há outra coisa que quero dizer...

Ao perceber que ele hesitava, ela ergueu o rosto e sorriu, mostrando que estava bem:

— O que ia dizer? — incentivou-o.

— Que tomei uma decisão com a qual minha família concorda — respondeu ele, indicando que ela não tinha para quem apelar, caso não gostasse do ultimato. — Quero que participe da temporada e tenha a atenção de outros cavalheiros, antes de anunciarmos nosso noivado.

Sheridan teve a impressão de ter sido esbofeteada. Não queria a atenção de estranhos e não conseguia imaginar por que ele agia daquela maneira. Procurando evitar que sua voz tremesse, falou:

— Posso saber o motivo?

— Sim, é claro. Casamento é um passo muito sério, que não deve ser dado com pressa... — Stephen se amaldiçoou mentalmente: em vez de estar estupidamente circundando a questão, devia ser direto e encontrar uma explicação convincente para convencê-la. — Como não tivemos tempo de nos conhecer bem antes que você viesse para cá, decidi que deve ter a oportunidade de entrar em contato com outros possíveis pretendentes, antes de me aceitar definitivamente como marido. Por isso, quero que nosso noivado continue como um segredo nosso e das nossas famílias, por algum tempo.

Algo pareceu se romper no íntimo de Sherry: ele *queria* que ela encontrasse outra pessoa. Estava tentando se livrar dela, podia sentir isso. E por que não? Ela era uma pessoa que nem sequer saberia seu nome se não tivessem lhe dito, e nada tinha a ver com as mulheres lindas e alegres que vira no parque no dia anterior. Não podia se comparar à cunhada ou à mãe dele, que tinham maneiras aristocráticas e eram seguras de si. Se elas haviam concordado com aquilo, com certeza não a queriam na família, portanto a cordialidade com que a tratavam era falsa.

Lágrimas de humilhação lhe dominaram os olhos, queimando-os, e ela se pôs de pé, procurando se controlar, lutando desesperadamente para ocultar o orgulho ferido. Não podia encará-lo e também não podia sair correndo do escritório, pois isso demonstraria o que sentia. Voltou-lhe então as costas e foi até a janela, onde permaneceu por alguns minutos, fingindo observar o movimento da rua.

— Creio que é uma ideia excelente, milorde — conseguiu dizer, sem enxergar nada do que acontecia lá fora por causa das lágrimas, lutando para manter a voz firme.

Percebeu que ele se levantava e se aproximava; engoliu seco e respirou fundo, antes de voltar a falar:

— Como você, tenho... algumas reservas sobre... sobre nosso relacionamento desde que cheguei aqui.

Stephen teve a impressão de que a voz dela estava entrecortada, e sua consciência doeu:

— Sherry... — começou, colocando as mãos nos ombros dela.

— Por favor, tire as mãos... — Ela teve que parar e respirar fundo de novo. — De mim.

— Vire-se e me ouça — ordenou o lorde.

Sheridan perdeu completamente o controle e, apesar de fechar os olhos com força, lágrimas ardentes lhe desceram pela face. Caso se virasse naquele momento, ele veria que estava chorando, e ela preferia morrer a passar por tamanha humilhação. Sem saída, inclinou a cabeça e se fingiu distraída, enquanto percorria com as pontas dos dedos o desenho da vidraça.

— Estou tentando fazer o que é mais certo — explicou Stephen, lutando contra o impulso de apertá-la nos braços e lhe pedir perdão.

— Claro. Sua família pode achar que não sirvo para você — conseguiu dizer, com a voz quase normal. — E não tenho certeza se meu pai vai achá-lo adequado para mim.

Sheridan parecia tão tranquila que Stephen ia voltar para a escrivaninha; então, viu as lágrimas caírem sobre a mão enluvada e sua resistência se partiu. Segurou-a pelos ombros, obrigou-a a ficar de frente e a abraçou:

— Por favor, não chore — sussurrou, em meio ao cabelo perfumado. — Por favor, não faça assim! Estou tentando fazer o melhor para você.

— Então se afaste de mim! — retrucou ela, feroz, mas ainda chorando, aos soluços, com os ombros tremendo.

— Não posso... — Ele apoiou uma das mãos na nuca dela e a fez encostar o rosto em seu peito, sentindo a umidade das lágrimas através da camisa. — Desculpe... — sussurrou, beijando-lhe a têmpora. — Sinto muito.

Ela era tão macia entre seus braços! E era orgulhosa demais para lutar e estava arrasada demais para parar de chorar, então se deixou estar rígida nos braços dele, sacudida por soluços silenciosos.

— Por favor... — A voz dele soava áspera pela ansiedade — Não quero magoar você... — Acariciou-lhe o cabelo e as costas, tentando acalmá-la. — Não me deixe magoar você.

Sem perceber o que fazia, o lorde segurou o delicado queixo, ergueu-lhe o rosto e o beijou, sentindo o gosto das lágrimas. Na noite em que voltara a si, Sherry não derramara uma só lágrima ao saber que perdera a memória, nem pela dor do ferimento, mas, naquele momento, chorava em silêncio e, de repente, Stephen perdeu a cabeça. Beijou os lábios trêmulos, sentindo a maciez salgada, e a apertou contra si, procurando forçá-la, com a língua, a entreabrir a boca. Em vez de corresponder docemente, como fizera antes, ela tentou virar o rosto. Ele sentiu a rejeição como uma agressão física e redobrou os esforços para fazê-la aceitá-lo, beijando-a com uma fome exigente, enquanto a visualizava sorrindo para ele, havia alguns minutos, depois cantando com os criados na cozinha e, em seguida, flertando com ele na manhã anterior: *Espero pelo menos ter tido o bom senso de fazê-lo esperar um bom tempo antes de aceitar seu pouco galante pedido*, brincara ela. E o rejeitava agora, para sempre. Algo no peito de Stephen pareceu gritar, lamentando a perda da ternura, da paixão e da meiguice dela. Passando as mãos pelos cabelos ruivos, ele a fez erguer o rosto e deparou com os olhos cinzentos magoados e hostis.

— Sherry — disse, quase em um sussurro, enquanto reaproximava os lábios dos dela —, beije-me.

Como não tinha forças para escapar dos lábios dele, Sheridan lutou com aquela fria indiferença, mas ele não desistiu. Usando toda a experiência sexual que adquirira em duas décadas de lida constante com o sexo oposto, era-lhe fácil derrubar as defesas de uma virgem inexperiente de apenas 20 anos. Passando os braços pelas costas dela, apertou-a mais contra si e procurou seduzi-la com as mãos, com a boca e, por fim, com palavras:

— Já que vai precisar me comparar a outros pretendentes — sussurrou, sem perceber que, ao dizer aquilo, ia contra tudo o que achava que queria que acontecesse —, não acha que precisa de experiência para fazê-lo?

Foram as palavras dele, não as carícias de suas mãos ou de seus lábios, que quebraram a resistência de Sherry. Um instinto feminino protetor a avisava de que nunca mais deveria acreditar nele, que nunca mais deveria deixá-lo tocá-la ou beijá-la... mas seria só mais esta vez, a última que aquela boca ardente e faminta possuía a dela...

Seus lábios se entreabriram imperceptivelmente, e Stephen aclamou a vitória com a rapidez de um caçador, só que sua arma, agora, era a gentileza.

Por fim, a realidade se impôs: o conde interrompeu o beijo e a soltou. Sherry deu um passo para trás, seu sorriso cativante era luminoso demais.

— Obrigada pela demonstração, milorde. Quando já tiver feito algumas comparações, comunicarei o resultado.

O lorde mal a escutou, nem tentou detê-la quando ela girou e saiu, deixando-o lá, de pé. Ele encostou a mão no vidro da janela e ficou olhando sem ver as cenas na rua, enquanto sussurrava selvagemente para si mesmo:

— *Seu filho da mãe!*

TOMANDO O CUIDADO de sorrir para cada criado que encontrava, a fim de que não percebessem como se sentia, Sherry subiu as escadas com os lábios ardendo, machucados pelos beijos selvagens que a tinham destruído e que nada significavam para ele.

Queria ir para casa.

Essa frase se tornou um cântico ao ritmo de cada degrau que subia, até que, por fim, chegou à privacidade de seu quarto. Encurvou-se sobre a enorme cama, os joelhos encostados no peito, os braços ao redor deles, sentindo que se desfaria em mil pedaços se os soltasse. Enfiando o rosto no travesseiro para abafar os soluços, Sheridan chorou o futuro que não podia ter e o passado que não podia recuperar.

— *Quero ir para casa* — sussurrou, chorando. — Quero ir para casa. Papai — soluçava perdidamente —, por que está demorando tanto para vir me buscar?

26

Um bonito cavalo malhado pastava por perto; em um impulso irrefreável, Sherry saltou para o lombo dele e cavalgou ao luar, com o riso alegre ecoando ao vento. O cavalo e ela voavam, voavam...

— Você vai quebrar o pescoço, *niña!* — gritou o rapaz, correndo atrás dela. Os cascos da montaria dele soavam cada vez mais próximos, e ambos riam e voavam pelo campo.

— *Senhorita Lancaster!* — chamou outra voz, dessa vez feminina, muito ao longe. — Senhorita Lancaster! — Tocaram-lhe o ombro e sacudiram-na com delicadeza, até que ela voltasse à realidade. — Desculpe acordá-la — justificou-se a criada —, mas Sua Alteza está na sala de costura com a modista e as costureiras, e pede que a senhora se una a elas.

A vontade de Sherry era se proteger com as cobertas e formar um casulo, buscar aquele sonho novamente, mas não podia dizer a uma duquesa e às suas costureiras que fossem embora e a deixassem sonhar, ainda mais sendo a noiva indesejada do filho dela. Relutante, levantou-se, lavou o rosto e seguiu a criada até uma sala enorme e ensolarada.

A duquesa que a esperava era a cunhada, e não a mãe do conde.

Recusando-se a se envergonhar ainda mais ao revelar as próprias emoções, Sheridan a cumprimentou polidamente, nem fria nem carinhosa.

Se Whitney Westmoreland percebeu algo diferente na atitude de Sherry, não demonstrou, entusiasmada como se encontrava para pôr a futura concunhada na "última moda".

Enquanto a jovem duquesa ria, falando sobre bailes, viagens, desjejuns venezianos, e as costureiras se agrupavam ao redor dela como mariposas, Sheridan permaneceu de pé sobre uma plataforma pelo que lhe pareceu uma eternidade, sendo medida, alfinetada, empurrada, puxada e virada. Dessa vez, não fora ingênua a ponto de acreditar que o sorriso afetuoso e os comentários encorajadores de Whitney eram sinceros. Simplesmente a duquesa queria se livrar dela, queria que ficasse noiva de outro e, obviamente, um deslumbrante guarda-roupa era o primeiro passo para atingir esse objetivo. Sherry entendia isso, só que tinha seus próprios planos. Voltaria para casa, não importando onde fosse sua casa, e não via a hora em que a deixariam em paz. Pretendia convencer a duquesa de que era um absurdo fazer todas aquelas roupas, mas quando, afinal, as costureiras a deixaram descer da plataforma, não se retiraram. Em vez disso, começaram a abrir pacotes e a espalhar cortes de tecido em cima das mesas, móveis, cadeiras e no chão, até que a enorme sala se tornou um mar de cores de todas as tonalidades imagináveis, desde o verde-esmeralda até o azul-safira, passando por amarelos, rosa-pálido e creme.

— O que acha? — perguntou-lhe Whitney.

Sherry olhou ao redor para a vertiginosa disposição de suntuosas sedas, macias cambraias, etéreos chifons e delicados linhos. Alegres tecidos listrados se espalhavam entre sedas ricamente enfeitadas com finíssimos fios de ouro ou prata, cambraias bordadas à mão com flores de todas as cores e tipos. E Whitney Westmoreland sorria, esperando que Sheridan expressasse sua satisfação e suas preferências. *No que ela estava pensando?*, perguntou-se Sherry, nervosa. Erguendo o queixo, olhou a mulher que lhe disseram se chamar madame LaSalle, que falava com sotaque francês, agia como um general e adivinhara suas cores preferidas, embora não conseguisse imaginar como.

— Vocês têm algo em vermelho? — perguntou, secamente.

— Vermelho! — ofegou a mulher, com os olhos quase saltando das órbitas. — Vermelho! Não, não, *mademoiselle!* Não com o seu cabelo.

— Eu gosto de vermelho — insistiu Sheridan, teimosa.

— Então o terá — assentiu madame LaSalle, recuperando a diplomacia, mas não se dobrando de modo algum —, só que nos seus tapetes ou cortinas! Essa é uma cor que não deve usar em seu adorável corpo, *mademoiselle.* O céu a abençoou com maravilhosos cabelos da mais rara tonalidade vermelha, e seria errado, um verdadeiro pecado, usar qualquer cor que não faça sobressair esse dom especial.

O floreado discurso era tão absurdo que Sherry precisou se esforçar para não rir, e notou que acontecia o mesmo com a jovem duquesa. Momentaneamente esquecida de que Whitney apenas fingia ser sua amiga, disse:

— Parece-me que a senhora quer dizer que o vermelho ficará horrível em mim.

— *Oui!* — assentiu a madame, com entusiasmo.

— E que nada no mundo a obrigaria a fazer um vestido vermelho para mim, por mais que eu insistisse — acrescentou Sherry.

A duquesa retribuiu o olhar risonho de Sherry e confirmou:

— Madame preferiria se jogar no Tâmisa!

— *Oui!* — disseram, em coro, as costureiras.

Por instantes, ecoaram na sala as risadas íntimas de oito mulheres que tinham o mesmo objetivo.

Nas horas seguintes, Sherry ficou meio posta de lado, enquanto a duquesa e madame LaSalle falavam sem cessar sobre os estilos e tecidos certos a serem usados. Quando pensou que elas já tivessem resolvido tudo, as duas começaram a discutir sobre os enfeites e ponderaram um longo tempo sobre rendas, laços, aplicações de cetim etc. Quando percebeu que as costureiras ficariam na mansão, trabalhando dia e noite naquela sala, Sheridan interveio, com firmeza:

— Já tenho cinco vestidos, um para cada dia da semana, e...

Todas as conversas cessaram e todos os olhos se cravaram nela.

— Temo que você tenha que trocar de vestido cinco vezes por dia — explicou a duquesa, com um cálido sorriso.

As sobrancelhas de Sherry se franziram quando pensou na perda de tempo que seria, mas se manteve em silêncio enquanto esteve na sala de costura, planejando dizer a ela que não tinha a intenção de entrar para a família Westmoreland e depois voltar para a solidão do seu quarto. Por isso, quando saíram da sala de costura, tomou essa direção, e a duquesa a acompanhou.

— Realmente, não quero trocar de vestido cinco vezes por dia — começou Sherry. — Serão desperdiçados...

— Não serão — contradisse Whitney, com um sorriso confiante, perguntando-se por que Sherry Lancaster se mostrava tão distante e reservada naquele dia. — Durante a temporada, uma dama bem-vestida precisa de vestidos para andar de carruagem, vestidos para caminhar, trajes para montar, vestidos para jantar, longos para a noite e vestidos para a manhã. E isso para as necessidades mínimas. A noiva de Stephen Westmoreland precisa ter vestidos para a ópera, vestidos para o teatro, ves...

— Eu não sou a noiva dele e não tenho desejo de ser — interrompeu-a Sheridan, implacável, quando parou com a mão na maçaneta da porta do seu quarto. — Tentei esclarecer o dia inteiro, de todos os modos que pude, que não preciso de tantas roupas. A menos que permita que meu pai pague por tudo, peço-lhe que cancele as encomendas. E agora, se me der licença...

— O que quer dizer? Não é noiva dele? — Alarmada, Whitney a segurou por um braço. — O que aconteceu? — Uma lavadeira passou pelo corredor com uma pilha de roupas passadas e ela pediu: — Será que podemos entrar em seu quarto para conversar?

— Não quero ser rude, alteza, mas nada temos a conversar — disse Sheridan com firmeza, e se orgulhou de sua voz não ter hesitado em nenhum momento e que não tivesse soado lastimosa ao falar com a outra mulher.

No entanto, surpreendeu-se ao ver que isso não impressionara a duquesa, que insistiu, com um sorriso teimoso:

— Discordo. — Quando a porta se abriu, ela entrou antes de Sherry. — Acho que temos muito a conversar.

Esperando uma repreensão por causa de sua atitude pouco cortês ou de sua ingratidão, Sheridan entrou no quarto e fechou a porta. Recusando-se a pedir desculpas, voltou-se para lady Westmoreland e aguardou o que viria a acontecer.

No espaço de segundos, Whitney considerou a negativa de Charise sobre o noivado, a ausência de seu costumeiro jeito afetuoso e supôs corretamente que se tratava de uma atitude de orgulhosa indiferença, como uma fachada para esconder uma mágoa profunda. Uma vez que Stephen era a única pessoa que poderia tê-la magoado de fato, isso significava que era ele a causa do problema.

Preparada para fazer qualquer coisa a fim de corrigir a bobagem que o idiota do seu cunhado pudesse ter feito diante da única mulher que servia para ele, Whitney perguntou, com cautela:

— O que aconteceu que a levou a dizer que não é noiva de Stephen e que não quer ser?

— Por favor! — exclamou Sherry, com mais emoção do que queria demonstrar. — Não sei quem eu sou, nem onde nasci, mas consigo perceber quando representam e mentem diante de mim. Sei que vou começar a gritar se tiver que aguentar isso nesse momento. Não há motivo para você fingir que me quer como concunhada, portanto, por favor, não faça isso!

— Muito bem — disse a duquesa, sem rancor —, vamos deixar de fingir, então.

— Muito obrigada.

— Você não pode ter ideia de quanto quero que seja minha concunhada!

— Suponho que agora vai tentar me convencer de que lorde Westmoreland é o noivo mais dedicado do mundo.

— Eu jamais poderia afirmar isso sóbria — admitiu a duquesa, sincera —, que dirá ser convincente!

— Como é? — aturdiu-se Sherry.

— Stephen Westmoreland tem profundas reservas quanto a se casar, *principalmente* com você. E tem bons motivos para isso.

Os ombros de Sherry se sacudiram, enquanto ela ria, sem poder se conter:

— Acho que vocês são todos malucos!

— E não posso censurá-la por pensar assim — suspirou Whitney. — Agora, se quiser se sentar, vou lhe contar tudo que puder sobre o conde de Langford. Mas, primeiro, quero saber o que Stephen disse que a fez pensar que não quer se casar com você.

O oferecimento de informações sobre o homem que representava total mistério para ela era quase irresistível, mas Sherry não sabia por que lhe era feito e se deveria aceitá-lo.

— Por que está se envolvendo nisto? — perguntou.

— Porque gosto *muito* de você e quero que você goste de mim. Mas, acima de tudo, acredito que você é a mulher perfeita para Stephen, e tenho muito medo de que essas circunstâncias possam estragar o relacionamento de vocês até um ponto irreversível. Agora, por favor, conte-me o que aconteceu e eu lhe contarei tudo o que puder.

Pela segunda vez, Whitney Westmoreland evitava cuidadosamente prometer que diria *tudo.* Era uma frase capciosa, mas verdadeira.

Sheridan hesitou, procurando no rosto da jovem duquesa algum sinal de malícia, mas viu apenas seriedade e preocupação.

— Bem, suponho que contar não fará mal a ninguém, exceto ao meu orgulho... — comentou, com uma frágil tentativa de sorriso.

Procurando manter a voz sem emoção, contou à duquesa o que acontecera naquela manhã, no escritório do conde. Whitney ficou impressionada com a simplicidade e a esperteza do método do cunhado para conseguir a cooperação de Sherry. Impressionou-se também com o modo como aquela inocente jovem, que estava em uma terra desconhecida, cercada de estranhos, sem qualquer lembrança do passado, percebera que havia algo oculto naquilo tudo que ocorria. Além disso, era inteligente e orgulhosa o bastante para não ter demonstrado o que sentia. Com certeza, sua atitude fora o que fez com que o conde de Langford estivesse tão soturno mais cedo, quando ela lhe desejou bom dia antes de subir.

— Isso é tudo? — indagou, curiosa.

— Bem, nem tudo... — Sherry desviou os olhos, envergonhada.

— O que mais aconteceu?

— Depois de tentar me enganar com a história de querer me dar a oportunidade de ter escolhas, fiquei tão zangada e confusa que... que perdi um pouco o controle emocional.

— No seu lugar, eu teria procurado um objeto bem pesado para bater nele!

— Infelizmente — disse Sheridan, com uma risadinha nervosa —, não havia nada ao meu alcance. Senti uma... uma vontade estúpida de chorar e fui até a janela, para tentar me recompor.

— E então? — instigou-a Whitney.

— Então, ele teve a audácia, a arrogância e... o atrevimento de me beijar!

— Você permitiu?

— Não. Não de espontânea vontade. — Isso não era inteiramente verdade, e Sherry baixou os olhos, envergonhada. — Eu não queria, *no começo* — corrigiu —, mas sabe, ele é bom demais nisso e... — Ela caiu em si ao perceber o que aquilo significava. Sua expressão se tornou feroz. — Ele é muito bom nisso, e *sabe que é!* Então, insistiu em me beijar, para que tudo corresse como quer. E tinha razão, porque aceitei o que propôs. Ah, como Stephen deve estar *orgulhoso* de si mesmo — concluiu, com dolorosa ironia.

Whitney começou a rir:

— Duvido muito! Pelo menos, ele estava arrasado quando cheguei. Para um homem que queria desfazer um noivado e tinha todas as razões para acreditar que conseguiria, meu cunhado não estava nada alegre.

Um pouco consolada ao ouvir aquilo, Sheridan sorriu: depois o sorriso se apagou e ela sacudiu a cabeça:

— Não entendo o que acontece. Creio que, com a memória, perdi também um pouco da percepção natural.

— Pois eu acho você incrivelmente perceptiva — contrapôs Whitney — e muito corajosa! Além disso, tem um coração muito, muito, bondoso.

Ao notar um brilho fugidio nos expressivos olhos cinzentos, a jovem teve uma vontade desesperada de contar toda a verdade a Charise Lancaster, a começar pela morte de Burleton e a participação de Stephen nela. Como seu cunhado dissera, ela mal conhecera o noivo, e era evidente que nutria sentimentos profundos por Stephen.

Por outro lado, o dr. Whitticomb havia enfatizado o grande risco que um choque significava para Charise, e Whitney temia que acontecesse justamente isso se lhe contasse a verdade.

Preparando-se para lhe contar tudo menos isso, e retribuindo o olhar sincero de Sherry, ela sorriu, triste, antes de começar:

— Vou contar a história de um homem muito especial, que talvez no começo você não reconheça. Quando o conheci, há quatro anos, ele era muito admirado por seu incrível charme e maneiras gentis. Os homens respeitavam sua habilidade no jogo e nos esportes; era tão bonito que as mulheres o olhavam sem pudor. A mãe dele e eu tratávamos de passar por cima do efeito que causava nas mulheres, não apenas em inocentes mocinhas na primeira temporada, como também em mulheres sofisticadas... Sei que ele achava a reação delas muito boba, mas era sempre galante. Então, aconteceram três coisas que o fizeram mudar drasticamente, e o curioso é que duas delas foram coisas boas. Primeiro, Stephen decidiu se dedicar pessoalmente aos seus negócios e investimentos, que meu marido administrava junto com os nossos. Começou de imediato a assumir altos riscos, que meu marido jamais se atreveria a correr, muito menos com o dinheiro dos outros. Com o passar do tempo, Stephen foi assumindo riscos enormes, que, por sua vez, renderam lucros monstruosos. Enquanto isso, outra coisa aconteceu e, provavelmente, contribuiu para transformar a gentileza dele em frio cinismo: herdou três títulos de um velho primo do seu pai, o conde de Langford. Normalmente, os títulos passam para o filho mais velho, a não ser em determinadas circunstâncias, e essa era uma delas. Alguns dos títulos da família Westmoreland datam de mais de trezentos anos, do tempo de Henrique VII. Entre eles, estão três títulos garantidos pelo rei que, a pedido do primeiro duque de Claymore, contêm exceções sobre a linha normal de descendência. As exceções permitem ao titular que não tenha filhos designar seu herdeiro, desde que seja um descendente direto dos duques de Claymore.

"Os títulos que Stephen herdou eram antigos e cheios de prestígio, mas as terras que os acompanhavam eram insignificantes. No entanto, e foi aí que tudo começou a dar 'errado', ele veio a dobrar e redobrar sua riqueza. Adora arquitetura, e foi esse o curso que fez na universidade. Comprou cinquenta mil dos mais lindos acres de terra imagináveis e começou a planejar a casa que seria seu lar principal. Enquanto a casa era construída, comprou antigas propriedades em vários pontos da Inglaterra e passou a restaurá-las. Então, você tem a imagem: um homem que já era rico, bonito, de uma das mais importantes famílias da Inglaterra, que de repente recebe três títulos de nobreza, consegue uma grande fortuna e compra quatro esplêndidas propriedades. É capaz de adivinhar o que aconteceu em seguida?"

— Presumo que tenha ido morar em uma das casas novas.

Whitney teve de rir, divertida e tocada pela pureza dos pensamentos de Sheridan, completamente isentos de malícia.

— Sim, foi o que ele fez — assentiu, um momento depois —, porém não é esse o ponto.

— Não entendo.

— Aconteceu que centenas de famílias que desejavam nada menos do que um marido com títulos nobres para suas filhas, e filhas que desejavam nada menos que isso para si mesmas, incluíram Stephen Westmoreland em suas listas de maridos em potencial. Ele estava no *topo* das listas, aliás. A disponibilidade e a popularidade do conde explodiram tão rápida e completamente que foi algo espantoso. Como nessa ocasião ele se achava perto dos trinta anos, imaginava-se que se casaria logo, e isso acrescentou boa dose de desespero e urgência à caçada. Famílias inteiras o rodeavam quando ele entrava em um salão, e as filhas eram colocadas em seu caminho, sutilmente, é claro, não importava aonde ele fosse.

"A maioria dos homens que têm títulos nasce com eles, como aconteceu com meu marido, e eles aprendem a aceitar e a ignorar essas desgastantes manobras, assim como meu marido, que admitiu para mim que algumas vezes se sentia como uma lebre sendo caçada. No caso de Stephen, isso aconteceu da noite para o dia. Se não fosse assim, talvez tivesse se ajustado aos 'ataques' com mais paciência ou, pelo menos, mais tolerância. E acho que isso teria acontecido se ele não tivesse se envolvido com Emily Kendall."

Sherry sentiu o estômago se contrair à menção de uma mulher com quem ele se "envolvera". Não conseguiu controlar a curiosidade:

— O que aconteceu? — perguntou, ao ver que a jovem duquesa hesitava.

— Antes de contar, você tem que me dar sua palavra de que nunca dirá nada disso a ninguém.

Sheridan assentiu.

Whitney se levantou, foi até uma das janelas, virou-se e encostou-se nela, com as mãos nas costas e a expressão sombria:

— Stephen conheceu Emily Kendall dois anos antes de herdar os títulos. Era a mulher mais linda que já vi, uma das mais espirituosas, divertidas e... arrogantes. Bem, eu a achava arrogante. O fato é que metade dos solteiros da Inglaterra eram loucos por ela, e Stephen estava entre eles, embora fosse esperto o bastante para não deixá-la perceber. Emily tinha uma habilidade impressionante para fazer os homens se ajoelharem aos seus pés, mas Stephen não se dobrava, e acho que foi isso que a atraiu: o desafio. Tudo que sei é que, em um momento de loucura, meu cunhado a pediu em casamento, e ela ficou chocadíssima.

— Por saber que ele a amava?

— Por seu atrevimento em pedi-la.

— O quê?

— Conforme me contou meu marido, que ouviu tudo do próprio Stephen, a primeira reação de Emily foi de choque, depois de angústia por ele tê-la colocado em uma situação insustentável. Ela era... quero dizer, é filha de um duque, e a família jamais sonharia em casá-la com um mero cavalheiro. Aliás, ela contou a Stephen que já estava de casamento marcado com William Lathrop, o marquês de Glengarmon, um nobre mais velho cujas propriedades faziam fronteira com as propriedades do pai de Emily. Ninguém sabia do noivado porque acabara de ser ajustado. Ela irrompeu em lágrimas, contando que concordara em se casar com lorde Lathrop, pois nunca imaginara que ele a pediria em casamento, e que sua vida estava terminada. Stephen ficou furioso, dizendo que ela seria "desperdiçada" com um velho patético, e ela o convenceu de que ele tinha que fazer alguma coisa a respeito daquilo, mas lhe explicou que não havia jeito de fazer seu pai mudar de opinião; assim mesmo, ele queria falar com o duque, embora soubesse que o dever de uma filha é se casar com o homem que sua família escolher.

Ela se calou e lançou um olhar envergonhado a Sheridan, antes de continuar:

— Não acho necessário acrescentar que *concordei* com meu pai quando ele se deu o direito de escolher um marido para mim. Bem, o fato é que, quando Stephen insistiu em falar com o pai dela, Emily lhe disse que o pai iria puni-la se soubesse que se queixara para ele do seu destino, que lhe dissera não gostar de lorde Lathrop.

— Então, eles se separaram? — aventurou-se Sherry, quando Whitney se calou, hesitante.

— Quem dera! Em vez de terminarem tudo, Emily convenceu-o de que o único jeito que tinha de aceitar seu destino, agora que sabia que ele a amava, era eles continuarem o... a amizade... depois que ela se casasse.

As sobrancelhas de Sherry se franziram: era duro saber quanto Stephen amara outra mulher. A duquesa pensou que ela estivesse reprovando o fato e se apressou em defender o indefensável, em parte por lealdade a Stephen, em parte porque não queria que ela o condenasse. No entanto, momentos depois, viu-se pisando em um terreno perigoso, na tentativa de informar ocultando parte do significado:

— Bem, isso é bastante comum, não provoca escândalo. Na aristocracia, há muitas mulheres que desejam a... *atenção*... e a... *companhia* de um homem atraente do seu círculo de conhecidos e... Acontece que duas pessoas podem... se *relacionar* de várias maneiras. — Whitney quase não conseguia respirar. — Tudo com absoluta discrição, é claro.

— Quer dizer que eles continuaram discretamente a amizade? — simplificou Sherry.

— É, creio que se pode dizer assim.

Whitney se surpreendeu com o fato de Sherry, felizmente, não ter ciência de que Stephen fora bem mais que um "amigo" durante o casamento de Emily, mas reconheceu que devia ter esperado por isso. As moças inglesas bem-educadas não têm uma ideia clara do que os casais fazem no quarto, apesar de em geral ouvirem confidências das irmãs mais velhas e de outras mulheres casadas. Com a idade de Sherry, todas desconfiam de que acontecem mais coisas do que amigáveis apertos de mão, porém não sabem o quê.

— E o que acontece quando a verdade é descoberta? — quis saber Sheridan.

Tendo decidido a dizer a verdade, Whitney decidiu manter a mesma postura:

— Na maioria das vezes, o marido fica zangado, principalmente se o fato tiver despertado comentários.

— E, se ele ficar zangado, pode obrigar a mulher a ter a companhia só de mulheres?

— Pode — assentiu a jovem duquesa —, mas às vezes há um acerto de contas entre os homens.

— Que tipo de acerto de contas?

— O tipo que acontece ao amanhecer, a vinte passos um do outro...

— Um duelo?

Sherry achou que era uma reação exagerada demais para o que havia sido, na pior da hipóteses, uma amizade profunda entre pessoas de sexos opostos.

— Um duelo — confirmou Whitney.

— E lorde Westmoreland concordou em continuar sendo... — Sheridan descartou a palavra "pretendente", pois era ridícula se a moça se casara. — Amigo íntimo — improvisou, achando mais correto — de Emily Kendall, depois que ela se casou?

— Sim. Por um ano, até que o marido descobriu.

Com medo de fazer a pergunta, Sherry respirou fundo, antes de falar:

— Houve um duelo?

— Sim.

Uma vez que lorde Westmoreland ainda estava vivo, ela supôs que lorde Lathrop morrera.

— Ele o matou... — disse, em um fio de voz.

— Não. Não o matou, embora isso pudesse ter acontecido. Acho que Stephen pode ter tido essa intenção. Amava Emily com desespero, era cegamente leal a ela. Desprezava lorde Lathrop. Odiava-o por ter sido o primeiro homem a ter Emily, por ser um velho que roubara a juventude e a vida dela, por ser velho demais para lhe dar filhos. Na madrugada do duelo, Stephen disse isso tudo ao idoso lorde, só que com mais eloquência, eu acho.

— E o que aconteceu?

— O velho marquês quase morreu, mas de choque, não de tiro. Parece que Emily e o pai dela é que o haviam convencido a se casar. Emily queria ser duquesa, o que aconteceria quando o velhíssimo pai de Lathrop morresse e ele herdasse o título. Stephen acreditou em lorde Lathrop na madrugada do duelo. Disse que homem nenhum saberia fingir uma reação tão chocada diante daquelas acusações. Além disso, o velho marquês não tinha motivos para mentir.

— Assim mesmo aconteceu o duelo?

— Sim e não. Stephen desistiu do duelo, o que significa pedir desculpas. Ao agir assim, deu ao homem mais velho a satisfação que ele merecia. O pai de Emily a mandou para a Espanha por uma semana, mas ela ficou lá por um ano, ou seja, até depois que lorde Lathrop morreu. Voltou uma "nova mulher"... Mais linda do que antes, mais serena e menos arrogante.

Whitney pretendia interromper a história por aí e explicar seu ponto de vista a respeito daquilo, mas a pergunta de Sheridan a obrigou a prosseguir.

— Eles se viram outra vez?

— Sim, e a essa altura Stephen já herdara os títulos. Estranhamente... ou quem sabe não tão estranhamente assim, considerando-se de quem se tratava, foi o pai de Emily quem procurou Stephen. Disse-lhe que Emily o amava, que sempre o amara. E acredito que amava, sim, do jeito egoísta dela... Ele pediu a Stephen que falasse com sua filha e, ao vê-lo concordar, deve ter-se retirado achando que tudo daria certo e que ela se tornaria a condessa de Langford. Emily procurou Stephen na semana seguinte e confessou tudo, desde o seu egoísmo até a mentira ao se casar com Lathrop. Implorou que ele a perdoasse e lhe desse a oportunidade de provar que o amava realmente, de mostrar como mudara. Ele respondeu que iria pensar. No dia seguinte, o pai de Emily foi à mansão de Stephen, em uma "visita social casual", e falou em contrato de casamento. Stephen disse, voluntariamente, que faria uma minuta, e Kendall se retirou, achando-o o mais magnânimo homem da face da Terra.

— Stephen se casaria com ela, depois do que Emily fez? — decepcionou-se Sherry. — Não posso acreditar nisso. Devia estar fora de si! — Só depois de falar, ela notou que estava com ciúme e indignada. — E então, o que aconteceu? — perguntou, procurando se acalmar.

— Emily e o pai voltaram para vê-lo, mas o papel que Stephen lhes entregou não era um contrato de casamento.

— O que era?

— Uma lista com a sugestão de uma série de segundos maridos para ela. Cada um dos homens tinha título, e idade entre 60 e 92 anos. Não era apenas um insulto intencional a ambos, era algo muito mais contundente, porque Emily esperava um contrato de casamento.

Depois de ficar em silêncio por alguns instantes, Sherry perguntou:

— Ele não perdoa facilmente, não é? Além disso, pelo que contou, parece que não é muito comum as senhoras casadas agirem do modo como Emily agiu.

— Stephen não podia perdoá-la pelo fato de Emily ter decidido se casar com Lathrop; por querer se casar com ele pelos títulos. Não podia perdoá-la por ter mentido para ele. Mas, acima de tudo, não podia perdoá-la por tê-lo levado a quase matar seu marido em um duelo.

"Se pensar no que lhe contei, creio que vai entender por que ele desconfia do próprio julgamento sobre as mulheres e desconfia dos motivos delas. Talvez você até chegue à conclusão de que não *é* assim *tão* cruel a determinação de Stephen de que você conheça outros homens antes de resolver ficar com ele para sempre. Não estou dizendo que ele tenha razão — acrescentou Whitney, quando sua consciência protestou contra o que dissera. — Não sei se está certo ou não, mas o que penso não importa. Só estou pedindo, quero dizer, sugerindo, que ouça o seu coração e decida com base nas informações que tem sobre ele agora. E há mais uma coisa que poderá ajudá-la a decidir."

— O que é?

— Nem meu marido nem eu vimos Stephen olhar para uma mulher do jeito como ele olha para você; nunca o vimos agir com tanta gentileza, carinho e bom humor...

Tendo feito e dito tudo o que achava que poderia ajudar, a jovem duquesa foi até o sofá para pegar suas coisas. Sherry se levantou:

— É muito bondosa, alteza — disse, com sinceridade.

— Por favor, chame-me apenas de Whitney — pediu a duquesa, enquanto pegava sua pequena bolsa. Com um sorriso, acrescentou: — E não me julgue *bondosa*, porque eu tenho um motivo muito egoísta para querer que você entre na família.

— Um motivo egoísta?

Ficando de frente para Sherry, a duquesa disse, com candura:

— Acho que você é a minha melhor chance de ter uma irmã, e provavelmente a única chance de ter uma irmã que vou adorar!

Em um mundo em que tudo e todos pareciam estranhos e suspeitos, aquelas palavras e o emocionado sorriso que as acompanhou atingiram Sherry profundamente. Enquanto sorriam uma para a outra, ela se aproximou para apertar a mão da duquesa e esta foi ao seu encontro; o aperto de mão social se prolongou mais do que o devido e nenhuma das duas saberia dizer como se transformou em um apertado abraço. Sherry não tinha ideia de quem fizera o primeiro movimento, porém não achava que havia sido ela, mas isso não importava. Ambas passaram por cima disso, rindo da quase mágica que unira duas praticamente estranhas, que deveriam continuar se tratando como "senhorita Lancaster" e "alteza" mesmo depois de um ano de conhecimento. E não lamentavam ter chegado àquele ponto. O laço se estabelecera, fora reconhecido e aceito. A duquesa permaneceu parada, com um pequeno sorriso suave nos lábios; depois sacudiu a cabeça, como se estivesse intrigada e contente:

— Gosto muito de você — declarou simplesmente, e no momento seguinte havia saído em uma onda de elegantes saias cor de cereja.

Assim que se fechou, a porta tornou a se abrir, e Whitney enfiou apenas a cabeça por ela, ainda sorrindo:

— Aliás — sussurrou —, a mãe de Stephen também gosta de você. Vamos nos ver no jantar.

— Ah, será maravilhoso.

A jovem assentiu e esclareceu, com um olhar expressivo:

— Vou lá embaixo convencer Stephen de que a ideia é dele.

E dessa vez foi embora.

Sherry se aproximou da janela que dava para a Upper Brook Street. Cruzando os braços, ficou olhando distraidamente os homens bem-vestidos, as mulheres elegantíssimas, passando em carruagens ou andando pela calçada, saboreando o perfumado entardecer.

Pensou em tudo que ouvira, examinou a história várias vezes, e o conde assumiu novas dimensões aos seus olhos. Podia imaginar como ele se sentia por ser desejado pelo que tinha, e não pelo que era. O fato de não gostar desse tipo de atenção, desse tipo de bajulação e de farsa provava que não era um homem afetado ou vaidoso.

O fato de não ter recusado a amizade da mulher que amava, mesmo depois de ela estar perdida para ele, era uma prova irrefutável de que era firme e leal. E o fato de arriscar sua vida em um duelo... demonstrava que era corajoso.

Em troca, Emily Lathrop o usara, o traíra e o decepcionara. Em vista disso, não era de admirar que quisesse ter certeza de não estar cometendo outro erro ao escolher sua esposa.

Com os braços cruzados no peito, esfregando-os como se sentisse frio, Sheridan observou uma carruagem percorrer desabaladamente pela rua, assustando os pedestres, enquanto pensava em como ele se vingara da mulher que amara.

Ele não era afetado nem vaidoso.

Mas também não era magnânimo.

Retirou-se da janela e foi até a mesa, onde começou a folhear distraidamente as páginas do jornal da manhã, procurando se distrair da outra verdade: não tivera nesse dia, nem em qualquer outro, nem uma indicação sequer de que Stephen gostava dela.

Gostava de beijá-la, mas, em algum lugar de sua escura memória, havia a certeza de que isso não significava amor, necessariamente. Gostava da companhia dela, às vezes. Gostava de rir com ela, sempre. Disso, tinha certeza.

Queria muito que sua memória voltasse, porque todas as respostas de que precisava estariam lá.

Inquieta, abaixou-se e pegou um pedacinho de papel que caíra no tapete, enquanto tentava decidir que atitude tomar a partir daquele momento. O orgulho ordenava que se mantivesse acima da determinação que o conde lhe comunicara. O instinto lhe dizia que não devia dar a ele outra oportunidade de magoá-la.

Agiria do modo mais natural possível, decidiu, mas seria reservada o bastante para ele perceber que preferia que mantivesse distância.

E precisava arranjar um jeito de parar de se lembrar das mãos dele percorrendo-lhe as costas, ao longo da espinha e os ombros enquanto a beijava... ou de como os dedos dele se enfiavam em seus cabelos, com sua boca tão presa à dele como se nunca fosse se fartar daquilo. Não podia pensar na fome insistente que sentia por aqueles beijos, no jeito como os braços dele a rodeavam... E, o mais difícil, precisava esquecer como ele sorria... aquele sorriso deslumbrante e indolente, que iluminava o rosto moreno e fazia o coração dela parar... tinha que tirar da cabeça o modo como os olhos, de um profundo azul-escuro, enrugavam-se nos cantos quando ele sorria...

Aborrecida consigo mesma por fazer exatamente o que dizia que não deveria fazer, Sherry se sentou à mesa e tentou prestar atenção ao jornal.

Ele amara Emily Lathrop.

Frustrada, fechou os olhos com força, como se assim pudesse expulsá-lo da mente. Porém, não conseguiu. Stephen amara Emily Lathrop até a destruição e, embora soubesse que era loucura, saber disso doía terrivelmente, porque o amava.

27

Sheridan ainda estava aturdida com a constatação quando lhe avisaram que o dr. Whitticomb já chegara com sua futura acompanhante.

Desejando mais tempo para pensar no que descobrira, e deprimida diante da possibilidade de ficar sob o olhar de uma vigilante inglesa, entrou na sala em que o médico se encontrava, de pé, ao lado de uma senhora acomodada no sofá. Em vez da matrona inglesa de cara azeda que imaginara, ela lembrava mais uma boneca de porcelana, com faces rosadas e cabelos prateados recolhidos sob uma touca branca pregueada.

No momento, estava descansando com o queixo apoiado no peito.

— Esta é miss Charity Thornton — disse o dr. Whitticomb, baixinho, quando Sherry parou diante dele —, tia solteira do duque de Stanhope.

Engolindo a risada provocada pela ideia absurda de ter aquele ser pequenino, adormecido, a tomar conta dela, Sherry comentou, em um bem-educado sussurro:

— Será ótimo tê-la aqui para cuidar de mim.

— Ela ficou entusiasmada com a possibilidade.

— Imagino... — brincou Sherry, observando o subir e descer do peito da senhora, que lembrava o de uma pomba gorduchinha. — Dá para notar que está *muito* animada.

À esquerda, fora do campo visual de Sheridan, encostado a uma mesa de mogno lavrada, Stephen assistia ao encontro, e sorriu ao ouvi-la.

— A irmã mais nova dela, Hortense, queria acompanhá-la — confidenciou Hugh, sempre em voz baixa —, mas as duas discutem o tempo inteiro sobre tudo, inclusive sobre suas idades, e não quis que perturbassem seu sossego.

— Que idade tem a irmã dela?

— Sessenta e oito anos.

— Sei... — Mordendo o lábio para engolir o riso, Sherry sussurrou: — Será que devemos acordá-la?

Do canto da sala, Stephen Westmoreland entrou na conversa, em tom de voz natural:

— Acho melhor — brincou —, ou a enterraremos sentada.

Sherry estremeceu ao ver que ele estava ali, e a senhorita Charity saltou como se tivessem disparado um canhão junto do seu ouvido.

— Santo Deus, Hugh! — exclamou, com ar severo. — Por que não me acordou? — Viu Sheridan e estendeu a mão, sorrindo. — Estou muito feliz por ser sua acompanhante, minha querida. O dr. Whitticomb me disse que está se recuperando de um ferimento e que precisa de uma dama de companhia com reputação impecável enquanto permanecer aqui com Langford. — Os olhos dela se apertaram, demonstrando esforço. — Mas não consigo me lembrar que tipo de ferimento é...

— Na cabeça — ajudou-a Sherry.

— Ah, sim. É isso. — Os olhos azuis se demoraram um pouco na cabeça da jovem. — Parece que já sarou.

Hugh Whitticomb interferiu:

— O ferimento sarou, como lhe disse, mas deixou uma sequela: a senhorita Lancaster perdeu a memória.

— Minha pobre menina! — O rosto rosado entristeceu. — Você sabe quem é?

— Sei.

— Você sabe quem eu sou?

— Sei, senhora.

— Quem eu sou?

Perigosamente perto de romper em uma sonora gargalhada, Sherry desviou os olhos, tentando recuperar a compostura, e encontrou o sorriso empático do conde, que lhe piscou amigavelmente. Decidindo que era melhor ignorar a demonstração de amizade até que tivesse tempo de examinar melhor os próprios sentimentos, voltou os olhos para a acompanhante e respondeu ajuizadamente à pergunta, que, supunha, fazia parte de um teste.

— A senhorita é Charity Thornton, tia do duque de Stanhope.

— Era isso que eu estava pensando! — exclamou a dama, com alívio.

— A... acho que vou pedir o ch... chá! — disse Sherry, enquanto saía quase correndo, com a mão na boca para segurar o riso, mas sacudindo os ombros sem controle.

Olhando-a sair, a senhorita Charity disse, com tristeza:

— É uma moça tão linda, mas com essa gagueira vamos ter trabalho para lhe arranjar um bom marido.

Hugh pressionou um dos seus ombros, tranquilizando-a:

— Tenho certeza de que você é a única que pode conseguir isso, Charity.

— Vou ensiná-la a se comportar em sociedade — dizia Charity quando Sherry voltou.

Agora que estava totalmente acordada, a simpática dama parecia bem mais alerta e lúcida. Sorriu luminosamente para Sherry enquanto batia no assento do sofá ao seu lado, em um claro convite para que a jovem se sentasse ali. E, quando ela o fez, prometeu-lhe:

— Vamos passar momentos adoráveis! Iremos a festas, reuniões, bailes... Iremos fazer compras na Bond Street, passear no Hyde Park e em Pall Mall. Ah, sim! Você *tem* que ir ao baile do Almack Assembly Rooms. Conhece o Almack?

— Não, senhora, receio que não — respondeu Sherry, imaginando se sua acompanhante teria disposição para uma vida tão agitada.

— Você vai adorar — garantiu Charity, unindo as mãos em êxtase quase religioso. — É o "Sétimo Céu do Mundo da Moda", e seus bailes são mais importantes do que uma apresentação à corte. Os bailes acontecem nas quartas-feiras à noite e são tão exclusivos que, se uma das patronesses lhe der um convite, você será automaticamente convidada para todas as festas e bailes da aristocracia. O conde a levará ao primeiro baile, o que fará todas as mulheres sentirem inveja de você e a tornará objeto de especial interesse de todos os homens que estiverem presentes. O Almack é o lugar certo para seu primeiro aparecimento em sociedade e... — Ela se interrompeu e fitou o conde, preocupada: — Langford, ela terá convites para o Almack?

— Receio jamais ter dado a mínima atenção ao Almack — respondeu ele, voltando-lhe as costas para que não visse em seu rosto a repulsa que nutria pelo clube.

— Vou conversar com sua mãe a respeito dos convites, então. Ela precisará usar de sua influência, e acredito que tenha um bom relacionamento com as patronesses. — Com os olhos azul-claros, observou, em tom de reprovação, o conde, sua calça e a casaca cor de vinho sob medida. Disse, alarmada: — Você não será admitido no Almack se não estiver vestido de maneira apropriada, Langford.

— Vou avisar meu criado de quarto das medonhas consequências sociais que sofrerei se ele não me vestir apropriadamente — prometeu o conde, impassível.

— Diga-lhe que você tem que usar uma casaca preta, formal, de abas longas — esclareceu a dama, duvidando da competência do excelente Damson.

— Direi, com todas as letras.

— E também um colete branco formal, é claro.

— É claro.

— E gravata branca.

— Naturalmente — assentiu o lorde, com seriedade, inclinando a cabeça em um leve cumprimento.

Satisfeita por ter esclarecido bem aquele ponto importante, a senhorita Charity se virou para Sheridan e confidenciou:

— Uma vez, as patronesses impediram a entrada do duque de Wellington, quando *ele* apareceu no Almack com essas calças horrorosas que os homens usam hoje em dia, em vez da calça formal. — Passando de um tema a outro, perguntou: — Você sabe dançar?

— Eu... — Sherry hesitou, balançando a cabeça. — Não tenho certeza.

— Então, temos que contratar um professor de dança agora mesmo. Você precisa aprender o minueto, a quadrilha, o cotilhão e a valsa. Mas não pode dançar a valsa em lugar algum enquanto as patronesses do Almack não lhe derem licença. — Com um tom de voz terrível, Charity avisou: — Se fizer isso, será muito pior do que se Langford não estivesse apropriadamente vestido, porque ele apenas não seria admitido e talvez ninguém ficasse sabendo. Mas você seria considerada leviana e cairia em desgraça. Langford deve levá-la à pista para a primeira dança, depois poderá dançar apenas mais uma vez com você. Não mais do que isso. Até mesmo duas danças podem ser perigosas e desviar de você alguma atenção *especial*. Isso é a última coisa que queremos que aconteça! Langford — chamou a senhora, arrancando-o da contemplação absorta do perfil de Sherry —, está ouvindo tudo?

— Cada palavra — assegurou ele. — No entanto, acredito que Nicholas DuVille quer ter a honra de escoltar a senhorita Lancaster ao Almack e de dançar com ela a primeira vez. — Inclinando-se imperceptivelmente para observar a reação de Sheridan ao que dissera e ao que iria dizer, acrescentou: — Tenho um compromisso para quarta-feira e, por isso, vou me contentar com a reserva de uma dança mais tarde, na agenda de baile da senhorita Lancaster.

A expressão de Sherry não se alterou. Ela estava olhando as próprias mãos no colo e assim continuou, dando a impressão de estar mortificada com aquelas manobras para atrair pretendentes.

— As portas do Almack se fecham às 23 horas exatamente, e nem mesmo milorde pode ser admitido depois disso — avisou a senhorita Charity. Enquanto Stephen admirava a capacidade dela de se lembrar de umas coisas e se esquecer de outras, perguntou: — DuVille? Não é aquele rapaz que cortejou sua cunhada?

— Creio que — evadiu-se o conde, cuidadoso — agora ele está cortejando a senhorita Lancaster.

— Excelente! Depois de você, ele é o melhor partido da Inglaterra!

— DuVille ficará orgulhoso ao ouvir isso!

Stephen cumprimentou a si mesmo pela inspirada estratégia de forçar Nicholas DuVille a acompanhar Sherry ao Almack horas antes de ele próprio ir para lá. Sentia-se deliciosamente vingado só de imaginar o suave francês acuado, como uma lebre assustada, pelas ávidas debutantes e suas ferozes mães, que avaliariam Nicki como uma mercadoria, calculando suas posses financeiras e imaginando se ele teria um título a oferecer. Stephen não punha os pés naquele verdadeiro Mercado de Casamentos havia mais de uma década, porém lembrava bem: podia-se jogar em uma sala especial, mas as apostas eram tão baixas que não tinham a menor graça, e a comida oferecida era tão insossa quanto o jogo: chá fraco, limonada quente, bolos sem gosto, orchata, pão com manteiga. Depois que DuVille tivesse dançado duas vezes com Sherry, a noite seria um sofrimento para ele.

A ideia de Stephen era levar Sheridan à ópera na noite seguinte: ela gostava de música, sabia disso por causa da noite em que a vira organizar o coro dos criados, portanto adoraria assistir a *Don Giovanni*.

Com os braços cruzados na altura do peito, ficou observando Charity Thornton ensinar a Sherry. Assim que vira a dama entrar com Whitticomb, imaginara se o médico perdera o juízo. Porém, enquanto ouvia a conversa animada, ia se convencendo de que Hugh fizera uma excelente escolha, que agradaria a todo mundo, inclusive a ele, Stephen. Quando a dama não estava cochilando ou imóvel, tentando se lembrar de algo que lhe escapara, era uma companhia agradável. No mínimo, divertia Sherry, em vez de intimidá-la ou assustá-la. Estava pensando nisso quando reparou que Charity falava sobre os cabelos de Sherry.

— ... e ser ruivo não é tudo, entende? Quando minha excelente criada tiver cortado seu cabelo no estilo certo, ele ficará ainda mais lindo.

— Não vai cortar! — ordenou Stephen, antes de poder se conter ou, pelo menos, suavizar o tom da ordem.

As outras três pessoas presentes o fitaram, espantadas.

— Mas, Langford — protestou a senhorita Charity —, hoje em dia as moças usam cabelos curtos!

Stephen sabia que não devia se intrometer naquilo, sabia que não era da sua alçada interferir no julgamento puramente feminino de cabelos e penteados, mas não suportava a visão do cabelo maravilhoso de Sherry cortado, espalhado no chão.

— Não corte o cabelo dela — repetiu, em um comando gelado que faria a maioria das pessoas procurar abrigo.

Inexplicavelmente, esse tom fez Whitticomb sorrir.

Fez Charity se encolher.

Fez Sheridan pensar, momentaneamente, em cortar seu cabelo quase pela raiz.

28

Whitney sorriu ao ver a nova criada de Sherry dar os toques finais no cabelo ruivo. Lá embaixo, Nicholas DuVille esperava para levar Charise Lancaster e Charity Thornton ao Almack, para o primeiro aparecimento oficial da jovem na sociedade londrina. Stephen se juntaria a eles mais tarde, e os quatro iriam para o baile de Rutherford, onde Whitney, Clayton e a duquesa-mãe empenhariam sua proteção e influência para assegurar que nada desse errado no baile mais importante da abertura da temporada.

— Stephen tinha absoluta razão quando implorou que não cortassem seu cabelo — observou a jovem duquesa.

— Ele não implorou exatamente — corrigiu Sherry. — Ele *proibiu* que fosse cortado.

— Tenho que concordar com ele — opinou a mãe do conde. — Seria um crime cortar um cabelo tão lindo.

Sherry sorriu, sem jeito, impossibilitada de argumentar, em parte por educação, porém mais porque se tornara muito ligada a Whitney Westmoreland e à duquesa-mãe nos últimos três dias, depois que lorde Westmoreland lhe dissera para considerar outros pretendentes. As duas haviam se mantido ao lado dela quase constantemente, acompanhando-a nas compras, assistindo às provas dos vestidos e às aulas de dança, contando-lhe casos divertidos sobre algumas das pessoas que ela iria conhecer. Jantavam todas as noites com o conde e seu irmão.

No dia anterior, Whitney levara consigo seu filho, Noel, de três anos. Sherry estava tendo aula com um professor de dança tão empertigado e sério que mais parecia um general. A duquesa-mãe e Whitney, com o pequeno Noel no colo, observavam Sheridan tentar aprender passos de dança que, pelo jeito, ela nunca soubera. Como as duras ordens do professor começaram a embaraçá-la, Whitney se erguera e se oferecera para dançar com ele, a fim de que Sherry pudesse ver como eram os passos. Feliz, ela trocara de lugar com a jovem duquesa e se sentara com Noel no colo. Pouco tempo depois, a duquesa-mãe decidira mostrar à nora e a Sherry como se dançava no tempo *dela,* e não demorou muito as três morriam de rir diante da indignação do sisudo professor, quando começaram a dançar umas com as outras.

Naquela noite, ao jantar, elas haviam feito aos cavalheiros hilariantes descrições da aula de dança e do professor. Sheridan temera aquele jantar com seu relutante noivo, mas a presença da duquesa-mãe, de Whitney e do duque serviram como apoio e distração. Na verdade, achava que era com esse propósito que eles jantavam lá. Caso se tratasse de um plano, era muito eficiente, porque, ao fim da primeira noite, Sherry passara a se sentir à vontade na presença do conde e o tratava com cortesia, nada mais nada menos do que isso. Houve momentos em que teve a gratificante sensação de que ele se irritava por ter criado aquela situação; momentos em que ria com o irmão de Stephen e em que percebia que ele tinha uma expressão sisuda no rosto, como se não estivesse gostando de algo. Houve momentos em que teve a impressão de que Clayton Westmoreland percebia a irritação do irmão e se divertia com ela, mas Sherry não podia entender por quê. De sua parte, achava o duque de Claymore o homem mais bondoso, simpático e encantador que já conhecera, e disse isso ao conde na manhã seguinte, quando ele a surpreendera enquanto descia mais cedo para o desjejum. Na esperança de evitar Stephen, decidira descer mais cedo e se surpreendera ao vê-lo entrar na pequena sala de desjejum com a maior naturalidade, como se sempre fosse servido lá, e não na luxuosa sala de jantar. E se surpreendera mais ainda quando, ao elogiar o humor e o bom caráter de seu irmão, ouviu-o retrucar, com sarcasmo:

— Estou feliz em ver que encontrou seu ideal de homem perfeito.

Então, levantara-se, deixando o café por terminar, e, com a desculpa de um trabalho a fazer, deixara-a sozinha na sala, aturdida com seu modo de agir. Na véspera, depois do jantar, ele fora ao teatro; na noite anterior, ele também saíra, e Hodgkin contara que nas duas noites o conde voltara pouco antes do nascer do sol.

Whitney e a duquesa-mãe haviam chegado logo depois, encontrando-a ainda à mesa, imaginando se não seria a falta de sono que deixara Stephen de mau humor. Depois que contou o acontecido às duas mulheres, elas se entreolharam e exclamaram ao mesmo tempo:

— Ele está com ciúme!

Essa possibilidade, embora parecesse improvável, deixou-a intrigada. Tanto que, depois de Nicholas DuVille ter ido buscá-la à tarde para um breve passeio no parque, à noite, antes do jantar, ela comentou que ele era um companheiro agradável e bem-disposto, obtendo a mesma reação do conde, só que com palavras diferentes:

— Você é muito fácil de contentar! — exclamou, com desprezo.

Como Whitney e a duquesa-mãe lhe haviam pedido que lhes contasse tudo o que Stephen dizia e fazia, Sherry narrou o acontecido na manhã seguinte, e de novo elas garantiram que ele tinha ciúme.

Sheridan não sabia se estava contente ou não com isso. Sabia, com certeza, que tinha medo de acreditar que significasse algo para ele, mas uma parte dela não conseguia deixar de ter esperança que sim.

Sabia também que Stephen iria ao Almack à noite, a fim de chamar a atenção para ela, porque Charity Thornton tinha certeza de que isso garantiria a popularidade de sua protegida. Na verdade, Sheridan não estava interessada em popularidade: interessava-se apenas em não envergonhar a ele, à família dele ou a si mesma. À medida que o dia passava, ficava cada vez mais nervosa, mas Whitney apareceu ao anoitecer, para lhe fazer companhia enquanto se vestia para o baile — uma atividade tão prolongada que, algum tempo depois, ela não via o momento de estar pronta e ir embora.

Uma costureira se encontrava de pé, ao lado, segurando o espetacular vestido que acabara de ficar pronto, e Sherry olhou o relógio.

— Estou fazendo Monsieur DuVille esperar! — constatou, nervosa.

— Tenho certeza de que Nicholas imaginava ter que esperar — acalmou-a Whitney.

Porém, não era com Nicholas que Sheridan se preocupava. Lorde Westmoreland também estava lá embaixo, e ela queria ver se notaria algum efeito de todo aquele preparo no jeito que ele olharia para ela.

— Pronto... Não, não olhe ainda — disse Whitney, quando Sherry ia se virar para o espelho a fim de ver o penteado. — Espere até estar com o vestido, assim terá a experiência completa. — Sorrindo, nostálgica, acrescentou: —

Eu estava em Paris com minha tia e meu tio quando fiz meu *début* na sociedade. Nunca tinha me visto com um vestido de verdade até o instante em que a titia deixou que me olhasse no espelho.

— É mesmo?

Sherry imaginou até que ponto isso seria verdade, uma vez que, pelo que vira e lera, as moças inglesas ricas viviam como princesas desde pequeninas.

Whitney percebeu a pergunta que Sheridan, por ser bem-educada, evitava fazer e riu:

— Eu amadureci um pouco tarde...

Sheridan achou difícil imaginar que aquela estonteante morena sentada na beira da cama tivesse tido seus momentos desajeitados na vida, e lhe disse isso.

— Pouco tempo antes dessa noite em Paris — confessou Whitney, corando —, meus dois maiores sonhos eram aprender a usar estilingue e fazer um determinado rapazinho se apaixonar por mim. Foi por isso — confidenciou com um sorriso — que me mandaram para a França. Ninguém sabia o que fazer para evitar que eu caísse em desgraça.

O comentário divertido de Sherry foi abafado quando a costureira fez o vestido lhe descer pela cabeça. Nesse momento, a duquesa-mãe entrou no quarto:

— Estava tão ansiosa para vê-la que não aguentei esperar até nos encontrarmos no Rutherford — explicou, sentando-se e observando a cerimônia de vestir.

— Monsieur DuVille não está aborrecido com a minha demora? — perguntou Sheridan, erguendo os braços e se virando, obedientemente, para que as ajudantes fechassem os minúsculos colchetes ao longo das suas costas.

— De modo algum! Está tomando um cálice de xerez com Stephen e... Oh! — exclamou a mulher quando ela se virou.

— Por favor, não me diga que algo está errado! — assustou-se Sherry. — Não aguentarei mais um segundo de arrumação.

Como a mãe de Stephen não se encontrava em condições de falar, virou-se para Whitney, que se erguia lentamente, com um sorriso maravilhado nos lábios.

— Queria que alguém dissesse algo — pediu Sherry, angustiada.

— Mostre à senhorita Lancaster como ela ficou — disse Whitney à criada, imaginando a reação de Stephen quando ele testemunhasse aquela transformação. — Não, espere... Primeiro, calce as luvas e pegue o leque, Sherry. Você tem direito à experiência completa, não acha?

Ela não sabia se concordava com isso ou não. Com um misto inexplicável de ansiedade e mau pressentimento, calçou as longas luvas cor de marfim, que passavam um pouco dos cotovelos, pegou o leque de marfim e ouro que a criada lhe oferecia, e então se voltou lentamente e olhou para o espelho de corpo inteiro que duas criadas seguravam.

Seus lábios se entreabriram de prazer e perplexidade diante da mulher maravilhosa que a fitava.

— Estou... muito bem! — exclamou.

A duquesa-mãe sacudiu a cabeça, admirada:

— Dizer isso é pouco.

— Pouquíssimo! — concordou Whitney.

A jovem duquesa estava tão ansiosa por ver a reação de Stephen que precisou se dominar para não ceder à tentação de pegar Charise Lancaster pela mão e levá-la escadaria abaixo, até o salão, onde sabia que ele estava esperando com Nicholas e a senhorita Charity.

29

No começo, Stephen se divertira por ter conseguido forçar Nicholas DuVille a passar boa parte da noite no Almack, ainda por cima sob a vigilância de Charity Thornton. Porém, ao ver o momento de os dois saírem se aproximar, já não estava mais tão animado com a própria proeza. Sentado na sala de estar, ouvindo a senhorita Thornton e DuVille conversarem, enquanto esperavam que Sherry descesse, notou que a velha tola ouvia atentamente cada palavra que o francês dizia e o aprovava a cada sílaba. Era uma atitude nada apropriada para uma acompanhante, e incompreensível, considerando a lendária fama de mulherengo de Nicholas DuVille.

— Ela está descendo, por fim! — exclamou Charity Thornton, animada, indicando o hall e se levantando com mais entusiasmo e energia do que demonstrara durante a semana inteira. — Vamos ter uma noite maravilhosa! Vamos, monsieur DuVille — exortou, pegando seu xale e a pequena bolsa.

Stephen os seguiu ao hall de entrada, onde DuVille estacara, olhando para a escadaria como se estivesse congelado, exceto pelo sorriso de aprovação que lhe iluminava o rosto. O conde acompanhou a direção do olhar, e o que viu o encheu de um orgulho ardente. Descendo a escadaria, envolta em um vestido de seda marfim, aproximava-se a mesma mulher que jantara com ele descalça e com um penhoar grande demais. Como já se mostrara linda daquele modo informal, ele imaginara que ficaria muito melhor vestida de acordo com as regras da elegância, mas não estava preparado para o que via. O cabelo de fogo fora puxado para trás e para o alto da cabeça, onde estava preso por finos fios de pérolas, descendo até abaixo dos ombros, em cachos e ondas suaves. Ele perdeu a respiração.

Ela percebeu isso, notou Stephen, porque finalmente olhava para ele, depois de quatro dias olhando através dele, como se fosse invisível. Foi um olhar muito rápido, para ver a sua reação, mas ele não deixou de notar.

— Senhora — disse o conde —, eu devia ter contratado um exército para protegê-la esta noite.

Até aquele instante, Sheridan quase conseguira esquecer que o propósito daquela custosa estratégia era lhe proporcionar pretendentes para que ele pudesse se livrar dela, mas o evidente prazer que ele demonstrava ao constatar que ela seria capaz de chamar a atenção de outros homens lhe causou uma dor agonizante. Mais ainda por ser o momento em que ela realmente se achava bonita e esperava que ele também a achasse. A dor a feriu com tanta força e tão fundo que, de repente, Sheridan se sentiu adormecida. Oferecendo a mão para o beijo dele, disse com calma, porém com férrea determinação:

— Vou me esforçar para *ter a certeza* de que precisará fazer *exatamente* isso.

Inexplicavelmente, a resposta fez com que as escuras sobrancelhas do conde se unissem em expressão de desagrado.

— Não "se esforce" demais, é assim que as reputações se constroem.

30

— O que foi, Damson?

Stephen olhou o criado pelo espelho, enquanto este dava o último de uma série de elaborados nós em sua gravata branca, então se inclinou para a frente e passou a mão pelo rosto, a fim de verificar se a barba estava bem-feita.

— O sr. Hodgkin acha que milorde deve ver esta carta antes de sair, caso seja importante.

Damson colocou o envelope sobre a cama e voltou a atenção para o delicado trabalho de vestir lorde Westmoreland de acordo com as rígidas regras do Almack. Retirou uma casaca preta, formal e de abas longas, de um dos guarda-roupas, e atravessou o quarto alisando rugas inexistentes. Com a casaca erguida, aguardou que Stephen a vestisse, depois ajeitou os ombros, a frente, e deu a volta para observar o excelente resultado de seus cuidados e sua atenção.

— Hodgkin sabe quem enviou a carta? — perguntou o conde, ajeitando os punhos da camisa e prendendo-os com as abotoaduras de safira.

— Foi o ex-administrador de lorde Burleton quem a mandou, milorde. É uma carta dirigida ao barão Burleton.

Stephen assentiu, sem grande interesse. Ele acertara as contas do falecido barão com seu administrador e lhe pedira que mandasse para ele toda correspondência que chegasse para Burleton. A maior parte das cartas eram cobranças de contas não pagas. Como privara o jovem nobre da vida, impedindo-o de honrar seus compromissos, o conde se achara na obrigação de saldar todas as dívidas existentes.

— Entregue ao meu secretário — disse, apressado para sair. Prometera se encontrar com o irmão no The Strathmore para jogarem cartas, e estava atrasado. Depois de uma ou duas horas de jogo, planejava ir ao Almack, tirar Sherry do "Mercado de Casamentos" na primeira oportunidade e levá-la para o baile de lorde Rutherford, que seria muito mais agradável para ambos. DuVille, decidira com maldosa satisfação, teria de se contentar em acompanhar Charity Thornton.

— Sugeri ao sr. Hodgkin que a entregasse ao secretário, milorde — explicou Damson, retirando cuidadosamente invisíveis, mas ofensivos, pelos que se haviam atrevido a cair sobre a imaculada pessoa do lorde. — Mas ele insistiu muito em que milorde deve ver a carta, pois ela pode trazer notícias importantes. Veio da América.

Imaginando que seria uma dívida feita por Burleton quando estivera na América, Stephen abriu a carta enquanto descia as escadas.

— McReedy já está na porta, com a carruagem — informou Colfax, estendendo-lhe as luvas, mas Stephen não o escutou nem o viu.

Toda a sua atenção se achava concentrada na carta, que fora enviada a lorde Burleton pelo pai de Charise Lancaster.

O mordomo-chefe notou a preocupação do conde, sua expressão sombria, e receou que o conteúdo da carta alterasse os planos do lorde para aquela noite.

— A senhorita Lancaster certamente estava deslumbrante quando saiu para o Almack... e muito animada, pelo que pude notar, se me permite dizê-lo, milorde — observou polidamente.

Era verdade, mas, no fundo, ao falar com afeto e cuidado sobre a jovem americana, Colfax queria lembrar a lorde Westmoreland que a presença dele era muito importante para o *début* dela na sociedade.

Stephen dobrou a carta cuidadosamente, guardou-a no envelope e olhou para o mordomo sem vê-lo, com os pensamentos muito distantes dali, muito distantes do Almack. Saiu sem dizer nem uma palavra sequer, aproximou-se rapidamente da carruagem a passos largos e cheios de propósito.

— Receio que sejam notícias desagradáveis, Hodgkin — disse Colfax ao segundo mordomo, que entrava apressadamente no hall. — Muito desagradáveis, com certeza... — Hesitou, achando que feria sua dignidade conjecturar, mas a preocupação com a adorável moça americana era maior do que a importância que dava à sua dignidade. — A carta era dirigida a lorde Burleton... e talvez dissesse respeito apenas a ele, não tinha nada a ver com a senhorita Lancaster.

31

Situado em St. James's Square, atrás de um dossel verde formado por árvores seculares que ia da porta de entrada até a rua, The Strathmore era um clube que reunia um grupo relativamente pequeno, por isso muito seleto, da nobreza que preferia jogar em ambiente mais luxuoso e sossegado a fazê-lo nos salões de jogos barulhentos do White, assim como degustar pratos melhores do que as carnes cozidas e as tortas insossas que eram servidas no Brook e no White.

Diferentemente do Brook, do White e do Watier, que eram de propriedade de uma pessoa externa, The Strathmore pertencia aos seus 150 sócios-fundadores. O clube passara de geração em geração e era rigidamente limitado aos descendentes dos fundadores originais. Existia não para angariar lucros, mas para oferecer um inexpugnável e confortável abrigo, onde os sócios podiam arriscar fortunas em uma só mão de um jogo de baralho, conversar em voz normal sem o temor de serem ouvidos por pessoas indesejáveis e jantar pratos inigualáveis, preparados por seus chefs italiano e francês. De cada membro, esperava-se e se garantia completa discrição. Comentários sobre perdas e ganhos fabulosos nas mesas de jogo do White e do Brook se espalhavam por Londres inteira como fogo em um rastilho de pólvora. Porém, não saía uma só palavra a respeito do The Strathmore, onde esses ganhos e perdas eram comparativamente astronômicos. No entanto, nos limites do clube, os comentários passavam de membro a membro, de sala a sala, com espantosa jovialidade e considerável alegria masculina.

Não se admitiam convidados, nem mesmo acompanhados por sócios, o que irritou profundamente Beau Brummell quando tentou entrar no clube, na época em que reinava absoluto em todos os demais clubes masculinos elegantes de Londres.

O próprio Prinny, o Príncipe Regente, fora recusado como membro por não ser descendente de um sócio-fundador, o que lhe provocara a ira tanto quanto a Brummell, mas provocara também uma reação de inesperado senso comum e percepção: fundou seu próprio clube, instalando nele dois chefs da realeza, e o denominou Watier, nome de um dos chefs. No entanto, foi impossível ao Príncipe Regente conseguir a mesma aura de impoluta dignidade, exclusividade e absoluta elegância naturais aos salões do Strathmore.

Com um distante aceno de cabeça ao gerente, que o cumprimentou com uma reverência à porta de entrada, Stephen percorreu as grandes salas com painéis de carvalho, dando pouca atenção aos sócios, que, acomodados nas confortáveis poltronas estofadas em couro verde-escuro, conversavam ou jogavam nas pequenas mesas de jogo. A terceira sala na qual entrou estava quase deserta, o que lhe servia perfeitamente. Sentou-se em uma das quatro poltronas próximas a uma mesinha desocupada e, olhando fixamente para a lareira apagada, pensou no grave conteúdo da carta. Via-se diante da decisão mais importante da sua vida.

Quanto mais pensava no problema que a carta criara, mais evidente se tornava a solução... e melhor ele se sentia. No espaço de uma hora, a disposição de Stephen passou de severa a pensativa, para filosófica e, finalmente, alegre. Mesmo sem a existência daquela missiva, ele achava que acabaria por fazer exatamente aquilo. A diferença era que seu conteúdo praticamente o obrigava a fazê-lo, o que significava que ele podia agir segundo seus desejos sem infringir as exigências da honra e da decência. Arrependera-se logo por ter dito a Sherry que queria que ela avaliasse outros pretendentes. Mal podia conter o ciúme quando ela dava atenção a DuVille, e não tinha ideia da fúria que sentiria quando os pretendentes começassem a bater à sua porta. Sem dúvida, chegaria o dia em que um deles reuniria coragem para lhe pedir a mão dela, e com certeza o atrevido iria se ver estatelado no meio da rua, sem saber como chegara ali.

Toda vez que estava no mesmo cômodo que Sherry, sentia dificuldade em desviar os olhos dela e, se estivessem a sós, era incapaz de evitar tocá-la. E, se ela não estivesse presente, era incapaz de parar de pensar nela. Sherry também o queria. Ele sabia disso desde o começo, e ela não mudara, por mais que se esforçasse em demonstrar que o considerava meramente um conhecido e que nada tinham em comum. Derretera-se em seus braços nas vezes em que haviam se beijado. Tinha certeza: Sherry gostava dele.

As palavras divertidas do irmão o fizeram erguer a cabeça:

— Com o risco de me meter no que parece ser uma complicada discussão consigo mesmo, será que poderia me incluir ou prefere que joguemos cartas?

Um cálice permanecia perdido sobre a mesinha e, ao olhar ao redor, Stephen reparou que a sala tinha mais sócios do que quando chegara.

Enquanto Clayton, de sobrancelhas erguidas, esperava a resposta, o conde inclinou a cadeira para trás e considerou mais uma vez a decisão que tomara, e a vontade de começar a agir de imediato. Uma vez que era o que queria fazer, na pressa levara em conta apenas as vantagens, ignorando as desvantagens.

— Prefiro conversar — respondeu, por fim. — Não estou com disposição para jogar.

— Isso, eu já havia percebido. Wakefield e Hawthorne também, mas assim mesmo nos convidaram para nos juntar a eles.

— Não vi que estavam aqui — admitiu Stephen, olhando por cima do ombro à procura dos amigos que ofendera sem querer. — Onde estão, agora?

— Foram consolar a sensibilidade ofendida na mesa de faro. — Apesar do tom casual, Clayton sabia que Stephen se preocupava com algo muito importante. Pacientemente, esperou alguns segundos pela explicação, e então disse: — Tem alguma ideia do assunto sobre o qual quer conversar ou prefere que eu escolha?

Em resposta, Stephen tirou do bolso a carta enviada pelo administrador do pai de Charise.

— Esse é o assunto que me interessa no momento — explicou, entregando-a juntamente com o extrato bancário que a acompanhava.

Clayton desdobrou a carta e começou a lê-la.

Prezada senhorita Lancaster,

Enviei esta carta ao seu marido para que ele pudesse prepará-la para as notícias que contém.

É com profundo pesar que comunico a morte do seu pai, meu grande amigo. Permaneci com ele até o fim, e quero que saiba que ele expressou arrependimento por ter cometido falhas na sua educação, principalmente por tê-la mimado demais e dado tudo que a senhora quis.

Ele queria que a senhora cursasse as melhores escolas e tivesse um casamento brilhante. Conseguiu as duas coisas, mas, ao fazê-lo, e ao providenciar seu elevado dote, praticamente gastou tudo o que tinha e hipotecou o que restava. O extrato bancário que envio em anexo representa o total das suas posses conforme conhecidas por mim.

Sei que a senhora e seu pai discordavam em muitas coisas, senhorita Lancaster, mas tenho a mais profunda esperança — e também ele tinha — de que algum dia dê valor aos esforços do seu pai e aproveite ao máximo as oportunidades que ele lhe proporcionou. Como a senhora, Cyrus tinha muita determinação e o gênio forte. Talvez tenha sido justamente essa semelhança o que os impediu de se entenderem bem.

Espero que a distância a faça lidar melhor com a notícia da morte de seu pai. É possível que venha a sentir tristeza e remorso, um dia, quando perceber que é tarde demais para dizer e fazer coisas que teriam evitado tanto atrito entre vocês dois.

No desejo de lhe evitar maiores sofrimentos, seu pai me pediu que dissesse que, embora nunca o tenha demonstrado, ele a amou, e que tinha certeza de que, apesar de a senhora nunca o ter demonstrado, também era amado.

Ao terminar, Clayton devolveu a carta, e sua expressão sombria refletia a mesma tristeza e preocupação que Stephen nutria por Sherry. Achava-se também intrigado, assim como ele, diante daquelas palavras.

— Lamento pelo pai dela... — comentou, penalizado. — A senhorita Lancaster está em uma fase de má sorte, embora, por um lado, tenha sido bom não estar lá. — Hesitou por um instante, então acrescentou: — O que acha do que o administrador escreveu? A moça que ele descreve na carta não se parece com a moça que eu conheço.

— Também acho, exceto no que se refere à determinação e ao gênio forte — completou Stephen, com um sorriso. — A não ser que o pai dela e o administrador sejam o tipo de homens dominadores, desses que consideram o menor traço de personalidade em uma mulher como intolerável desafio.

— Foi a essa conclusão que cheguei — assentiu o duque —, também pela experiência que tive com meu sogro.

— Lancaster deve ter sido um grande pão-duro, se achava que o horroroso vestido marrom que ela usava no navio significava "dar-lhe tudo".

Enquanto falava, Stephen esticou as longas pernas, cruzou-as nos tornozelos e se acomodou melhor na poltrona. Enfiando as mãos nos bolsos, fez sinal com a cabeça para um criado, que se aproximou de imediato, indagando o que o lorde queria.

— Champanhe — respondeu ele.

Diante das más notícias e dos desdobramentos que aguardavam Sherry, Clayton achou a atitude indolente e o pedido fútil do irmão particularmente estranhos. Esperou alguma indicação de quando e como ele pretendia contar as notícias ruins a ela, mas o conde parecia completamente satisfeito, observando o criado servir champanhe em dois copos de cristal e colocá-los sobre a mesa.

— O que pretende fazer agora? — perguntou Clayton, sem conseguir esperar mais.

— Propor um brinde — respondeu Stephen.

— Para ser mais claro... — A impaciência de Clayton cresceu diante da atitude absurda do irmão. — Quando pretende contar a ela sobre a carta?

— Depois de nos casarmos.

— Desculpe, não entendi... — atrapalhou-se Clayton.

Em vez de repetir a resposta, o conde ergueu as sobrancelhas, fitou o irmão com ar divertido e ergueu o próprio copo em um brinde:

— À nossa felicidade — disse, secamente.

Enquanto Stephen esvaziava seu copo, Clayton recuperou a compostura, disfarçou a satisfação que sentia ao ver o rumo que os acontecimentos tomavam e se acomodou melhor na poltrona. Pegou seu champanhe, mas, em vez de bebê-lo, ficou girando o copo entre os dedos, fitando o irmão como quem se diverte.

— Está achando que vou cometer um erro? — perguntou Stephen, afinal.

— De modo algum. Só estava pensando. Não percebeu que Sherry desenvolveu, digamos, "certa aversão" por você?

— Bem, eu diria que seria a última a me ajudar, se me visse em má situação... — concordou Stephen.

— Não acha que é obstáculo suficiente para ela recusar seu generoso pedido de casamento?

— Pode ser — assentiu o conde, com uma risadinha.

— Nesse caso, como pretende persuadi-la a aceitar?

— Primeiro — mentiu Stephen com a cara mais limpa do mundo —, vou fazê-la ver como foi injusta ao interpretar minhas intenções de modo equivocado e duvidar de minha integridade. Então provarei isso a ela fazendo o pedido. Depois, vou lhe dizer que, se estiver disposta a pedir perdão, estarei disposto a dá-lo.

Falava de modo tão convincente que o irmão não pôde disfarçar um olhar de sarcástico desgosto, ao perguntar:

— E o que acha que vai acontecer?

— Vou passar os dias e as noites seguintes nos agradáveis limites da minha casa.

— Com ela, suponho — ironizou Clayton.

— Não. Com compressas nos olhos!

A gostosa risada de Clayton foi interrompida pela chegada de Jordan Townsend, o duque de Hawthorne, e Jason Fielding, marquês de Wakefield. Uma vez que Stephen nada mais tinha a discutir com o irmão, convidou-os a ficar, e os quatro amigos se entregaram à séria ocupação de jogar.

Concentrar-se era muito difícil, no entanto, porque os pensamentos de Stephen voavam para Sherry e para o futuro imediato de ambos. Apesar do modo brincalhão que dissera que usaria para pedi-la em casamento, não tinha ideia de como o faria. Isso nem sequer lhe parecia importante. Tudo que importava era que ficariam juntos. Ela seria dele, e sem a pesada culpa que o fizera ter escrúpulos em se casar com a noiva do jovem Burleton. A morte do pai de Sherry tornava imperativo que alguém cuidasse dela, alguém de quem também ela gostasse, quando soubesse do ocorrido.

O casamento deles se realizaria de qualquer jeito, era nisso que Stephen acreditava. Em algum lugar da sua mente, soubera disso desde o momento em que a vira com um roupão amarrado com o cordão da cortina e os cabelos cobertos por uma toalha azul, lembrando-lhe uma Nossa Senhora descalça. Uma Nossa Senhora com um problema terrível:

— *Meu cabelo... é vermelho!*

Não, corrigiu-se ele. Já sentira algo por ela antes disso... desde aquela primeira manhã em que acordara ao lado dela e Sherry lhe pedira que descrevesse seu rosto. Fitara aqueles olhos cinzentos deslumbrantes e vira neles uma incrível coragem e uma comovente meiguice. Começara aí e fora se tornando mais forte, a cada coisa que ela dizia e fazia. Amava o jeito irreverente, a inteligência, o simples carinho que dava a todo mundo. Amava o modo como a sentia em seus braços e o gosto da sua boca. Amava seu espírito independente, seu ardor e sua doçura. Amava, principalmente, a honestidade dela.

Depois de uma vida rodeado por mulheres que escondiam a avareza sob convidativos sorrisos e a ambição sob olhares lânguidos, que fingiam paixão por um homem quando só eram capazes de sentir paixão por sua riqueza, Stephen Westmoreland finalmente encontrara uma mulher que o queria apenas pelo que ele era.

E isso o deixava tão feliz que não sabia o que comprar para ela primeiro. Joias, decidiu, antes de parar de pensar para fazer sua aposta no jogo. Carruagens, cavalos, peles, vestidos, mas, primeiro, joias... Fabulosas joias que combinariam com seu rosto e que destacariam seu luminoso cabelo. Vestidos adornados com...

Pérolas, decidiu com um sorriso íntimo, ao se lembrar do curioso comentário dela a respeito do vestido da condessa de Evandale. Um vestido enfeitado com três mil e *uma* pérolas. Sherry não demonstrava interesse por roupas, mas esse vestido mexeria com o senso de humor dela, e ela o apreciaria, por ser um presente dele.

Por ser um presente dele...

Tinha essa certeza porque sabia que Sherry também o desejava. No momento em que mal encostara seus lábios nos dela e a sentira estremecer, colando instintivamente o corpo ao seu, soubera que o queria. Sherry era inexperiente demais para esconder seus sentimentos, inocente demais para pensar em fazê-lo.

Ela o queria e ele a queria. Em poucos dias, ele a levaria para a cama pela primeira vez e lhe ensinaria as delícias de dar e receber...

Jason Fielding disse seu nome, e Stephen ergueu os olhos. Percebendo que os três esperavam sua aposta, jogou mais fichas no meio da mesa, e Jason o impediu, avisando:

— Você já ganhou essas. Não quer recolhê-las, para tentar ganhar outra pilha do nosso rico dinheiro?

— Seja o que for que tenha na cabeça neste momento, Stephen... — Jordan Townsend o olhava com curiosidade — ... deve ser muito interessante...

— Agora há pouco você parecia estar olhando através de nós — comentou Jason Fielding, começando a dar as cartas —, com o pensamento longe daqui.

— Stephen tem algo *muito* interessante em mente — brincou Clayton.

Enquanto o duque terminava de falar, William Baskerville, um solteiro de meia-idade, aproximou-se da mesa, com um jornal dobrado na mão, e ficou olhando o jogo.

Como sua corte a Sherry seria a principal fofoca da manhã seguinte e, seu noivado, a principal fofoca do fim da semana, Stephen não via motivo algum para esconder o que tinha em mente.

— Para dizer a verdade... — começou, e foi aí que passou os olhos pelo relógio na parede. Já se haviam passado três horas. — Estou atrasado! — exclamou, surpreendendo os outros ao abrir suas cartas na mesa, levantando-se abruptamente. — Se não entrar no Almack antes das onze, não entro mais: eles fecham as malditas portas.

Três pasmos pares de olhos permaneceram fixos em suas costas, enquanto ele saía rapidamente do clube, ansioso para ir a um lugar aonde homem nenhum, sofisticado ou maduro, teria pressa de chegar. Era muito estranho imaginar Stephen Westmoreland pondo os pés espontaneamente naquele lugar repleto de mocinhas que enrubesciam à toa, recém-saídas da escola e ávidas para agarrar um marido importante.

Baskerville foi o primeiro a falar:

— Cruzes! — exclamou, voltando-se para os outros com os olhos cheios de horror. — Langford disse que ia ao *Almack*?

O marquês de Wakefield desviou o olhar perplexo da porta e o fixou nos amigos:

— Foi o que ouvi.

O duque de Hawthorne assentiu, e sua voz soou seca:

— Não só o ouvi dizer Almack, como também notei que estava ansioso por chegar lá.

— Terá sorte se sair vivo... — brincou Jason Fielding.

— E ainda solteiro — acrescentou Jordan Townsend, rindo.

— Pobre coitado! — lamentou Baskerville, com a voz rouca.

Sacudindo a cabeça, foi em busca de conhecidos nas mesas de jogo, espalhando a divertida informação de que o conde de Langford saíra do clube correndo para chegar ao "Mercado de Casamentos" antes que as portas se fechassem.

A opinião consensual entre os jogadores, que rolavam dados em compridas mesas de laterais altas, era a de que Stephen estava atendendo ao desejo de algum parente, expresso no leito de morte, de aparecer no Almack para dar apoio a uma donzela aparentada com a pessoa que morrera.

Nas mesas de faro, forradas de feltro verde, onde os cavalheiros faziam apostas sobre que carta o crupiê tiraria da caixa, a opinião geral era a de que o infeliz conde de Langford perdera uma aposta e que o terrível castigo era passar uma noite no Almack.

Os cavalheiros que jogavam roleta, apostando no número no qual a bolinha pararia no momento em que a imensa roda deixasse de girar, achavam que Baskerville perdera a audição.

Os jogadores de whist, concentrados nas cartas que seguravam, estavam mais inclinados a achar que Baskerville perdera o juízo.

Entretanto, não importava qual fosse a opinião particular de cada um, a reação era a mesma em todos: hilaridade. Em todas as salas do Strathmore, a refinada atmosfera era continuamente rompida por pesadas gargalhadas, risadas divertidas ou risos irônicos, quando, de sócio para sócio, de mesa para mesa, circulava a notícia de que Stephen Westmoreland, duque de Langford, fora para o Almack naquela noite.

32

Passavam-se cinco minutos das onze quando Stephen passou entre dois tristíssimos jovens que voltavam para as suas carruagens, depois que lady Letitia Vickery os impedira de entrar no clube porque haviam chegado dois minutos após as onze. A patronesse fechava as portas quando o conde lhe disse em voz baixa, de advertência:

— Letty, não se atreva a bater essa porta na minha cara.

Enfurecida com a afronta, ela tentou enxergar, na escuridão, para além da entrada iluminada do Almack.

— Seja quem for — respondeu, sem conseguir ver nada e fechando a porta —, é tarde demais para entrar.

Stephen usou o pé para impedi-la:

— Creio que deva considerar abrir uma exceção.

O rosto desdenhoso de lady Letitia apareceu na fresta iluminada:

— Não fazemos exceções, cavalheiro, e... — Então, ela viu quem era, e um olhar de cômica incredulidade desfez por instantes a altiva expressão. — Langford, é *você*?

— Claro que sim. Agora, abra a porta — ordenou o conde, em voz baixa.

— Não pode mais entrar.

— Letty. — Ele estava perdendo a paciência. — Não me faça lembrar do tempo em que você me convidava para entrar em lugares menos apropriados do que este... com seu pobre marido quase ao alcance da nossa voz.

Ela abriu a porta, mas se postou diante da abertura. O lorde considerava se deveria segurá-la pelos ombros e colocá-la de lado para entrar quando a dama implorou, em um sussurro:

— Stephen, pelo amor de Deus, seja razoável! Não posso deixá-lo entrar. As outras patronesses vão cortar a minha cabeça se o fizer.

— Elas irão beijá-la por ter feito uma exceção a mim — retrucou ele, secamente. — Pense apenas nos comentários, amanhã, quando souberem que *eu* estive nesta entediante reunião de virtuosas inocentes pela primeira vez depois de quinze anos.

Ela hesitou, pesando essa verdade contra o risco que corria diante das demais patronesses até que pudesse explicar os motivos.

— Todos os homens disponíveis de Londres irão querer convites para vir ver o que atraiu *você* aqui... — sussurrou, pensativa.

— Exato. — A voz dele soava irônica. — Haverá tantos homens disponíveis no Almack que você precisará de uma quantidade extra de limonada quente e pão com manteiga.

Ela ficou tão deliciada diante da possibilidade de obter os créditos pelos esplêndidos casamentos acertados durante a sua temporada como patronesse que passou por cima do comentário desdenhoso sobre os salões, os refrescos e os frequentadores do Almack.

— Está bem. Pode entrar.

A NOITE NÃO estava sendo o desastre que Sherry temera. Ela dançara e fora muito bem recebida. Na verdade, com poucas exceções desconfortáveis, a reunião fora agradável. Ficara tensa e ansiosa até poucos minutos antes, quando o relógio do salão finalmente marcou 23 horas. No momento em que a possibilidade da presença do conde de Langford foi eliminada, passou a se sentir incrivelmente desapontada, ainda que tenha se recusado a se submeter à raiva e à dor da rejeição. Notara que ele não tinha entusiasmo algum para ir ao Almack, e era insensatez esperar que o fizesse por causa dela. Uma atitude dessas implicaria alguma espécie de cuidado que ela acabou por aceitar que simplesmente não existia. Whitney e a duquesa-mãe estavam enganadas. Determinada a não deixar que qualquer pensamento sobre ele lhe ocupasse a mente nem sequer por um momento a mais naquela noite, tratou de prestar atenção na conversa das jovenzinhas e de suas mães, que se encontravam sentadas em um círculo com ela, falando entre si, mas incluindo-a educadamente na conversa.

A maior parte das moças era mais jovem do que ela e muito simpática, embora elas não fossem inteligentes para manter uma boa conversa. Eram incrivelmente bem-informadas sobre os ganhos, as perspectivas e a linhagem de cada solteiro presente, e bastava que Sherry olhasse mais de uma vez para determinado cavalheiro, e alguma das mocinhas — as mães delas ou acompanhantes — a puxava de lado e dividia todo o seu conhecimento. O volume de informações confundia a senhorita Charity, e ora embaraçava, ora divertia Sherry.

A duquesa de Clermont, uma dama orgulhosa que apresentava a neta à sociedade londrina naquela noite, outra jovem americana chamada Dorothy Seaton, indicou com a cabeça um belo rapaz que pedia a Sherry a honra de uma segunda dança e a avisou:

— Se eu fosse você, não demonstraria ao jovem Makepeace mais do que polida boa educação. Ele é só um baronete, e sua renda é de apenas cinco mil libras.

Nicholas DuVille, que passara a maior parte do tempo nas salas de jogo, aproximava-se de Sherry nesse momento e ouviu o comentário. Inclinando--se, observou em voz baixa, com gracejo:

— Você parece muito embaraçada, *chérie*. É espantoso, na verdade, que um país que se orgulha de suas maneiras refinadas não tenha o menor pudor em discutir tais coisas!

Os músicos, que haviam parado alguns instantes para tomar um refresco, voltavam aos seus instrumentos, e a música se espalhou novamente pelo salão de baile.

— A senhorita Charity parece exausta — reparou Sherry, erguendo a voz para ser ouvida acima do crescente volume da música e das conversas.

A dama idosa ouviu seu nome e a olhou com severidade:

— Não estou cansada, minha menina. Estou muito irritada por Langford não ter vindo, como prometeu, e pretendo repreendê-lo por tratar você com tanta desconsideração!

Nesse momento, as cabeças se viraram uma a uma para o mesmo lugar, e as conversas foram se apagando até se tornarem frenéticos sussurros; Sheridan não tinha ideia do que acontecia.

— Não é preciso que faça isso — respondeu, tranquilamente. — Estou perfeitamente bem *sem* ele.

Porém, a senhorita Charity não pensava assim:

— Não me lembro de ter ficado tão aborrecida assim nos últimos trinta anos. Se eu *pudesse* recordar tudo o que aconteceu nesse tempo, *tenho certeza* de que não me lembraria de um aborrecimento como este!

Ao lado delas, a duquesa de Clermont parou de ouvir o irado monólogo de Charity Thornton e ergueu os olhos, percorrendo o salão.

— Não posso acreditar no que vejo! — exclamou, com a voz trêmula.

Como as vozes tinham voltado a se altear, mais agudas e nervosas do que antes, a duquesa quase teve de gritar para ser ouvida, ao ordenar à neta:

— Dorothy, ajeite o cabelo e o vestido. Você *nunca* mais vai ter esta chance!

A ordem aflita chamou a atenção de Sherry para Dorothy, que tratou de se ajeitar, como fazia metade das debutantes em seu campo de visão. Aquelas que não alisavam os cabelos endireitavam as saias. As que não estavam na pista de dança com seus pares e haviam resolvido ir até a saleta de repouso voltavam apressadas, também ajeitando seus cabelos e vestidos.

— O que está acontecendo? — perguntou Sheridan a Nicholas, que bloqueava sua visão.

Ele passou o olhar por cima de cabecinhas loiras, castanhas e negras, verificando os rostinhos corados, os olhares aflitos e, sem se preocupar em olhar para o foco da agitação, respondeu:

— Se não caiu um raio no meio do salão de baile, só pode ser uma coisa: Langford chegou.

— Não pode ser — duvidou Sheridan. — As portas se fecham às onze.

— Mesmo assim, eu apostaria uma fortuna que ele é a causa dessa agitação toda. Os instintos caçadores das mulheres estão todos despertos, o que significa que uma presa importante está à vista. Quer que eu dê uma volta, para verificar?

Ela assentiu:

— Mas procure ser discreto.

Ele assentiu, virando-se e confirmando.

— Ele parou para cumprimentar as patronesses.

Sherry fez a última coisa que planejava fazer caso fosse ele: enviou Nicholas para espionar e se retirou apressadamente para a saleta de repouso. Não para se enfeitar ou verificar a própria aparência. Claro que não. Apenas para recuperar a calma. E, já que estava lá, arrumar-se um pouquinho.

Enquanto esperava na fila para entrar na saleta de repouso, descobriu que seu noivo era o tema de todas as conversas, e não pôde deixar de se sentir envergonhada com o que ouvia.

— Minha irmã mais velha vai desmaiar quando souber que Langford esteve aqui esta noite e ela não veio! — dizia uma das jovens às amigas.

— No outono passado, ele lhe deu atenção no baile de lady Millicent, depois a ignorou por completo. Desde então, minha irmã gosta dele.

As amigas pareceram chocadas, e uma delas comentou:

— Mas no outono passado ele estava prestes a ficar noivo de Monica Fitzwaring!

— Não acredito nisso! — interferiu outra mocinha. — Ouvi minhas irmãs dizerem, e elas têm certeza de que isso é verdade, que ele estava tendo... — E ocultou os lábios com a mão, de modo que Sherry mal pôde escutar. — Um *tórrido* caso com certa dama casada, no outono passado.

— Já viram a *chérie amie* dele? — perguntou outra, e todas se voltaram para ela. — Minha tia o viu no teatro com ela, duas noites atrás.

— *Chérie amie?* O que é isso? — A pergunta saiu antes que Sheridan pudesse contê-la, estimulada pela descoberta de que ele acompanhara uma mulher ao teatro depois de jantar com ela e a família.

As debutantes, que lhe haviam sido apresentadas quando ela chegara, ficaram felizes em dar informações à nova integrante do grupo. E, como americana, com certeza ela apreciaria a habilidade com que já lidavam com fofocas.

— *Chérie amie é* uma cortesã, a mulher que satisfaz as baixas paixões masculinas. E Helene Devernay é a cortesã mais linda de todas.

— Ouvi meus irmãos dizerem outra noite que Helene Devernay é a criatura mais deliciosa da face da Terra. Ela adora cor de lavanda, vocês sabem... e Langford lhe deu uma carruagem prateada com estofamento de veludo dessa cor.

Lavanda. Aquele vestido fino, cor de lavanda, que o dr. Whitticomb não queria que ela usasse! O motivo de ele ter ficado surpreso por ela ter usado aquele estranho vestido. Ele pertencia à mulher com quem Stephen partilhava suas "baixas paixões". Sherry qualificava um beijo como manifestação de paixão. Não tinha ideia do que era ou de como era uma "paixão baixa", mas achava que devia ser intensa, muito pessoal e um tanto escandalosa. E ele partilhara isso tudo com outra mulher *poucas horas* depois de ter jantado com a noiva indesejada.

COM A CERTEZA de que Lorde Westmoreland se encontrava em algum lugar do salão, a senhorita Charity se mostrava mais zangada com ele do que estava antes de Sherry ir à saleta de repouso.

— Pretendo comunicar a conduta de Langford à mãe dele; é a primeira coisa que farei amanhã cedo! Ela vai lhe arrancar a pele por causa do que está fazendo.

A voz tranquila e divertida de Stephen fez Sheridan estremecer ao soar atrás delas, dirigindo-se à senhorita Charity:

— Por que minha mãe irá se zangar comigo, madame? — perguntou ele, com um leve e branco sorriso surgindo em sua face.

— Por ter chegado atrasado, rapaz irresponsável! — respondeu ela, mas toda animosidade havia desaparecido diante do sorriso arrasador que o conde lhe dirigia. — Por ter ficado muito tempo conversando com as patronesses! E por ter a sorte de ser bonito demais! Agora — terminou a senhora, perdoando-o por completo —, beije minha mão como se deve e leve Sherry para a pista de dança.

Até aquele momento, Nicholas se mantivera diante dela, protegendo-a; após aquelas palavras, entretanto, fora obrigado a pôr-se de lado. A raiva de Sherry, que crescera ao ouvir a senhorita Charity se render com tanta facilidade, redobrou quando ela foi obrigada a dar a volta, relutante, e se deparar com olhos azuis que a fitavam divertidamente e um sorriso capaz de derreter uma geleira. Consciente de que todas as pessoas presentes no salão olhavam para eles, ela lhe estendeu a mão, contra a sua vontade, porque assim mandava a etiqueta.

— Senhorita Lancaster — disse o lorde, dando um leve beijo na mão dela e continuando a retê-la, apesar dos esforços que Sherry fazia para retirá-la —, posso ter o prazer da próxima dança?

— Largue a minha mão! — A voz dela soou trêmula de ódio. — Todo mundo está nos olhando!

Stephen inspecionou os lindos olhos cintilantes de ira e se maravilhou ao perceber que ela ficava ainda mais bonita quando se zangava. Se soubesse que a falta de pontualidade fazia Sherry se irritar tanto, teria se atrasado em todas as refeições.

— Largue a minha mão!

Sem conseguir evitar sorrir porque era evidente que se zangara por causa da sua quase ausência, Stephen brincou:

— Vai me obrigar a arrastá-la até a pista de dança?

Boa parte da satisfação dele se apagou quando ela conseguiu soltar a mão e disse:

— Vou!

Momentaneamente confuso, ele deu um passo para o lado, quando um jovem cavalheiro se colocou entre ele e Sheridan, curvando-se.

— Creio que a próxima dança é minha, se não se importa, milorde.

Sem saída, o conde assentiu e ficou olhando enquanto Sherry apoiava de leve a mão no braço do cavalheiro e o acompanhava à pista de dança. Ao seu lado, DuVille observou, rindo:

— Acho que você conseguiu um osso duro de roer, Langford!

— Tem razão... — concordou ele, afável, encostando-se na coluna perto deles. Sentia-se tão feliz que até podia ser caridoso com DuVille, para variar.

— Suponho que por aqui não haja nenhuma bebida alcoólica — comentou, olhando Sherry e seu par, que dançavam.

— Nem uma gota.

Para o grande desapontamento de todos no salão, nem lorde Westmoreland nem Nicholas DuVille pareciam inclinados a tirar alguém para dançar a não ser a moça americana. Ao ver que Sherry permanecia na pista para dançar a segunda vez com o mesmo cavalheiro, Stephen franziu as sobrancelhas:

— Ninguém a preveniu de que é um erro demonstrar parcialidade dançando duas vezes com o mesmo par?

— Parece que você está começando a ficar com ciúme — reparou Nicholas, observando-o pelo canto do olho.

Stephen o ignorou, notando os famintos, expectantes e esperançosos olhos de mulheres ao redor deles, fitando-os como se fossem pratos de banquete oferecidos a um grupo de elegantes e bem-vestidas canibais. Quando a música terminou, perguntou a DuVille:

— Por acaso sabe se a próxima dança dela está comprometida?

— Todas as danças dela estão comprometidas.

O par de Sherry foi devolvê-la à vigilante senhorita Thornton, e um exército de cavalheiros atravessou o salão a fim de pegar seus pares para a valsa que começava a ser tocada. Ao lado dele, DuVille desencostou-se do pilar:

— Creio que esta dança é minha — disse, e começou a andar.

— Infelizmente, não é — determinou Stephen —, e se tentar dançar com ela — acrescentou, com um tom que fez o francês parar —, vou lhe contar que minha cunhada o convenceu a representar o papel de pretendente.

Sem olhar para trás, o conde se desencostou do pilar e foi se apresentar como cavalheiro para a valsa com sua rebelde parceira.

— Esta dança é de Nicki — informou-o Sherry com altivez, usando deliberadamente o apelido de DuVille para demonstrar que era íntima dele.

— Ele passou o privilégio para mim.

Algo no modo implacável como ele falava fez Sheridan decidir que era conveniente concordar, em vez de adiar, tentar recusar ou provocar uma cena.

— Ah, então muito bem.

— Está tendo uma noite agradável? — perguntou Stephen.

A música começou, e ele teve o desprazer de senti-la rígida entre seus braços, sem nada da graciosidade que observara quando ela dançara com os outros dois cavalheiros.

— Eu *estava* tendo uma noite agradável, muito obrigada.

O conde abaixou a cabeça e se deparou com a expressão ressentida da moça. A carta que tinha no bolso também contribuiu para ele lhe desculpar a atitude agressiva.

— Sherry — começou, com calma determinação.

Ela percebeu uma estranha doçura na voz dele, mas se recusou a olhá-lo:

— Sim?

— Peço desculpas por tudo que disse, ou fiz, que magoou você.

Lembrar-se de quanto ele a magoara e saber que podia continuar magoando era mais do que seu orgulho podia suportar. O temperamento forte de Sheridan se impôs:

— Não precisa se desculpar — respondeu, procurando parecer aborrecida e desdenhosa com o assunto. — Tenho a impressão de que receberei várias ofertas de casamento até o fim da semana, e sinto-me muito feliz por você ter me dado esta oportunidade de conhecer outros cavalheiros. Até esta noite — acrescentou, e sua voz começava a vibrar com a raiva que sentia — estava convencida de que todos os ingleses eram arbitrários, de humor instável, vaidosos e arrogantes, mas agora sei que não, que apenas *você é* assim.

— Infelizmente para você e para eles — respondeu Stephen, surpreso pela profundidade da raiva dela por causa do atraso —, já está comprometida comigo, minha cara.

Sherry se deixara levar pelo entusiasmo de desafiá-lo, e o que ele disse não a deteve.

— Os cavalheiros que conheci esta noite não apenas são mais simpáticos, como também são *muito* mais desejáveis do que você!

— É mesmo? — Ele deu um sorriso indolente. — Por quê?

— Para começar, são mais jovens — respondeu Sherry, com vontade de esbofetear aquele rosto cínico. — Você é velho demais para mim. Descobri isso esta noite.

— Descobriu mesmo? — Os olhos azuis se detiveram nos lábios dela. — Então, creio que precisa ser lembrada dos tempos em que me achou muito desejável.

Sheridan desviou o rosto:

— Pare de me olhar desse jeito! Não é apropriado, e vão comentar. Todos estão nos olhando — sussurrou ela, tentando recuar o corpo para separar-se mais dele, porém as mãos de aço a impediram, enfurecendo-a mais.

Em tom suave, mais apropriado a um comentário casual sobre o tempo, o lorde disse:

— Tem ideia do que aconteceria se eu fizesse o que tenho vontade de fazer: se a colocasse no ombro e a levasse embora daqui ou se a beijasse agora, no meio do salão? Para começar, você se tornaria indigna até mesmo de um olhar dos cavalheiros presentes neste baile. E isso pouco me importaria, sendo eu o homem arbitrário, vaidoso e arrogante que sou.

— Você não se atreveria! — explodiu ela.

Os olhos cinzentos lançavam chamas, enquanto ao redor deles os pares perdiam o passo na ansiedade de escutar o que parecia ser uma violenta altercação entre o conde de Langford e a misteriosa americana. Stephen observou o rosto corado, rebelde, e um relutante sorriso lhe entreabriu os lábios:

— Tem razão, minha querida — disse, suavemente —, eu não me atreveria.

— Como se *atreve* a me chamar de sua querida depois do que fez comigo?

Momentaneamente esquecido de que Sherry poderia não conseguir lidar com aquele tipo sofisticado de esgrima sexual tão comum no meio aristocrático, Stephen fitou de maneira sugestiva os seios redondos e sensuais, que o decote quadrado do vestido deixava entrever um pouquinho.

— Não imagina o que eu me atreveria a fazer com você — avisou-a, com um sorriso sugestivo. — Já disse que seu vestido é lindo?

— Pode guardar os cumprimentos para si mesmo e levá-los para o inferno! — sussurrou ela, furiosa, soltando-se dos seus braços e o largando no meio do salão.

— Cruzes! — exclamou Makepeace para sua dama. — Viu isso? A senhorita Lancaster deixou Langford no meio do salão.

— Ela deve ser louca! — afligiu-se a moça.

— Não concordo — contrapôs o jovem baronete. — A senhorita Lancaster não me tratou mal. Foi meiga e atenciosa comigo.

Assim que a valsa terminou, ele correu para junto dos amigos para contar que a deslumbrante americana de cabelos ruivos preferia suas atenções às do conde de Langford.

Esse fato espantoso fora notado por um grande número de cavalheiros presentes ao baile, muitos dos quais não gostaram do aparecimento do conde em um campo que julgavam deles e se deliciaram ao ver que pelo menos uma mulher ali demonstrava bom gosto superior e muito juízo ao preferir Makepeace a Westmoreland.

Em minutos, a estatura de Makepeace cresceu até uma altura jamais sonhada por ele, e a adorável americana, que claramente o preferira ao cobiçado conde de Langford, tornou-se uma heroína.

Furioso com ela pela ultrajante demonstração de mau gênio, Stephen se manteve de lado enquanto um verdadeiro exército de solteiros vinha em direção à sua noiva. Amontoaram-se à frente de Sherry, solicitando danças, cortejando-a tão acintosamente que ela lançou um olhar pedindo socorro... a Nicholas DuVille.

Nicki pôs seu copo de limonada sobre um aparador e tentou se aproximar dela, mas os homens a estavam cercando tão acirradamente que ela começou a recuar, então se virou e tentou bater em retirada para a saleta de repouso. Sem escolha, Nicholas voltou ao seu lugar e tornou a se encostar no pilar, com os braços cruzados, sem notar que Stephen já estava lá, ao seu lado, na mesma posição. Sem notar que estavam idênticos, ficaram lado a lado, dois sombrios e civilizados cavalheiros, em elegantíssimos trajes de noite, com a mesma expressão de bem-educado aborrecimento.

— Ao rejeitá-lo — observou Nicki —, ela se tornou a heroína de todos os cavalheiros presentes.

Stephen, que chegara à mesma conclusão, notou que pelo menos DuVille parecia tão frustrado quanto ele.

— Amanhã — continuou o francês — minha futura noiva será declarada unanimemente original, incomparável, uma Joana d'Arc, por todo almofadinha afetado e jovem extravagante em toda a cidade de Londres. Você acaba de retardar minha possibilidade de noivado por semanas!

— Não seja por isso, meu caro! — Indicando com a cabeça as debutantes e suas mães alinhadas do outro lado do salão, Westmoreland acrescentou:

— Por que não aceita as atenções de uma dessas esperançosas donzelas? Tenho certeza de que, se propuser casamento a uma delas agora, ficará noivo amanhã, com as bênçãos e a licença especial da família.

Nicholas lhe seguiu automaticamente o olhar; por instantes, os dois homens puseram suas hostilidades de lado e partilharam as observações do interessante espetáculo da caça.

— Você não tem a sensação de que elas o veem como um tentador manjar em uma bandeja? — perguntou DuVille, acenando polidamente com a cabeça para uma dama que agitava seu leque convidativamente para ele.

— Elas mais me parecem componentes de um exército de extermínio!

Stephen falara olhando desencorajadoramente para lady Ripley, que cochichava de modo frenético ao ouvido da filha, lançando olhares gulosos para ele. Inclinou a cabeça em um cumprimento quase imperceptível à bonita filha da aflita dama, que parecia ser uma das pouquíssimas moças presentes a não darem a menor atenção a eles dois.

— Pelo menos a jovem Ripley tem bom senso e bastante orgulho para nos ignorar — comentou.

— Então, deixe-me apresentá-lo a ela, assim você não perderá seu tempo esta noite — ofereceu-se Nicholas. — Quanto a mim, dedicarei meu tempo a uma deliciosa ruiva que parece estar começando a perceber que eu existo.

— DuVille! — A gelada voz de aço de Stephen contrastou com a expressão de suave cortesia que exibia para a fascinada plateia que os observava.

— Langford?

— *Desista!*

Nicholas DuVille observou o conde com um olhar enviesado, mantendo também o ar de quem está conversando sobre amenidades.

— Será que você está mudando de ideia? — provocou ele, com um leve sorriso. — Será que não quer mais se livrar da sua obrigação para com a senhorita Lancaster?

— Será que você não está querendo se encontrar comigo de madrugada, em algum lugar aprazível e sossegado? — rebateu o lorde.

— Não especialmente, embora a ideia comece a me interessar — respondeu DuVille, afastando-se do pilar e se dirigindo a uma sala de jogo.

Sheridan percebeu a mudança do seu status entre as companheiras assim que entrou na saleta de repouso lotada. As conversas pararam no mesmo instante, e sorrisos curiosos foram dirigidos a ela, mas ninguém falou até que uma jovem de ossos largos e sorriso simpático decidiu romper o silêncio:

— Foi muito divertido vê-la deixar o conde de Langford no meio do salão, como nunca ninguém fez, senhorita Lancaster. Tenho certeza de que ele jamais foi recusado desse modo!

— E eu tenho certeza de que o será mais dezenas de vezes. — Sherry tentava parecer indiferente, quando, na verdade, estava envergonhada e com raiva.

— Centenas — corrigiu a mocinha, alegre. — Ah, mas ele é tão lindo e tão másculo, não acha?

— Não — mentiu Sherry. — Prefiro homens sinceros.

— Existem homens sinceros na América?

Apesar de não ter nenhuma ideia a esse respeito, ela respondeu:

— Os americanos o são para *esta* americana.

— Ouvi dizer que você perdeu a memória recentemente, em um acidente. É verdade? — perguntou outra mocinha, com um misto de empatia e curiosidade.

Sherry respondeu com o sorriso evasivo que a senhorita Charity afirmara que a faria parecer mais misteriosa do que doente, e usou a frase sugerida por Whitney:

— É temporário. — Como as moças parecessem estar esperando mais alguma coisa, improvisou tranquilamente: — Enquanto isso, é agradável não ter nada no mundo com que me preocupar.

Ao voltar para o salão, Sherry havia aprendido muita coisa a respeito de Stephen Westmoreland, e detestava cada detalhe dos conhecimentos recém-adquiridos, assim como as conclusões que tirara a partir deles. Apesar do que Whitney pensava, aparentemente o conde de Langford era libertino, devasso, farrista e um notório paquerador. Seus casos amorosos eram numerosos e sua lascívia era aprovada do modo mais aberto possível pela aristocracia, que parecia adorá-lo, e todos — absolutamente todos — pareciam achar que uma oferta de casamento por parte dele só não era mais importante do que a coroa da Inglaterra! Pior, muito pior que isso: estando noivo dela, mesmo que por algum tempo, ele mantinha uma amante. E não uma amante qualquer, mas uma representante daquele mundo impuro, considerada a mais linda de todas.

Sentindo-se insignificante, consternada e ultrajada, Sherry voltou ao salão e ficou satisfeita em utilizar sua até então inexplorada habilidade para flertar. Sorriu alegremente para os cavalheiros que, ainda amontoados diante da senhorita Charity, esperavam seu retorno. Durante as duas horas seguintes, prometeu reservar pelo menos duas dúzias de danças para os cavalheiros que estavam convidados para o baile de Rutherford, ainda naquela noite. Seu noivo, no entanto, parecia não reparar nos triunfantes flertes; mantinha-se de pé junto da mesma coluna, com uma expressão agradável e impassível.

De fato, ele parecia tão distante que Sheridan não sentiu apreensão alguma quando o conde finalmente se aproximou para avisar que estava na hora de ir para o Rutherford, e não demonstrou desagrado enquanto esperavam, com a senhorita Charity e Nicholas DuVille, que trouxessem suas carruagens. Até mesmo sorriu com suavidade quando Charity Thornton comentou, extasiada:

— Sherry fez tanto sucesso, Langford! Mal posso esperar para contar à sua mãe e à sua cunhada como tudo correu maravilhosamente bem!

Nicholas as levara ao Almack em sua moderna carruagem com a capota arriada, mas os olhos de Sherry se arregalaram ao ver a luxuosa carruagem do conde parar diante deles. Puxada por seis lindos cavalos cinzentos, idênticos, com arreios de prata, era toda laqueada de preto, com o brasão Langford nas portas. Já encontrara o cocheiro e os lacaios na cozinha da mansão do conde, mas, naquela noite, eles estavam muito formais em seus uniformes: calças justas de pelica branca, colete listrado verde-garrafa e branco, e casacas verde-garrafa de botões com alamares dourados. Usando as lustrosas botas pretas de cano alto, camisas brancas, gravatas gelo e luvas brancas, pareciam tão refinados quanto os cavalheiros do Almack, e Sherry lhes disse isso.

O cumprimento natural e ingênuo fez os criados sorrirem, felizes, e a senhorita Charity olhar alarmada; como a expressão do lorde não se alterasse, Sherry se sentiu pouco à vontade, tanto que, ao pensar em ir sozinha com ele até Rutherford, estremeceu.

— Prefiro ir com a senhorita Charity e o Monsieur DuVille — disse, com firmeza, começando a caminhar na direção da outra carruagem.

Para seu gelado horror, a mão de Stephen a segurou por um cotovelo e a dirigiu para a porta aberta da sua carruagem.

— Entre! — disse ele, com a voz terrível. — Entre, antes de dar um espetáculo maior do que já deu esta noite.

Tardiamente percebendo que, por baixo de uma suave camada de calma sofisticação, Stephen Westmoreland estava ardendo de fúria, Sherry lançou um olhar ansioso em direção à senhorita Charity e Nicholas DuVille, que já saía com a carruagem. Vários outros grupos que estavam no Almack esperavam pelas suas carruagens e, em vez de fazer uma cena inútil, ela entrou no veículo.

Ele entrou na carruagem depois dela e ordenou ao lacaio que recolhia a escada:

— Diga ao cocheiro que nos leve pelo caminho mais longo, passando pelo parque.

Sentada diante dele, Sheridan se encostou no macio estofamento cinza e prata, sem pensar, e esperou, em um silêncio tenso, a explosão de fúria que estava certa que viria. Stephen olhava para fora pela janela, de maxilar trincado, e ela desejou que desabafasse logo, mas, quando afinal ele lhe dirigiu um olhar gelado e falou com a voz selvagem, baixa, ela descobriu que preferia o silêncio tenso de antes.

— Se me puser novamente em uma situação ridícula como essa, vou deitá-la sobre meus joelhos, na frente de todo mundo, e lhe dar a surra que merece. Fui claro?

Sherry engoliu em seco e sua voz tremeu:

— Sim.

Pensou que a coisa fosse terminar por ali, mas, pelo jeito, havia apenas começado.

— O que pretendia, flertando desavergonhadamente com cada idiota que a tirou para dançar? — perguntou ele, com a voz profunda presa na garganta. — E aonde queria chegar, ao me largar no meio do salão e depois ficar pendurada no braço de DuVille, fascinada por tudo o que ele dizia?

A reprimenda por tê-lo deixado no meio do salão era merecida, mas a observação sobre seu comportamento com o sexo oposto era tão injusta, hipócrita e irritante que ela ferveu de raiva:

— O que se podia esperar, a não ser atitudes lamentáveis, de uma mulher *burra* o bastante para ficar noiva de um homem como você? — retrucou, e teve a satisfação de ver a surpresa substituir por instantes a raiva no rosto dele. — Esta noite ouvi comentários nojentos sobre você, suas conquistas, sua *chérie amie* e seus namoros com mulheres casadas. Como se atreve a *me* criticar por falta de decoro quando você é o maior libertino da Inglaterra?

Ela estava tão chocada com a dolorosa humilhação que as fofocas ouvidas naquela noite haviam provocado que não reparou no músculo que começou a latejar junto ao maxilar do conde.

— Não admira que tenha ido procurar uma noiva na América — continuou, furiosa. — Estou surpresa pelo fato de a sua fama de promíscuo não ter chegado lá, seu... seu irresponsável! Você teve a coragem de me propor casamento quando todo mundo no Almack esperava que pedisse a mão de Monica Fitzwaring e de meia dúzia de outras moças. Sem dúvida, você desiludiu todas as infelizes mulheres nas quais pôs os olhos e que acreditaram em sua afeição por elas. Eu não me surpreenderia se descobrisse que fez com elas o mesmo que fez comigo: ficar noivo "em segredo" e depois lhes dizer que procurassem outros pretendentes! Bem — encerrou Sherry, em ofegante triunfo —, não me considero mais sua noiva. Ouviu, milorde? Estou rompendo nosso noivado neste momento. Portanto, posso flertar com quem quiser, quando quiser, e não envergonharei seu nome, pois não terá nada a ver com isso. *Fui clara?* — perguntou, imitando o jeito como ele fizera a mesma pergunta.

Esperou a reação dele, triunfante e com raiva. No entanto, ele não disse uma palavra. Para a descrença de Sheridan, ele ergueu as sobrancelhas, fitou-a com enigmáticos olhos azuis e expressão impassível, por intermináveis e inquietantes minutos, então se inclinou para a frente e estendeu a mão para ela.

Nervosa, Sherry recuou, com a impressão de que ele iria agredi-la, mas, em seguida, percebeu que lhe oferecia a mão. Um aperto de mão para selar o fim do noivado deles, concluiu. Humilhada ao ver que Stephen nem sequer tentava demovê-la da decisão, o orgulho a forçou a sustentar seu olhar e dar a mão a ele.

Os longos dedos se apoderaram da pequena mão. De repente, o toque leve se tornou um aperto doloroso, e ele a puxou brutalmente para si. Ela soltou um grito abafado ao se ver jogada no assento ao lado dele, os ombros apoiados na porta, os faiscantes olhos azuis a poucos centímetros dos seus.

— Estou muito tentado a levantar sua saia e colocar um pouco de bom senso nessa cabecinha por meio de umas boas palmadas em seu traseiro. — Ele falava em voz calma, mas aterrorizante. — Portanto, ouça com atenção e nos poupe dessa dolorosa atitude. Minha *noiva* — enfatizou — vai se comportar com o devido decoro, e minha *esposa* — prosseguiu com arrogância — jamais irá desacreditar meu nome ou o dela.

— Seja essa moça quem for — rebelou-se Sherry, ocultando o terror atrás de uma ironia que conseguira nem ela mesma sabia como —, tem toda a minha piedade e compreensão! Eu...

— Sua rebelde atrevida! — exclamou Stephen, com fúria selvagem.

De imediato, beijou-a rudemente, como se quisesse castigá-la, imobilizando-lhe a cabeça com mãos firmes, impedindo-a de escapar. Sherry se debateu com todas as suas forças, até que conseguiu desviar o rosto.

— Não faça isso! — implorou, odiando o tom de terror em sua voz. — Por favor, não faça isso... Por favor!

Levado pela angústia que percebeu nela, o conde recuou a cabeça e só então reparou em quanto Sheridan estava pálida, e que sua mão cobria um dos seios. Ficou surpreso com a própria perda de controle. Os olhos dela estavam arregalados de medo, e o coração batia disparado sob sua mão. Ele simplesmente pretendera domá-la, dobrá-la à sua vontade e fazê-la voltar à razão, nunca pensara em humilhá-la ou apavorá-la. Não queria fazer nada, jamais, que quebrasse o admirável espírito de independência de Sherry. Mesmo naquele momento, em que ela estava completamente à mercê dele, ainda havia traços de tempestuosa rebeldia nos grandes olhos sombreados pelos longos cílios, no queixinho voluntarioso; havia nela um corajoso desafio que ganhava força a cada instante em que ele a mantinha aprisionada.

Ela era magnífica em sua coragem, descobriu, admirando os cachos flamejantes que lhe emolduravam o rosto. Impertinente, orgulhosa, doce, corajosa, inteligente... Era tudo isso.

E seria dele. Essa adorável e impetuosa moça de cabelos à ticiano que estava em seus braços seria a mãe de seus filhos, presidiria à sua mesa e, sem dúvida, oporia sua vontade à dele, porém jamais o aborreceria... na cama ou fora dela. Sabia disso pela experiência adquirida durante duas décadas de lida constante com o sexo oposto. O fato de ela não saber quem era, ou quem ele era, assim como a possibilidade de ela se revoltar contra ele quando recuperasse a memória, eram coisas que não o preocupavam muito.

Desde o momento em que pusera a mão na dele, acalmara-se e adormecera. No dia em que voltara a si, um estranho laço os unira, e nada do que Sherry dissera ou fizera naquela noite o convencera de que ela quisesse romper esse laço ou que não o desejasse com a mesma intensidade com que ele a desejava. Simplesmente reagia à tempestade de fofocas que ouvira a respeito dele, porque não podia saber que naquilo tudo havia menos do que um grão de poeira de verdade, quando muito.

Tudo isso passou pela cabeça de lorde Westmoreland em uma fração de segundo, mas foi tempo suficiente para sua noiva perceber que a raiva dele estava sob controle. Ela ajustou seu tom de voz exatamente em uma combinação de pedido e de ordem:

— Solte-me — disse, calmamente.

Stephen acrescentou "profundamente receptiva" às qualidades que já enumerara, mas sacudiu a cabeça. Com o olhar preso ao dela, falou com uma calma implacável:

— Precisamos chegar a um entendimento antes que você saia desta carruagem.

— O que há para ser entendido? — desafiou ela.

— Isto...

Ele enfiou os dedos de uma das mãos em seus cabelos e ergueu o queixo com a outra, enquanto seus lábios se aproximavam calmamente outra vez dos dela.

Sherry viu o objetivo brilhar naqueles olhos, e respirou fundo, tentando libertar a cabeça. Como não conseguia escapar, preparou-se para outro ataque punitivo, mas isso não aconteceu. Ele lhe tocou a boca com extrema suavidade, surpreendendo-a, e começou a derrubar suas cuidadosas defesas. Os lábios de Stephen roçaram levemente os seus, provocando-a de um modo preguiçoso, acariciante, enquanto a mão dele diminuía a pressão que lhe fazia na cabeça e descia até a nuca, alisando-a sensualmente. O beijo parecia nunca mais ter fim, como se ele tivesse todo o tempo do mundo para explorar e saborear cada contorno de sua boca. Sherry sentiu sua pulsação acelerar, enquanto sua resistência se derretia como neve ao sol. O homem que a beijava tornara-se, de súbito, o dedicado noivo que dormira em uma poltrona junto à sua cama o tempo todo em que estivera doente, o noivo que brincava com ela, fazendo-a rir, e que a beijava até fazê-la perder a noção de tudo o mais. Só que, agora, havia uma diferença nele que o tornava mais perigoso: sua boca quente e firme era insistente, e havia um toque de posse no jeito como a beijava. Não importava qual fosse a diferença, o coração traidor de Sheridan a considerava irresistível. Aninhada nos braços fortes, com os lábios dele acariciando os seus e os dedos lhe tocando a nuca, até mesmo o balanço suave da carruagem se tornara sedutor. A ponta da língua dele percorreu a linha que separava seus lábios, exortando-os a se abrirem, e Sherry tentou resistir com a última gota de força de vontade. Em vez de forçá-la, ele distanciou um pouquinho a boca e mudou de tática, distribuindo pequenos e ardentes beijos desde a curva da bochecha até a têmpora, depois no canto do olho. A grande mão dominadora pressionou-lhe de leve a nuca, aprisionando-a ou apoiando-a, enquanto a língua tocava o lóbulo da sua orelha e, depois, explorava lentamente cada curva, provocando arrepios no corpo inteiro de Sheridan. Como se soubesse que a vitória estava em suas mãos, tocou com os lábios a face macia e foi descendo até lhe tocar o canto da boca, suplicante e convidativo. Ela se tornara indefesa e, em um gesto de rendição, virou o rosto para receber o beijo. Seus lábios se entreabriram à leve pressão, e a língua dele fez um breve e sensual ataque ao interior de sua boca, levemente a experimentando.

Stephen sentiu a mão de Sherry escorregar pelo seu peito, enquanto ela colava o corpo ao seu, e cantou vitória, acariciando-lhe a boca com a sua, brincando, atormentando-a, enquanto ela correspondia instintivamente. O fogo com que ela alimentara a agitada rebeldia agora ardia, quente e brilhante, de paixão, e o conde se viu imerso em um beijo selvagem, sensual, que se apoderou de seus sentidos. Uma de suas mãos deslizava para um dos seios, tocando-o, enquanto Sherry se submetia a ele em doce abandono, oferecendo-lhe a boca. Stephen disse a si mesmo que deveria parar, mas, em vez disso, beijou-a mais profundamente, fazendo-a gemer baixinho. Quando ela tentou retribuir, tocando-lhe os lábios com a língua inexperiente, ele perdeu a respiração. Enfiou os dedos nos cabelos dela, e o cordão de pérolas que os enfeitava arrebentou, fazendo-as cair como uma suave chuva sobre a mão e o peito dele. Beijou-a até que ambos perderam a noção de tudo, a não ser do beijo e da mão ansiosa acariciando o seio macio. Ele teve de forçar a mão a parar, lembrando que estavam em uma carruagem, em um local público, a caminho de um baile. Porém, os seios dela estavam preenchendo suas mãos, e ele abaixou o decote do vestido para libertá-los. Quando ela percebeu o que ele fizera, entrou em pânico, tentou segurar suas mãos pelos pulsos, mas, com um gemido, ele a ignorou e abaixou o rosto até os seios.

33

Fraca diante da turbulência das próprias emoções, Sheridan deslizou as mãos pelo peito dele e sentiu seu coração bater forte e apressado, o que significava que Stephen também fora afetado pelos beijos. Essa certeza, combinada com as gentis carícias das mãos dele nas suas costas, fez dissipar a sensação de ter sido vencida. Havia algo diferente nele naquela noite, algo indefinivelmente mais terno. E mais autoritário. Ela nem sequer podia imaginar a razão, mas tinha certeza de ter descoberto o motivo de uma coisa. Apoiando a testa no peito dele, perguntou, com a voz rouca:

— O que acabamos de fazer é... é o verdadeiro motivo pelo qual concordei em me casar com você, não?

Ela se mostrava tão abatida, tão aflita e assustada com a paixão que os unia que Stephen sorriu, mergulhando o rosto no perfumado cabelo:

— É o motivo pelo qual você *vai* se casar comigo — corrigiu, com segurança.

— Não combinamos um com o outro...

— Não? — sussurrou ele, passando a mão pela cintura esguia e a apertando contra si.

— Não. Não combinamos. Há muitas coisas em você que não aprovo.

Stephen conteve o riso:

— Você tem até sábado para enumerar todos os meus defeitos.

— Por que sábado?

— Porque, se quiser se tornar uma esposa implicante, terá que esperar até depois do casamento.

Ele sentiu que o corpo de Sherry se enrijecia em seus braços, enquanto os olhos cinzentos procuravam os dele. O olhar dela ainda estava lânguido pelo desejo, mas a rebeldia colocara um brilho frio neles:

— Não posso me casar com você no sábado.

— Então, no domingo — propôs ele, pensando erroneamente que a objeção ao dia era uma preocupação muito feminina com roupas.

— Nem no domingo — avisou ela. Mas o desespero na sua voz dizia que lhe faltava convicção. — Quero que minha memória volte, antes de dar um passo tão definitivo.

A determinação de Stephen era justamente pelo motivo oposto:

— Creio que não poderemos esperar tanto tempo.

— Por que não?

— Deixe-me lhe mostrar...

Tomou seus lábios em um ardente beijo. Ao terminar, recuou a cabeça e a fitou com uma das sobrancelhas erguida, sugerindo que ela dissesse o que achara da demonstração.

— Bem, é isso, então... — admitiu Sherry, e ele teve que se esforçar para não rir da expressão de desamparo. — Mas também não é motivo para apressar a cerimônia.

— Domingo — confirmou ele, impassível.

Ela sacudiu a cabeça, demonstrando uma impressionante força de vontade, embora fosse possível notar que sua resistência começava a enfraquecer.

— Ainda não sou obrigada a atender aos seus desejos, milorde, por isso sugiro que não fale comigo nesse tom. É impositivo demais e, não sei por que, me irrita muito. Insisto em ter uma chance de escolha e... O que está fazendo?

Sheridan quase saltou quando ele enfiou uma das mãos em seu decote, envolvendo o seio e acariciando o mamilo, fazendo-o se enrijecer e se tornar um pequenino botão.

— Dando-lhe a chance de escolher — declarou Stephen. — Você tem toda a liberdade para admitir que me quer e concordar em me deixar torná-la uma respeitável senhora no domingo, ou pode recusar e...

Deixou a frase inacabada, com a intenção de alarmá-la.

— E se eu recusar? — objetou calmamente.

— Voltaremos neste momento para casa, em vez de irmos para o baile de Rutherford, e lá vou continuar o que parei há um minuto, até provar a você o que deve fazer ou até você admitir que deve fazê-lo. De qualquer modo, o resultado será nosso casamento no domingo.

Sob o aveludado tom de barítono, havia uma determinação férrea, uma confiança arrogante de que ele poderia fazer acontecer o que bem quisesse, uma determinação que a fazia sentir-se desamparada e surpreendida. Sherry sabia que o conde era bem capaz disso e queria que ela o admitisse; sabia que ele podia beijá-la e fazê-la perder a cabeça em poucos minutos.

— Ontem você não estava com pressa de se casar, nem de honrar nosso compromisso de noivado — observou ela. — O que o fez mudar de ideia tão de repente?

Seu pai morreu e você não tem ninguém no mundo, a não ser a mim, pensou Stephen, porém sabia que havia outro motivo mais importante para ele do que esse, embora não inteiramente verdadeiro.

— Ontem eu ainda não havia descoberto que queremos um ao outro com tanto desespero.

— Sim. Mas esta noite, mais cedo, eu tinha certeza de que *não* queria você de modo algum. Espere! Tenho uma sugestão.

Stephen sorriu ao ver o rosto dela se iluminar, embora soubesse que não apreciaria nem admitiria nenhuma alteração em seus planos. Quinhentos anos de pura nobreza corriam em suas veias, e, com a arrogância natural de seus ilustres antepassados, Stephen David Elliott Westmoreland havia resolvido que sua determinação era que prevaleceria. O mais importante de tudo era que ela o queria e que ele a queria. Além disso, o único motivo da pressa é que desejava que Sherry pudesse aproveitar algum tempo como sua esposa, antes de ter de enfrentar o fato de que seu pai morrera.

— Podemos continuar por mais algum tempo assim e, se você não se tornar desagradável, *se* continuarmos a gostar de nos beijar, *então* poderemos nos casar.

— Sugestão tentadora — mentiu Stephen, bem-educado —, mas acontece que pretendo fazer muito mais do que apenas beijar você, e me sinto... desconfortavelmente ansioso... para satisfazer a nós dois nesse ponto.

A resposta dela a essa observação provou que ela esquecera mais do que seu nome e do nome do noivo. Ou isso ou, como muitas das moças inglesas bem-nascidas, ninguém lhe dissera o que acontecia na noite do casamento. Com as finas e bem desenhadas sobrancelhas erguidas sobre os interrogadores olhos cinzentos, ela confirmou isso:

— Não sei o que quer dizer, nem exatamente o que pretende, mas não é de admirar que se sinta desconfortável: estou praticamente sentada no seu colo!

— Vamos conversar sobre minhas intenções e motivos mais tarde — prometeu ele, com a voz enrouquecida pelo prazer de tê-la naquela posição.

— Quando conversaremos sobre isso? — insistiu ela, teimosa, quando já estava novamente acomodada no assento diante do dele.

— Domingo à noite.

Sem argumentos para continuar discutindo com ele nem forças para enfrentar o desafio daqueles olhos azuis, Sherry afastou a cortina da janela e olhou para fora. Duas coisas a atingiram ao mesmo tempo: primeiro, estavam parados diante de um casarão com lacaios alinhados um em cada degrau da escadaria, segurando tochas acesas a fim de iluminar o caminho para convidados luxuosamente vestidos, que andavam para o interior da mansão como um verdadeiro rio enquanto olhavam por sobre os ombros para a porta da carruagem. Segundo, e pior, se o reflexo do seu rosto no vidro da janela estivesse correto, seu elaborado penteado se desfizera completamente, graças às mãos ansiosas do noivo.

— Meu cabelo! — sussurrou, levando as mãos à cabeça, percebendo que os trabalhados cachos se haviam soltado e pendiam no que Stephen considerava uma desordem encantadora, mas, no momento em que ela lhe chamou a atenção para os cabelos, o pensamento dele se encarregou de imaginá-lo sobre seu próprio peito.

— Não posso entrar assim — afligiu-se Sheridan. — Vão pensar que...

Calou-se, em um embaraçado silêncio, e os lábios de Stephen se entreabriram, sorrindo:

— Vão pensar o quê? — pressionou, observando as faces coradas e os lábios rosados, sabendo muito bem o que todos iriam supor.

— Que sou descuidada — respondeu ela, estremecendo e retirando os grampos, deixando que as madeixas brilhosas caíssem, completamente soltas.

Pegou um pente e começou a se pentear, cada vez mais consciente do olhar cálido dele acompanhando todos os seus movimentos e fazendo-a ficar ainda mais confusa.

— Por favor — pediu, desamparada —, pare de me olhar desse jeito.

— Olhá-la vem sendo meu passatempo preferido desde o dia em que você me pediu para descrever o seu rosto — respondeu ele, solenemente, fitando-lhe os olhos.

O veludo da voz de Stephen e sua resposta cheia de carinho foram mais sedutores para ela do que um beijo. Sheridan sentiu desvanecer a resistência para se casar com ele, mas seu orgulho e seu coração exigiam que ela significasse para ele mais do que julgava significar.

— Antes de pensar seriamente em casamento no domingo — começou a dizer, hesitante —, creio que precise saber que tenho uma terrível aversão por algo com que as *ladies* inglesas parecem não se importar e que, na verdade, eu mesma não sabia que me importava até esta noite.

Perplexo, Stephen indagou:

— Que aversão é essa?

— Cor de lavanda.

— Compreendo... — assentiu Stephen, surpreso pela temeridade e pela coragem dela.

— Por favor, considere isso cuidadosamente antes de resolver se vamos continuar noivos.

— Vou considerar — prometeu ele.

O conde ainda não fizera a concessão, como ela esperava, mas também não se zangara e, o principal, levara-a a sério. Sherry resolveu se satisfazer com aquilo por ora, e procurou ajeitar o melhor possível os cabelos. Consciente de ser o foco do olhar admirado e desejoso dele, disse, com um sorriso embaraçado:

— Não vou conseguir se você continuar me olhando assim!

34

Relutante, Stephen desviou o olhar do rosto de Sheridan, e ninguém mais parou de olhar para ela depois que a viu andando ao longo do balcão ao lado dele e descendo a escadaria para o salão de baile de Rutherford minutos mais tarde. Sua cabeça se mantinha erguida, os lábios se mostravam quase vermelhos por causa dos beijos dele e a pele translúcida parecia ter luz própria. Em contraste com a imagem serena que lhe emprestava o elegante vestido marfim, os cabelos ruivos desciam soltos pelos ombros e as costas, em uma cascata selvagem de ondas e cachos.

Para Sherry, o caminho pareceu longuíssimo, entre convidados que detinham o conde no balcão, nos degraus e, enfim, no salão, para falar com ele, o que não a teria incomodado se a maior parte das observações não a fizesse se sentir desconfortável.

— Fiquei sabendo, Langford — disse um cavalheiro, sorrindo, no balcão, logo depois que o mordomo anunciou seus nomes —, que andou desenvolvendo recente apreço pelos *débuts* do Almack...

O conde lhe dirigiu um olhar de cômico horror, mas as piadas mal haviam começado. Um instante depois, outro senhor deteve um criado que oferecia a Sheridan e Stephen uma bandeja com taças de champanhe.

— Não, não, não! — exclamou ele, para o perplexo criado, puxando-lhe o braço de modo a tirar a bandeja do alcance do conde. — Lorde Westmoreland anda preferindo *limonada* ultimamente. Ah, de preferência, bem doce e morna — instruiu o cavalheiro —, como a que servem no Almack.

O conde de Langford se inclinou e disse algo que fez o cavalheiro rir, e brincadeiras dessa mesma natureza os acompanharam enquanto percorriam lentamente a imponente escadaria.

— Langford, é verdade? — brincou um senhor de meia-idade, quando chegaram ao salão de baile. — É verdade que uma menina de cabelos cor de fogo o abandonou no meio do salão, no Almack?

Stephen assentiu, disse que era verdade e, com a cabeça, indicou que Sherry, a seu lado, era a "menina de cabelos cor de fogo" que fizera aquilo. Em um grande grupo de pessoas, um cavalheiro pediu para ser apresentado e, depois que os apresentaram, riu abertamente para ela:

— Minha querida jovem, é um privilégio conhecê-la — declarou, depositando um galante beijo na mão dela. — Até esta noite não pensei que houvesse mulher no mundo imune ao encanto desse demônio!

Momentos depois, um senhor idoso, que andava com dificuldade, apoiado em uma bengala, disse, com uma gargalhada gostosa:

— Ouvi dizer que seu jeito de dançar não está agradando ultimamente, Langford! Se me procurar, amanhã, posso lhe dar uma aula...

Entusiasmado com o próprio humor, gargalhou ainda mais, batendo a bengala no chão.

O conde suportou tudo com divertida indulgência, deixando de responder à maioria das provocações, mas Sheridan teve de se esforçar para manter a expressão *blasé*. Estava horrorizada ao notar o quanto estavam sendo observados, e pela rapidez com que as fofocas se propagavam. Todos, absolutamente todos, pareciam saber os movimentos que lorde Westmoreland fizera nas últimas horas, e isso lhe provocava a visão angustiante de toda aquela gente espiando pela janelinha da carruagem, protegendo com as mãos os olhos da luz de fora, vendo o que eles faziam lá dentro.

Pensar no que poderiam ter visto fazia o rosto dela arder. Isso chamou a atenção da senhorita Charity assim que a localizou na multidão; ela estava de pé, com Whitney e Clayton, em um grupo de amigos dos Westmoreland.

— Meu Deus! — exclamou, encantada. — Você está com cores lindas, minha querida: morango com *chantilly!* É o que me lembra neste momento. O passeio de carruagem com o conde lhe fez muito bem! Você estava tão pálida quando saiu do Almack!

Sheridan começou a se abanar vigorosamente com o leque, porque outros conhecidos dos Westmoreland, que queriam ser apresentados a ela, rodeavam-nos e tinham ouvido tudo. Seu noivo também ouvira, pois a fitou com um sorriso insinuante e perguntou, baixinho:

— O passeio lhe fez bem, querida?

No entanto, em vez de mortificá-la, o sorriso dele a fez rir:

— Seu bruxo! — sussurrou em resposta, sacudindo a cabeça em sinal de advertência.

Infelizmente, esse movimento chamou a atenção de Charity Thornton para algo que ela ainda não havia notado:

— Seu cabelo estava preso quando saímos do Almack! — exclamou, preocupada. — Os grampos escaparam, querida? Preciso chamar a atenção da criada, quando voltarmos para casa, pelo trabalho desclassificado que ela fez!

Sherry teve a impressão de que todo mundo ao redor parara de conversar para ouvir o comentário revelador; justamente a dama que deveria proteger sua reputação é que a estava demolindo. Muitas pessoas de fato haviam parado de conversar, como o duque de Claymore, que lançou a Sherry um secreto e íntimo sorriso, tão parecido com o do irmão que ela não se sentiu intimidada e revirou os olhos, demonstrando seu desespero a ele, que riu da impertinência e, em seguida, apresentou-a aos dois casais mais próximos deles — o duque e a duquesa de Hawthorne, o marquês e a marquesa de Wakefield. Ambos os casais a cumprimentaram com uma cálida cordialidade que a fez gostar deles no mesmo instante.

— Suponho que você seja a atração que fez Stephen ir ao Almack — comentou o duque de Hawthorne.

A esposa dele sorriu para Sheridan e acrescentou:

— Estávamos ansiosos por conhecê-la. Agora que a conhecemos — prosseguiu, olhando para os Wakefield e os incluindo no elogioso comentário —, compreendemos por que ele saiu correndo do Strathmore quando viu que as portas do Almack estavam prestes a fechar.

Distraída da conversa, a senhorita Charity se concentrava na meia dúzia de rapazes do Almack que atravessavam com determinação o salão de baile. Stephen também os olhava.

— Langford, saia daqui — disse a dama, voltando-se para o conde. — Esses jovens cavalheiros vieram por causa de Sherry, e você vai espantá-los se continuar com essa... essa expressão *nada receptiva!*

— É verdade, Stephen — brincou Whitney, passando um braço pelo dele, e seu sorriso dizia que Clayton lhe contara sobre o casamento iminente.

— Será que não consegue parecer mais acolhedor para receber os melhores solteiros de Londres interessados em Sherry?

— Não — respondeu ele, secamente, e afastou o problema por algum tempo dando o braço a Sheridan e a levando até o anfitrião, para apresentá-la.

Marcus Rutherford era um homem alto e imponente de sorriso simpático, com a tranquilidade e a imperturbável confiança que vêm de uma existência privilegiada e de uma ilustre linhagem que poucos podem ter. Sherry gostou dele no mesmo instante e quase lamentou a obrigação de se virar e atender os cavalheiros do Almack que esperavam, alinhados, para falar com ela e lhe pedir danças.

— Parece que você vai ter que enfrentar muita competição, Stephen, e não é de admirar — comentou Rutherford, enquanto Makepeace levava Sheridan para a pista de dança, sob o olhar encantado e aprovador da senhorita Thornton.

— E pela primeira vez — riu Clayton, olhando para a expressão satisfeita da senhorita Charity, que observava a pista de dança — o objeto das suas atenções tem uma acompanhante que *não* gosta de ter você por perto!

Enquanto Stephen ouvia isso, uma ideia lhe surgiu na mente; uma ideia que desfaria todo o mal que o comentário da acompanhante poderia ter feito à reputação de Sherry.

— Ouvi dizer que Nicholas DuVille acha essa dama extraordinária — observou lorde Rutherford, levando uma taça de champanhe aos lábios. — Tanto que ele também foi ao Almack. O comentário é que vocês ficaram lado a lado, escorando a mesma coluna, porque não podiam chegar perto da jovem dama por conta dos inúmeros admiradores. Deve ter sido um grande acontecimento — continuou o anfitrião, sacudindo os ombros de tanto rir —, você e DuVille no Almack, na mesma noite! Dois lobos num abrigo de ovelhas... Aliás, onde está Nicki? — perguntou o lorde, procurando-o naquele mar de seiscentas cabeças.

— Cuidando do coração partido, espero — respondeu o conde, pondo a ideia em ação.

— DuVille? — Rutherford riu mais ainda. — Isso é mais difícil de imaginar do que vocês dois no Almack. Por que ele estaria com o coração partido?

Com um insolente erguer de sobrancelhas e um riso divertido, Stephen respondeu:

— Porque o objeto da sua afeição concordou em se casar com outro.

— Verdade? — Os olhos do velho lorde se fixaram, fascinados e com novo respeito, em Makepeace, que dançava com Sheridan. — Não pode estar se referindo a Makepeace: essa beleza não pode ser desperdiçada com um menino!

— Ela não vai se casar com Makepeace...

— Não? Então, com quem?

— Comigo.

A expressão do rosto de Rutherford passou do choque ao deleite, depois à cômica ansiedade. Indicando com a taça o salão de baile, indagou:

— Você me permite anunciar seu casamento esta noite? Adoraria ver a cara deles quando ouvissem a novidade!

— Vou pensar.

— Excelente! — animou-se Rutherford. E lançou um olhar de censura a Whitney Westmoreland, ao acrescentar: — Se não se lembra, alteza, tentei anunciar o seu noivado, mas a senhora enfiou na cabeça, naquela noite, que iria mantê-lo em segredo!

O aparentemente inocente comentário fez o marido e o cunhado de Whitney a fitarem, achando graça ao lembrarem que ela se casara com o duque de repente, provocando um verdadeiro terremoto em Londres.

— Parem com isso, vocês dois — Whitney riu, sem jeito. — Nunca vão me deixar esquecer isso?

— Não — disse o marido, rindo.

Sherry estava ao lado de Stephen pela primeira vez depois de uma hora, participando da agradável conversa com os amigos, quando lorde Rutherford abandonou o grupo sem alarde. Ela o viu abrir caminho entre a multidão para chegar ao tablado da orquestra, mas não deu maior atenção ao fato até que a música subiu em um crescendo imperativo, depois cessou bruscamente, como se faz costumeiramente para chamar a atenção. As conversas e os risos cessaram, e todos os convidados se voltaram para o tablado, procurando a causa da interrupção da música.

— Senhoras e senhores — começou o amigo de Stephen, com a voz surpreendentemente sonora e forte —, tenho a grande honra de anunciar um importante noivado esta noite, antes que seja anunciado formalmente pelos jornais...

Sherry olhou ao redor, como fizeram os demais convidados, imaginando qual seria o casal de noivos e, atenta em descobri-lo, não reparou na ternura divertida espelhada no sorriso de lorde Westmoreland ao observá-la olhar para a multidão na tentativa de adivinhar quem era o casal em questão.

— Sei que este noivado vai trazer paz a muitos dos solteiros presentes neste salão, que ficarão felizes com o fato de esse cavalheiro ter, afinal, decidido seu futuro. Ah! Sei também que despertei a curiosidade de todos vocês!

Lorde Rutherford riu, saboreando o fato de ver centenas de rostos curiosos voltados para ele.

— Em vista disso, creio que prefiro prolongar o suspense por mais algum tempo e, em vez de lhes dizer o nome dos noivos, vou pedir a eles que me deem a honra de selar seu compromisso de futuro casal abrindo oficialmente o nosso baile.

Rutherford desceu do tablado, acompanhado por murmúrios e risadinhas nervosas, mas ninguém olhava para ele. Quando a orquestra começou a tocar uma valsa e a música se espalhou pelo salão, todos os presentes olharam uns para os outros, desconfiados.

— Que modo maravilhoso de anunciar um noivado! — comentou Sheridan com a futura concunhada, que sorriu, divertindo-se.

— Estou feliz por você aprovar — disse Stephen, pegando-a pela mão e levando-a para a pista de dança.

Sherry achou que ele a levava para lá a fim de que tivessem uma vista melhor. Porém, quando chegaram à pista, a orquestra repetia os acordes iniciais de três tempos da valsa, e Stephen se colocou diante dela, bloqueando-lhe a visão.

— Senhorita Lancaster — disse ele calmamente, e sua voz profunda chamou a atenção dela.

— Sim? — respondeu, deixando de olhar ao redor e sorrindo ao deparar com a expressão emocionada nos olhos azuis.

— Posso ter a honra desta dança?

Não houve tempo para pensar nem reagir, porque o braço de Stephen já enlaçava sua cintura, puxando-a para ele. No instante seguinte, eles giravam na pista ao ritmo da valsa. No momento em que a multidão os viu dançando, risos, palmas e vivas explodiram, produzindo um estrondo ensurdecedor.

No teto, os lustres de cristal cintilavam à luz de centenas de velas, enquanto as paredes, forradas de espelhos, refletiam o casal sozinho, valsando: um cavalheiro alto, de cabelos escuros, cujo braço enlaçava possessivamente uma jovem ruiva, de vestido cor de marfim. Sherry viu o reflexo deles no espelho, sentiu a magia romântica daquele lindo momento e ergueu os olhos para o conde. Em algum lugar, nas profundezas daquele sorridente olhar azul fixo nela, viu outro tipo de magia romântica, cheia de vida... algo profundo e silencioso. Ele a mantinha cativa, prometia-lhe algo... pedindo... convidando...

Eu o amo, pensou Sheridan.

O braço dele a apertou mais, como se ele a tivesse ouvido e gostado do que ouvira. Só então Sherry percebeu que havia falado alto.

No balcão, no alto, ao redor do salão de baile, a duquesa de Claymore olhava para o casal lá embaixo e sorria, feliz, pensando nos netinhos lindos que lhe dariam. Desejou que o adorado marido estivesse ao seu lado, olhando o filho deles com a mulher com quem partilharia a vida. Robert teria aprovado Sherry, tinha certeza. Inconscientemente, passou o polegar pela antiga aliança que, quase quatro décadas antes, Robert colocara em seu dedo. Emocionada, Alicia admirava o filho valsando com a noiva e teve a sensação de que Robert fazia companhia a ela.

— *Olhe para eles, amor* — sussurrou para o marido, em seu coração. — *Ele é como você, Robert, e ela lembra a jovem que eu era nos bons tempos.*

Alicia podia até sentir a mão de Robert em sua cintura e sua voz alegre em seu ouvido:

— *Neste caso, querida, Stephen vai ter uma mulher maravilhosa.*

Um sorriso orgulhoso se desenhou nos lábios da duquesa-mãe ao pensar em sua própria contribuição para aquele momento. Seus olhos brilharam quando lembrou os nomes que colocara na lista de prováveis pretendentes que Stephen lhe pedira que fizesse e a reação que ele tivera contra seus candidatos. Todos eram tão *velhos* que o conde nem sequer sabia que eram também doentes, pois nunca os via.

Eu consegui isso, pensou.

Ao lado dela, Hugh Whitticomb observava a mesma cena e pensava nas noites, tantos anos antes, em que Alicia e sua Maggie haviam ficado com Robert e ele no salão de baile até de madrugada. Enquanto observava Sherry e Stephen dançarem, sorriu, encantado consigo mesmo pelo modo inteligente como manipulara a situação.

Haveria mau tempo quando Charise Lancaster recuperasse a memória, mas ela amava Stephen Westmoreland e ele a amava. Hugh tinha certeza disso.

— *Eu consegui, minha pequena Maggie* — disse ele, em seu coração.

E a resposta dela soou em sua mente:

— *Sim, você conseguiu, querido. Agora, tire Alicia para dançar. Este é um momento especial.*

— Alicia — começou ele, em dúvida —, quer dançar?

Ela se voltou com um sorriso radiante, e colocou a mão no braço que ele oferecia.

— Obrigada, Hugh! Que ideia maravilhosa! Há anos que não dançamos.

Observando tudo de um canto do salão, a senhorita Charity Thornton, batendo o leque no colo, acompanhava o ritmo mágico da valsa com um brilho feliz nos olhos azul-claros, enquanto via o conde de Langford em sua primeira aparição oficial como futuro marido de Charise Lancaster. Quando outros pares começaram a valsar, Nicholas DuVille falou em seu ouvido, fazendo-a se virar, surpresa:

— Senhorita Thornton — disse ele, com um sorriso insinuante —, quer me dar a honra desta dança?

Atordoada pelo prazer de vê-lo se lembrar dela naquele momento tão especial, a dama assentiu, enquanto calçava as luvas de cetim, e se sentiu moça outra vez ao ser levada para a pista de dança por um dos homens mais lindos de Londres.

— Pobre Makepeace — confidenciou, com penalizada simpatia —, parece ter ficado arrasado com a notícia.

— Espero que a *senhora* não esteja arrasada — comentou Nicki, preocupado. Como ela se mostrou confusa, esclareceu: — Tive a impressão de que a senhora estava torcendo por mim...

Charity se sentia deliciosamente aturdida com os giros pelo salão, embora o conde diminuísse seus largos passos para que se ajustassem aos dela.

— Nicholas — disse ela —, posso confessar um segredo?

— Certamente, se a senhora quiser.

— Estou velha e muitas vezes cochilo quando não deveria dormir, e às vezes sou tremendamente esquecida...

— Eu não havia notado — afirmou DuVille, galante.

— Mas, querido jovem — continuou ela, com ar severo, ignorando a mentira gentil —, não estou *tão caduca* assim a ponto de acreditar, por mais de uma hora, que você estivesse interessado em nossa adorável Sherry.

Nicholas quase errou o passo ao ouvir aquilo e perguntou, cauteloso:

— Não acreditou que eu estivesse?

— Claro que não. E as coisas funcionaram exatamente como planejei.

— Como *a senhora* planejou? — repetiu DuVille, como um bobo.

Sentia-se atrapalhado, atordoado, e se via obrigado a revisar sua opinião sobre aquela dama ao mesmo tempo que tinha vontade de rir de si mesmo. Corou diante da própria ingenuidade.

— Sim, o que planejei — disse ela, erguendo o queixo, orgulhosa. — Não gosto de trapacear — continuou, fazendo um aceno de cabeça na direção de Stephen e Sherry —, mas dessa vez trapaceei.

Desconfiando que fosse verdade o que acabava de ouvir, Nicholas DuVille estudou disfarçadamente o rosto corado da dama:

— Como fez o que... o que pensa que fez? — perguntou, hesitantemente.

— Uma cutucadinha aqui, um empurrãozinho ali, meu querido jovem. Mas, na verdade, tive um pouco de medo de deixar Sherry sozinha com Langford esta noite. Ele estava furioso, com ciúme de Makepeace. — Os ombros frágeis da Senhorita Charity estremeceram, e ela riu. — Foi a coisa mais *divertida* que vi nos últimos trinta anos! Pelo menos, acho que foi... Vou sentir falta de tanta excitação. Senti-me tão útil quando Hugh Whitticomb me pediu para ser acompanhante dela... Claro, percebi logo que ele esperava que eu não fizesse um bom trabalho, senão teria escolhido outra pessoa...

Ela estranhou o longo silêncio, fitou Nicholas e viu que ele a observava como se nunca a tivesse visto antes.

— Quer dizer alguma coisa, meu rapaz?

— Acho que sim...

— O que é?

— Por favor, aceite minhas humildes desculpas.

— Por haver me subestimado?

Nicholas assentiu, e ela acrescentou, rindo com gosto:

— Todo mundo me subestima, sabe?

35

— Sinto-me como um convidado em minha própria casa...

Havia ironia na voz de Stephen ao fazer esse comentário para o irmão, enquanto esperavam que as damas se juntassem a eles na sala de estar, a fim de irem todos para a ópera. Desde que anunciara o noivado, no baile de Rutherford, na noite anterior, ele e Sherry não tinham ficado sozinhos, e o conde achava um absurdo que essa mudança de situação significasse o fim de qualquer possibilidade de momentos íntimos com a noiva.

Por sugestão da mãe, ele se mudara para a casa de Clayton, e a duquesa Alicia fora para a casa dele, onde pretendia ficar com a futura nora durante os três dias que faltavam para o casamento, "a fim de eliminar qualquer possibilidade de comentários, uma vez que Sherry se tornara o foco da atenção da sociedade londrina".

Stephen concordara com a sugestão só porque acreditara que o dr. Whitticomb iria se opor à modificação, assegurando à duquesa que era suficiente a presença da senhorita Charity Thornton ao lado do casal de noivos.

Em vez disso, o imprevisível médico concordara com a mãe do conde em que a reputação de Charise Lancaster corria maior risco agora que a sociedade sabia que o conde de Langford estava pessoalmente interessado nela.

Naquela noite, seu irmão e sua cunhada seriam os guardiões, acompanhando o jovem casal à ópera, enquanto sua mãe cumpria as próprias obrigações sociais; mas a duquesa Alicia garantira que estaria em casa quando chegassem.

— Se quiser, pode levar Sherry para a nossa casa — ofereceu Clayton, animado ao perceber o desapontamento e a ansiedade de Stephen em estar sozinho com a noiva — e ficar lá, também.

— Seria um arranjo absurdo! O fato é que não vou fazer a besteira de levá-la para a cama, por mais que queira, quando faltam apenas três dias para o nosso casamento e...

Calou-se ao ouvir vozes femininas à escadaria, e os dois se puseram de pé. Stephen ajeitou a elegante casaca negra e saiu andando, quase se chocando com o irmão, que parara de súbito ao ver as duas damas chegarem à porta, conversando e rindo.

— Veja isso... — disse Clayton, baixinho. Stephen já vira e sabia o que o irmão iria dizer, antes mesmo de acrescentar: — Que quadro as duas resultariam!

As suaves risadas musicais das damas fizeram os cavalheiros sorrirem, olhando para a duquesa de Claymore e a futura condessa de Langford, que, depois de colocarem os chapéus, vestiam as capas que Colfax e Hodgkin seguravam para elas. Os mordomos se mantiveram eretos, olhando firmes para a frente, como se alheios às feminices. Todavia, Hodgkin não era bom como Colfax para esconder o que pensava, e seu olhar teimava em voltar para Sherry, enquanto um sorriso de encantamento se esboçava em seus lábios.

Whitney chegara à casa do cunhado com um lindíssimo vestido azul-claro, e Sherry lhe dissera que usaria um vestido verde, "ainda que", disse, olhando a safira que Stephen lhe dera naquela tarde como anel de noivado, "azul-safira seja minha cor preferida"...

Era evidente que as duas haviam trocado ideias e vestidos lá em cima, porque Sherry estava com o vestido azul-safira e Whitney, com o vestido verde de Sherry.

Quando começaram a se aproximar, os dois irmãos ouviram Whitney afirmar, maliciosamente:

— Clayton nunca irá reparar na troca, pode escrever o que digo!

— E duvido que lorde Westmoreland tenha dado atenção ao meu comentário de que seu vestido combinava mais com o meu anel do que o vestido que eu planejava usar — riu Sherry. — Ele estava preocupado demais em...

Ela engoliu o "me beijar", e Stephen se esforçou para não rir.

— Vamos, então? — disse ao irmão.

— Sem dúvida — concordou Clayton, e, sem combinarem, Stephen foi ao encontro de Whitney, enquanto seu irmão dava o braço a Sheridan, fazendo-a rir ao comentar em voz baixa: — Posso lhe dizer que fica maravilhosa de verde, meu amor?

Whitney calçava as luvas quando mãos masculinas lhe tocaram os ombros, e a voz de Stephen sussurrou junto ao seu ouvido direito:

— Sherry — sussurrou ele, e, sob suas mãos, os ombros delicados traíram o riso enquanto ela mantinha a cabeça abaixada para ocultar o rosto —, combinei com meu irmão uma maneira de ficarmos a sós quando voltarmos da ópera. Ele distrairá Whitney e...

Quando conseguiu parar de rir, ela se virou e o repreendeu, fingindo-se indignada:

— Stephen Westmoreland, *não se atreva!*

Em frente ao número 14 da Upper Brook Street, muitas carruagens passavam com toda a pompa, e suas lanternas brilhavam como borboletas de fogo. Quando a carruagem do duque e da duquesa de Dranby passou diante da mansão, Sua Alteza olhou, admirando a fachada palladiana, e suspirou:

— Dranby, com quem iremos casar Juliette, agora que Langford está comprometido? Onde vamos encontrar outro homem com seu bom gosto, refinamento e...

Calou-se ao ver a porta se abrir e quatro pessoas sorridentes surgirem, e o conde correndo escadaria abaixo em perseguição à sua noiva:

— Sherry! — chamou ele. — Eu sabia que não era você!

A americana respondeu alguma coisa, rindo, enquanto entrava na carruagem do duque de Claymore, que se encontrava parada atrás da carruagem do conde. O duque e a duquesa se apressaram, mas, ao chegarem lá embaixo, lorde Westmoreland já pegara a noiva pela cintura e a colocava dentro da própria carruagem.

— Dranby — voltou a falar a duquesa —, acabamos de assistir à mais deliciosa fofoca do ano! Espere até os outros saberem o que vimos!

— Se quiser um conselho, é melhor que não conte... — avisou o duque, recostando-se em seu assento.

— Por quê?

— Ninguém irá acreditar.

36

Uma verdadeira fileira de veículos encontrava-se na Bow Street, aguardando a vez de parar diante da iluminada fachada do Covent Garden, a fim de deixar seus ilustres ocupantes.

— Parece um templo grego! — disse Sherry, admirada, olhando pela janelinha da carruagem. — Como aquele quadro, na sua biblioteca.

O entusiasmo dela era tão contagiante que Stephen se inclinou e também olhou a fachada da Royal Opera House.

— Foi inspirado no Templo de Minerva, em Atenas.

Erguendo cuidadosamente a ampla saia com uma das mãos, Sherry estendeu a outra ao noivo, desceu da carruagem e parou para contemplar o Covent Garden antes de entrarem.

— É maravilhoso! — exclamou, fascinada.

Ignorou os olhares divertidos que os observavam e que os acompanharam enquanto entravam e atravessavam o imenso vestíbulo, seguindo para a imponente escadaria, passando entre as colunas jônicas e as bonitas lanternas gregas. Estava em voga, na elegante Londres, demonstrar-se entediado e indiferente o tempo todo, mas Sherry não ligava para os modismos. Com o rosto iluminado pelo fascínio, parou no saguão que dava para os camarotes e observou os graciosos pilares e recessos em arco que continham quadros com cenas de Shakespeare.

Avesso a apressá-la, porém consciente de que estavam bloqueando a passagem dos outros, Stephen a segurou por um cotovelo e disse, com suavidade:

— Vamos nos atrasar para a ópera se ficar aqui todo o tempo que tiver vontade...

— Ah, desculpe! Mas não entendo como as pessoas podem passar diante dos quadros e não admirá-los.

O camarote do conde de Langford tinha uma visão excelente e, quando entraram, ele notou que Sherry observava os camarotes idênticos, à frente do deles, do outro lado da imensa sala, cada qual com seu lustre, suas flores e estrelas de ouro pintadas no frontão.

— Espero que goste da ópera — disse o conde, sentando-se ao lado dela e cumprimentando, com acenos de cabeça, amigos e conhecidos que se encontravam no camarote à direita. — Tento vir toda quinta-feira.

Sherry ergueu os olhos para ele, sentindo-se tão feliz que teve medo de que aquilo tudo não fosse real:

— Acho que gosto — respondeu, hesitante. — Quero dizer, sinto-me animada, o que deve ser um bom sinal.

Os olhos azuis de Stephen sorriam ao encontrar os dela, mas, enquanto falava, Sheridan os viu ficarem sérios e descerem até seus lábios, demorando-se neles, percorrendo-os.

Aquilo era um beijo, compreendeu ela. Era um beijo, e Stephen percebeu que Sherry sabia disso, que sentia o beijo. Sem que percebesse o que fazia, sua mão moveu-se e procurou a dele, como no dia em que recuperara a consciência.

Era um movimento tímido, que poderia ter passado despercebido, principalmente porque o lorde não a olhava, ocupado em cumprimentar amigos que haviam parado à entrada do camarote. No entanto, enquanto Sherry virava a cabeça para cumprimentá-los também, a mão dele tomou a dela, unindo as palmas. Um arrepio percorreu a espinha de Sherry quando o polegar dele tocou a palma da sua mão e deslizou por ela. Era outro beijo, compreendeu, perdendo o fôlego. Dessa vez, um beijo lento, longo e profundo.

Com o coração aos saltos, ela abaixou o olhar para a mão dele, grande, bem-feita e parcialmente coberta pelo leque aberto em seu colo, enquanto sentia o corpo derreter ao toque de Stephen.

Lá embaixo, na plateia, e acima, na galeria, os espectadores menos ricos se agitavam, barulhentos e curiosos, observando abertamente os ocupantes dos camarotes; Sherry procurava parecer tranquila e casual, enquanto o simples toque na palma macia da sua mão continuava a perturbá-la.

Quando o movimento do dedo dele parou e seu coração voltou ao normal, ela achou que era uma loucura ser tão suscetível ao que com certeza era um gesto natural por parte dele. Meio por curiosidade, meio por travessura, resolveu fazer uma experiência. Enquanto Stephen conversava com o irmão, deslizou o polegar pelas juntas dos dedos dele, concentrando-se mais nisso do que na conversa. O efeito daquilo não fora perceptível, de fato, e ele abriu a mão, e por instantes Sheridan pensou que fosse retirá-la. Como a deixou em seu colo, mas virou a palma para cima, ela percorreu cada dedo dele com os seus, desde a ponta até o centro da palma, enquanto Stephen continuava conversando com Clayton. Uma vez que ele parecia não perceber nada, e muito menos se opor, percorreu cada linha da palma da mão dele com a ponta da unha do indicador. *Eu te amo*, pensou emocionada, dizendo-lhe isso com a ponta do dedo. *Por favor, me ame também*. Às vezes, quando Stephen a beijava ou lhe sorria, tinha quase certeza de que ele a amava, mas queria ouvi-lo dizer isso, precisava ouvi-lo dizer.

Eu te amo, repetiu ela, percorrendo, com a ponta dos dedos, a palma da mão dele.

Desistindo de fingir manter uma conversa inteligente, Stephen relanceou os olhos pela cabeça baixa de Sherry. Achava-se em um lugar público, sentindo um violento despertar sexual apenas porque estava de mãos dadas com uma virgem inexperiente. Seu coração batia com violência, enquanto procurava minimizar o fato, negando-se a usufruir o prazer iminente, sem, no entanto, pensar em fazê-la parar. Em vez disso, abriu mais a mão, entregando-a toda à deliciosa tortura.

Não conseguia acreditar no que Sherry fazia com ele, e sentia mais prazer ainda por saber que ela *queria* tocá-lo com doces carícias.

No luminoso e sofisticado mundo em que Stephen vivia, os papéis eram claramente definidos: as esposas serviam para dar herdeiros; os maridos eram uma necessidade social e financeira; as amantes eram para dar e receber paixão. Nesse mundo, formavam-se casais em que os maridos nada tinham em comum com as esposas e mantinham casos com as esposas dos outros. Ele poderia citar talvez vinte casais, entre as centenas que conhecia, que tinham entre si algo mais do que morna afeição. E poderia citar centenas que nada tinham. As esposas não ansiavam pelo toque dos maridos e jamais incitavam o desejo dos maridos por elas. E era *exatamente* isso o que sua noiva estava fazendo.

Sob as pálpebras descidas, ele observou seu perfil, enquanto ela parecia escrever algo com a unha na sensível palma da sua mão, e fez isso mais de uma vez.

Na terceira vez que Sheridan repetiu o gesto, ele lutou para escapar da onda de ardente desejo que a carícia despertava e procurou prestar atenção no que ela fazia. Com a ponta da unha, Sherry desenhou um círculo incompleto na sua palma, depois duas linhas perpendiculares entre si, unidas embaixo pelas extremidades:

CL

As iniciais dela.

Stephen respirou fundo, enquanto na imaginação a puxava para o canto escuro do camarote e cobria os lábios dela com os seus.

Beijava mentalmente os seios de Sheridan quando uma agitação lá embaixo anunciou o início da ópera, e ele não conseguiu definir se sentia alívio ou tristeza por saber que ela iria se distrair, mais do que já estava distraída.

Sherry se inclinou para frente, expectante, olhando a pesada cortina de veludo vermelho-escuro se abrir sob o arco de elegantes pinturas de mulheres segurando trompas e coroas de louro. Então a orquestra começou a tocar, e ela se esqueceu do mundo.

STEPHEN LHE SEGUROU a mão durante o trajeto de volta para casa, achando-se meio ridículo diante da satisfação quase infantil que sentia com aquele toque.

— Gostou do espetáculo? — quis saber, enquanto a acompanhava até a porta da sua mansão, o caminho iluminado por uma luminosa lua cheia.

— Adorei! — afirmou ela, os olhos ainda cintilantes de entusiasmo. — Acho que a *reconheci*. Não as palavras, mas a melodia.

A boa novidade foi acompanhada por outra: quando Colfax ajudava Sherry a tirar a capa e informou que a duquesa-mãe já se retirara para seus aposentos, a fim de descansar.

— Muito obrigado, Colfax. Sugiro que faça o mesmo — disse o conde, lembrando-se de imediato de sua fantasia na ópera.

O mordomo apagou as tochas da entrada e se retirou do hall. Stephen voltou-se para Sherry, que começou a lhe dar boa noite:

— Obrigada pela noite maravilhosa, milorde...

— Meu nome é Stephen — cortou ele, repreendendo a si mesmo por ainda não ter pedido a ela que o chamasse assim.

Ela assentiu, saboreando a nova intimidade.

— Obrigada, Stephen...

Não pôde continuar, porque ele a segurou por um cotovelo e a guiou através do hall para uma saleta iluminada apenas pelo luar, fechando a porta e ficando de frente para ela.

Estando ele entre a porta e ela, Sherry fitou o rosto iluminado pela luz do luar, procurando imaginar o que Stephen pretendia fazer no escuro.

— O que... — começou.

— Isto — respondeu o conde.

Segurando-a pelos braços, encostou-a na porta, colocando as mãos espalmadas dos lados da cabeça de Sheridan ao aproximar o próprio corpo enquanto abaixava a cabeça.

Antes que Sherry reagisse, a boca dele aprisionou a sua, roubando-lhe a respiração; o corpo musculoso e rijo pressionou o seu, movimentando os quadris lentamente, provocando uma reação atordoante em seus sentidos. Com um gemido silencioso, ela passou os braços pelo pescoço forte de Stephen e retribuiu o beijo, adorando a invasão da língua ardente, ofegando quando o beijo foi aprofundado, deixando que seu corpo acompanhasse os movimentos dos quadris dele.

37

Com o exemplar do *Post* daquela manhã na mão, o recém-casado Thomas Morrison entrou na pequena, mas acolhedora, sala de jantar e olhou meio ressabiado para a esposa, que brincava com o café em vez de tomá-lo, olhando pela janela, distraída, a movimentada rua londrina.

— Charise, o que anda preocupando você ultimamente?

Charise nem se deu ao trabalho de erguer os olhos para o rosto que achara tão bonito no navio e que agora, na apertada sala de jantar da pequena casa em que moravam, a irritava, fazendo-a se sentir furiosa com ele e consigo mesma a ponto de nem sequer se dignar a responder. No navio, ele lhe parecera muito atraente e romântico dentro daquela elegante farda, e falava com ela de forma tão galante... mas tudo mudou assim que se casaram. Quando Thomas quis que ela fizesse aquela coisa repugnante na cama e Charise lhe disse que detestava aquilo, o marido se zangou pela primeira vez. Uma vez que ela havia feito com que ele entendesse que não suportaria aquilo, a breve lua de mel em Devon se tornou menos desagradável. Porém, quando levou Charise para Londres e ela viu a casa dele, tornou-se retraída e mal-humorada. Thomas mentira, fizera-a acreditar que tinha uma bela casa, ótimos recursos, mas, para seus padrões, o nível dele era similar ao da pobreza, e ela desprezava essa vida e o marido.

Caso tivesse se casado com Burleton, seria uma baronesa, poderia ir às fabulosas lojas que vira na Bond Street e em Piccadilly. Agora mesmo, naquele minuto, estaria usando um vestido de manhã lindamente rendado e visitaria uma das novas amigas, que certamente moraria naquelas mansões ao longo da Brook Street e do Pall Mall. Em vez disso, gastara todo o seu dinheiro em apenas um vestido, dera um passeio no Green Park, onde a sociedade passeava à tarde, e acabara sendo ignorada, como se nem sequer existisse! Não avaliara a importância de um título de nobreza até ir ao parque e verificar o tipo de sociedade fechada e esnobe que existia por lá.

Além disso, quando seu detestável marido lhe perguntara o preço do vestido e ela respondera, o homem parecia querer chorar! Em vez de admirar a adorável figura dela e seu profundo bom gosto, só pensava no dinheiro gasto.

Ela é que tinha motivos para ficar triste, pensou, furiosa, olhando-o com ressentimento, enquanto ele lia o jornal. Em Richmond, na América, Charise era uma daquelas pessoas invejadas e imitadas. Agora não era nada, menos que nada, e se consumia de inveja a cada dia que ia ao parque e via a aristocracia passando por ela e a ignorando.

O problema de Thomas Morrison era que ele não compreendia que ela era especial. Todos em Richmond sabiam disso, até mesmo o pai dela; mas o alto, bonito e estúpido homem com quem se casara, não. Tentara explicar a ele, que a insultara dizendo que, se ela era especial, seu modo de se comportar não demonstrava isso. Furiosa, Charise lhe informara que "as pessoas tratam os outros do modo como são tratadas!". Essa observação foi tão inteligente que parecia ter sido feita pela própria senhorita Bromleigh, e, claro, ele não soube responder.

O que ela poderia esperar de um homem tão sem refinamento e gosto que nem sequer sabia a diferença entre uma acompanhante paga e uma herdeira?

No começo, ele dera mais atenção à senhorita Bromleigh do que a ela, e não era de admirar: Sheridan Bromleigh não conhecia seu lugar! Lia romances sobre governantas que se casavam com lordes e, quando Charise caçoou dessa ideia absurda, ela afirmou acreditar que títulos nobres e riqueza não importavam se duas pessoas se amassem *de verdade*.

De fato, pensou Charise amargamente, enquanto cortava uma fatia de presunto, não se encontraria naquela lamentável confusão se não fosse Sheridan Bromleigh. Ela jamais teria pensado em roubar a atenção que Morrison dava à sua acompanhante se os dois não parecessem tão interessados um no outro; jamais teria fugido com ele se não quisesse mostrar a todos no navio, principalmente à senhorita Bromleigh, que Charise Lancaster podia ter o homem que quisesse. Estava levando uma vida miserável por causa da feiticeira de cabelos vermelhos que enfiara toda aquela bobagem romântica em sua cabeça, sobre amor e casamentos de contos de fadas nos quais o dinheiro não importava.

— Charise...

Ela não falava com o marido havia dois dias, mas algo no tom dele a fez erguer os olhos e, quando viu sua expressão incrédula, quase perguntou o que estava lendo que o surpreendera tanto.

— Por acaso, no navio em que você veio, havia outra moça chamada Charise Lancaster? — perguntou ele. — Quero dizer, o seu nome não é assim tão comum, não?

Charise fuzilou o marido com o olhar. Pergunta idiota. Homem idiota. Não havia nada comum nela, nem mesmo seu nome, que era único.

— De acordo com este jornal — continuou ele, com a voz alterada, olhando a esposa —, Charise Lancaster, que chegou a Londres há três semanas a bordo do *Morning Star*, acaba de ficar noiva do conde de Langford.

— Não acredito! — gritou Charise, com escárnio, arrancando o jornal das mãos dele para ler a notícia. — Não havia outra Charise Lancaster no navio.

— Leia você mesma — disse ele, em vão, porque ela já se apossara do jornal.

Um minuto depois ela jogou o jornal na mesa, com o rosto contorcido pela fúria:

— Alguém está enganando o conde, dizendo que sou eu. Trata-se de uma manobra maldosa, vil...

— Aonde você vai? — preocupou-se Thomas.

— Falar com meu "novo noivo"!

38

Cantarolando baixinho, Sheridan pegou o vestido que usaria em seu casamento, dali a uma hora, e o estendeu na cama. Ainda era muito cedo para trocar seu vestido de dia pelo maravilhoso vestido azul, e os ponteiros do relógio, sobre a lareira, pareciam se movimentar mais devagar do que nunca.

Uma vez que teria sido impossível convidar alguns amigos e omitir outros, haviam decidido que apenas a família iria ao casamento, o que evitaria ferir as suscetibilidades de amigos que não fossem convidados e faria do acontecimento uma ocasião calma e íntima, como Sherry preferia. Isso daria a chance, também, para esperarem algumas semanas antes de comunicar o casamento, o que o faria parecer menos súbito.

De acordo com a duquesa Alicia, que gentilmente pedira a Sherry, na noite anterior, que a chamasse de mãe, casamentos apressados despertavam uma tempestade de fofocas e conjecturas sobre os motivos da pressa. A senhorita Charity fora convidada porque ninguém tivera a coragem de excluí-la, e deveria chegar a qualquer momento. O dr. Whitticomb era o único outro convidado que não fazia parte da família, mas enviara um recado dizendo que um paciente precisara dele com urgência naquela manhã e que passaria mais tarde para tomar uma taça de champanhe.

De acordo com o planejado, o duque de Claymore estaria lá em uma hora com a mãe e Whitney; Stephen chegaria meia hora depois, exatamente às onze horas, quando o casamento seria realizado. Sheridan ficara sabendo que os casamentos ingleses aconteciam, tradicionalmente, entre as oito horas e o meio-dia, para que os noivos tivessem uma noite inteira para pensar e, depois, a luz do dia para iluminar o importante passo que estavam prestes a dar. O padre deveria ter avaliado a importância de celebrar o casamento do conde Langford, pois chegara uma hora antes para ter certeza de não se atrasar: precaução que Colfax achava um tanto divertida, como demonstrou a Sherry ao comunicar-lhe. Vestido formalmente para a ocasião, assim como todos os criados que vira naquela manhã, o mordomo-chefe também lhe informara que os criados desejavam cantar para ela, naquela ocasião tão importante, uma das músicas tradicionais que haviam ensaiado na cozinha, e pediam licença para fazê-lo. Emocionada com a homenagem, ela imediatamente permitiu.

Pelo que pudera observar até o momento, Sherry achava que apenas o mordomo e ela conseguiam manter-se calmos. Sua criada de quarto estava tão nervosa que fizera a maior confusão com o banho e o penteado da noiva, derrubando grampos a cada momento e largando toalhas em todo canto, até que ela lhe pedira que se retirasse, porque desejava passar a última hora antes do casamento em tranquila solidão.

Aproximando-se da penteadeira, olhou o colar de diamantes e safiras dentro do grande estojo de veludo negro que Stephen lhe enviara naquela manhã. Sorrindo, tocou o colar. A tripla fileira de diamantes e safiras pareceu brilhar alegremente para ela, participando de sua felicidade. A preciosa peça era rica demais para o vestido simples que ela escolhera, mas pretendia usá-la para não magoar o noivo.

Stephen... seria seu marido, e os pensamentos dela voaram inevitavelmente para os momentos que passara com ele na sala às escuras, depois da ópera. Ele a beijara até ela perder a noção de tudo, com o corpo rijo contra o dela, enquanto ondas de sensações envolventes a percorriam por inteiro, a cada pressão do ventre dele contra o seu, a cada carícia da sua língua, a cada toque possessivo das mãos dele nos seus seios. Em um dado momento, Stephen recuou um pouquinho, com a respiração pesada, enquanto ela se mantinha abraçada a ele em delicioso abandono.

— Você tem ideia — disse, a voz soando rouca de paixão — de quanto é ardente, de como é única?

Sem saber como responder, ela procurou na memória vazia o porquê da culpa que sentia por deixá-lo beijá-la e acariciá-la. Não encontrando nada, colocou as mãos na nuca dele e escondeu o rosto no peito largo. Com um meio sorriso, meio gemido, Stephen soltou as mãos dela e recuou.

— Chega. A não ser que queira que a lua de mel venha antes do casamento, minha jovem, precisará se contentar com alguns poucos e castos beijos...

Ela deve ter parecido desapontada porque, rindo com suavidade, ele a puxou de novo para si e a beijou.

As deliciosas recordações de Sheridan foram dissipadas por batidas à porta. Ordenou que entrassem.

— Desculpe-me, milady — disse Hodgkin, o rosto estreito perplexo e pálido, como se estivesse sofrendo —, há uma jovem... — Ele hesitou em usar a palavra "lady" devido à linguagem que a dama usara. — Há uma mulher lá embaixo dizendo que precisa vê-la.

Sherry o fitava pelo espelho da penteadeira:

— Quem é?

O velho mordomo juntou as mãos para fazê-las pararem de tremer:

— Ela diz que é a senhora.

— Como? — estranhou Sheridan.

— Ela diz que *é* a senhorita Charise Lancaster.

— Que coisa... — O coração de Sherry disparou sem motivo aparente, e sua voz embargou-se ao completar: — Coisa esquisita!

Parecendo implorar que dissesse que a outra mulher era uma louca ou uma impostora, Hodgkin acrescentou:

— Ela é... Ela conhece muitos fatos que parecem provar o que diz. Eu... sei que as coisas que diz são verdades, milady, porque eu fui mordomo do barão Burleton.

Burleton... Burleton... Burleton... Burleton. O nome parecia girar no cérebro dela.

— Ela... ela queria falar com o conde, mas a senhora tem sido tão bondosa comigo... com todos nós... e espero que as coisas não sejam o que parecem... Quero dizer, que não seja a senhora que está cometendo uma falsidade... que a senhora não tenha enganado o conde, mas que seja ela quem está mentindo. Naturalmente, vou ter que dizer a milorde que aquela mulher quer falar com você assim que ele chegar, mas acho que se a senhora falasse com ela primeiro e a acalmasse...

Sherry se apoiou na penteadeira para não cair, indicando com a cabeça que ele trouxesse a mulher que reivindicava ser ela mesma. Fechou os olhos com força, procurando se concentrar.

Burleton... BURLETON... BURLETON.

Imagens e vozes começaram a suceder em sua mente, cada vez mais depressa, girando com tamanha velocidade que uma aparecia antes mesmo de a outra desaparecer.

... Um navio, uma cabine, uma criada com medo.

— *E se o noivo da senhorita Charise pensar que a matamos, que a vendemos ou alguma outra coisa malvada? Seria a palavra do barão contra a nossa, e como não somos nada a lei estará do lado dele. Aqui é a Inglaterra, não a América...*

... Tochas, estivadores, um homem alto, de pé junto à prancha do navio. "*Senhorita Lancaster, houve um acidente... Lorde Burleton morreu ontem.*"

... Campos de algodão, prados, um carroção cheio de mercadorias, uma menininha de cabelos vermelhos... "*Meu pai me chama de 'cenoura' por causa do meu cabelo, mas meu nome é Sheridan. Existe uma rosa... uma flor... chamada sheridan, e minha mãe me deu esse nome por causa dela.*"

... Um cavalo arisco, um índio de rosto severo, o cheiro do verão. "*Homem branco não bom como índio para nomes. Você não flor. Você, fogo. Chamas. Fogueira brilhante.*"

... Fogueira em um acampamento, luar, um bonito mexicano de olhos sorridentes com um violão, a música pulsando na noite.

— *Cante comigo, niña.*

... Uma casa pequenina, muito limpa e bem-arrumada, uma menininha indignada, uma mulher zangada. "*Patrick Bromleigh, você deveria ser chicoteado pelo modo como criou essa menina. Ela não sabe ler, não sabe escrever, seus modos são deploráveis e o cabelo dela é um escândalo. Ela me contou, com a maior naturalidade, que 'gosta' de alguém chamado Rafael Benavente e que algum dia talvez lhe peça que se case com ela. Sua filha pretende pedir em casamento um mexicano vagabundo que rouba no jogo de baralho! E ainda não mencionei o amigo preferido dela: um índio que dorme com cães! Se você tem um pouquinho de consciência e algum amor por ela, vai deixá-la aqui comigo.*"

... Dois homens solenes, parados junto ao portão de madeira, outro de pé à porta da casa, o rosto tenso. "*Você vai ficar com a tia Cornelia, querida. Antes que perceba que fui embora, já estarei de volta... um ano, dois no máximo.*"

... Uma menina desesperada, agarrando-se a ele. "*Não, papai, não me deixe aqui! Não me deixe aqui, por favor! Por favor! Prometo usar vestidos e prender o meu cabelo rebelde, mas não me deixe aqui. Quero ir com você, com Rafael e Cão Que Dorme! Meu mundo são vocês, não importa o que ela diga! Papai, papai, espere...*"

... Um rosto duro de mulher, cabelos grisalhos, uma criança que tinha de chamá-la de "Tia Cornelia". "*Não pense que me intimida com seu modo de olhar, menina. Aperfeiçoei esse mesmo olhar durante muitos anos, na Inglaterra, e sou imune a ele. Na Inglaterra, onde você é neta do Squire Faraday, esse jeito orgulhoso lhe seria muito útil, mas estamos na América. Aqui, ensino boas maneiras às filhas de gente que antigamente eu olharia como inferior, e me sinto feliz porque tenho trabalho.*"

... Outra mulher, robusta, agradável, firme. "*Acho que temos um emprego para a senhorita na escola. Ouvi comentários lisonjeiros da sua tia a seu respeito, senhorita Bromleigh.*"

... Vozes de meninas. "*Bom dia, senhorita Bromleigh.*" Miniaturas de jovens *ladies*, de meias e laçarotes brancos, praticando as reverências que Sheridan ensinava.

As palmas de suas mãos suavam na penteadeira, os joelhos estavam completamente bambos. Atrás dela, a porta se abriu, e entrou uma moça loira, com a voz rascante de ódio:

— Sua impostora suja!

Desligando-se das visões esvoaçantes, Sherry abriu os olhos, sacudiu a cabeça e olhou para o espelho da penteadeira. Ao lado de seu rosto, havia outro, um ROSTO FAMILIAR.

— Ah, meu Deus!

Um gemido lhe escapou dos lábios pálidos e seus braços começaram a tremer, obrigando-a a se inclinar mais para frente a fim de não desabar no chão. Depois, lentamente, retirou as mãos do tampo da penteadeira e, mais devagar ainda, voltou-se, com o terror latejando em todo o seu corpo, expulsando a fraqueza e a letargia. Ela inteira vibrava de pânico ao encarar Charise Lancaster, e sentiu cada uma das enraivecidas palavras dela como pancadas dolorosas em sua cabeça:

— Seu *demônio*, sua *prostituta* desprezível, nojenta! Olhe este luxo! Olhe para você! — Um ódio selvagem cintilava nos olhos dela ao percorrer o luxuoso quarto verde e dourado. — Você tomou o meu lugar!

— Não! — reagiu Sheridan, a voz irreconhecível, frenética e áspera. — Não, não de propósito! Santo Deus, eu não...

— Vai ser preciso mais do que uma prece para livrá-la da prisão — cuspiu a ex-pupila dela, com o rosto contorcido de raiva. — Você tomou o MEU LUGAR... Você me induziu a casar com Morrison, com aquelas suas histórias românticas, e depois TOMOU O MEU LUGAR! Pretende mesmo SE CASAR COM UM CONDE!

— Não, por favor, me ouça. Houve um acidente, eu perdi a memória e...

Charise Lancaster se enfureceu mais ainda:

— Perdeu a memória! — gritou, com desprezo. — Bem, então como sabe quem *eu* sou? — Virou as costas para sair do quarto. — Vou procurar as autoridades, e vamos ver o que pensam da sua perda de memória, sua impostura vil e...

Sem perceber o que fazia, Sherry correu e segurou Charise pelos ombros, tentando se fazer ouvir antes que ela fizesse o irreparável, tropeçando nas palavras:

— Charise, por favor, escute. Fui ferida na cabeça... um acidente... e não sabia mais quem eu era. Por favor, espere... ouça-me... Você não sabe, não entende que seria um escândalo para eles!

— Quero ver você na cadeia antes do anoitecer! — gritou Charise, livrando-se das mãos de Sherry. — Quero que seu precioso conde seja exposto por ser um idiota!

Tudo escureceu diante dos olhos de Sheridan. Sobre o negro, desenharam-se linhas brancas. Manchetes gritantes. Escândalo. Cadeia. "*Aqui é a Inglaterra, onde você não é ninguém, a lei está do lado deles.*"

— Eu vou embora! — gritou ela, em um tom enlouquecido e confuso, enquanto começava a recuar para a porta. — Nunca mais vou voltar. Não quero criar problemas para eles. Não procure a polícia. O escândalo os mataria. Veja... estou indo embora!

Sheridan se voltou e correu. Voou escadaria abaixo, quase derrubando um lacaio. Um nó doloroso se formou em sua garganta ao pensar que dali a menos de uma hora Stephen atravessaria aquele hall pensando que iria se casar, mas descobriria que a noiva o havia abandonado. Com o coração aos saltos, correu até a biblioteca, escreveu um bilhete e confiou-o ao apavorado Hodgkin. Depois, foi para a porta, abriu-a, saiu correndo rua abaixo e virou a esquina.

Correu até que não aguentou mais, então se encostou à parede de uma casa, enquanto ouvia a voz do seu passado recente, uma voz amada que explicava coisas que jamais haviam acontecido com uma mulher que ele não conhecera:

— Brigamos, na última vez em que estivemos juntos na América. Não pensei em nossa briga enquanto você esteve doente, mas, quando começou a se recuperar, na outra noite, descobri que não a tinha esquecido.

— Por que brigamos?

— Achei que estava dando atenção demais a outro homem. Fiquei com ciúme.

Aturdida com mais esse choque, Sheridan olhou cegamente para uma carruagem que passava, enquanto se punha a andar lentamente. Ele não ficara com ciúme. Ele se zangara no momento em que ela lhe perguntara se eles se amavam muito.

Porque, sabia agora, jamais se haviam amado.

A mente de Sherry ficou amortecida e inerte, pela confusão e pelo choque.

39

Stephen sorriu para Colfax ao entrar no hall, vestido formalmente para o casamento:

— O padre já chegou?

— Sim, milorde. Ele está no salão azul — respondeu o mordomo, com uma expressão estranhamente amarga para a ocasião festiva.

— Meu irmão está com ele?

— Não, milorde. Ele está na sala de estar.

Sabendo que a tradição o proibia de ver a noiva antes da cerimônia, o conde indagou:

— Posso entrar lá?

— Perfeitamente.

O lorde atravessou o hall com largas passadas e entrou na sala de estar. Clayton encontrava-se de pé, de costas, no fundo da sala, olhando para a lareira vazia.

— Acho que cheguei um pouco cedo — começou Stephen. — Mamãe e Whitney estão a caminho. Esteve com Sherry? Será que ela precisa de algum...

O duque se voltou com deliberada lentidão, e sua expressão se mostrava tão alterada que Stephen se calou.

— O que há de errado? — perguntou, por fim.

— Ela foi embora, Stephen.

Incapaz de reagir, o conde ficou olhando para o irmão, paralisado.

— Deixou isto... — Clayton lhe estendeu um papel dobrado e prosseguiu: — Há uma moça esperando para vê-lo. Ela diz que é a verdadeira Charise Lancaster.

Clayton disse a última frase em um tom de aceitação, não de curiosidade.

Ao desdobrar o papel, Stephen notou de imediato que se tratava de um bilhete escrito às pressas, e cada inacreditável palavra parecia se gravar a fogo em sua mente, machucando sua alma:

Como logo saberá pela verdadeira Charise Lancaster, não sou quem você pensava. Nem quem eu pensava que fosse. Por favor, acredite nisto. Até o momento em que Charise Lancaster entrou no meu quarto, nesta manhã, eu não me lembrava de nada a respeito de mim mesma, a não ser do que me foi dito depois do acidente. Agora que sei quem sou e o que sou, compreendo que o nosso casamento é impossível. Sei também que, quando Charise terminar de lhe dar a opinião dela sobre o que acha que eu queria fazer, essa opinião irá lhe parecer mais confiável do que as verdades que digo neste bilhete.

Vou sofrer muito mais do que você imagina. Não sei como poderei continuar, sabendo que em algum lugar deste mundo você estará vivendo sua vida, sempre me julgando uma farsante e impostora. Não... Você não pode acreditar nisso. Sei que não pode.

O bilhete estava assinado simplesmente:

Sheridan Bromleigh

Sheridan Bromleigh.

Sheridan. No momento mais doloroso de sua vida, com o bilhete dela nas mãos e as inesquecíveis palavras ecoando na mente, Stephen não conseguia desviar os olhos do verdadeiro nome dela... Um nome forte e lindo. Único.

Pensou que Sheridan lhe caía muito melhor do que Charise.

— A mulher que está esperando — disse Clayton — afirma que você foi enganado. Deliberadamente.

A folha de papel se tornou uma bola amarrotada pela mão nervosa de Stephen, que a jogou na direção de uma mesa.

— Onde ela está? — indagou, cortante.

— Esperando em seu escritório.

Com a expressão tão agressiva quanto seus pensamentos, o conde saiu da sala de estar disposto a provar que essa Charise Lancaster era uma mentirosa, uma fraude, ou que estava errada ao afirmar que Sherry o enganara deliberadamente.

Porém, havia um fato doloroso e irrefutável que ele não podia ignorar, nem reprovar: Sheridan fugira dele, em vez de enfrentá-lo e se explicar. Isso, sem dúvida, era um indício de culpa...

40

Enquanto caminhava rapidamente para seu escritório, Stephen dizia a si mesmo que Sherry voltaria em uma ou duas horas. Ela fugira porque ficara transtornada... histérica. Whitticomb dissera que a perda de memória provocava uma espécie de histeria. Talvez a histeria também se manifestasse com a volta da memória.

Com visões dela vagueando pelas ruas de Londres, sozinha e confusa, entrou no escritório. Com apenas um rápido aceno de cabeça para a loira que esperava por ele, sentou-se à escrivaninha, determinado a comprovar que Sherry não o enganara, deliberadamente ou não.

— Sente-se — ordenou, secamente —, e vamos ouvir o que tem a dizer.

— Ah, eu tenho muita coisa a dizer! — explodiu a mulher.

O lorde se sentiu momentaneamente desconcertado com a ironia do fato de Charise Lancaster ser exatamente como imaginara quando fora para o porto ao seu encontro.

Charise percebeu a determinação que ele tinha de não acreditar no que dizia, e, ao pensar que aquele homem lindo, nobre e riquíssimo poderia ter sido dela, sua fúria e determinação aumentaram. Impressionada com o ar glacial dele, tentava decidir qual seria o melhor modo de começar, quando o conde disse, em tom agressivo:

— A senhora fez falsas acusações a alguém que não está aqui para se defender. Agora, trate de falar.

— Ah, vejo que o senhor não acredita em mim — alarmou-se ela, sentindo mais raiva ainda. — Bem, também não acreditei quando vi a notícia do noivado no jornal. Ela enganou o senhor, como engana todo mundo!

— Ela teve amnésia... perda de memória!

— Bem, então com certeza a recuperou quando apareci... Como o senhor explica isso?

Ele não saberia explicar, mas não queria demonstrar sua reação ao que ela dissera, e continuou a dizer:

— Sheridan Bromleigh é uma impostora ambiciosa. Sempre foi! No navio, disse-me que pretendia se casar com alguém como o senhor, e parece que quase conseguiu, não é? Primeiro, tentou conquistar meu marido, depois focou suas manobras no senhor!

— Enquanto ela não voltar, enquanto não estiver aqui para desmenti-la frente a frente, vou considerar sua atitude a de uma mulher invejosa.

— Invejosa! — explodiu Charise, pondo-se de pé. — Como se atreve a dizer que tenho inveja daquela feiticeira de cabelos vermelhos? Para a sua informação, milorde, ela fugiu porque se viu *desmascarada*. Nunca vai voltar, entendeu? Ela admitiu para mim que mentiu para o senhor!

Stephen sentia o peito se apertar dolorosamente a cada palavra da furiosa loira. Aquela mulher dizia a verdade, estava claro no rosto alterado; era verdadeiro o ódio que nutria por Sheridan Bromleigh e o desprezo que sentia por ele.

— Quando viajávamos da América para cá, ela me convenceu a não me casar com Burleton e a fugir com o sr. Morrison! Agora que penso nisso, estou surpresa com o fato de aquela bruxa não ter ficado noiva do meu próprio noivo!

Em meio às dolorosas emoções, lorde Westmoreland lembrou que a moça sentada diante dele, com lágrimas de ódio nos olhos e os punhos cerrados por agressiva frustração, teria duas péssimas notícias. No estado atual, não estava disposto a adiar ou ocultá-las. Magoado porque seus esforços para poupar sofrimento a Sherry haviam feito com que acabasse por perdê-la, firmou a voz e disse, secamente:

— Burleton morreu.

— Morreu? — Charise sentiu um real desespero, porque tinha esperança de que Burleton se casasse com ela, depois que conseguisse se livrar de Thomas Morrison. — Como? — indagou em um sussurro chocado, abrindo a bolsa para pegar um lenço e secar as lágrimas.

Stephen contou, e viu o rosto dela praticamente se desfazer e teve certeza de que Charise não fingia: estava completamente destruída.

— E agora, como vou enfrentar meu pai? Já não sabia como enfrentá-lo desde que a senhorita Bromleigh me induziu a fugir com Morrison... Fiquei com tanto medo que nem escrevi para ele. Vou voltar para casa! — decidiu Charise, já pensando na desculpa que daria para fazer o pai aceitá-la de volta, pagar por seu divórcio ou pela anulação do casamento. — Vou direto para casa!

— Senhorita Lancaster — começou Stephen, achando muito esquisito, até mesmo inapropriado, chamar aquela mulher pelo nome que julgava ser de Sherry —, tenho uma carta do administrador do seu pai. Foi-me entregue pelo administrador do barão Burleton. — Abriu uma das gavetas da escrivaninha, pegou a carta e a entregou com certa relutância. — Temo que sejam más notícias...

As mãos de Charise passaram a tremer violentamente enquanto lia a carta e, mais ainda, quando olhou o extrato do banco em anexo.

— Este é todo o dinheiro que tenho no mundo? — A voz dela tremia também.

A situação financeira dela não era problema nem responsabilidade de Stephen, uma vez que Charise abandonara o noivo e se casara com outro a caminho da Inglaterra, mas era importante para ele mantê-la em silêncio.

— Mesmo sem acreditar que Sheridan Bromleigh deliberadamente tenha assumido sua identidade, gostaria de lhe oferecer uma soma substancial para... podemos dizer, ajudá-la... em troca do seu silêncio sobre tudo o que aconteceu.

— Substancial quanto? — perguntou ela, interessada.

Stephen a odiou nesse momento. Odiou a ideia de pagar para evitar que ela espalhasse o que, se revelado, provocaria um grande escândalo na Inglaterra inteira. Odiou a si mesmo por sentir crescer a dúvida sobre a intenção de Sherry de voltar em poucas horas. O bilhete dela não era um adeus, era um pedido... um pedido desesperado vindo de uma adorável, transtornada jovem, que temia que ele não a ouvisse e não acreditasse nela. Fugira a fim de dar tempo para que a raiva dele passasse, caso acreditasse em Charise Lancaster.

Ela voltaria, confusa, arrasada e indignada; voltaria e o enfrentaria. Ela merecia respostas e explicações para o fato de ele ter tomado o lugar que supunha ser de Burleton. Ela voltaria por isso. Tinha orgulho, personalidade e coragem suficientes para enfrentá-lo. Tinha muita personalidade.

O CONDE FICOU repetindo isso para si mesmo, enquanto olhava Charise ir embora com a enorme soma que lhe pagara, depois se voltou, foi até uma das janelas e ficou olhando a rua, esperando que sua noiva voltasse para se explicar. Viu Charise Lancaster pegar uma carruagem de aluguel. Pouco depois, Clayton entrou no escritório e perguntou, suavemente:

— O que vai fazer?

— Esperar.

Foi uma das poucas vezes na vida que Clayton Westmoreland se sentiu incapaz e hesitante:

— Quer que eu dispense o padre?

— Não — Stephen foi categórico. — Vamos esperar.

41

Vestindo uma elegantíssima casaca cor de vinho, o criado de quarto de Nicholas DuVille lançou um olhar aprovador à camisa e à gravata do patrão, que tinham a brancura da neve.

— Como já lhe disse mil vezes, *sir* — comentou, enquanto Nicholas terminava de abotoar o colete de veludo vinho —, inglês nenhum tem seu jeito especial de dar nó na gravata.

O francês o olhou com ar divertido:

— E, como já lhe respondi outras mil vezes, Vermonde, isso acontece porque sou mais francês do que inglês, e você adora diminuir os ingleses porque...

Interrompeu-se enquanto o criado ia atender quem batia à porta do quarto.

— O que foi? — perguntou, ao ver que seu altivo criado de quarto tornava a abrir a porta para deixar que um simples lacaio pisasse em seus domínios.

— Vim dizer que uma jovem o procura, milorde. Ela parece muito abalada e o espera no salão azul. Disse que milorde a conhece como senhorita Lancaster... O mordomo tentou mandá-la embora, ao ver que chegara em uma carruagem alugada e que não a conhecia, mas ela insistiu muito e parece que não está nada bem porque...

A voz do lacaio sumiu diante do olhar aflito do patrão, que se dirigiu rapidamente para a porta, deixando-o a falar sozinho.

— Querida?

O espanto de Nicholas cresceu quando ela ergueu o rosto e ele pôde ver como estava arrasada pela tristeza e pelas lágrimas. Lágrimas que continuavam descendo pela face tão pálida que os olhos cinzentos pareciam escuros por contraste. Ela se achava sentada na beira de uma poltrona, como se estivesse com medo de algo, pronta para fugir.

— O que aconteceu?

— Eu... Minha... minha memória voltou — Sherry respirava aos trancos, como se estivesse sufocando. — Eu... sou uma farsa... Todo mundo é... é uma farsa! Charise estava noiva de *Burleton*. Por que Stephen fingiu que... Não, quem fingia era *eu*...

— Não fale agora — ordenou DuVille, e foi até o aparador, onde estavam garrafas e copos. Serviu uma generosa dose de conhaque e levou para ela. — Beba isto. Tudo — acrescentou, quando a viu tomar um gole, estremecer e recusar a bebida. — Vai acalmá-la.

O nobre francês pensava que ela ficara transtornada ao descobrir que nunca fora noiva de lorde Westmoreland.

Sherry o fitou como se achasse a preocupação dele com ela uma loucura, depois obedeceu como um autômato, tomando a bebida entre soluços e tosse.

— Tente não falar por alguns minutos — recomendou ele, quando ela abriu a boca para recomeçar.

Ela obedeceu, sentindo a bebida queimá-la por dentro, enquanto olhava para as próprias mãos, esquecidas no colo. O choque de recuperar a memória, de descobrir quem era e quem havia sido, de ver Charise, de ouvir cruéis acusações sobre o que estava fazendo, tudo isso a levara a fugir da mansão do conde como uma louca. Vagueara por quase uma hora, tentando pensar em um modo convincente de provar a Stephen que o amava, que jamais mentiria para ele, por mais que Charise estivesse convencida de que o fizera, quando outra revelação a chocara, desequilibrando-a de vez: Stephen Westmoreland jamais fora noivo de Charise Lancaster. O nome do noivo dela era Burleton! Todo mundo estava vivendo uma estranha farsa!

Depois disso, as revelações e os choques tinham vindo uns após os outros, e ela se sentara em um parque, com a mente confusa e a cabeça girando. Queria respostas de alguém que não tivesse motivo algum para mentir, e o conhaque lhe dava a impressão de poder lidar com qualquer explicação que recebesse.

— Vou levá-la a Langford... — começou Nicholas, vendo que um pouco de cor voltara ao rosto de Sherry. A resposta dela, entretanto, foi tão histérica que ele percebeu que ela ainda estava à beira de um ataque.

— Não! Não! Não faça isso!

DuVille se sentou na poltrona em frente à dela e garantiu:

— Muito bem, não me mexo a não ser que você permita.

— Preciso explicar... — disse Sherry, tentando parecer calma e lúcida. Mudou de ideia e decidiu que o melhor meio de conseguir respostas honestas ao que parecia a maior decepção do mundo era fazer perguntas antes de dar explicações. — Não, *você* precisa me explicar — corrigiu, com cuidado.

Ela media as palavras, e Nicholas compreendeu que não o procurara para se lamentar, por mais que estivesse se sentindo enganada. Quando ela voltou a falar, confirmou isso e, ao mesmo tempo, o pegou em uma armadilha.

— Vim aqui porque você é a única pessoa que posso ter certeza de que nada tem a ver com... com a inacreditável farsa desempenhada pela família Westmoreland.

— Não acha melhor falar a esse respeito com seu noivo?

— Meu noivo! — Ela riu amargamente, sacudindo a cabeça.

— Charise Lancaster estava noiva de Arthur Burleton, não de Stephen Westmoreland! Se ele tornar a mentir para mim, eu...

— Tome mais um pouco de conhaque — interrompeu Nicholas, inclinando-se para frente.

— Não preciso de conhaque! — reagiu Sheridan. — Preciso de respostas, será que não entende isso?

Em seguida, lembrando-se de que não conseguiria resposta alguma se não se mostrasse mais racional, Sheridan tratou de controlar as próprias emoções e voltou a falar, mantendo a voz calma. Parecendo implorar, explicou:

— Eu vim procurá-lo porque, ao lembrar tudo o que aconteceu, não vi nenhum indício de participação sua, nesta... nesta farsa monstruosa. Você nunca se referia ao conde como meu noivo, ao contrário do que todos faziam. Por favor, me ajude. Diga-me a verdade. Toda a verdade. Se não o fizer, tenho medo de ficar louca.

Nicholas DuVille se surpreendera quando Westmoreland anunciara o noivado no baile de Rutherford, três dias antes, mas, quando Whitney lhe contara que o pai de Charise havia morrido, ele também concordara que, se estivesse casada há algum tempo antes de receber a notícia, ela sofreria menos. O dr. Whitticomb avisara a todos, inúmeras vezes, que não dissessem nada que a perturbasse, mas agora Nicholas tinha certeza de que ela precisava saber a verdade. Toda a verdade.

Satisfeito pelo fato de o médico não estar ali para se opor à sua decisão, assumiu a missão de responder pelas ações de todos os demais, porque era evidente que Charise Lancaster confiava nele, e apenas nele.

— Por favor, me ajude — pediu ela, em contido desespero. — Tenho coisas a explicar quando você terminar... Coisas difíceis, tristes e embaraçosas. Não quero esconder a verdade. Eu *detesto* dissimulação.

Sherry o viu se recostar na poltrona, como se resignado a ter uma conversa tempestuosa, mas o olhar de Nicholas não evitou o seu quando ele falou:

— Vou ser inteiramente franco, se você tem certeza de que está bem o suficiente para saber a verdade.

— Estou muito bem — garantiu ela, ansiosa.

— Por onde quer que eu comece?

— Comece — disse ela, com outro sorriso amargo — do início. Comece me dizendo por que ele me deixou acreditar até agora que *era* lorde Burleton. A última coisa de que me lembro, antes de acordar na casa do conde, com a cabeça enfaixada, é que ele se encontrou comigo no porto e disse que Burleton havia morrido.

DuVille notou que ela se mostrava solene à menção da morte de Burleton, mas não desesperada. Era evidente, portanto, que Westmoreland acertara ao deduzir que ela não conhecera o barão o bastante para nutrir afeição muito profunda por ele.

— O barão Burleton morreu em um acidente de carruagem na noite anterior ao dia da sua chegada à Inglaterra — começou ele, com a voz gentil, mas determinada.

— Sinto muito saber da morte dele — afirmou ela, em um tom que reforçava a conclusão de Nicholas de que ela merecia conhecer a verdade a fim de lidar com suas confusões e decepções. — Mas *não* entendo como o conde se envolveu nesse episódio.

— Langford dirigia a carruagem que causou a morte dele — explicou o francês. Viu-a estremecer, mas, como ela permaneceu calma, prosseguiu: — Havia neblina e estava quase amanhecendo. Burleton havia bebido demais e se enfiou na frente dos cavalos, mas o conde se culpou pela morte, e acredito que eu reagiria do mesmo modo, no lugar dele. Dirigia uma parelha de cavalos indóceis e pouco acostumados às ruas da cidade; se não fosse isso, talvez o jovem barão ainda estivesse vivo. Não sei...

Ela apenas assentiu, e DuVille voltou a falar:

— O fato é que, quando Langford fez indagações, pela manhã, soube que a noiva de Burleton chegaria da América no dia seguinte, que o morto não tinha família nem amigos a quem pudesse confiar a tarefa de ir recebê-la e lhe contar a má notícia. Na verdade, se o mordomo de Burleton não soubesse que você estava chegando à Inglaterra, ninguém teria ido ao porto buscá-la. Creio que se lembra do resto... Stephen foi ao seu encontro para lhe dar a notícia e oferecer toda a ajuda de que você precisasse. Provavelmente estava tão preocupado com isso que não viu a rede do guindaste romper-se e o caixote cair na sua direção, batendo em sua cabeça.

Olhando-a com atenção, Nicholas se ergueu, servindo-se de conhaque, e voltou. Ela parecia muito calma. Ele não pôde deixar de se admirar e voltou a falar:

— Langford a levou para a casa dele e chamou o médico da família. Você ficou inconsciente por vários dias, e Whitticomb tinha pouca fé na possibilidade de sobrevivência. Quando afinal você voltou a si, ele constatou que a pancada em sua cabeça a fizera perder a memória, e foi categórico ao ordenar que ninguém dissesse ou fizesse qualquer coisa que a perturbasse. Você parecia pensar que Langford era seu noivo, então ele... e todos nós... deixamos que continuasse pensando assim. Isso é tudo o que sei, a não ser — acrescentou, por lealdade ao lorde Westmoreland — mais uma coisa: Langford se culpava por não ter evitado que você fosse ferida e por achar que, se não lhe tivesse dado a notícia da morte do seu noivo de forma tão brusca, você não ficaria perturbada a ponto de não perceber o perigo. Acho também que sentiu culpa e remorso por ter causado a morte do seu noivo.

No auge da humilhação, Sheridan tirou a óbvia e dolorosa conclusão:

— Então, sentiu-se *obrigado* a me proporcionar outro noivo e se sacrificou voluntariamente. Foi isso, não?

Nicholas hesitou, depois assentiu:

— Foi isso.

Sherry abaixou a cabeça e lutou com desespero para não chorar por sua tolice e ingenuidade, por ter-se permitido amar um homem que nada sentia por ela a não ser responsabilidade. Não admirava que ele jamais tivesse dito que a amava! Não admirava que tivesse resolvido arranjar outro pretendente que ficasse noivo dela!

— Ele ia se casar comigo apenas por culpa e responsabilidade.

— Não sei se ultimamente essas eram as únicas razões — comentou DuVille, cauteloso. — Desconfio que ele sinta algo por você.

— Claro que sente — concordou Sherry, com ironia, em sua humilhação. — Chama-se *piedade!*

— Vou levá-la de volta à casa de Langford.

— Não vou voltar! — gritou ela.

— Senhorita Lancaster...

A voz de Nicholas se tornara dura e autoritária, como acontecia quando queria que o escutassem. Isso fez a jovem dobrar sua risada histérica, os braços cruzados sobre o estômago:

— *Não* sou Charise Lancaster!

Nicholas se amaldiçoou por *acreditar* que ela estava bem e ter contado tudo, transtornando-a até aquele ponto.

— *Não sou Charise Lancaster* — repetiu ela, e de repente o riso se transformou em pranto. — Eu era a acompanhante paga de Charise Lancaster na viagem. — Ainda com os braços cruzados, balançou o corpo, soluçando. — Sou uma louvável governanta, e ele ia se casar comigo! Como os amigos dele se divertiriam quando descobrissem isso! O conde, casando-se por piedade com uma acompanhante paga que nunca pusera os olhos no barão Burleton.

Nicki a encarava com um choque paralisante, mas acreditou nela.

— Meu Deus... — sussurrou.

— Pensei que fosse Charise Lancaster. — As lágrimas desciam pelo rosto pálido, e os soluços sacudiam os ombros delicados. — Pensei que fosse, juro!

Abalado, Nicholas resolveu abraçá-la para lhe proporcionar algum conforto, mas estava sem voz para dizer algo.

— Pensei que fosse ela, até que Charise entrou no meu quarto, hoje. Pensei que fosse ela, juro!

— Acredito em você — garantiu o francês, bastante surpreso por acreditar.

— Ela não quis ir embora... queria falar com ele pessoalmente. Ele... ele estava se aprontando para nos casarmos. Um ca... casamento secreto... E não tenho para onde ir... Não tenho roupas... dinheiro...

Tentando acrescentar alguma coisa boa a tudo aquilo, DuVille comentou:

— Pelo menos, não foi seu pai que morreu.

Lentamente, ela ergueu a cabeça, com os olhos perdidos, sem foco:

— O quê?

— Langford recebeu uma carta, há uns três dias, dirigida a Charise Lancaster, através do administrador de Burleton. A carta era do administrador do pai dela, informando que o pai morrera duas semanas depois que seu navio partira para a Inglaterra.

Sheridan respirou fundo e passou as mãos no rosto, tentando enxugar as lágrimas:

— Ele era um homem duro, mas não era mau... Mimou Charise incrivelmente. — Outra chocante possibilidade fez Sherry se sentir enjoada. — Há uns três dias... Então, foi na noite do baile do Almack e de Rutherford?

— Creio que sim.

Ela se sentiu ainda mais humilhada, e lágrimas voltaram a descer por sua face.

— Não é de admirar que ele tenha desistido de me arranjar outro noivo e resolvido que nos casaríamos logo...

Enquanto falava, Sheridan se lembrou do jeito como acariciara a mão dele na ópera e imaginou como devia ter sido difícil para Stephen ficar ali, suportar aquilo, fingir que queria beijá-la e...

— Queria tanto estar morta! — sussurrou, entre soluços.

— Pare de falar desse jeito — pediu Nicholas. — Você ficará aqui esta noite. Amanhã vamos procurar Langford e explicar tudo.

— Posso explicar em uma carta — rebelou-se ela. — Não quero voltar lá. Não quero e, se for buscá-lo, vou enlouquecer. Sei que vou enlouquecer! Nunca mais voltarei lá.

Ela falava como se estivesse mesmo decidida, e Nicholas não podia censurá-la.

Sherry não saberia dizer quanto tempo ficou chorando nos braços dele, nem quando parou, mas, quando se fez silêncio, uma abençoada insensibilidade a envolveu.

— Não posso ficar aqui — sussurrou, com a voz enrouquecida por uma verdadeira tempestade de emoções.

— Como você disse, não tem para onde ir.

Ela se soltou dos braços de Nicholas e se levantou, cambaleando um pouco.

— Eu não devia ter vindo aqui, e não devo me admirar se me denunciarem à polícia...

Pensar que o conde de Langford poderia fazer algo assim despertou uma raiva quase irrefreável em DuVille, e ele não pôde deixar de pensar nessa possibilidade e em suas terríveis consequências.

— Você está segura aqui, pelo menos por esta noite. Pela manhã, conversaremos para ver de que modo poderei ajudá-la.

A sensação de alívio que a invadiu ao ver que Nicholas estava mesmo disposto a ajudá-la quase fez Sherry perder o controle.

— Eu... queria arranjar algum trabalho... mas não tenho referências... e não posso permanecer em Londres. Eu não...

— Amanhã resolveremos tudo isso, *chérie*. Agora quero que descanse. Mandarei que levem o jantar no quarto.

— Ninguém que conheça Stephen ou a família dele irá me dar emprego. E ele... todos em Londres parecem conhecê-lo.

— Amanhã — repetiu ele, com firmeza.

Fraca demais para se opor, Sheridan assentiu. Subia as escadas, acompanhada por uma criada que ele chamara, quando pareceu se lembrar de algo. Parou e voltou-se:

— Monsieur DuVille...

— Peço-lhe que me chame apenas de Nicki, *mademoiselle* — brincou ele.

— Acompanhantes pagas não se dirigem a seus "superiores" pelo nome, menos ainda pelo apelido...

Ela parecia no fim das forças, então DuVille resolveu não discutir a esse respeito e lhe perguntou o que ia dizer.

— Não diga a ninguém onde estou... — pediu ela. — Prometa-me que não vai dizer!

Nicholas hesitou, avaliando as alternativas e suas consequências. Afinal, disse:

— Dou-lhe minha palavra.

Olhou-a subir as escadas, abatida e de cabeça baixa. Ela jamais parecera uma criada, até aquele momento. Sentiu vontade de agredir Stephen Westmoreland. No entanto, ele agira como um cavalheiro com ela. Mais até do que um cavalheiro, teve de admitir, embora com certa relutância.

42

— Quer mais alguma coisa, milorde, antes que eu me retire?

Stephen desviou os olhos do copo de conhaque que segurava e fitou o velho mordomo, de pé no umbral da porta do seu quarto.

— Não — respondeu apenas.

Mantivera sua família e o padre lá até três horas antes, na teimosa esperança de que Sheridan Bromleigh voltaria para enfrentá-lo. Se era inocente, se realmente perdera a memória, não apenas iria querer explicar e provar sua inocência, como também exigiria explicações dele, para saber por que fingira que eram noivos. Uma vez que parecia não querer essas explicações, só podia haver um motivo: sempre soubera a verdade.

Agora, no entanto, não havia meio de evitar a verdade, e nem todo o conhaque do mundo acalmaria a raiva que começava a arder como um inferno dentro dele. Era evidente que Sheridan Bromleigh jamais perdera a memória. Quando voltou a si, ela simplesmente percebeu a oportunidade de levar uma boa vida por algum tempo, e ele melhorara a chance mil vezes se oferecendo para se casar com ela. Como Sheridan devia ter rido quando ele fingiu ser Burleton e ela fingiu ser a jovem que na verdade ela acompanhava!

Com toda a sua experiência e sofisticação, pensou ele, com todo o conhecimento que tinha das mulheres, caíra como um pato em uma artimanha feminina tão antiga quanto o mundo: a indefesa e desamparada donzela! DUAS VEZES! Primeiro com Emily, e agora com Sheridan Bromleigh.

Com seu talento, Sheridan bem podia estar no palco. Era a esse mundo que ela pertencia, ao lado das ambiciosas artistas que representavam, cantavam e diziam suas falas decoradas. Tomou outro gole de bebida, lembrando--se de um dos melhores desempenhos dela: aquele primeiro fora mesmo impressionante; ocorrera na manhã em que, dormindo ao lado da cama dela, ele acordara com seu choro.

— *Não sei como sou* — soluçara ela, fazendo o coração dele apertar. — *Sei que é estranho, mas, já que acordou, pode me dizer como sou?*

E houve aquela outra manhã, quando ela quis chamar sua atenção para seu maravilhoso cabelo, para o caso de ele ainda não ter ouvido seu canto de sereia, pensou Stephen, maldoso.

— *Meu cabelo não é castanho. Veja... é ruivo!*

Como um tolo, ele ficara paralisado diante da beleza de seus cabelos, mentalmente a comparando a uma Nossa Senhora ruiva.

— *Ele é tão vermelho!* — lamentara-se ela, conseguindo parecer infeliz com o cabelo, que caía muito bem nela.

Depois, a encantadora confusão que demonstrara:

— *Constance, a criada, disse que você é conde. Creio que seja mais apropriado me dirigir a você como "milorde". Uma das coisas que sei é que ninguém deve se sentar na presença de um rei, a não ser que seja convidado a fazê-lo.*

Porém, a cena que preferia, decidiu Stephen com amargo cinismo, era a primeira que ela representara depois de deixar a cama de enferma, quando lhe perguntou:

— *E minha família, como é?*

Depois que ele lhe explicara que seu pai era viúvo e ela era filha única, fitara-o com os enormes e lindos olhos cinzentos, que pareciam tão inocentes:

— *Nós nos amamos muito?*

Ela escorregara apenas uma vez, pelo que se lembrava. Ele lhe dizia que precisaria de uma acompanhante se fosse continuar em sua casa, e Sheridan Bromleigh rira:

— *Não preciso de uma dama de companhia. Sou uma...*

Um pequeno e único deslize, que, no entanto, constituía uma prova. Explicava por que se sentia tão bem entre os criados: era um deles, ou quase.

Meu Deus, que oportunista esperta e habilidosa!, pensou Stephen, cerrando os dentes. Provavelmente a esperança dela era que ele lhe oferecesse proteção e lhe desse uma casa para morar, e ele, iludido, lhe oferecera seu nome!

Apesar dos protestos na noite em que haviam saído juntos do Almack, a feiticeira de cabelos vermelhos concordara em se casar com ele em menos de uma hora, e o fizera crer que *ele* é que a convencera a isso.

Tirou a camisa e a jogou no chão. Lembrou-se de que as roupas que vestia eram as que deveriam ter sido usadas em seu casamento, e pegou-a do chão, colocando-a, dobrada, sobre uma cadeira. Tirou as outras peças, dobrou-as também e juntou-as à camisa. Damson entrou no quarto quando ele acabava de vestir um robe. Ia pegando as roupas para guardá-las, mas Stephen ordenou, seco:

— Queime-as. Jogue-as fora, e pode ir se deitar. Amanhã cedo, providencie para que sumam com tudo o que ela deixou para trás.

O criado de quarto saiu, e Westmoreland estava junto da lareira, servindo o que restava da garrafa de conhaque em seu copo, quando bateram à porta.

— Quem é agora, diabo? — perguntou.

O ex-mordomo de Burleton entrou; estava abatido, com o olhar triste e atormentado:

— Eu... não quero me intrometer em uma situação que não me compete, milorde... Mas também... também acho que não devo ocultar uma informação que talvez o senhor queira saber.

Stephen fez o que pôde para se livrar da espécie de rancor que sentiu de repente pelo hesitante criado, que lhe lembrava tanto Sheridan Bromleigh.

— Pretende falar ou vai ficar parado aí a noite inteira? — perguntou, áspero.

O velho mordomo estremeceu diante do tom cortante:

— O dr. Whitticomb me encarregou de vigiar a senhorita Lan... a jovem dama.

— E? — Era difícil para o lorde conter a fúria.

— Então, quando ela saiu daqui hoje, naquele... naquele estado, me senti obrigado a mandar que um lacaio a seguisse. Ela... ela foi para a casa de Monsieur DuVille. É lá que está.

Diante do brilho assassino que surgiu nos olhos do conde, Hodgkin, assustado, tratou de sair imediatamente do quarto, fechando a porta.

DuVille! Ela fora procurar DuVille.

— *Meretriz!* — exclamou, sem conseguir se conter.

Não pretendia ir atrás dela. Aquela mulher morrera para ele, e não ligava a mínima para saber onde ela estava, na cama de quem dormia. Era incrível o refinado senso de sobrevivência daquela moça e a capacidade de escolher os melhores alvos. Com um sorriso malicioso, imaginou que história da carochinha ela teria contado a Nicholas DuVille, que também tinha aquele agudo senso de sobrevivência e que jamais se deixaria enganar por ela como ele se deixara.

Sem dúvida, DuVille instalaria Sheridan Bromleigh em uma discreta e bonita casa, se ela soubesse lhe pedir com graça e lhe agradasse na cama.

A feiticeira de cabelos vermelhos nascera para ser cortesã e o seria, se é que já não era.

JUNTO A UMA das janelas do quarto de hóspedes da casa de Nicholas DuVille, Sherry olhava a noite, com a testa febril encostada no vidro e os olhos ardendo pelas lágrimas que não conseguia conter. Nas seis horas que se haviam passado desde que Nicholas insistira para que ficasse lá, sua mente fora clareando e, com essa claridade, viera o conhecimento do que quase tivera e perdera. Não sabia como aguentaria isso.

Por fim, cansada, deixou-se cair na cama, exausta de lutar contra as lembranças. Fechou os olhos, implorando para que o sono viesse libertá-la, mas não cessava de ver o sorriso dele e a ternura dos olhos azuis ao fitá-la no baile de Rutherford.

— *Senhorita Lancaster... posso ter a honra desta dança?*

Os soluços redobraram, ela fechou os olhos com força, mas rememorava sem querer os beijos que ele lhe dera na carruagem.

— *É por causa disto que vamos nos casar...*

A voz dele soara do jeito que soava quando se beijavam. Tinha quase certeza de que ele não fingia quando a beijara. Não podia estar fingindo. Ela precisava acreditar, tinha de acreditar que tudo fora verdade. Se não acreditasse nisso, não sabia o que seria dela.

A lembrança desse e de outros momentos em que o conde a beijara eram seu único tesouro, porque não pertenciam a Charise Lancaster. Pertenciam apenas a ela. Deitou-se de bruços, e acabou por adormecer e sonhar com braços fortes a enlaçando e beijos exigentes que lhe tiravam a respiração... com mãos acariciantes que a torturavam suave e deliciosamente, que a faziam esquecer que era errado deixar que a tocasse de maneira tão íntima. Caiu no sono e sonhou com coisas que nunca conheceria de verdade.

EM UM PENHOAR, Whitney entrou no quarto e observou o rostinho angelical do filho adormecido. Fitava-o, imersa em pensamentos, quando a porta se abriu e seu marido entrou, junto com um facho da luz das velas dos candelabros do corredor. O rosto dele mostrava-se triste e preocupado, como ela não via há anos.

— Não consigo dormir — sussurrou ela, inclinando-se e ajeitando as cobertas do pequeno Noel, que tinha o queixo quadrado como o do pai e seus cabelos castanho-escuros.

Por trás dela, Clayton a enlaçou pela cintura, oferecendo-lhe um silencioso conforto.

— Há quanto tempo não lhe agradeço por ter me dado um filho? — indagou por fim, sussurrando junto ao ouvido dela, olhando amoroso para o pequeno de 3 anos.

— Desde a noite passada — respondeu ela, erguendo o rosto para ele e tentando sorrir.

O duque não se deixou enganar pelo sorriso magoado, do mesmo modo que ela não se deixava enganar com a atitude aparentemente impassível dele sobre o casamento cancelado.

— Sinto-me horrível! — confidenciou, amarga.

— Sei que sim — assentiu ele.

— Nunca vou esquecer o olhar de Stephen quando compreendeu que ela não iria voltar.

— Nem eu — suspirou Clayton.

— Ele reteve o padre até às dez horas. Como pôde fazer isso? Como *pôde?*

— Nenhum de nós a conhecia realmente...

— Stephen era louco por ela, via-se isso no modo como a olhava e quando evitava olhar para ela.

— Também reparei — concordou ele.

Com a garganta dolorosamente apertada, Whitney lembrou:

— Se não fosse Stephen, você teria se casado com Vanessa, eu teria me casado com qualquer outro homem e Noel não existiria...

Clayton se inclinou, afastando os cabelos dela dos ombros e lhe beijando a têmpora, enquanto Whitney continuava, com a voz dolorida:

— Sempre quis retribuir o que ele fez por mim, mas tudo o que pude fazer foi desejar, e como *desejei!*, que ele encontrasse alguém que o tornasse feliz como nós somos.

— Vamos nos deitar, querida — sussurrou o lorde, chegando junto da cama do filho e afagando-lhe os cabelos. — Stephen é um homem adulto — acrescentou, enquanto a levava para o quarto deles. — Vai esquecê-la porque quer esquecer.

— Você achou que me esqueceria com tanta facilidade quando... — hesitou ela, evitando cuidadosamente mencionar a noite terrível que quase destruíra todas as chances de casamento entre eles — quando brigamos?

— Não.

Depois que já estavam deitados, com a esposa aninhada em seus braços, ele acrescentou:

— Mas eu conhecia você bem melhor do que Stephen conhece Ch... Sheridan Bromleigh.

Whitney assentiu, roçando a face macia no braço do marido, e ele a apertou mais contra si, como se o acontecimento que quase os separara para sempre ainda o assustasse.

— O tempo não quer dizer nada, neste caso — comentou ela, no escuro. — Você lembra quanto tempo depois de nos conhecermos, aqui na Inglaterra, descobriu que me amava?

Clayton sorriu ao lembrar:

— Foi na noite em que me contou que costumava substituir por pimenta o rapé da caixinha do seu professor de piano...

— Se a memória não me engana, eu contei isso uma ou duas semanas depois que cheguei da França e nos conhecemos.

— Foi mais ou menos isso.

— Clayton...

— O quê? — sussurrou ele.

— Não acredito que Stephen vá esquecer tão facilmente como você pensa. Ele poderia ter tido qualquer mulher que quisesse, mas ela foi a única que ele realmente quis... a não ser Emily. Lembre-se de como ficou amargo e cínico depois do que aconteceu com ela!

— Basta Stephen mexer o dedinho e dúzias de mulheres desejáveis responderão ao chamado. Dessa vez vai levar um pouco mais de tempo para ele se recuperar, porque seu orgulho e seu coração foram mais magoados do que com Emily — predisse o duque, com amargura. — Por enquanto, está chocado demais, e vai permanecer assim por algum tempo.

Ela ergueu o rosto para fitá-lo:

— Foi assim com você?

— Foi — assentiu Clayton.

— Atitude tipicamente masculina... — comentou ela.

O duque escondeu o riso provocado pelo tom sábio que Whitney empregou, e a beijou de leve na boca:

— Está se sentindo superior, madame? — interrogou-a, em tom divertido.

— Muito — retrucou ela, maliciosa.

— Nesse caso — disse ele, rolando o corpo para ficar de costas e levando-a consigo —, acho que é melhor você ficar por cima, dessa vez.

Algum tempo depois, sonolento e saciado, Clayton se ajeitou mais confortavelmente, abraçado a ela, e fechou os olhos.

— Clayton?

Algo na voz da esposa o forçou a abri-los novamente.

— Não sei se você notou, mas a senhorita Charity Thornton chorava sentidamente quando chegamos à conclusão de que Sheridan Bromleigh não voltaria... — Como o marido nada dissesse, mas continuou a olhá-la, acrescentou: — Você não percebeu?

— Percebi — respondeu ele, cauteloso —, mas por que pergunta?

— Bem, ela me disse, de um modo tão triste que cortou meu coração, que se sentira útil depois de muitos anos, por ter sido chamada para ser acompanhante. Contou que agora se sente uma inútil fracassada por não ter tentado arranjar outro marido para senhorita Bromleigh, a não ser Stephen.

— Eu a ouvi dizer isso, e Stephen também... — Uma suspeita vibrava na voz inquieta do duque. — No entanto, creio que estava querendo dizer que sentia muito por não ter sido capaz de arranjar algum outro infeliz e desavisado homem para a a senhorita Bromleigh, em vez de seu querido Langford.

— Bem, é quase a mesma coisa...

— Isso se você considerar que idiotice é a mesma coisa que bom senso. Mas por que — acrescentou ele, antes que ela respondesse — estamos falando nisso agora?

— Porque eu... a convidei para ficar aqui em casa por algum tempo. — Whitney teve a impressão de que o marido parara de respirar. — Achei que poderia ajudar a cuidar de Noel.

— Acredito que seria mais lógico Noel cuidar dela!

Incerta se o tom irônico ocultava aprovação ou reprovação, Whitney explicou:

— É claro que a ama de Noel é quem vai cuidar de verdade.

— De quem? De Noel ou de Charity Thornton?

Com uma risadinha nervosa, Whitney perguntou:

— Você está zangado?

— Não. Estou... surpreso.

— Com o quê?

— Com seu senso de oportunidade. Há uma hora, antes que fizéssemos amor, eu teria reagido violentamente contra ter a senhorita Thornton em nossa casa. Agora, estou fraco demais para reagir, meus olhos estão se fechando...

— Bem, devo confessar que pensei que seria assim — admitiu ela, com ar culpado, depois de um breve silêncio.

— Eu já imaginava isso.

Ele parecia reprová-la, e Whitney mordeu o lábio, depois ergueu os olhos e estudou com atenção o rosto do marido, que quis saber:

— O que está procurando, amor?

— Acho que procuro... perdão? — tentou ela, desmentindo com os olhos brilhantes o que dizia, enquanto Clayton lutava para se manter sério. — Uma atitude masculina de benevolência para com a desastrada esposa? Certa nobreza de espírito que se manifeste como tolerância para com os pobres seres inferiores? Talvez um pouco de senso de humor?

— Tudo isso? — Clayton disse, e um sorriso fraco surgiu em seus lábios. — Todas essas qualidades em um homem cuja mulher o encurralou ao convidar a mais idosa donzela para morar com eles?

Ela mordeu o lábio para segurar o riso e assentiu com a cabeça.

— Nesse caso — anunciou o duque, fechando os olhos e sorrindo —, você pode se considerar uma felizarda, pois se casou com esse modelo de perfeição.

43

Duas semanas depois, quando Whitney supervisionava a colocação de cortinas cor de ouro velho em sua sala de desjejum, Stephen entrou e declarou, sem preâmbulo algum:

— Vim lhe pedir um favor.

Surpresa com aquela chegada repentina e com seu tom determinado, ela deixou as costureiras sozinhas e foi com o cunhado para a sala de estar. Desde que o casamento fora desfeito, ela o vira várias vezes, mas sempre à noite, e sempre com uma mulher diferente a tiracolo. Diziam que ele fora visto no teatro com Helene Devernay. À reveladora luz do dia, ficou evidente para a jovem duquesa que o tempo não o acalmara. Os traços do seu rosto se mostravam como que talhados em granito, sua atitude era distante e seca, e minúsculas rugas de cansaço marcavam a pele ao redor de seus profundos olhos azuis e nos cantos da boca. Dava a impressão de que não dormia havia uma semana, e que não parara de beber enquanto se mantinha acordado.

— Farei qualquer coisa que você me peça, sabe disso — respondeu Whitney, com o coração doendo por ele.

— Será que pode dar emprego a um velho... um segundo mordomo? Não quero ter aquele homem toda hora diante dos meus olhos.

— Claro — assentiu ela. Cautelosamente, acrescentou: — Posso saber por que não quer mais ver aquele velho mordomo?

— Ele trabalhava para Burleton, e não quero topar a todo instante com coisas ou pessoas que me façam me lembrar dela.

CLAYTON ERGUEU OS olhos dos papéis que lia quando a esposa entrou em seu escritório, com o rosto alterado. Alarmado, ele se levantou e foi ao seu encontro:

— O que aconteceu?

— Stephen esteve aqui — contou ela, com a voz trêmula. — Ele *está péssimo*. Não quer mais o ex-mordomo de Burleton em sua casa porque ele o faz se lembrar dela. Não é só o orgulho dele que está sofrendo por Sheridan ter ido embora. Ele a amava! — A voz de Whitney era veemente, e seus olhos verdes estavam cheios de lágrimas contidas. — Eu sei que amava!

— Acabou — havia um triste fatalismo na voz do duque. — Ela foi embora e tudo acabou. Stephen vai acabar se conformando.

— Não do jeito como as coisas vão!

— Ele aparece a cada noite com uma mulher — argumentou lorde Claymore. — Posso lhe assegurar que Stephen pode ser rotulado de tudo, menos de solitário ou recluso.

— Ele se fechou completamente, até mesmo para mim — queixou-se ela. — *Sinto* isso, e vou lhe dizer outra coisa: quanto mais penso, mais me convenço de que Sheridan Bromleigh não estava fingindo nada, muito menos seus sentimentos para com Stephen.

— Ela é uma impostora ambiciosa e muito eficiente. Será preciso um milagre para me convencer do contrário — respondeu o duque, seco, e voltou para sua escrivaninha.

HODGKIN FICOU OLHANDO o patrão com angústia.

— Eu... estou despedido, milorde? Foi alguma coisa que fiz ou que deixei de fazer, ou será que...

— Arranjei emprego para você na casa de meu irmão. Isso é tudo.

— Mas faltei com *algum* dos meus deveres ou...

— NÃO! — explodiu Stephen, virando-lhe as costas. — Não tem nada a ver com coisa alguma que você tenha feito.

Normalmente o conde não interferia na admissão, demissão ou disciplina da criadagem, e deveria ter deixado também essa desagradável missão para seu secretário, percebeu.

Os ombros do velho Hodgkin descaíram e ele se retirou, andando como um homem dez anos mais velho do que quando havia entrado ali.

44

Seria um erro procurar Stephen, mesmo que só para vê-lo a uma distância segura, e Sherry sabia disso, mas não conseguiu se controlar. Ele dissera que ia à ópera quase todas as quintas-feiras, e ela queria, ou melhor, precisava vê-lo pelo menos uma vez antes de deixar a Inglaterra. Escrevera para a tia havia três semanas, no dia seguinte ao do casamento desfeito, contando tudo o que acontecera e pedindo a Cornelia que lhe mandasse dinheiro para a passagem de volta. Enquanto isso, conseguira emprego como governanta na casa de uma grande família que não tinha condições para contratar os serviços de uma dama mais adequada, de mais idade, nem para verificar a carta de recomendação que Nicholas DuVille lhe dera, citando lady Charity Thornton como segunda referência. Referências sobre as quais Sherry desconfiava que a boa senhora nada sabia.

A plateia do Covent Garden se encontrava apinhada de gente barulhenta e irrequieta que passava pisando nos pés de Sherry, esbarrando-lhe constantemente nos ombros. Ela nem notava. Seus olhos estavam fixos no camarote vazio, o sétimo a contar da frente; ficou o encarando por tanto tempo que as estrelas e as flores começaram a se embaralhar. O tempo custava a passar, e o barulho na ópera foi se transformando em uma espécie de trovão contínuo e ensurdecedor. De repente, as cortinas do sétimo camarote se descerraram e ela se sentiu gelar na emoção de saber que logo o veria. Em seguida, ficou arrasada porque ele não estava com o grupo de pessoas que se acomodou no camarote.

Devia ter contado errado, pensou, aflita, e recomeçou a contar os camarotes, examinando os aristocráticos rostos dos ocupantes. Cada camarote era separado do vizinho por um tabique de madeira e um pilar fronteiriço dourado, de onde pendia um candelabro. Sherry contou e recontou, depois olhou para as próprias mãos no colo e entrelaçou os dedos, na tentativa de fazê-los parar de tremer. Ele não iria naquela noite. Cedera seu camarote para outras pessoas. Só dali a uma semana ela poderia tentar de novo, se conseguisse economizar dinheiro suficiente para a entrada.

A orquestra fez uma sonora introdução, as cortinas de veludo vermelho--escuro se abriram, e ela, que gostava tanto de música, não ouviu. Notara que havia dois lugares vagos no camarote dele e passara a contar os minutos, enquanto olhava compulsivamente, a cada instante, para as cadeiras vazias; desviava os olhos, em seguida, rezando para que ele estivesse lá quando olhasse de novo.

Stephen Westmoreland chegou entre o primeiro e o segundo ato, sem que ela o visse entrar no camarote: um espectro sombrio, que parecia ter-se materializado pela força de sua lembrança e fez seu coração disparar quando o viu. Seus olhos percorreram ansiosamente o rosto duro, bonito, como se quisesse gravá-lo mais uma vez na memória, enquanto piscava para se livrar das lágrimas que lhe obstruíam a visão.

Ele não a amara, tratou de lembrar a si mesma, torturando-se ao vê-lo. Ela representava para o conde uma mera responsabilidade que ele cometera o erro de assumir. Sabia disso tudo, mas não conseguia desgrudar os olhos dos lábios de linhas firmes, lembrando-se de como eram macios ao tocar os seus, nem do perfil severo, lembrando-se, igualmente, de como o sorriso conseguia alegrar e rejuvenescer aquele rosto.

Sheridan não era a única mulher que não prestava atenção ao que acontecia no palco. Do lado oposto do teatro, no camarote do duque de Claymore, Victoria Fielding, marquesa de Wakefield, examinava atentamente os espectadores da plateia, procurando a moça que vira de relance quando se dirigia ao Covent Garden.

— Eu *tenho certeza* de que a moça que vi era Charise Lanc... quero dizer, Sheridan Bromleigh — sussurrou Victoria para Whitney. — Estava na fila da plateia. Espere... Olhe, ela está ali! — exclamou em voz baixa. — Está com uma touca azul-marinho.

Sem reparar nos olhares curiosos dos respectivos maridos, sentados logo atrás delas, as duas amigas examinaram atentamente a moça em questão; os ombros das duas aristocratas estavam tão juntos que o cabelo castanho de Victoria se misturava com o negro de Whitney.

— Se não fosse essa touca — reclamou a marquesa —, teríamos certeza absoluta pela cor do cabelo!

Whitney não precisava ver o cabelo dela para ter certeza, pois, na última meia hora, a moça não tirara os olhos do camarote de Stephen, e isso era mais do que uma confirmação.

— Ela não parou um instante de olhar para ele — comentou Victoria, deixando transparecer na voz a mesma confusão e pena que Whitney sentia desde que a noiva de Stephen o abandonara. — Acha que sabia que ele viria aqui hoje?

A duquesa fez que sim, querendo que a moça olhasse em sua direção pelo menos um instante, em vez de continuar olhando para o lado oposto.

— Ela sabe que Stephen costuma vir à ópera nas quintas-feiras e que aquele é o camarote dele. Estiveram aqui juntos uns dias antes de ela... desaparecer.

"Desaparecer" não era a palavra certa para aquele momento, uma vez que Sheridan estava bem ali, mas Whitney não estava com cabeça para escolher outra. Victoria e Jason Fielding, também amigos de Stephen, eram o casal da sociedade mais ligado aos Westmoreland e haviam sido convidados a participar da pequena comemoração que haveria após o casamento. A marquesa indagou:

— Acha que ela pretende dar um jeito de se encontrar com ele "por acaso"?

— Não sei — sussurrou Whitney em resposta.

Atrás delas, os maridos observavam o lindo par que ignorava uma excelente ópera.

— O que está acontecendo? — sussurrou Clayton para Jason Fielding, indicando as esposas com a cabeça.

— Alguém deve estar exibindo o vestido mais lindo do século...

— Impossível isso acontecer lá embaixo, na plateia — discordou o duque. — A última vez que Whitney e Victoria agiram dessa maneira foi porque a amante de Stephen se encontrava no camarote dele e Monica Fitzwaring estava no camarote ao lado, com Bakersfield, tentando demonstrar que não sabia que apenas uma fina tábua separava seu ombro do ombro de Helene Devernay.

— Eu me lembro — sorriu o marquês. — E, se não me engano, nossas esposas torciam por Helene Devernay naquela noite.

— Whitney riu durante todo o trajeto até a nossa casa — contou Clayton.

— E Victoria declarou que havia passado as três horas mais divertidas da temporada — garantiu Jason. Depois, inclinando-se para a frente, sussurrou, bem-humorado: — Victoria, você corre o risco iminente de despencar do nosso camarote.

Ela respondeu com um sorriso sem jeito, mas continuou a observar seu ponto de interesse.

— Ela está saindo! — surpreendeu-se Whitney, sentindo ao mesmo tempo alívio e tristeza. — Não vai esperar a ópera terminar e não saiu do seu lugar nos dois entreatos, o que significa que não pretende se encontrar com ele "por acaso".

Tão intrigado quanto divertido pelo incessante cochichar das duas damas, Clayton se inclinou meio de lado para observar as fileiras e cadeiras da plateia, e esperou até que estivessem na carruagem, a caminho de seu próximo compromisso, uma ceia da meia-noite, para indagar à preocupada esposa:

— Por que você e Victoria cochicharam durante a ópera inteira?

Whitney hesitou, imaginando que ele não gostaria de saber que Sheridan Bromleigh reaparecera e que também não se interessaria pelos motivos dela.

— Victoria pensou ter visto Sheridan Bromleigh — respondeu, sem mentir, mas também não dizendo toda a verdade. — Não pude ver o rosto da moça, então não sei se realmente era ela.

As sobrancelhas do duque de Claymore se uniram de modo hostil ao ouvir aquele nome, e a duquesa achou melhor não insistir no assunto.

NA QUINTA-FEIRA SEGUINTE, depois de ter certeza de que os maridos se encontravam ocupados com outros interesses, Victoria e Whitney chegaram cedo ao Covent Garden, e, do ponto privilegiado em que ficava o camarote delas, examinavam com atenção todas as mulheres que chegavam à plateia ou à galeria, procurando por determinado rosto.

— Por acaso você a viu? — perguntou Victoria.

— Não, mas na verdade foi um milagre percebê-la entre a multidão na semana passada. É impossível ver claramente, de tão longe, as feições das pessoas.

— Não sei se devo me sentir decepcionada ou aliviada — comentou a marquesa, recostando-se em sua cadeira quando a cortina se abriu sem que tivessem vislumbrado a mulher da semana anterior, que julgavam ser Sheridan Bromleigh.

Whitney também recuou, sem demonstrar a frustração que sentia.

— Seu cunhado acaba de chegar — avisou a amiga, minutos depois. — Não é Georgette Porter que está com ele?

Olhando para o camarote de Stephen, do lado oposto do teatro, a duquesa de Claymore assentiu, distraída.

— Ela é um encanto...

A voz de Victoria era como a de uma pessoa que quer encorajar alguém em uma situação nada encorajadora. Gostava muito de Stephen Westmoreland, e ele era uma das poucas pessoas, entre as mais chegadas, que seu marido estimava. Além disso, sentira profunda simpatia por Sheridan Bromleigh, que, como ela, era americana.

Whitney contemplava as atitudes do conde em relação à dama ao seu lado. Ela sorria e conversava muito animada, enquanto ele a ouvia com o olhar fixo da boa educação, parecendo nem sequer saber do que Georgette Porter falava. Não reparava se a moça tinha ou não um rosto e nem mesmo parecia saber que ela estava no camarote dele. O olhar de Whitney se lançava inexoravelmente aos assentos abaixo, analisando novamente as fileiras de cabeças.

— Ela está aqui, eu *sei* que está! — afligiu-se ela, sob o olhar de Victoria. — Sinto que está...

— Se não a tivesse visto quando cheguei, na semana passada, e não a descobrisse por acaso na plateia — comentou Victoria —, jamais poderia tê-la mostrado a você. Não vamos conseguir encontrá-la agora, no meio dessa quantidade de gente.

— Eu sei de um jeito! — exclamou a duquesa, em voz baixa, em uma inspiração. — Procure uma cabeça cujo rosto esteja virado para o camarote de Stephen, e não para o palco.

Alguns minutos depois, nervosa, a marquesa apertou o braço da amiga:

— Ali, ali! — indicou. — A mesma touca! Ela está praticamente embaixo de nós, por isso não a vimos.

Observando a moça que Victoria indicava, Whitney só teve certeza quando ela se levantou para ir embora, e pôde, então, ver seu rosto com clareza.

— É *ela*, sim!

A voz de Whitney soou embargada pela emoção e pela solidariedade ao ver a profunda tristeza e o desânimo no lindo rosto de Sheridan, quando esta se levantou para sair antes que a ópera terminasse.

Solidariedade não era bem a emoção que seu marido partilharia, a não ser que também visse o jeito como Sheridan Bromleigh se sentava ali, alheia a tudo, com o olhar perdido em Stephen. Se visse isso, e se seu modo de pensar sobre a jovem suavizasse, Whitney achava que talvez pudesse persuadi-lo a falar com o irmão, a convencê-lo a procurá-la e conversar com ela. Sabia que Clayton era a única pessoa que tinha tanta influência sobre Stephen a ponto de conseguir alguma coisa.

45

— Não podemos nos atrasar! — Whitney lançou um olhar ansioso para o relógio, enquanto o marido tomava vagarosamente um gole de xerez. — Acho melhor irmos...

— Não sabia que você gostava tanto de ópera — comentou Clayton, fitando-a com curiosidade.

— É que as últimas montagens têm sido magníficas — respondeu ela.

Abraçou o filho antes que, sonolento, ele saísse da sala entre a sua governanta e a senhorita Thornton.

— Magníficas mesmo? — insistiu o duque, relanceando os sorridentes olhos azuis por cima do cálice.

— Muito. Ah, sim, troquei nosso camarote com o de Rutherford por esta noite.

— Posso saber o motivo?

— Porque a vista do lado do camarote de Stephen é muito melhor...

— A vista de quê?

— Dos espectadores.

Quando ele ia abrir a boca para continuar perguntando, Whitney interrompeu:

— Por favor, confie em mim e não faça mais perguntas até que eu possa lhe mostrar o que quero dizer.

— Olhe — sussurrou a duquesa, apertando o pulso do marido, tamanha a agitação que sentia. — Ela está ali. Não... Não a deixe perceber que você a viu. Apenas movimente os olhos, não a cabeça.

Lorde Claymore não movimentou a cabeça, mas, em vez de olhar na direção que ela indicava, olhou para a esposa:

— Eu gostaria muito de ter uma ideia do que você quer que eu veja.

Nervosa porque tudo dependeria da reação do marido e da disposição dele em ajudar, Whitney cedeu:

— É Sheridan Bromleigh. Não quis dizer antes porque tive medo de você decidir não vir.

O rosto do duque endureceu no instante em que ouviu o nome, e nunca seus olhos haviam fitado os da esposa com tamanha frieza.

— Por favor, Clayton, não a condene de antemão! Nunca ouvimos o lado dela da história.

— Porque ela fugiu, como a vagabunda culpada que é. O fato de ela gostar de ópera, como já sabemos que gostava, não altera a situação.

— A lealdade para com Stephen está obliterando sua capacidade de julgamento. — Como essa observação não surtiu resultado, Whitney tornou a atacar, perseverante: — Ela não vem aqui por causa da ópera. Jamais olha para o palco. Fica o tempo todo olhando para Stephen, e se senta em uma fileira atrás do camarote, de maneira que não possa ser vista por ele, caso olhe para a plateia. Por favor, querido, veja por si mesmo.

O duque hesitou por um momento que pareceu interminável para a esposa, então assentiu com um breve aceno e deu uma olhadela na direção que ela indicara, à sua direita.

— Uma touca azul-marinho, com fita azul — disse ela procurando ajudar. E acrescentou: — Vestido azul-marinho, gola branca.

Whitney soube o momento em que o marido localizou Sheridan na multidão porque o maxilar dele se enrijeceu, seu olhar se desviou rapidamente para o palco e permaneceu lá até que a cortina se abriu. Desapontada, porém não derrotada, ela observava lorde Claymore dissimuladamente, esperando a mais insignificante mudança em sua postura que indicasse uma segunda olhadela. No momento em que a percebeu, olhou rápido para Clayton. Ele movera a cabeça apenas um milímetro para a direita, em relação ao palco, mas seu olhar se dirigia todo para esse lado. Rezando para que essa não fosse a primeira vez em semanas que Sheridan Bromleigh decidisse olhar para o palco, Whitney fitou sobre o ombro do marido e sorriu, aliviada.

Nas duas horas seguintes, manteve Sheridan e o duque sob estrita e cautelosa vigilância, procurando não mover um músculo para não alertá-lo. No final do espetáculo, seus olhos ardiam, mas ela se sentia triunfante. O olhar de Clayton procurara Sheridan o tempo todo, mas Whitney sabia que não deveria tocar no assunto senão dali a uns dois dias, dando-lhe tempo para revisar sua atitude em relação à ex-noiva do irmão.

46

— Lembra-se da outra noite, na ópera? — começou Whitney, cautelosa, enquanto o lacaio servia o desjejum.

— Achei uma montagem "magnífica", como você disse. — O rosto de Clayton estava impassível. — O tenor que...

— Você não estava assistindo à ópera — interrompeu ela, firmemente.

— Tem razão. — Ele sorriu. — Eu vigiava você, e você me vigiava.

— Clayton, por favor, não brinque. Isto é muito importante.

As sobrancelhas negras se ergueram, inquisitivas, e ele lhe dedicou total atenção, parecendo tranquilo, bem-humorado e preparado.

— Quero fazer alguma coisa para colocar Stephen e Sheridan Bromleigh frente a frente. Conversei com Victoria a esse respeito ontem, e ela concordou que devemos obrigá-los a conversar.

Ela procurava argumentos convincentes para quebrar a resistência do marido, e caiu das nuvens quando ele disse, casualmente:

— Engraçado, também tive essa ideia e conversei a respeito dela com Stephen ontem à noite, quando o encontrei no Strathmore.

— Por que não me contou? O que disse a ele? E o que ele respondeu?

— Eu disse — relatou o duque — que queria falar com ele sobre Sheridan Bromleigh, que achava que ela está indo à ópera apenas para vê-lo.

— E então, o que aconteceu?

— Nada. Ele se levantou e foi embora.

— Só isso? — duvidou Whitney. — Ele não falou nada?

— Para ser sincero, falou. Stephen disse que, por respeito à nossa mãe, resistiria à tentação de me dar uma boa surra, mas que, se eu pronunciasse o nome de Sheridan Bromleigh de novo na frente dele, não podia garantir que fosse se conter.

— Ele disse *isso* mesmo?

— Não exatamente com essas palavras — ironizou Clayton. — Ele foi mais direto e... digamos, expressivo.

— Bem, a mim ele não pode ameaçar com agressão física. Deve haver algo que eu possa fazer.

— E o que pretende fazer, querida? Uma novena? Uma peregrinação? Uma promessa? Um feitiço?

Apesar do tom bem-humorado, o marido queria que ela deixasse o assunto de lado. Whitney percebia isso com clareza. Como não sorriu, ele pôs a xícara sobre o pires e se recostou no espaldar da cadeira, com a testa franzida:

— Está mesmo determinada a se envolver nesse caso, não importa o que Stephen diga ou faça, não é?

Ela hesitou um segundo, então assentiu:

— Tenho que tentar. Não consigo esquecer a expressão triste com que Sheridan olha para ele na ópera, e o jeito como olhava para ele no baile de Rutherford. Além disso, cada vez que vejo Stephen, ele parece mais amargo e infeliz. Essa separação não faz bem a nenhum dos dois, isso está claro.

— Entendo. — Lorde Claymore observou o rosto da esposa, até que um relutante sorriso se esboçou nos cantos da sua boca. — Será que posso dizer algo que a convença de que isso é um erro?

— Temo que não.

— Também acho.

— Tenho algo a confessar... contratei Matthew Bennett para investigar onde Sheridan mora, porque acho que nada podemos fazer enquanto não soubermos como encontrá-la.

— Estou surpreso que não tenha contratado alguém nesse ínterim para segui-la até em casa, e aí colocar Bennet para fazer umas averiguações.

— Eu não havia pensado nisso!

— Mas eu, sim.

A voz dele se mantinha tão neutra e sua expressão tão calma que foram precisos alguns instantes para que o verdadeiro significado dessas palavras se impusesse. Quando isso aconteceu, Whitney sentiu a familiar sensação de orgulho e amor pelo marido, sensação que se tornava mais forte a cada ano que passava.

— Clayton — disse ela —, eu o amo!

— Ela trabalha como governanta para um baronete e a família dele — informou o duque. — O nome de família é Skeffington. Três filhos. Nunca ouvi falar deles. Bennett conseguiu o endereço.

Whitney largou a xícara de chá e se pôs de pé, aflita para enviar um bilhete a Bennett, pedindo-lhe que remetesse todos os dados que conseguira reunir.

— Whitney...

Ela se voltou, já na porta da sala:

— Milorde?

— Eu também a amo. — Ela sorriu, e ele esperou um instante para fazer um aviso sério: — Se insistir na ideia de colocá-los frente a frente, tenha cuidado com a forma como fará isso, e se prepare para ver Stephen ir embora no momento em que se deparar com Sheridan. Também deve se preparar para a possibilidade de o meu irmão jamais perdoá-la pelo que vai fazer. Talvez, na melhor das hipóteses, leve muito tempo para perdoá-la. Pense bem antes de tomar uma atitude que talvez a faça se arrepender.

— Vou pensar — prometeu ela.

Clayton a observou sair e balançou a cabeça, sabendo muito bem que sua mulher não perderia tempo pensando em nada. Simplesmente não era da sua natureza olhar a vida passar sem participar. E essa era, pensou com carinho, uma das qualidades que mais amava em Whitney.

No entanto, não esperava que ela agisse tão depressa quanto o fez.

Na tarde daquele mesmo dia, ao passar pela saleta de estar da esposa, viu-a sentada à pequena escrivaninha de pau-rosa, passando a extremidade macia da pena na face, enquanto olhava pensativa para a folha de papel à sua frente.

— O que é isso? — indagou ele.

Whitney ergueu o rosto, estivera bem longe dali, e sorriu docemente:

— Uma lista de convidados.

As frenéticas atividades da temporada estavam lentamente chegando ao fim, e ambos sonhavam em ficar na tranquilidade do campo durante o verão, por isso Clayton se surpreendeu ao verificar que ela planejava uma festa.

— Pensei que fôssemos voltar para Claymore depois de amanhã.

— E vamos. Esta festa será daqui a três semanas... É o aniversário de Noel. Nada muito grande, claro.

Por cima do ombro dela, o duque olhou a lista e abafou uma risada, ao ler o primeiro item em voz alta:

— Um elefante pequeno, manso, que permita que as crianças mexam nele...

— Estava pensando em um tema circense, com palhaços, mágicos e tudo mais, com refeições e música no jardim — animou-se a duquesa. — É mais confortável, e as crianças poderão se divertir junto aos adultos.

— Noel ainda não é muito pequeno para festas assim?

— Ele precisa da companhia de crianças, querido...

— Pensei que era por isso que passava os dias com os filhos dos Fielding e dos Townsend quando estamos em Londres, querida...

— E é mesmo — confirmou ela, com um sorriso maroto. — Stephen concordou em dar a festa de Noel em Montclair quando falei com ele a esse respeito, hoje.

— Como meu irmão foi a festas suficientes para o resto da vida nas últimas seis semanas, imagino que deve ter usado um bom argumento para convencê-lo — brincou o duque. Pensou por um instante e riu: — Já sei! Como tio *e* padrinho de Noel, a obrigação de Stephen é abrir a casa de campo *dele* para todos os parentes e amigos que forem convidados para a festa de aniversário...

— Sim, só que eu o convenci, em vez disso, a dar o baile dos 60 anos da sua mãe em Montclair e, em troca, permitir que a festa do aniversário de Noel seja em Claymore. Como o aniversário de lady Alicia é três dias depois do de Noel, ele concordou...

— Moça esperta! — exclamou Clayton, começando a perceber a manobra da esposa. — O baile da mamãe será um grande acontecimento.

— E a festa do nosso filho será pequena, apenas poucos casais, com seus filhos e governantas.

Ao ouvir aquilo, os olhos de lorde Claymore percorreram rapidamente a lista dos convidados e depararam com o nome Skeffington. Ele ficou tenso e, quando falou, sua voz estava repleta de uma divertida ironia:

— Interessante essa lista de convidados.

— *Não é mesmo?* — indagou Whitney, com um sorriso incorrigível. — Cinco casais em cuja absoluta discrição podemos confiar, não importa o que eles venham a ver ou ouvir, e que já conhecem boa parte da situação. E os Skeffington.

— E suas governantas, é claro.

— É claro — concordou ela. — E o melhor do plano é que Sheridan não vai poder escapar, por mais que queira, porque trabalha para os Skeffington.

— Como pretende impedir que Stephen vá embora quando vir Sheridan?

— Ir embora? — repetiu ela, com a expressão ainda mais satisfeita. — Como poderá largar o sobrinho que o adora? O sobrinho que é também seu afilhado? Não poderia fazer isso! E mais: como poderia encarar os presentes se fugisse transtornado pela presença de uma mera governanta, numa casa com mais de cem aposentos? Eu gostaria que houvesse menos público no encontro deles, mas, como Stephen nunca aceitaria falar com ela em particular, tive que imaginar um jeito de fazê-lo estar no local do encontro e impedi-lo de ir embora. Mesmo que alegue que Noel não sentiria muito a sua falta, terá que aceitar que perderia o respeito dos Fielding, dos Townsend e dos demais. Ele é muito orgulhoso, e Sheridan também. Na verdade, duvido que queira realmente ir embora no instante em que puser os olhos nela. Como a festa será ao ar livre, as governantas estarão o tempo todo junto dos convidados, portanto Stephen não poderá evitar Sheridan, nem mesmo à noite.

Ela fez uma pausa e olhou pensativa para a lista de convidados.

— Não me atrevo a convidar Nicki. Primeiro, ele tentaria me dissuadir da ideia, e, mesmo que não o fizesse, iria se recusar a comparecer a uma festa sob tais circunstâncias. Ele reprovou tudo o que Stephen fez em relação a Sheridan, inclusive o fato de não ir procurá-la e explicar suas ações. Ele reprova tudo o que fizemos. Confessou-me no dia seguinte àquele em que a vi pela primeira vez na ópera. Confessou que sabia onde ela estava, mas não me disse quando lhe perguntei. E Nicki nunca me recusou nada... Argumentou que ela já sofrera bastante por causa de Stephen e não queria ser encontrada.

— Ela é que foi embora, não Stephen — observou Clayton, friamente.

— Posso até concordar com isso, mas Nicki, não.

— Aliás — preveniu o lorde —, é prudente não colocar Stephen e Nicholas na mesma casa, assim como é bom evitar que fiquem a sós.

Whitney franziu a testa ao ouvir aquilo:

— Por quê?

— Porque Stephen desenvolveu um profundo e refinado ódio por Nicholas DuVille desde que Sheridan desapareceu.

Ela ficou tão aflita ao ouvir aquilo que Clayton chegou a duvidar de que fosse correto fazer Sheridan e seu irmão se encontrarem. O esquema de Whitney tinha alta chance de falhar, mas ele não conseguira planejar algo melhor.

— E se os Skeffington não forem à festa? — perguntou, cuidadosamente.

Batucando com os dedos em uma carta de cima da mesa, Whitney disse:

— De acordo com as informações da empresa de investigações de Matthew Bennett, lady Skeffington persuadiu o marido, lorde John, a trazer a família a Londres para a temporada, principalmente para entrarem em contato com "as pessoas certas"... Parece que lady Skeffington tem pouco dinheiro, mas altas aspirações sociais.

— Ela deve ser um encanto! — ironizou o duque. — Mal posso esperar para tê-la em minha casa por 72 horas consecutivas, 12 refeições, três chás...

Preocupada em provar seu ponto de vista, Whitney retomou o assunto principal:

— Eles vieram a Londres com a esperança de conseguir se introduzir nas altas esferas sociais, onde a filha deles, de 17 anos, teria a oportunidade de fazer um bom casamento. Como até ontem não haviam conseguido o que desejam, você não pode achar, honestamente, que recusarão um convite pessoal do duque de Claymore para uma festa em sua propriedade de campo, não é?

— Não — concordou o lorde —, mas sempre há uma possibilidade.

— Não, não há! — A jovem duquesa voltou à lista com uma alegre risada. — Não enquanto seu irmão for considerado o solteiro mais valioso da Inglaterra!

— Pode ser que caia uma tempestade de neve nesse fim de semana — suspirou o duque, de fato apavorado com a festa da esposa. — Acredito que alguma vez na história do mundo deve ter nevado neste continente em junho...

47

Com os pés doloridos apoiados em um tamborete, lady Skeffington permanecia em pensativo silêncio na sala de estar da casa que havia alugado em Londres. Do lado oposto da sala, seu marido lia o *Times,* com o pé que sofria de gota sobre o assento de uma cadeira, para ficar bem alto.

— Que sossego delicioso! — comentou ela, voltando o rosto para o marido. — A senhorita Bromleigh levou as crianças para tomar sorvete. Daqui a pouco, estarão de volta, e essa tranquilidade vai acabar.

— Sim, minha pombinha — concordou o marido, sem perder uma palavra do que lia.

Ela ia continuar a conversa quando o lacaio deles, que também era cocheiro e mordomo, entrou na sala com um envelope na mão, entregou-o e se retirou, calado como chegara.

— Se for outra cobrança do aluguel, eu... — começou ela. Então, estranhou a extraordinária consistência do envelope de cor creme, virou-o e viu o sinete. Quase perdeu a respiração. — Skeffington, acho... acho que... quero dizer, tenho certeza de que acabamos de receber nosso primeiro convite importante!

— Sim, minha pombinha.

Ela quebrou o lacre, desdobrou o papel e seu queixo caiu ao deparar com o brasão em ouro no canto esquerdo superior da folha, também de cor creme. Suas mãos começaram a tremer e ela pôs-se de pé em um salto, tremendo de excitação.

— *Claymore!* — gritou, com a mão livre apertando o peito, onde o coração saltava loucamente. — Fomos convidados para ir a... a *Claymore!*

— Sim, minha pombinha.

— O duque e a duquesa de Claymore pedem a honra de ter nossa companhia na pequena festa de comemoração do aniversário do seu filho. E... — Parou por um instante para pegar seu vidrinho de sais e aspirá-los, antes de continuar. — A duquesa de Claymore redigiu pessoalmente o convite. Diz que sente muito não ter tido a oportunidade de nos conhecer durante a temporada, mas que espera remediar esse mal em... *Claymore...* — Parou para cheirar outros sais e poder prosseguir. — Daqui a três semanas. É para levarmos as crianças! O que acha disso, Skeffington?

— Diabolicamente estranho.

A dama apertou a carta em seus amplos seios, depois tornou a lê-la e sussurrou, em tom reverente:

— Skeffington, sabe o que isso significa?

— Sim, minha pombinha. Que recebemos um convite que, com certeza, se destinava a outra pessoa.

Lady Skeffington pensou naquela possibilidade, releu o envelope, a carta, e sacudiu a cabeça:

— Não. O convite é dirigido a nós, realmente. Veja.

Desviando, por fim, sua atenção do *Times,* sir John pegou a carta que a esposa lhe estendia e sua expressão de aborrecimento se transformou em satisfação:

— Eu disse a você que não precisávamos permanecer em Londres à espera de convites. Esta carta chegaria às nossas mãos mesmo que estivéssemos em Blintonfield, na nossa casa.

— Ah! Isto não é um mero convite! — A voz da dama demonstrava entusiasmo infantil. — Significa muito mais do que isso!

Sir John abaixou o jornal de novo:

— Como assim?

— Tem a ver com a Julianna.

— O jornal desceu mais alguns centímetros, e os olhos do cavalheiro, meio inchados e avermelhados por sua profunda afeição pelo vinho Madeira, fitaram a esposa:

— Julianna? Como assim?

— Pense, Skeffington, pense! Julianna participou da temporada; e, apesar de não termos recebido convites para o Almack, nem para os bailes mais importantes, onde encontraríamos a mais alta aristocracia, fomos a várias festas, e eu fiz questão de que ela cavalgasse no Green Park todos os dias. Não deixamos de ir um só dia, e uma tarde *ele* estava lá, nós o vimos! Percebi que olhou para Julianna, e acho que... Acho que... Isso, ele a viu! Tanto que recebemos este convite para ir a Claymore. Ele notou como nossa filha é adorável e passou toda a temporada a procurando, pensando em um jeito de poder trazê-la para a sua companhia.

— Modo esquisito de conseguir isso... a própria esposa dele fazendo o convite! Não posso aprovar. Absoluta falta de dignidade!

Os olhos da mulher se arregalaram de aflição, fixos no marido:

— O quê? Do que está falando?

— De nossa filha e Claymore.

— O duque? — indagou ela, confusa. — Quero que ela conquiste Langford.

— Não entendo como pode imaginar uma coisa dessas! Se Claymore se interessou por Julianna e Langford também a quer, teremos uma encrenca e tanto. É preciso pensar muito bem antes de aceitar esse convite, minha querida.

Ela abriu a boca para censurar Skeffington por ser tão obtuso, mas foi interrompida pelo som de vozes alegres que vinham do hall.

— As crianças! — exclamou, correndo para fora da sala e abraçando a primeira pessoa que encontrou. — Senhorita Bromleigh — estava tão entusiasmada que nem notou que abraçava a governanta —, teremos que trabalhar dia e noite a fim de nos prepararmos para uma viagem. Não tenho ideia do que iremos precisar para uma festa tão importante... Julianna, onde você está, meu anjo? — perguntou, momentaneamente desnorteada ao ver apenas dois dos meninos de cabelos negros e faces coradas, um de 4 e outro de 9 anos.

— Julianna foi direto para o quarto dela, lady Skeffington.

Sheridan conteve um sorriso cansado diante da alegre vibração da dama, sentindo-se preocupada com o trabalho a mais que significaria preparar as crianças para "uma festa tão importante". Tinha apenas uma noite de folga e, para não perdê-la, trabalhava desde o amanhecer até às as onze da noite, todos os dias, realizando as inúmeras tarefas que deveriam ser confiadas a criadas de quarto e camareiras, e não a uma governanta.

Aproveitando a confusão criada pela festa em perspectiva, Sherry se refugiou por alguns instantes em seu pequeno quarto no sótão. Com água do jarro, lavou o rosto na bacia que se achava sobre sua penteadeira, verificou se os cabelos estavam bem presos no volumoso coque atrás da cabeça e foi se sentar junto da pequena janela, com a costura no colo. Uma festa significava mais costuras, mais vestidos para passar a ferro, mais trabalho. Entretanto, ela não tinha medo de trabalhar. Ser governanta de três crianças a mantinha bastante ocupada durante o dia para que não pensasse em Stephen Westmoreland e no tempo mágico que vivera ao lado dele. À noite, quando a casa se aquietava e ela costurava, à luz de velas, dava vazão às lembranças e aos sonhos de olhos abertos. Às vezes, chegava a ter medo de que a obsessão sem esperança que nutria pelo conde a fizesse enlouquecer. Com a cabeça inclinada para a costura, imaginava cenas entre os dois e recordava as que haviam ocorrido.

Revivera uma porção de vezes o terrível rompimento do noivado, misturando-o com eventos imaginários. A maioria das cenas começava do mesmo jeito, com Charise Lancaster irrompendo em seu quarto e, no meio das insuportáveis acusações de que ela era uma ambiciosa impostora, Stephen aparecia. Tinha preferência por algumas variações sobre o fim da história:

... Stephen ouvia as mentiras acusadoras de Charise, expulsava-a da sua casa, voltava-se para Sheridan e ouvia com boa vontade suas explicações. Casavam-se naquele dia, conforme planejado.

... Stephen se recusava a ouvir qualquer palavra de Charise e a expulsava da sua casa; depois ouvia, de boa vontade, o lado da história de Sheridan. Casavam-se naquele dia, conforme planejado.

... Já estavam casados quando Charise aparecia, ele ouvia a versão de Sheridan da história e acreditava nela.

Nenhum desses finais anulava a dolorosa revelação de Nicholas DuVille de que Stephen decidira ficar noivo dela levado pelo peso da culpa e pelo senso de responsabilidade, mas Sherry minimizava esse fato com uma solução simples: ele também a amava. Tinha variações sobre esse tema:

... Ele sempre a amara, porém só descobrira isso depois da sua partida. Então, ele a procurava, encontrava, e eles se casavam.

... Já estavam casados quando ele descobria que a amava, apesar de tudo.

Ela preferia a primeira versão, porque era a única possibilidade real, e sonhava tanto com isso que às vezes se via à janela, olhando para a rua, na esperança de vê-lo chegar. Uma vez por semana, Sheridan tinha a felicidade real de vê-lo na ópera, o que também era uma tortura.

Precisava parar de fazer isso, precisava parar de se atormentar esperando o momento impossível em que ele deixaria de dar atenção à dama que o acompanhava a cada noite e olharia para ela, com aquele maravilhoso e íntimo sorriso. Sabia que, se isso acontecesse, seria o fim de suas idas ao Covent Garden, e não suportaria esse novo sofrimento.

Às vezes, imaginava que seu desaparecimento era a causa da expressão dura e distante que ele mantinha, sentado ao lado das ocasionais companhias no camarote da ópera. Stephen estava triste, abatido e amargo porque sentia saudade dela... porque sofria por tê-la perdido.

Como a tarde ainda estava por terminar e era cedo demais para sonhar, Sheridan sacudiu a cabeça a fim de se libertar daqueles pensamentos e ergueu os olhos, procurando mostrar-se tranquila, quando Julianna entrou em seu quarto.

— Senhorita Bromleigh, posso me esconder aqui?

O rosto adorável da jovem de 17 anos demonstrava aflição quando ela se voltou, depois de ter fechado a porta, e se dirigiu para a cama. Cuidadosa para não amarrotar a colcha adamascada, sentou-se, leve como um anjo. Em seus momentos menos caridosos, Sherry se permitia imaginar como duas pessoas terríveis como sir John e lady Skeffington haviam produzido aquela menina de ouro, encantadora, inteligente, meiga e sensível.

— Aconteceu a pior coisa do mundo! — exclamou Julianna, triste.

— A pior *mesmo?* — brincou Sheridan. — Não apenas uma coisa terrível ou desastrosa, mas a pior coisa do mundo?

Um sorriso começou a surgir em seus lábios, mas se apagou quando Julianna suspirou:

— Mamãe está fazendo mil castelos no ar, acreditando que um aristocrata está interessado em mim, quando a verdade é que ele nem sequer olhou na minha direção e nunca me dirigiu uma só palavra.

— Entendo... — assentiu Sheridan, séria.

E de fato entendia. Pensava em algo para dizer quando lady Skeffington, de olhos arregalados, abriu a porta e entrou no pequeno quarto.

— Não tenho a menor ideia do que devemos vestir enquanto estivermos em tão ilustre companhia... — disse, aflita. — Senhorita Bromleigh, você, que nos foi recomendada pela irmã de um duque, pode nos orientar? Precisamos ir imediatamente à Bond Street. Julianna, endireite os ombros! Os cavalheiros não gostam de moças corcundas. O que devemos fazer, senhorita Bromleigh? Vamos ter que alugar carruagens e levar nossos criados, inclusive você, é claro.

Sherry ouviu isso sem um piscar de olhos sequer. Era verdade: não passava de uma criada, e tinha muita sorte por ter conseguido essa posição.

— Não tenho experiência com roupas da nobreza — respondeu, cautelosamente —, mas darei minha opinião com prazer, madame. Onde será a festa?

Lady Skeffington endireitou os ombros e estufou o vasto peito, fazendo Sheridan pensar em um arauto anunciando a chegada do rei e da rainha:

— Na casa de campo do duque e da duquesa de Claymore!

Sherry sentiu o quarto girar e precisou esforçar-se para se dominar. Decerto entendera errado.

— O duque e a duquesa de Claymore nos convidaram para uma festa íntima em sua casa!

Sherry se apoiou na coluna da sua cama para evitar cair, de tão moles que seus joelhos haviam ficado. Com base no que aprendera sobre a alta sociedade inglesa, sabia que os Westmoreland se localizavam no ponto mais alto, e os Skeffington, no mais baixo, completamente fora do campo de ação da família Claymore. Mesmo que não houvesse a intransponível diferença entre as duas famílias em riqueza e prestígio, havia a questão do berço ilustre. Os Westmoreland tinham uma longa linhagem de antepassados nobres; sir John e lady Glenda Skeffington, não. Era impossível, pensou ela. Estava tendo um daqueles sonhos de olhos abertos, e ele se transformava aos poucos em um pesadelo.

— Senhorita Bromleigh, está tão pálida! Por favor, não é um bom momento para passar mal! Se não tenho tempo de desmaiar, a senhorita também não terá, mocinha — acrescentou a dama, com um sorriso amplo.

Engolindo em seco, Sherry tentava encontrar a própria voz:

— A senhora... — Pigarreou e recomeçou: — A senhora os conhece... Quero dizer, o duque e a duquesa?

Antes de dizer a verdade à criada, lady Skeffington resolveu adverti-la:

— Posso confiar que você não irá trair a nossa confiança, sob o risco de perder seu emprego?

Sheridan engoliu em seco de novo e fez que sim com a cabeça. Deduzindo que era uma promessa de manter segredo, a dama lhe confiou:

— Sir John e eu jamais os vimos em nossa vida.

— Então, por que...

— Creio que eu sei o motivo. Julianna chamou a atenção do mais cobiçado solteiro da Inglaterra! Na minha opinião, essa festa é apenas um pretexto, uma inteligente manobra imaginada pelo conde de Langford, para introduzir Julianna em seu círculo, a fim de poder se aproximar dela.

Relâmpagos coloridos se sucediam nos cantos dos olhos de Sheridan.

— Senhorita Bromleigh?

Sherry piscava, mal enxergando aquela mulher que com certeza inventara aquele pesadelo como uma forma de tortura diabólica para destruir a defesa que ela cuidadosamente construíra para não enlouquecer.

— Senhorita Bromleigh, ISSO NÃO PODE ACONTECER!

— Mamãe, pegue seu vidrinho de sais, depressa!

A voz de Julianna se tornava cada vez mais fraca aos ouvidos de Sheridan enquanto ela percorria um longo e escuro túnel.

— Estou bem... — Sherry tentava desviar-se do odioso vidrinho de sais que *lady* Skeffington insistia em colocar sob seu nariz. — Foi só uma... tontura.

— Graças a Deus! Pois dependemos de você para nos orientar sobre a maneira correta de agir diante da alta aristocracia.

Sheridan riu, e seu riso era parte divertimento, parte nervosismo:

— Por que acha que sou capaz disso?

— Porque a senhorita Charity Thornton diz na carta de referência que você é uma moça de rara gentileza e que pode ser o mais alto exemplo dos padrões da nobreza máxima para qualquer criança ou jovem de quem cuide. Ela escreveu essa carta, não? Aquela que você nos mostrou?

Sherry desconfiava de que a carta fora escrita por Nicholas DuVille e que a senhorita Charity a assinara sem ler, porque as recomendações apenas de um homem solteiro, principalmente quando se tratava de um famoso namorador, não bastariam para conseguir um emprego respeitável para moça alguma. Fora isso ou, quem sabe, ele escrevera a carta e simplesmente assinara por si e pela bondosa dama.

— Dei-lhe algum motivo para duvidar do que essa carta afirma, madame? — desconversou Sherry.

— Claro que não. Você é uma excelente moça, apesar da cor extravagante dos seus cabelos, e espero que nunca nos decepcione.

— Tentarei não decepcionar... — Sheridan se surpreendia por ainda ser capaz de falar.

— Então, vou deixá-la, para que descanse por uns minutos. Está muito lotado aqui...

Como uma criança obediente, Sherry se deixou cair na cama, o coração batendo forte e apressado. Um instante depois de ter fechado a porta, lady Skeffington tornou a abri-la e enfiou a cabeça pelo vão:

— Quero que as crianças aproveitem ao máximo enquanto você estiver conosco. Mesmo que minha filha se torne a condessa de Langford, temos o futuro dos outros para pensar... Continue a ensinar canto a eles: é maravilhoso como, em tão pouco tempo, conseguiu ensiná-los a acompanhá-la naquele instrumento esquisito que me aconselhou a comprar, aquele...

— Violão — ajudou Sheridan, em um fio de voz.

Assim que a porta se fechou, ela começou a pensar intensamente. Não acreditara, nem por um minuto, na ideia insensata de lady Skeffington de que Stephen Westmoreland vira Julianna no parque e se dera a tanto trabalho para conhecê-la. Sem dúvida, Julianna era uma jovem bonita, mas suas melhores qualidades apareciam quando se conversava com ela, o que não acontecera com Stephen. Além disso, de acordo com o que ouvira dizer na única vez em que fora ao Almack, ele tinha uma porção de mulheres dispostas a atender ao seu menor sinal de interesse. Não tinha a menor necessidade de montar o esquema elaborado de uma festa em casa.

Não. Não era por isso que a família Skeffington e sua *governanta* haviam sido convidadas para uma festa em Claymore. O convite nada tinha a ver com eles, pensou, com uma risada nervosa, em parte por medo, em parte pela vulnerabilidade que sentia. A verdade era que os Westmoreland, e provavelmente os amigos deles que também estariam em Claymore, haviam planejado a mais cruel vingança do mundo para punir Sheridan Bromleigh pelo que achavam que fora uma ofensa profunda a eles: iriam forçá-la a voltar à sociedade, só que não como uma igual, mas como a serviçal que ela *realmente* era.

E a parte mais dolorosa disso tudo — a parte humilhante, devastadora — era que não tinha escolha: precisava ir a Claymore.

Sherry sentiu seu queixo tremer e se levantou com raiva. Sua consciência estava tranquila, não se envergonhava de trabalhar e jamais aspirara se tornar condessa.

A consciência se encarregou de lembrá-la de que isso não era bem verdade. Ela quisera, sim, tornar-se a condessa de Stephen Westmoreland. E aí estava o castigo por ter-se atrevido a sonhar, por querer ser mais do que era, pensou, zangada com o destino, que fazia aquilo com ela.

— Quero ir para casa! — disse, angustiada, para o quarto vazio. — Tem que haver algum jeito de eu ir para casa!

Já fazia um mês que escrevera para a tia Cornelia contando tudo o que acontecera desde que embarcara no *Morning Star*, pedindo-lhe para mandar dinheiro para a passagem de volta. O dinheiro viria, tinha absoluta certeza, só que, na melhor das hipóteses, sua carta levaria de oito a dez semanas para atravessar o Atlântico e chegar às mãos da tia; depois, seria preciso mais ou menos o mesmo tempo para a resposta de Cornelia chegar.

Mesmo que o Atlântico se mantivesse calmo e o navio não fosse obrigado a parar em algum porto entre Portsmouth e Richmond, ainda levaria no mínimo três semanas para receber notícias da tia; três semanas até que o dinheiro para a passagem chegasse. A festa em Claymore seria dali a três semanas. Se a sorte lhe sorrisse pelo menos uma vez desde que pusera os pés em solo inglês, os Westmoreland não conseguiriam realizar sua vingança.

48

Com tempo de se preparar mentalmente para qualquer surpresa desagradável que os Westmoreland tivessem planejado para ela em Claymore, Sheridan se convencera de que estava pronta para enfrentar seu destino. Durante as três semanas, tratara de se lembrar constantemente de que era inocente, que a franqueza e a honestidade estavam ao seu lado. Para se precaver contra qualquer sofrimento maior, acabara com o ritual de sonhar com Stephen de olhos abertos.

Como resultado, viu-se capaz de enfrentar a viagem para Claymore com o que ela achava ser uma indiferença estoica. Em vez de imaginar quanto tempo levaria para ver Stephen, se é que iria vê-lo, concentrara-se em conversar animadamente com os filhos de sir Skeffington, que viajavam com ela na terceira das carruagens alugadas que formavam a caravana. Em vez de pensar no que Stephen diria quando a visse, insistira que as crianças cantassem músicas alegres durante as duas horas que o trajeto levava. Em vez de ficar olhando pela janela a fim de ver a casa assim que surgisse, devotara todos os pensamentos e atenção à aparência das crianças, enquanto o comboio Skeffington prosseguia por um largo caminho ladeado por árvores, passando por uma linda ponte de pedra que levava à casa de campo do duque de Claymore. Quando chegaram, ela não se permitiu lançar mais do que um rápido e pouco atencioso olhar à fachada da imensa mansão de duas alas, unidas por uma vasta entrada com esguias colunas, e nem sequer admirou os balcões e as janelas que a adornavam.

A não ser pelas batidas traiçoeiras do seu coração, que aceleraram quando desceu da carruagem, sentiu-se tão fortalecida por não sentir nada mais que foi capaz de acenar com a cabeça e dar um sorriso bem-educado aos criados em uniformes marrons com dourado que saíam da casa para receber os recém-chegados. Com o vestido simples de bombazina azul-marinho, o cabelo torcido em um severo coque na nuca e a gola branca abotoada até o pescoço, Sheridan parecia exatamente a governanta que era ao descer da carruagem. Com as mãos em um dos ombros de cada menino, subiu os degraus que davam para o pórtico, logo atrás de sir John, lady Glenda e Julianna.

Seu queixo se mantinha alto, porém não em atitude agressiva, e os ombros continuavam firmes, pois não tinha nada do que se defender ou envergonhar, nem mesmo de sua nada nobre, mas respeitável, posição de governanta. Pela milésima vez em três semanas, lembrou a si mesma, determinada, que não enganara voluntariamente os Westmoreland nem a ninguém. O conde de Langford foi quem a enganara, conscientemente, fingindo ser seu noivo, e, depois, fingindo que queria se casar com ela. A família o acompanhara na farsa, portanto a culpa e a vergonha eram deles, e não dela.

Infelizmente, a dura determinação de Sheridan sofreu o primeiro golpe assim que entrou no átrio de três pavimentos, sem teto e iluminado pela luz do dia, onde mais criados aguardavam, atentos e gentis, para levar os convidados aos seus aposentos logo que o segundo mordomo os tivesse cumprimentado formalmente e indicado em que quartos deveriam se instalar.

— Sua Alteza acredita que os senhores apreciarão a linda vista que se tem do quarto azul — disse ele a sir John e lady Glenda. — Têm todo o tempo que desejarem para repousar da viagem. Depois, também adoraria que se unissem a ela na sala de estar.

Assim que o mordomo terminou de falar, um lacaio deu um passo à frente, destacando-se da fileira de criados que aguardavam para escoltá-los até o quarto.

— Senhorita Skeffington, o quarto ao lado foi preparado para a senhorita.

Voltando-se para os meninos após Julianna se dirigir para a larga escadaria acompanhada por outro criado, disse:

— Jovens senhores — continuou Hodgkin —, seu aposento fica no terceiro andar, onde estão as salas de jogos e brinquedos. E a governanta dos senhores deverá, é claro...

Ele se voltou para Sheridan e, embora ela tivesse tido tempo para se preparar para o momento em que a reconheceriam, não estava preparada para o horror que surgiu nos olhos azul-claros e se espalhou pelo rosto do velho mordomo quando seu olhar foi do vestido simples para o rosto dela e a reconheceu.

— A governanta... de... deverá ficar, é... claro — gaguejou Hodgkin —, perto dos senhores... então, ocupará um quarto... bem em frente, do outro lado do corredor.

Sheridan teve o impulso de se aproximar dele e lhe dar um beijo no rosto marcado pelas rugas, de dizer que estava tudo bem, que era uma governanta e que não havia motivo algum para ele ficar com aquela angustiada cara de choro. Em vez disso, esboçou a sombra de um sorriso:

— Muito obrigada — disse, suavemente, e acrescentou: — Hodgkin.

Seu quarto era pequeno em comparação ao dos meninos, simplesmente mobiliado com uma cama, uma cadeira, uma pequena penteadeira com a bacia e o jarro, mas era um luxo diante do quarto que ocupava no sótão da casa que os Skeffington haviam alugado em Londres. Melhor ainda, a mansão dos Claymore era tão vasta que ela poderia evitar com certa facilidade os proprietários e a família deles. Em um esforço para se manter ocupada, sem pensar, lavou as mãos e o rosto, tirou da mala suas roupas de noite e foi para o quarto ver como os meninos estavam.

Havia duas outras governantas acomodadas no fim do corredor e, quando Sherry levou seus garotos para a sala de brinquedos, elas também foram, cada qual com um menininho de aproximadamente 4 anos. Depois de amáveis apresentações, as duas governantas fizeram os pequenos Skeffington se interessarem em brincar com os delas, e Sheridan se viu do jeito que menos queria: com tempo sobrando.

Ouvindo a barulheira que as quatro crianças faziam brincando, andou pela sala enorme e ensolarada, passou por uma grande mesa coberta por exércitos de soldadinhos de chumbo e foi pegar dois livros que estavam no chão, perto da estante. Colocou-os em uma das prateleiras e, em um gesto distraído, pegou um caderno de desenho que estava deitado sobre uns livros. Abriu-o... e seu coração falhou. Sob um desenho infantil, que parecia ser de um cavalo pastando em um campo ou bebendo água de um lago, havia um nome, escrito em caligrafia insegura e desajeitada: STEPHEN WESTMORELAND.

Fechou o caderno de imediato e o recolocou no lugar, mas suas defesas sofreram outro choque, dessa vez ainda mais forte: poucos metros adiante, acima de uma pequena mesa, havia um quadro que mostrava um menino abraçado ao pescoço de um cavalo com um amplo sorriso no rosto. Era evidente que o quadro fora pintado por um amador talentoso, e o sorriso do menino de cabelos escuros era travesso, meigo e irresistível; sem dúvida, o sorriso de Stephen.

— Creio que vou brincar também — disse, virando as costas para o quadro. — O que estão jogando?

Thomas Skeffington, o menino de 9 anos, que já caminhava para o excesso de peso, respondeu:

— Já tem jogadores demais, senhorita Bromleigh. Quem vencer vai ganhar um doce, então não seria certo a senhorita ganhar, pois o prêmio é um doce especial e eu o quero!

— Não! É *meu!* — berrou o de 4 anos.

Envergonhada pelas maneiras mal-educadas dos meninos, que apenas começavam a melhorar sob seus cuidados, lançou um olhar de desculpas às outras duas governantas, e as moças lhe sorriram com simpatia.

— Você deve estar cansada — disse uma delas. — Nós chegamos ontem e tivemos uma boa noite de sono. Por que não descansa um pouco, antes de a festividade começar? Pode deixar que tomamos conta dos jovens cavalheiros.

Como estava tendo grande dificuldade para dominar o impulso de pegar o caderno de desenhos ou evitar ficar olhando para o quadro do menino cujo sorriso lhe perturbava o coração, Sherry aceitou a oferta e praticamente correu para seu quarto. Deixando a porta aberta, sentou-se na cadeira junto da cama e procurou não pensar que estava na casa onde Stephen crescera. No entanto, as três semanas de ansiedade e trabalho duro, assim como os acontecimentos da última meia hora, venceram-lhe a resistência; pela primeira vez em semanas, ela se deixou sonhar de olhos abertos: imaginou que o convite feito aos Skeffington nada tinha a ver com ela, que poderia ficar sossegada no terceiro andar da mansão, pois não seria descoberta nos três dias que passaria ali, e que Stephen Westmoreland não compareceria à festa.

No entanto, o aparecimento de Julianna pouco depois não apenas lhe roubou essas esperanças, como também deixou evidente que passaria por várias humilhações.

— Está descansando ou posso entrar? — perguntou a jovem, hesitante.

Sheridan se livrou da ansiosa fantasia.

— Claro que pode, sua companhia é bem-vinda... — respondeu. Depois, não pôde se conter e perguntou: — O conde de Langford está aqui?

— Não, mas esperam que chegue a qualquer momento, e mamãe continua com a ridícula ideia de fazer com que eu me case com ele. Não sei como vou aguentar este fim de semana... — Raiva brilhava nos olhos dela. — Por que ela faz isso comigo, senhorita Bromleigh? Por que o maior sonho dela é me ver casada com um homem rico, com elevado título de nobreza, não importando que eu o considere velho, feio ou insuportável? Por que ela se torna uma... uma *bajuladora* quando está diante de alguém socialmente superior? — O coração de Sheridan se apertava ao ver como a jovem evitava demonstrar a vergonha e a raiva que sentia. — Você precisava tê-la visto agora há pouco, na sala de estar, com a duquesa de Claymore e os amigos dela. Mamãe pressionava tanto e estava tão ávida pela aprovação deles que era terrível de assistir!

Como não podia responder sinceramente a essas perguntas sem condenar a mãe dela e trair sua aversão às atitudes que Julianna achava tão deploráveis, Sheridan disse, cautelosamente:

— Às vezes as mães desejam para suas filhas uma vida melhor do que a delas e...

Com desprezo, Julianna interrompeu:

— Mamãe pouco se importa com a *minha* vida! Eu seria feliz se ela me deixasse escrever em paz! Seria feliz se ela parasse de tentar me casar como se eu fosse uma...

— Linda princesa? — completou Sherry.

E era parcialmente verdade. Na cabeça de lady Glenda Skeffington, o rosto e o corpo da filha eram dons preciosos que davam chance para a família conseguir um nível mais elevado na sociedade. E a jovem era sensível o bastante para perceber isso.

— Eu queria ser feia! — desabafou Julianna, e estava sendo sincera. — Queria ser tão feia que homem nenhum sequer olharia para mim. Sabe como era a minha vida antes de você ir para nossa casa? A única coisa que eu fazia era ler. Mamãe nunca me deixa ir a lugar algum porque morre de medo que algum escândalo possa me atingir e baixar meu valor no mercado de casamentos! Eu queria tanto que isso tivesse acontecido! — exclamou, desesperada. — Queria estar arruinada, assim poderia pegar a pequena herança que vovó me deixou e ir morar em uma casinha em Londres, onde, então, poderia ter amigos, ir à ópera, ao teatro e escrever um livro. Liberdade — sussurrou, com ar sonhador —, amigos... A senhorita é minha primeira amiga, senhorita Bromleigh. É a primeira mulher quase da minha idade que mamãe permite chegar perto de mim. Ela não aprova o comportamento moderno das moças, entende? Acha que são assanhadas e que, se eu me misturar com elas...

Sherry entendia perfeitamente, e completou:

— Sua reputação sofrerá e você ficará...

— Arruinada!

Ao dizer essa palavra, Julianna parecia inclinada a gostar da perspectiva. Nos olhos dela, cintilava a personalidade que lady Skeffington tentava esmagar quando repetiu, em um sussurro confidencial:

— *Arruinada!* Nunca mais me casaria... Não seria divino?

Nas circunstâncias da vida de Julianna, até poderia parecer "divino", mas ela não compreendia realmente o que aquilo traria para a sua vida.

— Não. Não seria divino — discordou Sheridan com firmeza, porém sorrindo.

— Acredita no amor, senhorita Bromleigh? Quero dizer, no amor entre um homem e uma mulher, daquela espécie que a gente vê nos livros? Eu não.

— Eu...

Enquanto hesitava em responder, lembrou-se da sensação de euforia que tinha quando Stephen se aproximava, como era delicioso conversar e rir com ele. Lembrou-se, acima de tudo, das emoções que a dominavam quando sentia enorme prazer com o beijo dele. Por um momento, foi como se tivesse voltado a fazer parte da ordem natural das coisas. Lembrou-se de que se sentira realizada, completa, porque ele gostava dela. Ou estupidamente achara que ele gostava. De repente, percebeu que Julianna a fitava, expectante, e assentiu:

— Eu já acreditei no amor.

— E?

— E descobri que pode ser muito doloroso quando ele existe apenas de um lado.

Assim que fez a confidência, Sherry se conscientizou, aturdida, de que sua guarda caíra só por ter se lembrado de um beijo.

— Compreendo... — sussurrou Julianna.

Os bonitos olhos cor de violeta eram sábios demais para a idade dela. Na opinião de Sheridan, a jovem tinha talento para escrever, e era uma observadora extraordinária.

— Creio que não compreende — mentiu, com um leve sorriso. Julianna aceitou a observação com simplicidade e falou, pensativa:

— Quando você chegou lá em casa, eu senti... senti que fora profundamente ferida e percebi que tem muita coragem e determinação. Não vou perguntar se foi um amor não correspondido, como tenho a impressão de que foi, mas posso lhe perguntar outra coisa?

Estava na ponta da língua de Sherry dizer, em uma repreensão, que era errado bisbilhotar a vida dos outros, mas Julianna era tão só, tão meiga e simpática que não quis magoá-la.

— Se perguntar algo que não me deixe sem jeito... — respondeu.

— Como consegue ser uma pessoa tão serena?

Sheridan sentia tudo menos serenidade naquele momento, e tentou brincar, mas o sorriso saiu forçado:

— É que devo ser um exemplo: tranquila, corajosa, determinada... Bem, vamos falar de coisas mais importantes. Sabe quais são os planos para o fim de semana?

Julianna deu um sorriso de admiração ao ver com que habilidade Sheridan desviava o assunto de si mesma, enquanto respondia:

— Vai ser um fim de semana ao ar livre, inclusive as refeições, o que, aliás, me parece muito esquisito. O fato é que crianças e governantas irão se sentar à mesa conosco... Sei disso porque fui dar uma volta no jardim antes de vir para cá e vi como tudo está arrumado.

Enquanto falava, a jovem se abaixou para retirar uma pedrinha que entrara em seu sapato e não viu o horror e a hostilidade que se estamparam no rosto de Sherry.

— Ah, sim! — acrescentou, ainda de cabeça baixa: — Você vai tocar violão e cantar com os meninos...

No entanto, em vez de se deixar abater, Sheridan se fortaleceu, provocada por aquela manobra maldosa que jamais teria sido capaz de imaginar. Pelo que Julianna acabara de dizer, era evidente que aquela festa fora deliberadamente organizada de maneira a mantê-la o tempo todo em foco. Os convidados se limitavam aos casais amigos dos Westmoreland que ela conhecera melhor, o que fazia supor que eles eram coniventes com o castigo-humilhação da ex-noiva de Stephen que se tornara governanta, e que haviam sido escolhidos porque jamais espalhariam fofocas a respeito daquilo em Londres, porque não desejariam envergonhar o conde. Ela não teria paz nem mesmo para jantar. Enfureceu-se ao pensar que seria obrigada a se exibir para diverti-los.

— Aqueles monstros! — A voz dela vibrava de revolta.

Julianna terminou de calçar o sapato e ergueu a cabeça:

— Os meninos? Eles estão aí na frente...

— Não *esses* monstros — disse Sherry, sem pensar. — Os monstros adultos. Você disse que "eles" estão na sala de estar?

Sem dar atenção ao olhar espantado de Julianna, a mulher que a menina admirara pela serenidade marchou para fora do quarto com um feroz olhar combativo que teria feito Napoleão Bonaparte pensar duas vezes se a tivesse como inimiga. Sheridan sabia que perderia o emprego pelo que pretendia fazer, e que os Skeffington podiam até mandá-la embora antes de voltarem para casa. Lady Glenda era ambiciosa, esperta, e não demoraria muito para perceber que a governanta de seus filhos era desprezada pelos nobres, além de ser a figura em foco daquela estranha festa. Além disso, a dama estava disposta a sacrificar a única filha na tentativa de se introduzir no círculo social dos Westmoreland, e não hesitaria um instante sequer em despedi-la quando soubesse que a nobre família tinha má opinião a respeito dela.

Porém, nada disso importava para Sherry enquanto ela descia as escadas. Não permitiria que aqueles convencidos aristocratas ingleses a torturassem por causa de um doentio desejo de vingança.

49

Cega a tudo o mais, Sheridan localizou a sala de estar com a ajuda de um lacaio e defrontou com outro criado, que se encontrava diante da porta fechada.

— Desejo falar com a duquesa de Claymore imediatamente — informou-lhe, certa de que ele diria que era impossível e que teria de entrar à força, se necessário. — Meu nome é Sheridan Bromleigh.

Ficou chocadíssima quando o lacaio fez um cumprimento com a cabeça e abriu a porta, dizendo:

— Sua Alteza está esperando a senhorita.

Ouvir aquilo removeu todo o resto de dúvida que ela pudesse ter sobre a intenção de que queriam puni-la naquela festa.

— Eu devia ter imaginado isso — comentou, com desdém.

Risos e vozes femininas se interromperam no momento em que ela entrou na grande sala. Ignorando Victoria Seaton e Alexandra Townsend, Sherry passou também pela duquesa-mãe e pela senhorita Charity sem um aceno de cabeça sequer, parando, por fim, diante da duquesa de Claymore.

Baixou os olhos flamejantes para contemplar a linda mulher de cabelos negros que um dia considerara irmã e disse, com a voz alterada pela dor do ultraje:

— Madame está tão pobre de entretenimento que precisa torturar uma criada para se divertir? — perguntou, claramente, com os punhos cerrados. — Que outros divertimentos espera que lhe ofereça, além de tocar e cantar? Vai exigir que dance também? Por que Stephen ainda não está aqui? Ele deve estar com tanta pressa quanto a senhora para ver o espetáculo começar. — Nesse momento, a voz dela tremeu quase imperceptivelmente: — Perderam tempo, Alteza, porque eu estou indo embora! Entendeu? A senhora obrigou os Skeffington a fazerem um gasto exorbitante para as posses deles e os atraiu para cá com a possibilidade de realizar suas aspirações sociais, quando tudo que quer é se vingar de mim! Que tipo de *monstros* são vocês, afinal? E, por favor, não *se atreva* a fingir que não planejou este fim de semana com o simples propósito de me trazer até aqui!

Whitney esperava que Sheridan a procurasse, mas não imaginara que o primeiro encontro se tornaria agressivo como um duelo. Em vez de explicar com gentileza o que havia planejado, aceitou a batalha verbal e respondeu com uma verdade que, sabia perfeitamente, atingiria o coração de Sheridan Bromleigh:

— Tive motivos — disse friamente, com um desafiador erguer de sobrancelha — para pensar que você me agradeceria por trazê-la de volta ao ambiente de Stephen.

— Nunca tive a intenção de estar no mesmo ambiente que ele — rebateu Sherry.

— É por isso que ia à ópera todas as quintas-feiras?

— Qualquer um é livre para ir à ópera.

— Não assistia ao espetáculo; olhava para Stephen.

Sheridan empalideceu:

— Ele sabe? Ah, por favor, diga-me que não contou a ele. Por favor, diga que não fez essa crueldade!

Sentindo que estava a um fio de cabelo de finalmente ouvir a verdade sobre o desaparecimento de Sheridan e que, se cometesse um deslize, ela não mais falaria, Whitney perguntou, cuidadosamente:

— Por que seria crueldade contar a Stephen que você ia à ópera para vê-lo?

— Ele *sabe?*

Diante de tamanha teimosia, Whitney teve de morder o lábio para apagar o espontâneo sorriso de admiração pelo caráter forte daquela moça. Sheridan Bromleigh podia ser uma criada em uma sala cheia de aristocratas, mas não baixava a cabeça para ninguém. Por outro lado, a cautela e a teimosia dela estavam criando um impasse. A jovem duquesa respirou fundo, detestando ter de recorrer à chantagem, porém o fez de qualquer maneira, sem escrúpulos:

— Ele não sabe, mas poderá saber, se não me contar por que vai à ópera apenas para vê-lo depois de tê-lo abandonado diante do altar.

— A senhora não tem o direito de me perguntar isso!

— Tenho todo o direito.

— Quem pensa que é? — explodiu Sherry. — A rainha da Inglaterra?

— Penso que sou a mulher que foi ao seu casamento e que *você* é a mulher que não compareceu a ele.

— Devia me agradecer por isso!

— Agradecer a você? — A surpresa de Whitney não era fingida. — Por quê?

— Por que está me fazendo essas perguntas? — reagiu Sheridan. — Por que insistir em coisas sem importância?

Whitney observou atentamente as próprias unhas:

— Não acho que o coração e a vida do meu cunhado sejam "coisas sem importância". Será que é nesse ponto que discordamos?

— Gostava mais de você quando ainda não sabia quem eu era, de fato...

O tom de Sheridan demonstrava tanta confusão e incerteza que poderia ser engraçado em outra circunstância. Ela olhou ao redor, como se precisasse ter certeza de que os móveis estavam firmes em seu lugar, que a sala não viraria de cabeça para baixo, que as cortinas e tapeçarias não desapareceriam a qualquer momento. Continuou, insegura:

— Você não parecia tão... cruel e irracional. Depois que *monsieur* DuVille me explicou, no dia do casamento, por que Stephen decidiu se casar comigo, eu fiz a única coisa que poderia ter feito. Pobre senhor Lancaster... morreu sem ter Charise ao seu lado...

Mentalmente, Whitney tomou nota de que Nicholas DuVille pagaria por sua participação inadvertida no que havia acontecido, mas tratou de continuar atenta a seu plano.

— Posso me retirar, agora? — perguntou Sheridan, secamente.

— Com certeza — respondeu Whitney, enquanto Victoria e a senhorita Charity a observavam, chocadas. Porém, quando Sherry chegava à porta, chamou-a — Senhorita Bromleigh. — E sua voz tornara-se suave, gentil. — Creio que meu cunhado a amava.

— Por favor, não diga isso! — explodiu Sherry, mas permaneceu de costas para ela, e sua mão segurava a maçaneta da porta com toda a força que tinha. — Não faça isso comigo! Ele nunca fingiu que me amava, nunca nem sequer se deu ao trabalho de mentir a esse respeito quando falamos em casamento.

— Talvez ele não conheça esse sentimento pelo nome, talvez não saiba que a ama, mas nunca mais foi o mesmo desde que você desapareceu.

Sheridan se sentiu abalada por uma explosão de esperança e de medo, de tristeza e alegria.

— Não minta para mim, pelo amor de Deus! — implorou, ainda sem olhar para trás.

— Sherry... — Ela se voltou diante do carinho que percebeu na voz de Whitney. — No dia do seu casamento, Stephen não acreditou que você não voltaria. Mesmo depois que Charise Lancaster destilou todo o seu veneno, ele não acreditou nela. Esperou, certo de que você voltaria e explicaria tudo.

Com a sensação de que seu peito iria se romper, Sherry ouviu a duquesa acrescentar:

— Ele reteve o padre até tarde da noite. Não quis deixá-lo ir embora. Isso não é esquisito em um homem que não a ama? Não é esquisito em um homem que ia se casar com você apenas por se sentir culpado e responsável? No momento em que soube que você não era Charise Lancaster, por que continuaria se sentindo culpado e responsável por você? O ferimento em sua cabeça já sarara havia tempo e sua memória voltara...

Sherry ficou abalada ao pensar no que tivera nas mãos e perdera.

— Ele não queria acreditar que você tinha partido para sempre, não queria deixar o padre ir embora — afirmou Whitney. — O padre não parava de repetir que o casamento teria que ser realizado à luz do sol, antes do meio-dia, como manda a tradição, mas Stephen não queria saber de nada.

Sherry virou a cabeça para esconder os olhos cheios de lágrimas.

— Nunca pensei... nunca imaginei... Achei que ele não havia pensado com clareza... — Ergueu a cabeça e fitou Whitney. — Ele não podia nem mesmo pensar em se casar com uma governanta.

— Podia, sim! — A risada da jovem duquesa se misturou com suas lágrimas. — Posso falar por experiência própria... e, por tudo o que li a esse respeito na história da família, sei que os homens Westmoreland fazem *exatamente* o que querem e como querem. Lembre-se de que, quando Stephen reteve o padre, ainda com a esperança de você voltar e de que se casassem, já sabia que você era a acompanhante paga de Charise Lancaster. E não se importou com isso. Havia decidido se casar com você, e nada o demoveria dessa ideia. Só você.

Calou-se, observando o rosto bonito de Sheridan, que expressava alegria, angústia e, por fim, esperança. Uma esperança tênue, frágil, mas estava lá, e isso agradou Whitney, que se viu obrigada a dar um aviso:

— É muito difícil lidar com os homens Westmoreland quando provocados além do que consideram razoável, e creio que Stephen ultrapassou muito esse ponto perigoso.

— Provocados além do razoável? — indagou Sherry, com cautela.

Whitney assentiu:

— Temo que isso tenha acontecido... — Esperou por um sinal de que Sheridan teria a coragem necessária para colocar as coisas em seus devidos lugares. — Creio que todo o peso de corrigir o que saiu errado ficará em seus ombros. Para dizer a verdade, a única coisa que pode esperar de Stephen é oposição. Fria e distante oposição. E, pior, ele será capaz de manifestar a raiva que sente por você.

— Sei...

— Ele não quer saber de você, não admite nem sequer que se mencione o seu nome na frente dele.

— Ele... ele me odeia?

A voz dela soou quebrada pela angustiante certeza de que Stephen a odiava e pela aflição de que poderia ter evitado tudo aquilo.

— Profundamente.

— Mas ele... Quer dizer, acha que antes ele não me odiava?

— Acredito que ele a amava. Eu lhe disse, uma vez, que jamais tinha visto meu cunhado tratar uma mulher do jeito como a tratava. Entre outras coisas, ele era possessivo, o que nunca acontecera antes.

Sheridan encarou as próprias mãos, com medo de ter esperança de fazer aqueles sentimentos reviverem nele. Mas não podia evitá-la. Finalmente, ergueu os olhos para Whitney e perguntou:

— O que posso fazer?

— Pode lutar por ele.

— Como?

— Essa é a parte mais delicada do problema. — Whitney mordeu o lábio para evitar rir da expressão alarmada de Sherry. — Naturalmente, ele tratará de evitá-la. Na verdade, iria embora no instante em que soubesse que você está aqui, se não fosse o aniversário de Noel e se não fosse ficar mal diante dos convidados.

— Então, creio que quer dizer que devo ser grata porque as coisas aconteceram assim.

— Acho que elas não "aconteceram assim". Você teve razão ao pensar que tudo isso foi cuidadosamente planejado — explicou a jovem duquesa —, mas a intenção nunca foi envergonhá-la, e sim obrigar Stephen a ficar perto de você o máximo possível durante este fim de semana. Além disso, as outras duas governantas foram instruídas a tomar conta dos meninos Skeffington enquanto vocês estiverem aqui. Convenci lady Glenda de que é melhor você cuidar de Julianna... a distância, é claro. Isso lhe permitirá andar por todo canto, até mesmo cavalgar, se quiser, e estar sempre visível.

— Eu... nem sei como agradecer...

— Não precisa agradecer!

Whitney sorriu nervosa e, como queria desesperadamente dar a Sheridan todo o apoio necessário para que tivesse coragem de enfrentar o que quer que Stephen planejasse fazer com ela, confiou-lhe algo que apenas a família sabia:

— Há vários anos meu pai arranjou meu casamento com Clayton sem me consultar. Eu... tinha um sonho infantil de me casar com um rapaz do nosso vilarejo; acreditava que iria amá-lo para sempre, e... fiz tantas coisas terríveis para evitar o casamento que, por fim, ele rompeu o noivado e retirou o pedido. Infelizmente, foi só então que descobri que o que eu sentia pelo outro era pura ilusão e que, de fato, amava Clayton. Só que a essa altura ele agia como se não me conhecesse.

— Mas é evidente que mudou seu modo de pensar...

— Isso não foi tão simples assim — confessou Whitney, enrubescendo. — *Eu* mudei o modo dele de pensar. Clayton estava prestes a se casar com outra, e eu... eu vim aqui para falar com ele, tentar dissuadi-lo. Stephen me deu todo o apoio, me encorajou a ficar e a lutar... Como foi algo assim que consertou tudo entre mim e meu marido, planejei esta festa para aproximar vocês.

— As coisas se acertaram assim que ele viu você?

A pergunta provocou uma risada musical e a duquesa sacudiu a cabeça:

— Ele parecia odiar até a minha sombra. Foi a noite mais mortificante da minha vida. Mas, quando tudo terminou, quando venci... quando nós vencemos... eu não tinha mais orgulho, mas Clayton era meu.

— Está me advertindo que meu orgulho será abalado?

— Terrivelmente, a menos que eu esteja muito enganada.

— Obrigada por me alertar — sorriu Sheridan. — Ajuda muito saber que cometeu um erro parecido com o meu e que conseguiu corrigi-lo.

— Não contei para dividir o sofrimento — lembrou Whitney, suavemente. — Tenho um motivo muito mais importante, do contrário não teria feito tudo isso...

— Compreendo. — Sherry hesitou, depois seu sorriso se tornou brilhante e sua voz, mais forte: — O que devo fazer?

— Primeiro, tem que estar sempre visível, para que ele não deixe de notá-la. E deve estar sempre disponível, também.

— Disponível... para ele, você quer dizer?

— Exatamente. Sentindo-se enganado e tendo se decepcionado, Stephen não quer saber de você. Será preciso que o atraia de modo irrecusável e irresistível para tê-lo de volta.

Sheridan assentiu, com o coração batendo descontrolado de medo, esperança e incerteza; então, voltou-se lentamente para as outras damas, que ignorara ao entrar, e viu que as três a fitavam com emocionada e terna compreensão. Olhou primeiro para a duquesa-mãe e a senhorita Charity:

— Fui imperdoavelmente rude...

Porém, a mãe de Stephen sacudiu a cabeça e lhe estendeu a mão.

— Se estivesse na sua situação, querida, teria agido do mesmo jeito.

Envolvendo a mão da duquesa com as dela, Sherry a apertou:

— Sinto muito, muito!

Victoria Seaton impediu que ela se desculpasse ao se levantar e abraçá-la com carinho; depois, recuou um pouco e disse, rindo:

— Estamos aqui para apoiá-la, e garanto que vai mesmo precisar de apoio quando Stephen chegar.

— Não a assuste — repreendeu Alexandra Townsend, rindo também, enquanto se levantava e pegava as mãos de Sheridan. Com uma exagerada imitação de arrepio, acrescentou: — Deixe isso para Stephen!

O sorriso de Sherry pareceu meio trêmulo:

— Seus maridos sabem o que estão fazendo?

As três damas assentiram, e ela se emocionou ao saber que eles também a apoiavam.

A tarefa que tinha diante de si era assustadora, e era comovente saber que Stephen se importava com ela a ponto de ter retido o padre até altas horas da noite, quando fugira. Nunca se sentira tão feliz na vida.

50

Depois que Sheridan, Alexandra e Victoria saíram da sala de estar, as três damas que permaneceram lá. Apesar do esforço que faziam para aparentar tranquilidade e confiança, tiveram um sobressalto e ficaram tensas ao ouvir uma carruagem chegar, uma hora mais tarde.

— Deve ser Stephen... — A duquesa-mãe colocou a xícara de chá sobre o pires com um gesto tão nervoso que a delicada porcelana de Sèvres tilintou.

Os convidados para a festa de aniversário haviam chegado durante a manhã, um após o outro, inclusive os Skeffington, mas o conde de Langford não aparecera, e era evidente que algo o atrasara, se é que não o retivera em Londres.

— Se ele não tiver sofrido nenhum acidente, nem tiver sido atacado por ladrões na estrada — acrescentou lady Alicia —, vou sentir impulsos de atacá-lo com minhas próprias mãos! Meus nervos estão no limite, e estou velha demais para suportar essa espécie de suspense.

Muito ansiosa para esperar que o mordomo anunciasse quem havia chegado, Whitney foi até uma das janelas e deu uma olhadela.

— É ele, querida? — indagou Alicia Westmoreland.

— Sim... Ah, não! — respondeu a duquesa de Claymore, virou-se, largando a cortina, nervosa.

— Sim, é ele, ou "ah, não", não é ele? — quis saber a senhorita Charity.

— Sim, é Stephen... — respondeu Whitney.

— Que bom!

— ... com Monica Fitzwaring.

— Que mau! — lamentou a duquesa-mãe.

E entregou o menino de 3 anos para a senhorita Charity, que abriu os braços para ele. A idosa não havia sido incluída no plano por falta de necessidade, mas, como ela e Noel haviam se afeiçoado muito um ao outro, Whitney não tivera coragem de deixá-la fora da festa de aniversário. Do contrário, não teria permitido que ficasse, pois não havia sido informada da vinda de Sheridan e das razões para o plano.

— Ele trouxe também Georgette Porter.

— Isso é *muito* mau! — disse a duquesa, soando ainda pior.

— Acho que é ótimo! — exclamou a senhorita Charity.

Os olhares incrédulos se fixaram nela, que ria para lorde Noel Westmoreland. Pegou as mãozinhas gorduchas e fez o menino bater palmas e rir, antes de olhar para as damas, que a observavam como se temessem que tivesse ficado louca.

— Uma mulher ocuparia todo o tempo dele — explicou, animada —, duas mulheres ocuparão uma o tempo da outra e o deixarão livre para a nossa Sheridan.

— Infelizmente, Monica e Georgette não se dão bem — objetou Whitney.

A senhorita Charity fez um gesto de descaso:

— Querendo que Langford tenha boa opinião sobre elas, farão o possível para superar uma à outra em gentilezas mútuas. Ou então — acrescentou, franzindo a testa enquanto pensava por momentos — irão se unir e dirigir toda a maldade e malícia para a nossa pobre Sherry... fazendo com que o conde preste atenção nela.

Sem saber se gostara da segunda possibilidade, a duquesa de Claymore fitou a sogra:

— O que devemos fazer?

Não querendo ficar fora da conspiração nem por uma fração de segundo, a senhorita Charity respondeu, no lugar da duquesa-mãe:

— Vamos convidar monsieur DuVille para nivelar os números!

Os nervos da duquesa Alicia realmente estavam tensos, pois ela se virou e fuzilou a senhorita Charity com o olhar:

— Que ideia mais absurda! Como sabe, Stephen tem aversão até ao nome desse homem desde o dia em que Sherry desapareceu.

Preocupada com a impaciência da sogra, Whitney interveio rapidamente:

— Por que não leva Noel para dar um passeio no jardim, senhorita Charity? — sugeriu, sorridente. — Recomendei às governantas que levassem os meninos para junto do lago, a fim de verem os cisnes e degustarem doces. Se nossa "governanta especial" aparecer por lá, a senhora poderá vigiá-la para nós.

Charity assentiu de boa vontade, pôs Noel no chão e lhe estendeu a mão:

— Muito bem, meu jovem lorde, vamos, temos uma missão de espionagem!

Noel soltou a mãozinha e sacudiu a cabeça, agitando os cachos de cabelos castanho-escuros e dizendo:

— Primeiro, beijo de tchau!

Correu para beijar a avó e a mãe, pois sabia que elas gostavam que fizesse isso. Depois, satisfeito, voltou rindo para a senhorita Charity, deu-lhe a mão e saiu com ela pelas portas envidraçadas que se abriam para o imenso e bonito jardim.

A duquesa-mãe manteve o sorriso enquanto o neto estava em seu campo de visão, mas, assim que ele desapareceu, ela focou o olhar irado na porta que dava para o hall. O nervosismo a fizera atingir o limite da paciência: estava irracionalmente zangada com Stephen por ter atrapalhado os planos de reconciliação que ela bolara tão cuidadosamente levando não apenas uma, mas também duas mulheres para a festa. E estava, mesmo que injustamente, imensamente irritada com as duas moças por terem ido. Sem saber do mau humor da mãe, o conde entrou na sala com as convidadas e se dirigiu diretamente a ela:

— Parece um pouco cansada — observou, beijando-a no rosto.

— Eu não *pareceria* cansada se você não se empenhasse em se atrasar e me deixar preocupada.

Stephen ficou tão surpreso pelo tom impaciente que nem pensou em reagir à crítica injusta.

— Não sabia que havia hora marcada, e sinto muito se a fiz ficar aflita.

— É muito deselegante fazer os convidados esperarem — atacou a dama outra vez.

Intrigado, ele a fitou com as sobrancelhas franzidas:

— Meu humilde pedido de desculpas pelo atraso, Alteza. — Com uma reverência formal, acrescentou: — Pela *segunda* vez.

Ignorando o estranho comportamento ranzinza da mãe com um dar de ombros, virou-se para apresentar as convidadas:

— Mãe, creio que já conhece a senhorita Fitzwaring...

— Como vai seu pai, Monica? — perguntou a duquesa-mãe à jovem, que lhe fez uma graciosa reverência.

— Muito bem, obrigada, Alteza. Ele mandou seus mais respeitosos cumprimentos.

— Retribua-os por mim, por favor. E agora, sugiro que suba ao seu aposento e fique lá descansando até o jantar a fim de se recuperar da viagem e recuperar sua cor.

— Não estou cansada, Alteza — retrucou a senhorita Fitzwaring, ofendida com a insinuação de que não estava com a melhor das aparências.

Lady Alicia a ignorou, estendendo a mão para a outra moça e dizendo, enquanto ela a reverenciava:

— Ouvi dizer que esteve muito doente nos últimos dias, senhorita Porter. Pode passar o fim de semana em seu aposento, repousando.

— Ah! Foi no ano passado que adoeci, Alteza. Já estou completamente recuperada.

— Prevenir é o segredo da boa saúde — insistiu a duquesa-mãe. — É o que meu médico diz, e foi o que me fez viver todos esses anos com *tanta* saúde e *incrível* disposição.

Whitney se adiantou e cumprimentou as inesperadas hóspedes antes que elas tivessem tempo de se sentirem desafiadas a provar que estavam saudáveis e bem-dispostas.

— Vocês duas me parecem muito bem, mas tenho certeza de que precisam de alguns minutos para ajeitar suas coisas e se refrescar...

Sorrindo amavelmente, conduziu a mortificada senhorita Porter e a ofendida senhorita Fitzwaring à porta, para que o mordomo informasse quais eram seus aposentos ao lacaio que as conduziria para o andar de cima.

— Onde está meu sobrinho? — perguntou Stephen, depois de dar um beijo no rosto da cunhada. — E onde — acrescentou em um sussurro irônico — está o bom humor da minha mãe?

— Noel está com a senhorita Charity no... — começou Whitney, quando se lembrou do plano. Tinha de colocá-lo em ação de imediato. Não havia como voltar atrás. — Em meia hora, todos estarão junto ao lago, onde haverá uma brincadeira com as crianças, e Noel estará lá, com os filhos dos convidados.

51

Cisnes deslizavam suavemente na água tranquila como um espelho. Sheridan e as outras duas governantas permaneciam de pé próximas a um gracioso coreto branco, olhando as crianças, que brincavam com patinhos à beira do pequeno lago, no centro do grande jardim. As vozes agudas e felizes que às vezes se erguiam tentando fazer os cisnes se aproximarem da margem se misturavam às mais reservadas e profundas dos Fielding, Townsend, Skeffington e Westmoreland.

Sheridan prestava atenção nas crianças, mas nenhum som foi mais alto do que as batidas do seu coração quando, afinal, viu Stephen sair da casa, acompanhado de duas mulheres. Whitney havia lhe sussurrado um aviso sobre as moças antes de se reunir aos convidados, mas Sherry mal prestara atenção. Em sua cabeça, continuavam ressoando as palavras "*Stephen reteve o padre até tarde da noite. Ele não queria acreditar que você tinha partido para sempre*".

Sempre que pensava nisso, sentia um misto de ternura e arrependimento, e renovava a coragem e a determinação de enfrentá-lo e de fazer *qualquer coisa* para tê-lo de volta.

O conde de Langford ouvia algo que Monica lhe dizia, com um sorriso ausente e o olhar nas crianças. À medida que se aproximava, o coração de Sheridan se agitava mais em seu peito e suas batidas pareciam rugir em seus ouvidos. Nesse momento, Noel saiu correndo na direção dela, com a senhorita Charity atrás; parou e lhe ofereceu uma flor, que a velha governanta apanhara e lhe dissera para dar a Sherry.

— Flor para você — disse.

Ficou claro por que a senhorita Charity fizera aquilo quando disse:

— Langford vai querer abraçar Noel e, se o menino estiver com você, nosso nervosismo vai durar menos tempo do que se tivermos que esperar até que Stephen a note entre as outras governantas.

Sherry não gostou da ideia, mas se abaixou e aceitou a flor oferecida pelo pequeno, que sorria suavemente e era muito parecido com o tio e o pai.

— Obrigada, gentil *sir* — disse, observando Stephen pelo canto dos olhos.

Ele se aproximava do coreto e, mais adiante, reunidos sob um enorme carvalho, a maioria dos adultos observava disfarçadamente, enquanto a conversa e os risos deles diminuíam.

Noel observou que os cabelos dela flamejavam à luz do sol e ergueu a mão para tocá-los, mas hesitou, perguntando:

— Queima?

— Não — respondeu ela, sentindo imensa vontade de abraçar a adorável criança. — Não é quente.

Ele riu, e ia pôr a mãozinha nos cabelos ruivos quando Stephen gritou, chamando-lhe a atenção:

— Noel!

Noel começou a rir e, antes que a senhorita Charity pudesse impedir, saiu correndo para o tio, que o ergueu nos braços.

— Como você cresceu! — O conde o segurou no colo, encaminhando-se para o grupo de adultos sob a árvore. — Sentiu saudades do tio?

— Senti! — exclamou Noel, enfático, abraçando-lhe a cabeça quando passavam a poucos metros de Sheridan.

Ela sorriu hesitante para o menino, que imediatamente se esforçou para descer do colo do tio.

— Já não me quer mais? — indagou Stephen, olhando-o surpreso e um tanto magoado. — Parece — brincou, dirigindo-se aos Townsend e aos Fielding, assim como a Georgette e Monica — que preciso aparecer mais e lhe dar mais presentes. Aonde vai, jovenzinho?

Noel o fitou com adoração e apontou para a moça parada a poucos passos, vestida de azul-marinho, explicando:

— Primeiro, beijo de tchau!

Sem saber que era o foco da atenção de meia dúzia de pares de olhos, Stephen ajeitou-se, olhou na direção que o menino apontava e ficou paralisado, com os olhos fixos em Sherry, que se abaixou para receber o beijo de Noel, mas olhava diretamente para ele.

Whitney observou a reação do cunhado: viu o maxilar se cerrar com força e um músculo pulsar nas extremidades. Secretamente, esperara que talvez ele pensasse que os Skeffington eram antigos conhecidos e que a presença de Sheridan era pura coincidência, mas sua esperança mostrou-se vã. Stephen voltou a cabeça devagar e a olhou direta e penetrantemente. Seu silêncio gelado a acusou de traição e cumplicidade; depois, ele se voltou e caminhou rápido para a casa.

Temendo que fosse embora, a jovem duquesa colocou o copo de vinho sobre a mesinha, pediu licença aos convidados e foi atrás dele. As pernas do lorde eram longas e ele não ligava para o que pudessem pensar, por isso entrou na casa muitos minutos antes dela. O mordomo informou que ele solicitara sua carruagem, enquanto se encaminhava para o andar de cima.

Depois de subir as escadas correndo e bater inutilmente à porta do quarto do cunhado, Whitney chamou:

— Stephen? Stephen, eu sei que você está aí...

Girou a maçaneta da porta, que não estava trancada, e a abriu. Entrou e o viu diante do armário, terminando de abotoar a camisa limpa que vestira. A expressão dele se tornou mais dura do que quando a olhara lá fora.

— Stephen, escute, por favor...

— Saia — ordenou ele, seco, agilmente arrumando a camisa e pegando a casaca.

— Você não vai embora, vai?

— Embora? — A voz de Stephen soava áspera, abafada. — Não posso ir embora! Você pensou em tudo. Meus cumprimentos, *Alteza* — enfatizou, ironicamente —, por sua duplicidade, desonestidade e deslealdade.

— Stephen, por favor — implorou ela, dando uns hesitantes passos para dentro do quarto. — Ouça-me, sim? Sherry pensou que você fosse se casar com ela por piedade. Achei que, se tivesse a chance de encontrá-la, você...

Stephen se aproximou dela e parou, com ar ameaçador:

— Se eu quisesse vê-la, teria ido à casa do seu amigo DuVille. — A voz dele se tornou escarnecedora. — Para onde ela foi quando fugiu de mim.

Whitney começou a falar cada vez mais rápido, enquanto automaticamente recuava:

— Se ao menos você tentasse ver os fatos pelo lado dela...

— Se você for esperta — cortou ele, com a voz macia e aterrorizante —, vai tratar de se manter longe de mim este fim de semana, Whitney. E, quando terminar, só se comunique comigo através do meu irmão, por favor. Agora, suma da minha frente.

— Sei que você a ama e contei...

Segurando-a pelos ombros, ele a tirou da sua frente e passou. Em doloroso silêncio, ela o viu sair do quarto e ouviu seus passos descendo as escadas.

— Meu Deus... — sussurrou baixinho.

Conhecia Stephen Westmoreland havia mais de quatro anos, e jamais imaginara que ele seria capaz de sentir o ódio virulento que vira em seus olhos quando a fitara.

Devagar, desceu também a fim de se reunir aos convidados para a festa que começara sob maus agouros. Soube, então, que Stephen levara Monica e Georgette para um passeio na cidade, o que significava que ficariam fora por muitas horas. Lady Skeffington parecia mais decepcionada do que os outros pela retirada do conde, só que por motivos diferentes, é claro. As duas únicas pessoas que não estavam deprimidas eram sir John, que tomava seu segundo cálice de Madeira, o que, felizmente o fazia ficar sossegado num canto, e Julianna Skeffington, que conversava animadamente com Sheridan e a ajudava a cuidar das crianças. Com um sorriso, acabara de tirar Noel dos braços de Sherry e o abraçou carinhosamente; depois disse algo com uma expressão claramente comovida.

Um pouco à parte, a duquesa-mãe observava a jovem loira, procurando esquecer a rancorosa reação de Stephen à presença de Sheridan. Quando a nora se aproximou, disse-lhe, discretamente:

— Julianna Skeffington sabe de alguma coisa... Notou o olhar cheio de ódio que Stephen dirigiu a Sheridan quando a viu e se aproximou dela no mesmo instante. Quando conversamos, no início da tarde, achei-a encantadora e inteligente...

Whitney se forçou a deixar de lado as coisas terríveis que o cunhado lhe dissera e passou a pensar em Julianna:

— E muito bonita, também — concordou.

— É incrível como a natureza caprichosa fez com que esse homem — lady Alicia olhou com desgosto para sir John — e *aquela* mulher — disse, fazendo um leve aceno de cabeça na direção de lady Glenda — tenham produzido uma criatura tão encantadora!

52

Havia sempre um grupo de criados disponíveis para ajudar os hóspedes recém-chegados a descer das carruagens e levar os veículos e cavalos à estrebaria, mas, quando Stephen voltou do passeio à cidade, ninguém saiu da casa para recebê-lo. O único criado à vista era um lacaio que, de pé, junto à escadaria, parecia olhar distraidamente as colinas, que ondulavam, depois de um terreno plano, a partir dos fundos da casa. O homem estava tão concentrado no que pensava ou via que não ouviu a carruagem chegar e só despertou quando o conde a fez parar atrás dele. Então se virou rápido e, com ar culpado, correu para segurar as rédeas.

— Onde estão todos? — perguntou o lorde, notando que o mordomo não solicitara mais criados e nem abria a porta, como seria de se esperar.

— No estábulo, milorde. Está havendo um grande espetáculo, segundo me disseram, e ninguém quer perdê-lo. Pelo menos, foi o que ouvi dos que estão assistindo nos fundos da casa.

Tornando a pegar as rédeas das mãos do lacaio, Stephen decidiu levar pessoalmente a carruagem para os fundos, a fim de ver o que este classificara como "grande espetáculo".

Uma cerca separava o terreno da casa de uma enorme área gramada entre as construções onde os cavalos eram escovados e alimentados antes de serem levados para as baias. De um lado dessa área, o gramado se estendia até uma extensão de colinas arborizadas, fechada por sebes e uma cerca de pedra, onde os Claymore costumavam treinar os cavalos para caçadas; do outro, havia uma pista de hipismo. Quando Stephen parou a carruagem, junto da entrada do estábulo, viu que boa parte da cerca estava ocupada por lacaios, mordomos, cocheiros, criados e cavalariços. Ajudou Monica e Georgette a descerem da carruagem, enquanto reparava que todos, tanto os convidados como os Westmoreland, menos sua traidora cunhada, encontravam-se de pé, do lado de dentro do gramado, junto da porteira da cerca, absortos por algo que se passava no gramado.

Observou o perfil do irmão, enquanto se aproximava do grupo com as companheiras, e imaginava se Clayton havia colaborado com o esquema de Whitney. Não podia acreditar que seu irmão seria capaz daquilo, mas, como não tinha absoluta certeza, preferiu falar com Jason e Victoria Fielding, e foi deles que se aproximou:

— O que estão assistindo?

— Espere e veja por si mesmo — respondeu Jason, com um sorriso misterioso. — Não quero estragar a surpresa contando o que é.

Parecendo ter dificuldade de enfrentar os olhos do conde, Victoria Fielding confirmou:

— É impressionante!

Stephen achou que tanto os Fielding como os Townsend estavam agindo de modo esquisito; havia uma espécie de nervosismo nas mulheres, e os homens estavam inquietos. Talvez, pensou, eles se sentissem pouco à vontade por causa da presença de Sheridan Bromleigh... ou talvez soubessem de antemão que ela estaria na festa e sentiam culpa diante dele, por não tê-lo avisado. Observou, atento, as quatro pessoas que considerava amigos íntimos, tentando imaginar se a amizade estava prestes a terminar para sempre. As mulheres sabiam, era evidente, percebeu, quando viu que Alexandra Townsend corava ao notar que ele a olhava. Desde que vira sua ex-noiva a poucos passos de distância, havia mais de duas horas, Stephen não se permitira pensar nela. Esquecer a presença daquela mulher era o único jeito de conseguir permanecer em Claymore.

Sherry fingira ser quem não era e, quando fora desmascarada, fugira para junto de DuVille, lembrou-se com raiva, deixando-o à espera como um idiota, com o padre e sua família.

Nas semanas seguintes à fuga, ele relembrara tudo o que ela dissera enquanto supostamente sofria de amnésia, e o que mais o impressionara fora o que dissera impulsivamente ao recusar uma acompanhante. "Não preciso de uma dama de companhia. *Sou* uma..."

Ela era uma atriz incrível para conseguir manter todo o fingimento tão bem, Stephen pensou com uma nova onda de aversão à sua própria ingenuidade.

Uma excelente atriz, disse a si mesmo, furioso, lembrando-se da meiguice do seu olhar no momento em que se fitaram, naquela manhã. Ela sustentara os olhos dele sem se alterar. Ele seria capaz de jurar que tinha o coração nos olhos, se ela tivesse coração. E não tinha consciência, também, concluiu.

Ela tentaria novamente, soube com absoluta certeza ao ver aquela expressão suplicante em seu adorável e enganoso rosto.

Supôs que DuVille a mantivera só para seu prazer durante todas aquelas semanas, mas, pelo jeito, se cansara logo dela e a mandara embora.

O fato é que agora ela trabalhava como governanta e, claro, sonhava com uma vida melhor. Pelo olhar intenso que lhe dera, estupidamente esperava que ele ainda fosse suscetível à sua atração como antes.

Ele lançou seu olhar especulativo aos homens, quando a entusiasmada exclamação de Victoria chamou a sua atenção:

— Vejam, começou de novo!

Stephen livrou sua mente dos furiosos pensamentos sobre Sheridan Bromleigh e olhou na direção em que ela apontava.

Na pista de treino, na parte em que havia obstáculos, dois cavaleiros galopavam a toda velocidade, lado a lado, inclinados sobre o pescoço dos cavalos. Reconheceu Whitney no mesmo instante: era uma das mais habilidosas campeãs de equitação que conhecia. O rapaz que galopava ao lado dela e que a ultrapassava aos poucos, mas com firmeza, vestindo calças justas, camisa e botas, era ainda mais habilidoso. Com o rosto colado ao pescoço da montaria, chegou aos obstáculos antes da jovem duquesa e passou a saltá-los de um jeito que o conde nunca vira: confiante, firme, soberbo.

— Nunca vi esse cavalo saltar dessa maneira! — exclamou Clayton, admirado. Esquecido das dúvidas do irmão acerca de sua lealdade fraternal, acrescentou: — Stephen, você cavalgou o Commander na última caçada. Ele é rápido no plano, mas você sabia que saltava desse jeito?

Stephen apertou os olhos ao sol da tarde, observando os cavalos saltarem os obstáculos com perfeição, depois continuarem galopando juntos até o próximo obstáculo. Como não podia fazer perguntas ao irmão a respeito de Sherry naquele momento, respondeu no que supunha ser uma voz firme, sem emoção:

— Não. E parece que o cavaleiro está contendo Commander, para que não vença Khan...

— E Khan sempre foi mais dócil do que Commander em saltos de obstáculos — explicou Clayton aos amigos.

Os cavaleiros chegaram até a última cerca, na outra extremidade, e então dirigiram os cavalos, juntos e velozmente, para a porteira, perto da qual se reuniam os espectadores. Como no ano anterior, Clayton contratara treinadores novos para os cavalos, Stephen supôs que ele dera ao jovem cavalariço uma chance de mostrar suas habilidades. Os cavalos se aproximavam, e ele ia sugerir ao irmão que ficasse com aquele jovem como empregado permanente quando duas coisas aconteceram e o fizeram ficar calado: o cavalariço que estava junto da porteira correu para a pista e jogou um saco de cereais vazio no chão. Imediatamente, quem cavalgava Commander dirigiu o imponente garanhão para o saco e foi se inclinando para a direita, cada vez mais baixo, à medida que a distância que o separava do saco diminuía; de repente, seus cabelos se soltaram.

A cabeleira flamejante se agitava ao vento, enquanto a amazona se inclinava e descia mais e mais, dando a impressão de que ia cair. Monica deixou escapar um grito de medo; Stephen deu um passo involuntário, e ia correr na direção dela quando Sheridan pegou o saco do chão e se reergueu agilmente sobre a sela, entre os aplausos entusiasmados, vivas e gritos de criados e convidados.

Em menos de um segundo, o temor que Stephen sentira foi substituído pela raiva. Raiva por ter-se apavorado com aquela exibição que classificou idiota, fúria por deixá-la provocar aqueles sentimentos nele. Enquanto o conde lutava para se controlar, Sherry fez o cavalo galopar direto em sua direção. Monica e Georgette recuaram com gritinhos assustados, mas Stephen cruzou os braços e permaneceu no lugar, imóvel, com a absoluta certeza de que ela sabia o que estava fazendo. Quando o cavalo se encontrava quase em cima dele, deteve-se de repente, ao mesmo tempo que a amazona passava uma das pernas para o outro lado e saltava graciosamente para o chão. Enquanto os criados gritavam e os convidados batiam palmas, Sheridan parou diante dele, com um sorriso no rosto corado e radiante. Fitando-a com o ar impassível, ele reparou nos grandes olhos cinzentos: imploravam que ele sorrisse para ela.

Em vez de sorrir, contudo, mediu-a com um olhar insultante, desde a maravilhosa cabeleira flamejante até as pontas das pequenas botas negras, e indagou, com desprezo:

— Ninguém lhe ensinou como se vestir?

Ouviu uma risada irônica de Georgette e viu que Sheridan estremecia, mas não desviava os olhos dos dele. Com todo mundo assistindo, ela sorriu e disse, com a voz firme, porém meiga:

— Antigamente era costume o vencedor de um torneio oferecer o símbolo de sua vitória e seus favores a alguém, em um gesto de *alta* consideração e *profundo* respeito.

Stephen não sabia do que Sheridan falava, até que ela lhe ofereceu o saco de ração vazio e acrescentou, em voz baixa:

— Meus favores, lorde Westmoreland.

Ele pegou o saco antes de perceber que o fazia.

— Que falta de pudor, que desfaçatez ultrajante! — zangou-se Monica, falando alto o bastante para que todos ouvissem.

Lady Skeffington dava a impressão de que iria se desmanchar em lágrimas de tanta mortificação:

— Senhorita Bromleigh! — gritou, irada. — Esqueceu-se do seu lugar? Peça perdão a todos, depois suba ao seu quarto, arrume suas coisas e vá embora imed...

— Então eu também vou! — interrompeu Julianna, dando o braço a Sherry e se dirigindo com ela para casa. — Senhorita Bromleigh, tem que me contar como aprendeu a cavalgar assim e como consegue...

Victoria se destacou do grupo e parou, olhando para os Skeffington:

— A senhorita Bromleigh e eu somos americanas — explicou. — Faz tempo que estou com saudade de conversar com alguém da minha terra. — Voltou-se para o marido: — Me dá licença até o jantar?

Jason Fielding, que fora objeto de muito falatório e proscrito pela alta aristocracia, sorriu para a jovem esposa, que revertera a situação. Fez uma reverência leve, olhou-a com profundo carinho e respondeu:

— Ficarei desolado sem a sua companhia, madame.

— Também quero saber coisas da América — anunciou Alexandra Townsend, separando-se do grupo. Virando-se para seu marido, disse, sorrindo: — E o senhor, milorde? Posso ter esperança de que vai ficar desolado sem a *minha* companhia?

Jordan Townsend, que sempre se referia à sua união com a jovem Alexandra como um "casamento obrigatório por inconveniência", fitou-a com indisfarçado amor:

— Fico sempre desolado sem você, como sabe perfeitamente.

Whitney esperou até que suas companheiras conspiradoras estivessem longe o bastante para fixar um luminoso sorriso no rosto e dar uma desculpa para se retirar, mas lady Skeffington a impediu:

— Não posso imaginar o que deu em Sheridan Bromleigh — disse, vermelha de raiva. — Sempre disse a sir John que é muito difícil arranjar uma boa governanta... — Voltou-se para o marido: — Eu não vivia dizendo isso?

Sir John assentiu, soluçou e confirmou:

— Sim, minha pombinha.

Satisfeita, ela novamente se voltou para a jovem duquesa:

— Imploro-lhe que me ensine como consegue.

Em um esforço, Whitney desviou sua atenção de Stephen, que conversava com Monica e Georgette como se nada tivesse acontecido, tendo aos pés, largado no chão, o saco que Sheridan lhe oferecera.

— Desculpe, lady Skeffington, eu estava distraída. O que a senhora quer saber?

— Como a senhora consegue uma boa criadagem? Difícil ou não, com certeza não posso continuar com essa americana de cabelo vermelho. Tenho muito medo de conservá-la junto dos meus filhos por mais uma hora que seja.

— Não considero as governantas parte da "criadagem"...

A duquesa de Claymore começara a falar pensando que Stephen não prestava atenção no que acontecia, mas ele a interrompeu e disse a lady Skeffington, com aspereza:

— Minha cunhada as considera parte da *família*. Pode-se até dizer que as coloca acima da família. — Voltou o olhar gélido para Whitney e indagou, sarcástico: — Não é isso?

Era a primeira vez que ele falava com lady Skeffington desde que fora apresentado a ela, e a dama encarou o fato como um encorajamento, sem sequer perceber o profundo sarcasmo das palavras dele. Mudando de assunto, aproximou-se do lorde e disse:

— Minha querida Julianna é como a duquesa, milorde deve ter notado. Logo se arvorou em defensora de Sheridan Bromleigh. Julianna é tão maravilhosa! — E continuou, conseguindo se interpor entre o conde e Monica. — Tão leal, tão meiga, tão...

Quando Stephen se encaminhou para a casa, a dama ainda estava ao lado dele, falando, falando, com sir John trotando pouco atrás.

— Juro que quase sinto pena dele! — exclamou Clayton, observando lady Skeffington em seu monólogo.

— Eu, não! — contrapôs Whitney, ainda magoada com o que o cunhado dissera sobre sua lealdade. Depois, com um olhar de desculpas dirigido aos cavalheiros, disse: — Preciso conversar com Victoria e Alexandra...

Os três lordes, em silêncio, olharam-na se retirar. Jason Fielding disse, ecoando os pensamentos dos outros dois:

— Apesar do que nossas esposas acreditam, isso tudo é um erro. Não vai dar certo. — Fitando Clayton, continuou: — Você, que conhece Stephen melhor do que eu e Jordan, o que acha?

— Acho que você tem razão — anuiu Clayton, sombrio, lembrando-se da expressão do conde quando Sherry meigamente lhe oferecera seus "favores". — Acho que é um erro *enorme* e que Sheridan Bromleigh é quem mais vai sofrer... Stephen a classificou para sempre como uma cínica oportunista que fugiu ao ser desmascarada por medo de acabar presa; acha que ela recuperou a coragem porque ele *não* a denunciou à polícia como impostora e que resolveu tentar envolvê-lo de novo. Nada do que diga ou faça irá adiantar, porque teria que provar que ele está enganado. E ela não pode provar isso.

AS ESPOSAS, QUE haviam se reunido no salão azul para discutir a situação, eram da mesma opinião.

Whitney, recostada na poltrona, olhando as mãos, pensativa, ergueu a cabeça e fitou as conspiradoras, entre as quais estava a duquesa-mãe, que vira o espetáculo equestre da janela de seus aposentos.

— Foi um erro — disse, com um suspiro.

— Tive vontade de chorar ao vê-lo ignorar a oferta. — A voz de Alexandra também soava triste. — Sheridan foi tão corajosa, tão franca e tão terrivelmente vulnerável!

Olhou por cima do ombro para incluir a senhorita Charity Thornton na conversa, mas a idosa dama nada tinha a dizer. Encontrava-se no banco junto de uma das janelas, com a testa franzida pela concentração, dando a impressão de estar completamente alheia, de não estar ouvindo nada do que se dizia na sala.

— Temos mais um dia e uma noite inteira pela frente — lembrou a mãe de Stephen. — Quem sabe ele ainda cede!

Whitney balançou a cabeça:

— Não cederá. Contava com a minha proximidade para fazê-lo me ouvir, mas, mesmo que ele o fizesse, não mudaria de ideia. Tenho certeza disso, agora que sei que ele descobriu que Sherry foi para a casa de Nicki no dia em que fugiu. Todas sabemos o que ele pensa de Nicholas DuVille...

Ao ouvir isso, a senhorita Charity se virou, e sua testa enrugou mais ainda pela concentração profunda, enquanto Whitney continuava a falar:

— O fato é que Stephen não acreditará em nada do que Sherry disser se não tiver provas. As atitudes dela falaram tão alto que para ele nada mais importa. Alguém teria que lhe dar outro motivo plausível para ela ter fugido e... — Interrompeu-se ao ver que a senhorita Thornton se levantava e saía silenciosamente da sala. Comentou, penalizada: — Creio que a senhorita Charity não está se sentindo bem com todo esse nervosismo...

— A mim, ela disse que achava tudo muito excitante — esclareceu a duquesa-mãe, aborrecida.

Sob a perspectiva de Sheridan, que estava à janela do seu quarto vendo Stephen rir de algo que Monica dissera, a situação se apresentava ainda mais desesperadora. Não podia falar a sós com ele porque era evidente que ele não cooperaria com nada que ela fizesse nesse sentido; não podia lhe falar na frente dos outros, como constatara ao tentar se comunicar com ele, oferecendo seus "favores": fora um verdadeiro desastre!

53

A decisão de Stephen de ignorar a existência de Sheridan se tornava cada vez mais difícil à medida que o entardecer se transformava em noite e ele a viu se movimentar no jardim iluminado por tochas, onde estavam pondo a mesa para o jantar. O choque de vê-la inesperadamente ao chegar a Claymore fortalecera sua decisão de ignorá-la nas primeiras horas, mas o impacto fora desaparecendo, e ele já não tinha mais esse apoio. Junto ao grupo de convidados, com o ombro encostado no tronco de um carvalho, podia olhá-la à vontade sem ser observado, enquanto as lembranças que não conseguia conter invadiam sua mente.

Via Sherry do lado de fora de seu escritório, falando com o mordomo.

— Bom dia, Hodgkin. Você está muito elegante hoje. Roupa nova?

— Sim, senhorita. Obrigado, senhorita.

— E eu estou de vestido novo — confiara ela, girando para o mordomo apreciar melhor. — Não é lindo?

Alguns minutos depois, antes de lhe dizer que queria que ela conhecesse outros pretendentes, Stephen perguntara por que não tinha lido as revistas que lhe trouxera.

— Por acaso já leu alguma delas? — perguntara ela, fazendo-o rir mesmo antes de começar a descrever as revistas. — Há uma com um nome muito comprido. Se bem me lembro, chama-se *Museu Mensal das Damas ou Polido Repositório de Divertimento e Instrução: Uma Reunião de Tudo o que Tende a Conservar a Beleza, Instruir a Mente e Exaltar o Caráter das Damas Britânicas* — explicara. —

O artigo ensinava a passar ruge nas faces! Era absolutamente fútil — dissera ela, com um sorriso de divertimento. — Você imagina como isso pode "instruir a mente" ou "exaltar o caráter"?

No entanto, mais do que tudo, lembrava-se de como se sentia quando Sherry se derretia em seus braços, e da doce generosidade da boca romântica. Ela era naturalmente tentadora, verificou. O que lhe faltava em experiência sobrava em paixão espontânea.

Poucos minutos antes, entrara em casa para buscar os garotos Skeffington, que, parecia, cantariam para distrair os convidados; quando saiu, Stephen vira que carregava uma espécie de instrumento. Precisara superar-se para desviar os olhos dela e se obrigar a olhar o copo que tinha na mão. Não queria encontrar os olhos dela, não queria começar a desejá-la.

Não queria *começar* a desejá-la?, perguntou a si mesmo, com amargo desgosto. Começara a querer Sheridan no momento em que ela abrira os olhos no seu quarto, em Londres, e a queria dolorosamente agora, poucas horas depois de tornar a vê-la. Mesmo com aquele vestido simples e os cabelos presos em um discreto coque na nuca, ela fazia seu corpo arder de desejo.

Relanceou os olhos por Monica e Georgette, que conversavam com sua mãe. Eram duas mulheres bonitas — bem-vestidas, uma de amarelo, a outra de rosa, bem-penteadas *e* bem-comportadas. Nenhuma das duas seria capaz de se vestir como um cavalariço e montar aquele diabólico cavalo.

Além disso, nenhuma delas ficaria tão gloriosa quanto Sherry se o tentasse.

Nenhuma lhe ofereceria um saco vazio de ração com um sorriso suave, fingindo que estava rendendo uma homenagem a ele.

Acima de tudo, nenhuma das duas seria atrevida o bastante para fitá-lo diretamente nos olhos, *convidando-o* para abraçá-la, *desafiando-o* a fazê-lo.

Havia algum tempo, vinha pensando que Sheridan Bromleigh era uma feiticeira e, quando as primeiras notas da música soaram, vindas do instrumento que ela tocava, pensou nisso de novo. Aquela moça enfeitiçava todo mundo, principalmente a ele. Ninguém mais estava falando, até mesmo os criados haviam parado o que faziam para olhá-la, para ouvi-la com dedicação. Stephen observou a bebida em seu copo, procurando não olhar para ela, mas podia sentir os olhos de Sherry fixos nele. O olhar dela era ora meigo, ora convidativo, sempre suplicante, enfurecendo Monica e Georgette, que se sentiam confusas, desdenhadas e com inveja do jeito atrevido dela. Porém, nada podiam fazer, porque as mãos de Stephen não conheciam seus corpos: apenas Sheridan sabia exatamente o que podia fazê-lo desejar... e fazê-lo lembrar.

Furioso ao compreender isso tudo, Stephen se afastou da árvore, pôs o copo sobre a mesa mais próxima, deu boa-noite aos convidados e foi para o quarto com a intenção de beber até ficar entorpecido demais para pensar em ir atrás dela.

54

Com um começo de dor de cabeça pela tensão do dia, Sheridan abriu a porta de seu quarto, que ficava próximo ao salão de jogos. Tomando cuidado ao andar no escuro pelo ambiente que não conhecia bem, chegou à penteadeira e começou a acender as velas do candelabro. Acendia a quarta quando uma profunda voz masculina quase a fez gritar de susto.

— Não creio que precisemos de muita luz.

Ela recuou, levando a mão à boca, o coração batendo forte, dando saltos de alegria. Stephen Westmoreland estava sentado na única cadeira do pequeno quarto; mostrava-se casualmente elegante com a camisa desabotoada junto do pescoço, e uma perna cruzada sobre a outra, na altura do joelho. A expressão dele também era casual. Casual demais. Em algum lugar em sua mente, apesar dos pensamentos que se atropelavam, girando, Sheridan registrou que ele parecia encarar aquele encontro importante com fria e estranha indiferença. Porém, estava tão feliz em vê-lo, tão contente pela oportunidade de falar com ele a sós, e o amava tanto, que nada mais importava. Nada.

— Segundo me lembro... — Ele falava daquele jeito sensual que fazia o coração dela derreter. — A última vez que esperei por você, estávamos planejando um casamento.

— Eu sei e posso explicar — começou ela. — É que...

— Não vim aqui para conversar — interrompeu o conde. — Lá embaixo, tive a impressão de que você me ofereceu mais do que uma simples conversa. Ou será que me enganei?

— Não — sussurrou ela.

Stephen a observou em um silêncio denso e reparou, com olhos experientes, e não com os olhos ingênuos com que a via antes, que Sherry estava mais exótica e mais excitante do que se lembrava... exceto pelo penteado severo. Não gostava do seu cabelo daquele jeito, principalmente quando acalmaria a própria luxúria e o desejo de vingança contra aquela prostituta fria e ambiciosa, que conseguia parecer uma virgenzinha intocada naquele momento.

— Solte os cabelos — ordenou, impaciente.

Surpresa com o pedido e o tom de comando, Sheridan obedeceu, retirando os grampos usados para conter o pesado volume da cabeleira. Voltou-se para colocar os grampos na penteadeira e, quando se virou, ele estava de pé, desabotoando a camisa.

— O que está fazendo? — perguntou, engasgada.

O que estou fazendo?, pensou Stephen, irritado. Que diabo ela pensava que tinha ido fazer ali, convidado ou não, com a mulher que o abandonara sem nem uma palavra sequer, no dia do casamento deles? Como parte da resposta à pergunta, ele pegou a gravata que colocara no espaldar da cadeira.

— Estou indo embora — respondeu, encaminhando-se para a porta.

— Não! — Sheridan teve a impressão de que a palavra lhe queimava a boca. — Não vá!

Stephen se voltou, determinado a dar a resposta grosseira que ela merecia, mas Sherry correu para ele e o abraçou, macia contra seu peito, atordoando-lhe os sentidos com seu perfume e calor.

— Por favor, não vá... — Ela chorava, os braços passados pelos ombros dele. E, ainda que não a abraçasse, sabia que perdera a batalha. — Deixe-me explicar... Eu o amo...

Ele lhe ergueu o rosto com ambas as mãos, procurando fazê-la se calar, os olhos fixos nos lábios entreabertos.

— Entenda isto: nunca acreditarei em uma só palavra que você disser. Nunca!

— Então, eu vou mostrar!

Corajosa, colocou as mãos em seu pescoço, ergueu-se na ponta dos pés, colou seu corpo ao dele e o beijou com o misto de ingênua inexperiência e instintiva sensualidade que o enlouquecia antes.

E continuava a enlouquecer naquele momento. Enfiando as mãos nos cabelos dela para lhe segurar a nuca, Stephen correspondeu ao beijo, mostrando-lhe o desejo incontrolável que ela despertava nele. Com o pouco de racionalidade que lhe restava, separou um mínimo a boca da dela e indagou, rouco:

— Você tem certeza?

— Sei o que estou fazendo. — Foi a resposta de Sheridan.

Stephen, então, aceitou o que ela oferecia e tomou o que queria com loucura desde o primeiro instante em que a vira. E o tomou sem pensar, levado pela violenta compulsão em tê-la; tomou-o com determinação e urgência, com uma fome que o aturdia e fazia sofrer. Uma união selvagem, primitiva para ele, que, no entanto, queria, precisava saber se era boa para ela. O orgulho masculino exigia a certeza de que ela o desejava com um desespero igual ao dele, por isso usou sua experiência erótica para derrubar as defesas de uma moça inexperiente, que não tinha a menor ideia do que e como fazer. Levou um dos dedos ao seu centro úmido, manipulando firmemente o mamilo enrijecido, até que ela estivesse arqueando, pedindo e o agarrando com força. Então, e só então, ele a possuiu, separando-lhe as coxas com ambas as mãos, guiando-a com força suficiente para evitar que batesse na cabeceira, e sentiu o corpo de Sheridan enrijecer, as unhas se cravarem selvagemente em suas costas e a ouviu soltar um grito abafado de dor e choque. Ficou paralisado.

— *Sei o que estou fazendo...*

Aturdido, confuso, ele se forçou a abrir os olhos. Os olhos dela estavam cheios de lágrimas, mas não havia neles acusação nem triunfo por tê-lo levado a possuí-la, fosse qual fosse o motivo pelo qual o fizera. As palavras que ela sussurrou a seguir combinavam com a expressão dopada daqueles olhos enquanto as mãos lhe acariciaram os ombros.

— Abrace-me. — Foi o sussurro mágico, doce como uma bênção. — Por favor...

Stephen atendeu ao pedido, deixando-se tomar pelo prazer irracional. Abraçou-a com força, apoderou-se da sua boca em um ardoroso e possessivo beijo, e sentiu as pequenas mãos lhe afagando os ombros, enquanto o terno corpo dela o aceitava, o recebia, oferecendo alívio a ambos. Oferecendo... oferecendo mais... e mais...

Cada centímetro do corpo dele clamava pelo gozo total, e Stephen ainda assim evitava, penetrando-a mais profundamente, enquanto continha a explosão máxima do êxtase a duras penas, determinado a dar a ela o prazer que teria a qualquer minuto. Sheridan gemia, com os olhos apertadamente fechados, querendo com desespero algo que não entendia e que temia possuir. E que receava não vir a ter. Chorou de desejo, querendo se sentir segura. E ele lhe deu com um sussurro rouco:

— A qualquer momento...

Antes que ele terminasse de falar, ela se sentiu devorada pelas chamas do prazer. Seu corpo se fundiu ao dele, e Stephen se ouviu grunhir, vibrando com o esplendor do gozo que ela lhe dava. Só então se permitiu chegar ao clímax também, estremecendo e se lançando nela.

Fossem quais fossem os pensamentos de vingança pelo orgulho ferido que o haviam levado ao quarto de Sheridan, foram esquecidos no momento em que ele se deitou de lado e, com um braço passado pelas costas dela, outro pelos quadris, ajeitou-a de frente para si. Ela era magnífica demais para ser usada como vingança, encaixava-se perfeitamente bem em seus braços, por isso não deveria estar em nenhum outro lugar do mundo. Desde o primeiro momento em que seus lábios se tocaram, ele compreendera que ambos formavam uma combinação explosiva. Porém, o que acabara de acontecer havia sido o mais selvagemente erótico encontro e a maior satisfação sexual de toda a sua vida. Imóvel enquanto ela adormecia em seus braços, ele admirava a impetuosa e primitiva sensualidade dela. O que Sheridan sentira enquanto se amavam fora real... Essa era uma das poucas coisas a respeito dela sobre a qual não tinha dúvida. Pelo menos aquilo fora real, verdadeiro. Mulher nenhuma do mundo poderia, fingindo, responder como ela àqueles apelos, a não ser que tivesse anos de prática, e agora tinha certeza, ela não tinha prática alguma.

Sheridan acordou sozinha em sua cama, o que pareceria normal, mas... não era. Seus olhos se abriram de repente, e o viu sentado na cadeira ao lado da cama. Um doce alívio a envolveu. Ele já estava todo vestido, com a camisa meio desabotoada na frente, o bonito rosto indecifrável. Em um gesto inconsciente, ela puxou as cobertas para cobrir os seios e se sentou recostada no travesseiro, pensando com certa angústia como era possível Stephen se mostrar tão tranquilo depois do que se passara entre eles. Em algum lugar, no fundo de sua mente, começou a surgir a ideia de que haviam feito coisas vergonhosas, mas a afastou. Os olhos dele se fixaram no lençol que cobria os seios dela, depois subiram para seu rosto, demonstrando claramente que achara engraçado aquele gesto de pudor. E ela não podia censurá-lo por isso, mas desejou que ele não a olhasse de forma tão calma, que não parecesse estar se divertindo, que não se mostrasse tão distante... Não quando ela estava tentando considerar normais as coisas que haviam feito juntos. Por outro lado, compreendeu, ele não estava se mostrando frio, nem cínico, nem zangado, e isso já era uma grande mudança. Firmando o lençol embaixo dos braços, dobrou as pernas e abraçou os joelhos.

— Será que agora podemos conversar? — perguntou, tímida.

— Por que não me deixa começar, então? — sugeriu Stephen, suavemente.

Ainda temerosa de falar em Charise Lancaster e nas coisas que a angustiavam, Sheridan assentiu.

— Tenho uma proposta a lhe fazer. — Viu os olhos dela cintilarem no instante em que disse "proposta", e imaginou se o achava idiota o bastante para lhe propor casamento outra vez. — *Uma proposta de negócio* — esclareceu logo. — Creio que depois que tiver tempo para pensar vai achá-la adequada para nós dois. Pelo menos, vai achar melhor do que continuar trabalhando para os Skeffington.

A momentânea felicidade de Sheridan se desvaneceu no mesmo instante, mas ela manteve a aparência de calma e perguntou:

— Qual é a proposta?

— É evidente que, apesar das diferenças que existem entre nós, somos extraordinariamente compatíveis sexualmente.

Sherry não conseguia acreditar que ele fosse capaz de permanecer tão sossegado e falar sobre as arrebatadoras intimidades que haviam partilhado com aquela calma cínica.

— Qual é a proposta? — tornou a perguntar, abalada.

— Você irá para a minha cama quando eu desejar seu corpo. Em troca, terá uma casa, criados, vestidos, uma carruagem e a liberdade para fazer o que quiser, desde que homem nenhum use aquilo pelo que estarei pagando.

— Está sugerindo, então, que me torne sua amante. — A voz de Sherry estava entorpecida.

— Por que não? Você é esperta, ambiciosa, e a situação que lhe proponho é muito melhor do que a que tem agora.

Como ela nada dissesse, o conde voltou a falar, com ar aborrecido.

— Por favor! Não me diga que esperava que eu lhe propusesse *casamento* por causa do que aconteceu entre nós esta noite. Diga-me que não é assim tão ingênua ou idiota.

Estremecendo com o tom gelado e agressivo, Sheridan ficou olhando para o rosto duro, bonito, para os profundos olhos azuis nos quais nunca vira tanto cinismo até então. Engolindo com dificuldade, sacudiu a cabeça e respondeu, com honestidade:

— Eu não sabia o que esperar depois do que fizemos, mas nunca esperei que o levasse a se casar comigo.

— Bom. Já houve bastante desencontro e desentendimento entre nós. Não gostaria que você se iludisse.

Ele teve a impressão de ver lágrimas de desapontamento subirem aos olhos cinzentos, então se levantou e lhe deu um beijo rápido na testa.

— Pelo menos, você foi ajuizada o bastante para não se fingir ofendida com a minha proposta. Pense nela. — Sherry continuava olhando para ele, muda, enquanto Stephen acrescentava, com um tom muito frio: — Antes que decida, sinto-me na obrigação de avisá-la: se mentir para mim sobre qualquer coisa uma vez... veja bem, uma única vez... eu a jogo no meio da rua. — Aproximou-se da porta e disse, por cima do ombro: — Mais uma coisa: jamais me diga "Eu o amo". Nunca mais quero ouvir essas palavras de sua boca.

Sem dizer mais nada e sem olhar para trás, ele saiu. Sheridan encostou a testa nos joelhos e deixou as lágrimas descerem pelas faces.

Chorava por sua própria falta de caráter e de pudor quando ele a tomara nos braços. Chorava por ter sentido a tentação, mesmo que por alguns instantes, de aceitar a indecente e humilhante proposta que ele lhe fizera.

55

A conscientização total do que havia feito naquela noite chegou antes mesmo que Sheridan deixasse a cama e se vestisse para a manhã. À luz clara do dia, não havia como fugir da terrível verdade: sacrificara sua virtude, seus princípios, sua moral, e viveria com aquela vergonha até o fim de seus dias.

Fizera aquilo em um lance desesperado para recuperar o amor dele, se é que Stephen de fato a amara! E como ele reagira à imensa dádiva que lhe dera? A resposta angustiante a essa pergunta encontrava-se lá embaixo, diante da janela do seu quarto, em uma grande mesa posta para o desjejum, e se apresentava nos mínimos e humilhantes detalhes: o homem a quem se entregara naquela noite estava ao lado de Monica, que se empenhava em agradar a ele, o qual, por sua vez, parecia disposto a aceitar as tentativas dela. Enquanto Sherry olhava pela janela, ele se acomodou melhor na cadeira, com o olhar atento no rosto da jovem, depois inclinou a cabeça para trás e soltou uma gostosa gargalhada ao ouvir o que ela dizia.

Sheridan se sentia uma pilha de vergonha e ansiedade, enquanto *ele* parecia contente e relaxado como jamais o vira até então. Na noite anterior, Stephen recebera tudo o que Sherry tinha para dar, e jogara na cara dela a proposta que era uma dolorosa humilhação: convidara-a para se tornar sua amante. Agora, dava toda a atenção à moça que não fora idiota o bastante para fazer o que ela fizera... uma mulher que valia a opinião que ele tinha dela, pensou com amargura. Uma moça para quem se propunha casamento, não uma relação escusa, em troca de sua virtude.

Esses e outros pensamentos se atropelavam na mente atormentada de Sheridan enquanto ela permanecia à janela, olhando para ele e se recusando a chorar. *Queria* guardar aquela cena na memória, a fim de relembrá-la durante toda a sua vida para nunca, nunca mais, sentir carinho por ele. Assim pensando, permaneceu imóvel, enquanto uma fria insensibilidade foi se apoderando dela, apagando a angústia e demolindo todos os sentimentos ternos que nutria por Stephen.

— *Maldito!* — sussurrou, por fim.

— Posso entrar?

Sobressaltada, Sherry se virou ao ouvir a voz de Julianna.

— Sim, é claro — respondeu, com um sorriso que parecia tão forçado e tenso quanto sua voz.

— Vi você na janela enquanto tomava café. Quer que eu lhe traga algo para comer?

— Não, não estou com fome, mas obrigada por pensar em mim.

Hesitou, sabendo que deveria dar alguma explicação para sua atitude na tarde anterior, quando oferecera seus favores ao conde. Mas não conseguia pensar em nenhuma desculpa razoável.

— Fiquei pensando se você gostaria de ir embora.

— Embora? — Ela tentou não parecer desesperada para dizer que era exatamente o que queria. — Só iremos amanhã.

Julianna se aproximou e também ficou junto da janela, olhando a cena com que Sheridan estivera se torturando.

— Julianna. — A voz dela soou mais estranha ainda. — Devo uma explicação pelo que aconteceu ontem, quando eu disse ao conde de Langford que lhe tinha o mais profundo respeito...

— Não tem que me explicar nada — interrompeu a jovem, sorrindo.

Havia tanta compreensão e apoio naquele sorriso confortador que Sherry se sentiu como outra menina de 17 anos, e não como a governanta que era.

— Tenho, sim — insistiu, teimosa. — Sei o quanto sua mãe deseja o casamento entre ele e você, sei que deve ter-se admirado ao me ver... me ver dirigir-me ao lorde de modo tão atrevido e *familiar.*

Como se mudasse de assunto, Julianna comentou:

— Tem razão quanto às intenções de mamãe... Lembro-me de que ficou muito decepcionada, cerca de uma semana antes de você ir lá para casa.

Sentindo-se uma covarde por aceitar o desvio da conversa, Sheridan perguntou:

— Por que ficou decepcionada?

— Porque o noivado do conde fora anunciado nos jornais.

— Ah!

— E a noiva dele era uma americana...

Inquieta diante do olhar franco da jovem, ela nada disse.

— Claro, havia fofocas a respeito dela — continuou Julianna —, e você sabe como mamãe adora saber tudo o que acontece na alta aristocracia... Diziam que a noiva dele tinha cabelos vermelhos... muito, muito vermelhos. Diziam também que ela perdera a memória por causa de uma pancada na cabeça e que deveria recuperá-la mais dia, menos dia.

Em uma última e frágil tentativa de continuar anônima, Sheridan indagou:

— Por que está me contando isso?

— Para você saber que pode contar comigo, se precisar de ajuda, e que foi por sua causa que nos convidaram para este fim de semana. Notei que havia algo estranho quando vi o modo como lorde Westmoreland reagiu ao vê-la junto do coreto, ontem. Fiquei surpresa por mamãe não perceber o que claramente paira no ar.

— Não há nada pairando no ar — negou Sherry, orgulhosa. — Esse capítulo horrível já foi encerrado.

Sem comentários, Julianna apontou para Monica e Georgette com um aceno de cabeça:

— Elas sabem quem você é?

— Não. Nunca as encontrei quando eu era... — Calou-se antes de dizer *Charise Lancaster.*

— Quando você era noiva dele? — completou a jovem.

Respirando fundo, Sheridan assentiu.

— Gostaria de ir para casa?

Uma risada histérica subiu aos lábios de Sherry, que não conseguiu contê-la:

— Se pudesse, iria neste instante — respondeu, por fim.

Julianna se dirigiu à porta do quarto:

— Arrume suas coisas — disse por cima do ombro, com um sorriso conspirador.

— Espere! O que vai fazer?

— Vou chamar papai a sós, dizer que estou me sentindo mal e que você vai me levar para casa. Não podemos pedir à minha mãe para irmos embora antes do fim da festa, mas ela não vai querer que o conde de Langford me veja doente e horrorosa. Por incrível que pareça — acrescentou, com uma risada divertida —, ela ainda acalenta a esperança de que ele me enxergue, de repente, e se apaixone loucamente por mim. Jamais irá admitir o que está tão claro.

Julianna quase fechara a porta quando Sheridan a chamou, e enfiou a cabeça pelo vão para ouvir este pedido:

— Você pode fazer o favor de dizer à duquesa de Claymore que eu gostaria de falar com ela antes de irmos?

— Todas as *ladies* saíram para um passeio na cidade, à exceção de nós duas e da senhorita Charity.

Da outra vez que fora embora, Sheridan o fizera parecendo culpada e ingrata. Não queria isso, dessa vez. Queria, apenas, ir embora. Então disse:

— Pode pedir à senhorita Charity que venha até aqui um instante? — Julianna assentiu. — E não diga a ninguém, a não ser ao seu pai, que vamos embora. Pretendo dizer isso ao conde pessoalmente.

56

O rosto da senhorita Charity se entristeceu quando Sheridan lhe disse que ia embora.

— Mas você ainda não teve a oportunidade de conversar com Langford a sós — argumentou a dama — e fazê-lo compreender por que o deixou!

— Tive essa oportunidade na noite passada — esclareceu Sherry, amargamente, com um rápido olhar para a janela, enquanto arrumava sua bagagem. — O resultado está lá embaixo.

Charity foi até a janela e olhou o conde em companhia das duas jovens.

— Como os homens são estranhos! — comentou, sacudindo a cabeça. — Ele não se importa com essas jovens, você sabe.

— Não se importa comigo, também.

A senhorita Thornton voltou a se sentar na cadeira, e, com uma dor aguda no peito, Sheridan se lembrou de que, quando a vira pela primeira vez, pensara em uma boneca de porcelana... A bondosa dama parecia uma agora. Uma boneca de porcelana perplexa e triste que perguntou:

— Explicou a ele por que fugiu no dia do casamento?

— Não.

— Diga-me, então, *por que* fugiu?

A pergunta foi tão inesperada que pegou Sheridan desprevenida, e ela falou, sem pensar:

— Em um minuto, eu pensava ser Charise Lancaster e, de repente, Charise Lancaster apareceu na minha frente, acusando-me de ter tomado seu lugar de propósito, de ter roubado sua identidade e disse que pretendia contar a

Stephen. Fiquei em pânico então, fugi. Mas, antes de me recuperar do choque de perceber quem eu realmente era, compreendi que todos os demais haviam mentido para mim sobre quem *eles* eram. Entre as coisas das quais me lembrava, estava o fato de Charise ser noiva de um barão, não de um conde, chamado Burleton, não Westmoreland. Queria respostas, precisava delas, e fui à procura de Nicholas DuVille. Sabia que pelo menos ele seria honesto e me diria a verdade.

— E que verdade ele lhe disse, querida?

Ainda envergonhada pelo que tinha ouvido, Sheridan desviou os olhos, fingindo arrumar os cabelos e, para isso, olhando-se no espelho, enquanto respondia:

— Toda. Toda a mortificante verdade, a começar pela morte de lorde Burleton, e por que Stephen se vira obrigado a arranjar outro noivo para mim, quer dizer, para Charise Lancaster... Ele me contou tudo.

Sheridan se calou, procurando desfazer o doloroso nó que se formara em sua garganta na tentativa de conter as lágrimas de humilhação, por ter imaginado que Stephen quisera, de fato, casar-se com ela. A mesma suposição ingênua que a levara a sacrificar a virgindade e o orgulho por ele naquela noite.

— Ele até mesmo me esclareceu o maior mistério de todos — conseguiu falar, por fim —, apesar de eu ter me permitido acreditar no contrário quando falei com todas vocês, ontem pela manhã.

— Que mistério é esse?

A risada que Sherry soltou era tensa e amarga:

— A repentina proposta de casamento que Stephen me fez naquela noite em que fomos ao Almack coincidiu com a notícia da morte do pai de Charise, que ele recebeu no mesmo dia: resolveu casar-se comigo porque sentiu pena e se julgou responsável, em parte, por eu estar só no mundo... não por me amar ou por se importar comigo.

— Nicholas errou ao ter exposto isso a você dessa maneira! — criticou a dama.

— Ele foi honesto. Eu é que me torno uma tola quando se trata daquele homem que está lá embaixo.

— E conversou a respeito disso tudo com Langford na noite passada?

— Tentei, mas ele disse que não estava interessado em conversar... — respondeu Sheridan, em um fio de voz, enquanto fechava e erguia a maleta.

— *Em que* ele estava interessado, então? — Charity inclinou a cabeça de modo inquiridor.

O tom da pergunta fez com que Sherry olhasse rapidamente para a senhorita Charity. Havia momentos em que achava que a irmã do duque de Stanhope não era tão distraída quanto parecia; momentos como aquele, em que a dama observava o rosto enrubescido de Sheridan com um olhar vivo e atento.

— Pensei que estaria interessado numa prova da minha inocência, caso se interessasse por mim, o que não é verdade — respondeu, vagamente. — Quando se olha o acontecido pelo lado dele, como tentei olhar ontem, parece mesmo que fugi por ser culpada. Que explicação eu poderia ter para isso?

Charity Thornton se levantou. Sheridan a fitou, sabendo que nunca mais voltaria a vê-la, e lágrimas lhe queimaram os olhos quando, em um impulso, deu-lhe um forte abraço.

— Por favor, despeça-se de todos por mim — pediu, contendo os soluços — e diga-lhes que sei que realmente tentaram ajudar.

— Tem que haver algo mais que eu possa fazer! — disse Charity, com o rosto muito contorcido.

— Há, sim — confirmou Sherry, conseguindo dar um sorriso que parecia confiante. — Diga a lorde Westmoreland que preciso vê-lo, a sós, por um momento. Peça-lhe que se encontre comigo na pequena saleta de estar.

Quando Charity saiu para fazer o que ela pedira, Sheridan respirou fundo, foi à janela e esperou até que a dama desse seu recado. O conde se levantou muito depressa e quase correu para a casa, fazendo nascer uma leve esperança de que talvez, apenas talvez, ele não a deixasse ir embora. Talvez se desculpasse pela cruel grosseria e lhe pedisse para ficar.

Enquanto descia as escadas, não pôde recusar-se esta última doce e atormentadora fantasia, que fez seu coração bater mais forte ao entrar na saleta e fechar a porta. Porém, a frágil esperança morreu quando ele se virou e a fitou. Vestido para montar, com as mãos enfiadas nos bolsos, não parecia apenas casual, mas também completamente despreocupado.

— Quer falar comigo? — perguntou, distante.

Ele se encontrava no meio da saleta, e bastavam poucos passos para estarem um nos braços do outro. Então, demonstrando uma tranquilidade que não sentia, Sherry assentiu.

— Quero informá-lo de que estou indo embora. Não quis simplesmente sumir desta vez, como fiz da outra.

Esperou, procurando no impassível rosto algum sinal de que ele sentia alguma coisa, qualquer coisa, por ela, pelo fato de estar indo embora, pela dádiva do seu corpo. Em vez disso, o lorde apenas ergueu as sobrancelhas como se perguntasse, em silêncio, o que ela esperava que ele fizesse.

— Não aceito sua proposta — esclareceu ela.

Não compreendia como ele podia mostrar-se tão indiferente a uma decisão que afetava tanto a vida dela, uma decisão que tomara depois de passar a noite nos braços dele, depois de lhe ter ofertado sua virgindade e sua honra.

Stephen sacudiu os ombros largos e disse, com a voz inexpressiva:

— Está bem.

Aquilo fora a gota d'água. Aquelas pequenas palavras tiveram o dom de fazê-la passar da dolorosa humilhação para uma fúria ardente e indomável. Virou-se e caminhou para a porta, mas se deteve de repente, voltando e caminhando na direção dele.

— Mais alguma coisa? — indagou o conde, demonstrando tédio e impaciência.

Sheridan estava tão furiosa e *satisfeita* com o que decidira fazer que abriu um sorriso largo e sedutor ao chegar bem perto dele.

— Sim — respondeu, com a voz clara. — Há mais uma coisa.

Uma das sobrancelhas negras se ergueu em arrogante inquirição:

— O quê?

— Isto! — Ela deu uma bofetada tão violenta no rosto dele que o fez virar a cabeça. Então recuou um passo, com indizível ódio brilhando nos lindos olhos cinzentos e os seios arfando pela respiração ofegante. — Você é um monstro horrendo, sem coração, e não posso acreditar que o deixei tocar em mim na noite passada! Sinto-me profanada, imunda! — Um músculo começou a latejar junto das têmporas dele, mas Sheridan ainda não terminara, e estava zangada demais para perceber que ele se tornava perigoso. — Cometi um grande pecado quando permiti que fizesse aquilo comigo, mas posso rezar e pedir perdão por isso. No entanto, nunca poderei me perdoar por ter sido estúpida a ponto de confiar em você e amá-lo!

Stephen ficou olhando para a porta que bateu atrás dela, paralisado, incapaz de se livrar da visão daquela arrasadora beleza, dos olhos cinzentos que pareciam soltar fogo, do rosto lindo, contraído pela raiva e pelo desprezo.

A imagem permanecia em sua mente ao lado das palavras ditas com dolorosa emoção: *Nunca poderei me perdoar por ter sido estúpida a ponto de confiar em você e amá-lo!* Ela falara como se quisesse mesmo dizer cada palavra que dizia, inclusive que o amara. Santo Deus, que atriz soberba! Muito melhor do que Emily Lathrop fora. Claro, Emily estava em desvantagem, pois não tinha a aura de virtuosa inocência, nem o gênio tempestuoso de Sherry. Emily era sofisticada, cuidadosamente discreta, e jamais faria uma cena daquelas.

Por outro lado, provavelmente Emily não teria jogado na sua cara a proposta de se tornar amante dele...

Reconhecia, agora, que no fundo esperava que Sheridan recusasse. Era esperta e ambiciosa o bastante, tanto que transformara uma simples perda de memória passageira em um sério caso de amnésia que se prolongara por semanas, chegando muito perto de trocar sua posição de governanta pela de condessa. A proposta que ele fizera na noite anterior não a tornaria uma condessa, mas a levaria a uma vida muito mais luxuosa do que poderia desejar de outra forma.

Pelo jeito, ela não era assim tão esperta quanto ele pensara...

Ou não era tão ambiciosa...

Ou não estava interessada nos desejos carnais...

Ou fora inocente do deslize o tempo todo, tão inocente quanto fora sexualmente inocente antes daquela noite.

Stephen hesitou, agitado, e rejeitou a última possibilidade. Pessoas inocentes não fogem nem se escondem. Não quando têm a coragem e a ousadia de Sheridan.

57

Em consideração ao aniversário de Noel e em um esforço inútil para manter a aparência de atmosfera festiva, Whitney declarou banido o assunto Sheridan Bromleigh e sua partida pelo restante do fim de semana. No entanto, o fracasso da tentativa de reconciliação pairava como uma nuvem negra sobre quase todos os convidados em Claymore. Horas depois de as duas moças terem ido embora, nuvens de tempestade se acumularam no céu e começou a chover, fazendo todos se refugiarem dentro de casa, o que aumentou o desânimo das mulheres. Apenas Charity Thornton se mostrava imune à atmosfera lúgubre e se sentia tão animada que se recusou a seguir o programa das demais *ladies* e alguns dos cavalheiros para aquela tarde: recolher-se aos seus aposentos para dormir até o jantar. Na verdade, a ausência da maioria das pessoas seria útil ao seu plano.

Sentada no amplo sofá estofado de couro da sala de jogos, com as pernas cruzadas na altura dos tornozelos e as mãos no colo, ela observava o duque de Claymore, que jogava bilhar com Jason Fielding e Stephen Westmoreland.

— Sempre achei bilhar muito interessante! — mentiu ela, quando Clayton Westmoreland deu uma longa tacada em uma das bolas e errou inteiramente a jogada. — Essa era a estratégia? — indagou, toda feliz. — Errar as bolas que estão na mesa para que Langford tenha que se arranjar com elas?

— Interessante esse seu ponto de vista — comentou o duque, seco, aborrecido por ela ter falado justamente no momento crítico, fazendo-o perder a concentração e errar.

— E agora, o que vai acontecer?

Jason Fielding respondeu, rindo:

— Stephen vai jogar, e nenhum de nós dois terá a oportunidade de jogar de novo.

— Ah, sei... — Charity sorriu, inocente, para sua vítima, que passava giz na ponta do taco. — Isso quer dizer que você é o melhor jogador presente, Langford?

Stephen ergueu os olhos ao ouvir seu nome, mas Charity tinha certeza de que ele não a ouvira e não estava concentrado no jogo. Desde que Sheridan fora embora, ele mantinha a expressão fechada. Apesar disso, quando deu a tacada, a bola atingida bateu contra outra, que foi colidir com a beirada da mesa e ricocheteou, atingindo três outras.

— Bela tacada, Stephen — festejou Jason.

A senhorita Thornton viu que tinha a oportunidade que esperava. Enquanto Clayton Westmoreland servia um Madeira para si e os parceiros, ela declarou, de repente:

— Gosto muito da companhia dos cavalheiros!

— Por quê? — indagou o duque, gentilmente.

— Porque as mulheres podem ser muito maldosas e vingativas sem ao menos terem um motivo — esclareceu, enquanto Stephen se preparava para uma nova tacada. — Mas os homens, não. Eles são profundamente leais uns aos outros. Vejam Wakefield, por exemplo — e sorriu, com um olhar aprovador, para Jason Fielding, marquês de Wakefield. — Se ele fosse mulher, estaria com inveja da jogada perfeita de Langford... Está com inveja da habilidade dele, Wakefield?

— Estou! — brincou o marquês. Ao ver o rosto da dama se desmanchar em frustração, disse depressa: — Não. Claro que não estou, madame.

— É o que quero dizer! — aplaudiu Charity, enquanto o conde se movimentava ao redor da mesa para jogar. — Mas, quando falo em lealdade entre homens, sabem em quem penso de imediato?

— Não. Em quem? — indagou Clayton, distraído, observando Stephen se ajeitar para mirar o alvo e jogar.

— Nicholas DuVille e Langford.

A bola atingida pelo taco deslizou sem direção, foi bater em um dos lados da mesa e, ricocheteando devagar, tocou de leve a bola que deveria acertar. A bola tocada se movimentou lentamente e pairou pela caçapa até finalmente cair.

— Isso não é habilidade, é pura sorte! — exclamou Jason. Tentando mudar de assunto, perguntou: — Algum de vocês já tentou calcular quantas vezes ganhou um jogo por sorte, e não por habilidade? Seria interessante!

Ignorando a tentativa de Wakefield de fazê-la mudar de assunto, Charity continuou, dirigindo cuidadosamente suas animadas palavras a Jason Fielding e Clayton Westmoreland, sem dar nem sequer a menor olhada para o lado do conde, que se preparava para a terceira jogada.

— Sabem por quê? Porque, se Nicholas não fosse um amigo tão *leal* de Langford, teria mandado Sheridan Bromleigh embora imediatamente no dia em que ela fugiu e foi chorar na porta da casa dele. Mas ele fez isso? *Não!*

Pelo espelho que havia na parede oposta, viu que Stephen se imobilizara, fixando os olhos azuis muito escuros na cabeça dela. Criando coragem, prosseguiu:

— Sheridan implorou para que lhe dissesse, com franqueza, qual o motivo que levara Langford a decidir se casar com ela. Apesar de não ser responsabilidade do pobre DuVille contar toda a verdade à atormentada moça e magoá-la ainda mais, ele o fez! Teria sido muito mais fácil mentir para ela ou lhe dizer que fosse perguntar a verdade a Langford. Mas ele tomou para si a missão de ajudar o amigo e companheiro.

— Exatamente o que — perguntou Stephen, devagar, com a voz presa na garganta — meu *amigo* DuVille disse a Sheridan?

Como se levasse um susto com a presença dele, Charity Thornton se voltou e o fitou com os olhos inocentes:

— Ora, a verdade, naturalmente! Ela já sabia que não era Charise Lancaster, então Nicholas pôde lhe contar, sem o risco de lhe causar um choque emocional, que Burleton morrera e que você se sentia responsável pela morte dele. Explicou-lhe também que fora por isso que você fingiu ser o noivo dela...

Três homens silenciosos ficaram olhando para a mulher em vários estados de choque e raiva. Ela, por sua vez, olhava de um para o outro toda animada, enquanto prosseguia:

— Como a moça romântica que é, mesmo depois de ficar sabendo tudo o que acontecera, Sheridan ainda quis pensar, aliás, acreditar, que havia um motivo mais importante para você ter pedido a mão dela, mas o querido Nicholas tratou de lhe dizer *francamente* que você só resolveu se casar com ela por pena, quando soube da morte do pobre senhor Lancaster... Foi terrível para a pobre menina, mas seu amigo sabia que precisava ser dito, que ele precisava ser leal e altruísta para com seu congênere!

Fora de si, Stephen bateu com o taco na parede:

— Aquele *desgraçado!* — exclamou engasgado, enquanto saía da sala.

Aturdida pela grosseria em sua presença, mas nada surpresa com a saída dele, Charity se voltou para Jason Fielding:

— Aonde acha que Langford vai? — perguntou, esforçando-se para não rir e expressar ingenuidade.

Jason desviou lentamente o olhar da porta que o conde batera com violência ao passar, fitou Clayton Westmoreland e repetiu a pergunta:

— Aonde acha que Langford vai?

— Eu diria — respondeu o duque, asperamente — que vai procurar seu "leal" amigo, para ter uma "conversinha" com ele.

— Ah, que bom! — animou-se Charity, toda feliz. — Então, vocês me deixariam jogar com os senhores, agora que Langford saiu? Tenho certeza de que aprenderei as regras com facilidade.

O duque de Claymore a fitou em divertido silêncio por um longo momento. Tão longo que Charity começou a se sentir desconfortável.

— Que tal, então, jogarmos xadrez? — perguntou o duque, por fim. E acrescentou, insinuante: — Tenho a impressão de que o forte da senhora é estratégia.

Charity considerou a observação por um instante, então assentiu:

— É... Acho que tem razão.

58

A temporada se aproximava do final, mas as exclusivas salas de jogos do White ainda contavam com ricos ocupantes dispostos a arriscar altas somas de dinheiro em partidas de baralho ou lances de roleta. Como o mais antigo e mais elegante dos clubes da rua St. James's, o White era bem mais ruidoso que o Strathmore, mais ricamente iluminado, porém não deixava de ter as próprias tradições. Na frente, dando diretamente para a rua, ficava a enorme porta em arco que Beau Brummell cruzara tantas vezes com seus amigos: o duque de Argyll, os lordes Sefton, Alvanley, Worcester e, de vez em quando, o Príncipe Regente.

No entanto, mais famoso do que sua entrada em arco era o Livro de Apostas do White, no qual os distintos associados vinham, havia muitos anos, registrando apostas sobre acontecimentos que iam dos mais solenes aos mais tolos, passando pelos mais sórdidos. Entre elas, havia aquelas feitas sobre o fim da guerra, a data da morte de parentes que deixariam grandes fortunas, os ganhadores da mão de disputadas *ladies,* e até mesmo sobre o vencedor de uma corrida de dois porcos premiados, pertencentes a dois sócios do clube.

Em uma mesa dos fundos de uma sala de carteado, William Baskerville jogava whist com o duque de Stanhope e Nicholas DuVille. Com espírito de camaradagem, os três cavalheiros haviam permitido que dois jovens de excelentes famílias se juntassem a eles para jogar. Ao primeiro olhar, ficava evidente que os dois eram verdadeiros dândis, farristas, e que logo teriam a fama de grandes viciados em jogo e bebida. A conversa na mesa era lenta e casual; as apostas, rápidas e pesadas.

— Por falar em equitação — disse um dos jovens —, não vi Langford no Hyde Park esta semana.

William Baskerville respondeu, enquanto contava suas fichas:

— Se não me engano, é aniversário do sobrinho dele. A duquesa de Claymore organizou uma pequena festa para comemorar. Mulher adorável, a duquesa — acrescentou. — Digo isso a Claymore toda vez que o vejo. — Relanceou os olhos por Nicholas DuVille, que estava à sua esquerda. — Você era muito amigo dela na França, antes de a duquesa voltar para a Inglaterra, não?

Nicholas assentiu sem tirar os olhos de suas cartas, depois tratou de evitar qualquer possibilidade de fofoca:

— Sinto-me feliz por ter a sorte de contar com a amizade de *toda* a família Westmoreland.

Um dos rapazes, que havia bebido demais, ouviu isso com certa surpresa e demonstrou falta de educação, assim como de habilidade em beber, ao exclamar:

— É mesmo? Dizem que você e Langford quase se pegaram a socos no Almack, por causa de uma garota de cabelos vermelhos que ambos cortejavam.

Baskerville riu da ideia e aconselhou:

— Meu rapaz, quando estiver há mais tempo em Londres e adquirir maior experiência, vai aprender a separar o falso do verdadeiro. E, para fazer isso, terá que conhecer bem as pessoas envolvidas nos falatórios. Olhe, também escutei essa história, mas conheço DuVille e Langford, por isso *sei* que não é verdade. Tive certeza de que não era verdade no momento em que a ouvi.

— Eu também! — garantiu o outro rapazinho, mais sóbrio.

— Uma lamentável invencionice — confirmou Nicholas, ao ver que todos esperavam que falasse — que logo será esquecida.

— Eu sabia que era assim — aprovou o irmão da senhorita Charity, o distinto duque de Stanhope, enquanto colocava suas fichas no considerável monte que já havia no centro da mesa. — Não me surpreenderia se descobríssemos que você e Langford são os melhores amigos do mundo. Ambos são pessoas das mais agradáveis.

— Não duvido — disse o rapazinho sóbrio, com um largo sorriso para DuVille. — Mas, se um dia você e Langford *tiverem* que trocar socos, quero estar presente!

— Por quê? — quis saber o duque de Stanhope.

— Porque vi Langford e DuVille lutarem boxe no Gentleman Jackson's. Não um contra o outro, claro, mas eram os melhores com os punhos... Juro que uma luta entre ambos *me* faria ir ao Almack!

— Eu também! — concordou o amigo dele, com um soluço.

Baskerville ficou perplexo com a ignorância dos jovens sobre masculinidade civilizada e se sentiu obrigado a orientá-los:

— Langford e DuVille jamais resolveriam seus problemas com os punhos, meus jovens amigos! Essa é a diferença entre vocês, meninos de cabeça quente, e cavalheiros como DuVille, Langford e nossos demais companheiros. Vocês precisam aprender boas maneiras com os mais velhos, adquirir certo polimento que ainda não têm. Em vez de admirar a habilidade de DuVille com os punhos, seria melhor que admirassem e procurassem imitar as admiráveis atitudes dele e sua habilidade em dar o laço na gravata.

— Muito obrigado, Baskerville — sussurrou o francês, sem jeito, porque era evidente que o lorde esperava que ele se manifestasse.

— De nada, DuVille. Eu apenas disse a verdade. Quanto a Langford — continuou, enquanto esperava sua vez de apostar —, vocês não encontrarão mais fino exemplo de educação e de artes cavalheirescas. Resolver impasses com os punhos, francamente! — escarneceu. — O simples fato de pensar nisso é ofensivo a qualquer homem civilizado.

— É ofensivo até falar nisso — concordou o duque de Stanhope, observando o rosto dos demais jogadores antes de resolver se ele próprio apostava, com o jogo fraco que tinha na mão.

— Peço desculpas, cavalheiros, se... — começou a dizer o rapazinho mais sóbrio, interrompendo-se bruscamente. — Pensei que o senhor tivesse dito que Langford não estava na capital — acrescentou, em um tom tão surpreso que parecia significar prova indiscutível do contrário.

Todos os cinco jogadores olharam na mesma direção que o jovem cavalheiro e viram Stephen Westmoreland vindo direto para eles com uma expressão que, como puderam perceber quando se aproximou, estava longe de ser amigável. Sem muito mais do que um aceno de cabeça para os conhecidos que o cumprimentavam, o conde passava entre as mesas de jogo com os olhos fixos na mesa de Baskerville, e depois circulou em volta das cadeiras deles.

Quatro dos homens dessa mesa ficaram tensos, fitando-o com a vaga surpresa dos inocentes que de repente se veem diante de uma ameaça que não entendem, nem merecem, de um violento predador que até então consideravam manso.

Apenas Nicholas DuVille parecia despreocupado com a tangível ameaça que emanava de Stephen Westmoreland. De fato, para os frequentadores do White, que estavam em suspense olhando para a cena com incrédula fascinação, DuVille parecia estar provocando audaciosamente um confronto com sua deliberada e exagerada indiferença. Quando o conde parou ao lado de sua poltrona, Nicholas se inclinou para trás, enfiou as mãos profundamente nos bolsos e, com um charuto fino preso entre os dentes, encarou-o com um olhar inquisitivo:

— Quer juntar-se a nós, Langford?

— Levante-se! — exigiu Westmoreland.

O desafio iminente estava mais do que claro.

Houve certa agitação quando alguém começou a passar o Livro das Apostas do White para que os presentes anotassem seus palpites. Todos pararam de novo quando um sorriso passou pelo rosto do francês, que se acomodou melhor na cadeira e apagou calmamente o resto do charuto, enquanto parecia avaliar a situação com cuidado. Como se quisesse ter certeza de que sua esperança de não brigar não tinha fundamento, ergueu as sobrancelhas e perguntou, com o sorriso se alargando mais:

— Aqui?

— Saia dessa poltrona — ordenou Stephen, com a voz perigosamente baixa —, seu desgra...

— Definitivamente, aqui — interrompeu Nicholas, enquanto o sorriso gelava e ele indicava com a cabeça a sala nos fundos.

A notícia de que haveria uma briga chegou aos ouvidos do diretor do White, que veio quase correndo:

— Por favor, por favor, cavalheiros! — dizia, aflito, enquanto tentava atravessar o grupo compacto que se formava atrás dos dois contendores. — Jamais na história do nosso clube...

A porta bateu na cara dele.

— Pensem em suas roupas, cavalheiros! Pensem nos móveis!

O diretor gritou, desesperado; abrindo a porta bem a tempo de ouvir o som de um soco atingindo carne e osso, e ver a cabeça de Nicholas DuVille ser empurrada. Tornou a fechar a porta, encostando-se nela mortalmente pálido, parecendo não cair apenas porque se segurava na maçaneta. Cerca de cem rostos masculinos o encaravam expectantes, todos interessados na mesma informação.

— Então? — perguntou um deles.

O rosto do diretor se contorceu quando pensou no possível estrago que seria feito nas custosas mesas de baeta cinza, usadas no jogo de faro, mas conseguiu gaguejar uma resposta:

— A esta altura... sugiro... três a dois...

— A favor de quem, bom homem? — quis saber, impaciente, um cavalheiro elegantemente vestido que estava anotando tudo no Livro de Apostas.

O diretor hesitou, fechou os olhos tentando reunir coragem, então se virou um pouco, entreabriu a porta e espiou para dentro no exato instante em que um corpo se chocava contra a parede, fazendo um ruído cavernoso.

— A favor de Langford! — gritou por cima de um ombro, mas, quando ia fechar a porta, ouviu outra pancada como a primeira e espiou outra vez. — Não... DuVille! Não... Langford! Não...

Fechou a porta com rapidez suficiente para não ser atingido por um par de robustos ombros voadores que bateram contra ela.

Quando, afinal, os terríveis sons da luta silenciaram, o diretor continuou com as costas coladas na porta e, quando ela se abriu, praticamente tombou para dentro da sala vazia, enquanto DuVille e Langford saíam. Sozinho na sala e respirando com alívio, o diretor lentamente olhou em volta, examinando o ambiente, que à primeira vista parecia miraculosamente ileso. Já fazia uma fervorosa prece de agradecimento quando seus olhos deram com uma mesa polida que se apoiava sobre três pernas, porque a quarta estava irremediavelmente quebrada. Levou a mão ao peito, como se seu coração também estivesse quebrado. Com as pernas trêmulas, aproximou-se da mesa de faro e retirou a caneca que não deveria estar em cima dela, descobrindo que ela produzira uma profunda marca no tampo polido da mesa. Arregalou bem os olhos e verificou a sala com maior atenção... Em um dos cantos, havia quatro poltronas ao redor de uma mesa circular de jogo, mas cada poltrona tinha apenas três pernas.

Um relógio dourado, todo trabalhado, que normalmente ficava no centro de um longo aparador, encontrava-se na extremidade direita dele. Com mãos inseguras, pegou-o para recolocá-lo no lugar e gritou de horror quando a frente do relógio desabou, a parte de trás também, e ele ficou segurando apenas os lados.

Sufocado pelo ultraje e pela angústia, o diretor conseguiu se arrastar até a poltrona mais próxima e se apoiou no encosto dela, que saiu na sua mão.

Do lado de fora, no momento em que o conde e o francês apareceram, explodiram diálogos desencontrados entre os cavalheiros que esperavam com ansiedade. Era o tipo da conversa desconexa que homens adultos improvisam quando querem dar a impressão de que não estão prestando atenção em algo.

Sem perceber a agitação ou indiferentes à atmosfera de suspense e aos olhares curiosos que não se desviavam deles, os dois contendores se encaminharam juntos para o centro da sala: Langford, para chegar ao criado que levava uma bandeja de bebidas; DuVille, para voltar ao seu lugar na mesa de jogo.

— Era a minha vez de dar as cartas? — perguntou, sentando-se em seu lugar.

Os dois rapazinhos responderam ao mesmo tempo que sim, o duque de Stanhope disse que não tinha absoluta certeza, mas Baskerville, que estava zangado por ter passado por mentiroso ou bobo diante dos jovens, falou o que todos tinham vontade de falar:

— É melhor você contar a esses dois meninos o que aconteceu lá dentro ou eles não vão conseguir prestar atenção no jogo, nem dormir, mais tarde. Mas vejo-me na obrigação de lhe dizer, DuVille, que foi um comportamento condenável. De ambas as partes!

— Não há o que contar — respondeu Nicholas, tranquilo, pegando as cartas e as embaralhando habilidosamente. — Conversamos a respeito de um casamento.

Baskerville o fitou desconfiado. Os dois rapazes pareciam estar se divertindo, mas só o mais bêbado teve a temeridade e a má educação de pedir mais do que aquela explicação.

— Um casamento? — perguntou, olhando meio vesgo para o colarinho amarrotado e a gravata fora do lugar de DuVille. — O que dois homens podem *conversar* sobre casamento?

— A respeito de qual dos dois será o noivo. — Foi a resposta calma do francês.

— E decidiram? — perguntou o rapaz mais educado, enviando um olhar de zangada advertência para o companheiro e procurando dar a impressão de que acreditava naquela história esquisita.

— Sim. — O francês inclinou-se para colocar suas fichas no centro da mesa. — Vou ser o padrinho.

O rapazinho bêbado tomou mais um grande gole de vinho e deu uma risada.

— Um casamento! — exclamou com sarcasmo. Nicholas DuVille ergueu a cabeça bem devagar, olhou-o com profunda atenção e perguntou:

— Prefere trocá-lo por um funeral?

Sentindo que algo muito ruim poderia acontecer, Baskerville se meteu na conversa.

— Sobre o que mais você e Langford conversaram? Levaram um bom tempo...

— Falamos sobre cândidas damas idosas e distraídas... — Era evidente a ironia de Nicholas. — E admiramos os desígnios de Deus, que, por incompreensíveis razões, às vezes fazem a língua dessas damas continuar funcionando quando o cérebro não funciona mais.

O duque de Stanhope o olhou, rápido:

— Espero que não esteja se referindo a alguém que eu conheça.

— Conhece alguém chamado "Charity", em vez de "Calamity"?

O duque teve de se esforçar para não soltar uma gargalhada ao ouvir a espirituosa comparação com sua irmã mais velha.

— Creio que sim — respondeu.

Uma conversa talvez embaraçosa sobre esse assunto foi evitada pela chegada de mais um jogador, que cumprimentou Baskerville com rápida gentileza, pegou uma poltrona *e* sentou-se ao lado de DuVille.

Esticando as longas pernas por baixo da mesa, o recém-chegado fez um aceno para os dois jovens cavalheiros que não conhecia, claramente esperando uma apresentação. Nicholas pareceu ser o único a compreender essa necessidade de apresentação:

— Esses dois mocinhos de queixo caído e bolsos profundos são os lordes Banbraten e Isley — disse ao recém-chegado. Para os rapazes, esclareceu: — Creio que já conhecem o conde de Langford, não? — Depois que os dois assentiram, ao mesmo tempo, tratou de dar as cartas, enquanto dizia: — Deus! Quando este jogo terminar, o conde e eu teremos tirado todo o dinheiro dos pais de vocês.

Abriu as cartas que dera a si mesmo e fez uma careta ao sentir uma aguda dor nas costelas.

— Mão ruim, hein? — caçoou o duque de Stanhope, interpretando erroneamente a expressão de dor do francês.

Acreditando que a observação do duque fora para ele, Stephen fechou as próprias cartas, respondendo:

— Nem tanto... — Voltou-se para o garçom, que se aproximou e ofereceu a bandeja com dois cálices de conhaque. Pegou ambos e deu um a Nicholas: — Com meus cumprimentos...

Depois de falar, Stephen observou um dos rapazinhos, que derrubara seu copo de vinho quando ia pegá-lo.

— Não consegue segurar a própria bebida — explicou Nicholas.

Stephen cruzou as pernas na altura dos tornozelos, fitou o rosto vermelho do moço com reprovação e comentou:

— Creio que alguém deveria tê-los ensinado a se comportar antes de se introduzirem na sociedade...

— É exatamente o que eu penso — concordou o francês.

59

Os Skeffington haviam entregado a casa alugada em Londres e voltado para a cidadezinha de Blintonfield. Portanto, tinham sido necessárias três horas a mais do que Nicholas calculara para chegar até Sheridan e pôr em prática o plano romântico que Stephen Westmoreland julgara ser o melhor, e o único, meio de trazê-la de volta para ele, assim como de convencê-la de que suas intenções eram sérias.

O fato de Nicholas ter-se tornado emissário do conde de Langford, e não seu rival e adversário, não o incomodava. Para começar, estava fazendo o que podia para reparar um relacionamento que havia ajudado a romper. Depois, achava muito divertido o papel que desempenhava em sua missão: tinha de persuadir Sheridan a se demitir do emprego com os Skeffington e acompanhá-lo, a fim de ser entrevistada para um emprego em uma propriedade a algumas horas de viagem.

Para não ter problemas, levara consigo duas governantas com excelentes recomendações, a fim de substituí-la.

Como lady Skeffington fora com Julianna para Devon, onde ouvira dizer que o duque de Norringham passaria seus dias de solteirice no mês de julho, fora fácil convencer sir John a trocar uma governanta por duas com pouco gasto, pois Stephen pagaria secretamente mais da metade do salário delas durante o primeiro ano de emprego.

Cumprida essa parte do plano, o francês passou à tarefa mais difícil: convencer Sheridan a arrumar sua bagagem e ir com ele ao encontro de um nobre que tinha uma "posição melhor" a lhe oferecer. Nessa tentativa, resolvera dizer toda a verdade que pudesse e improvisar o restante do jeito que a ocasião ou seu senso de humor permitissem.

— O visconde de Hargrove é um tanto temperamental e desagradável, às vezes — explicou —, mas ele gosta demais do sobrinho, que também é seu herdeiro por enquanto, e quer o melhor para ele.

— Entendo — assentiu Sheridan, tentando avaliar até que ponto o visconde seria temperamental e desagradável.

— O salário é excelente, para compensar os defeitos do visconde.

— Excelente, como?

A soma que ele mencionou fez a boca de Sherry se abrir de espanto.

— Há outras vantagens, se você aceitar o... encargo — pressionou DuVille.

— Outras vantagens? Quais?

— Um excelente quarto com banheiro só para você, uma criada para servi-la, um cavalo só seu...

Os olhos dela se arregalavam a cada palavra.

— Há mais alguma coisa? — perguntou ela, vendo que ele fizera uma pausa. — Não acredito!

— Pois o fato é que há. Um dos pontos mais importantes é o que se pode chamar de... estabilidade.

—O que isso quer dizer?

— Quer dizer — explicou Nicholas, cauteloso — que, se aceitar o encargo, ele será seu, com todos os benefícios, enquanto você for viva.

— Não pretendia ficar na Inglaterra por mais do que alguns meses.

— Uma pequena complicação, mas talvez consiga persuadir o visconde a lhe dar o cargo assim mesmo.

Sheridan hesitou, tentando imaginar como seria aquele homem.

— O visconde é idoso?

— Sim, comparativamente falando — disse Nicholas, rindo por dentro, pois Langford era um ano mais velho do que ele.

— Ele já teve governantas?

Dessa vez, DuVille teve de engolir várias respostas muito divertidas, mas nada adequadas, e respondeu apenas:

— Teve, sim.

— Por que elas foram embora?

Ocorreu-lhe mais uma série de explicações engraçadas, e Nicholas optou por uma delas:

— Vai ver que esperavam estabilidade e ele não lhes deu... — sugeriu, inocentemente. Para evitar outras perguntas a esse respeito, continuou: — Como já disse, há certa urgência em resolver a questão. Se estiver interessada, arrume suas coisas e iremos embora imediatamente. Prometi que estaria com você lá hoje às duas em ponto, e já estamos com três horas de atraso.

Sem saber se deveria acreditar na sorte, que não lhe sorrira desde que pusera os pés em solo inglês, Sheridan hesitou. Por fim, levantou-se:

— Não entendo por que o visconde iria me dar esse emprego, uma vez que deve ter à disposição as mais qualificadas governantas inglesas!

— Ele prefere uma americana — garantiu Nicholas, divertindo-se muito.

— Está bem. Então, vamos vê-lo e, se simpatizarmos um com o outro, ficarei com ele.

— É o que ele espera — animou-se o francês. Enquanto ela se dirigia para as escadas, a fim de arrumar suas coisas, acrescentou: — Eu lhe trouxe um vestido melhor. Um vestido menos... — procurou uma palavra para definir o vestido simples e escuro que ela usava — fúnebre. O visconde Hargrove detesta coisas sombrias e tristes ao seu redor.

60

— Alguma coisa errada, *chérie?* — perguntou Nicholas quando o sol iniciou a lenta descida no céu depois do meio-dia.

Olhando os campos verdejantes que passavam pela janelinha da carruagem, Sheridan sacudiu a cabeça:

— Não... Só estou pensando na mudança... Uma nova posição, um salário maravilhoso, um quarto grande só meu e até um cavalo para cavalgar. Parece bom demais para ser verdade.

— Então, por que está tão séria e triste?

— Não me sinto bem por ter deixado os Skeffington tão de repente — explicou ela.

— Eles agora têm duas governantas em vez de uma, e lorde Skeffington ficou tão animado que quase subiu para ajudá-la a arrumar a sua bagagem!

— Se conhecesse a filha deles, iria me entender. Deixei um bilhete para ela, mas detesto ter vindo embora sem me despedir de Julianna. Na verdade, detesto ter que deixá-la sozinha com eles. No entanto — Sherry afastou a tristeza e sorriu —, sou muito grata a você pelo que faz por mim.

— Espero que daqui a pouco continue sendo... — replicou Nicholas, com certa ironia. Consultou o relógio e ergueu as sobrancelhas. — Estamos muito atrasados. Ele é capaz de pensar que não iremos.

— Por que o visconde pensaria isso? — estranhou Sheridan.

Ele levou mais tempo do que poderia parecer necessário para responder, mas ela afastou a desconfiança assim que DuVille disse:

— Por que eu não podia garantir que você deixaria seu emprego para vir comigo.

Rindo, ela comentou:

— Quem, em pleno juízo, recusaria uma oferta dessas? — Nesse momento, ocorreu-lhe outra possibilidade, e Sherry ficou séria: — Você não está querendo me dizer que ele pode ter dado o emprego a outra, por estarmos atrasados?

Essa pergunta pareceu divertir o francês, que se ajeitou no banco, virando-se de modo a ficar recostado na janela lateral, com uma perna sobre o banco à sua frente. Deu com o olhar preocupado dela e se apressou em responder:

— Tenho certeza de que o encargo será seu, se o quiser.

— Está um dia tão lindo! — admirou Sheridan, meia hora mais tarde.

Inclinou-se para a janelinha quando os cavalos passaram a andar mais devagar, em uma subida. Logo depois, com um sacolejo, a carruagem virou à esquerda, saindo da estrada principal.

— Creio que estamos perto da casa...

Ela ajeitou os punhos das mangas compridas do elegante vestido azul-claro bordado que Nicholas lhe dera, depois verificou se os cabelos estavam bem presos no severo coque adequado a uma governanta.

O francês inclinou-se à janela e viu a imponente e antiga construção de pedra no alto da colina, já começando a ficar sob a sombra, enquanto o sol descia rápido no horizonte. Sorriu, satisfeito, enquanto explicava:

— A propriedade de praia do visconde fica a certa distância ainda, mas ele achou que seria melhor esperá-la aqui, que é o local mais adequado para conversarem sobre a posição que quer lhe oferecer.

Curiosa, Sheridan também se inclinou e olhou pela janela; suas delicadas sobrancelhas se franziram:

— É uma *igreja?*

— Que eu saiba, é uma capela que fazia parte de um mosteiro escocês, no século XVI. Foi demolida e depois restaurada pelo visconde, pois faz parte da história dos ancestrais dele.

— Que tipo de significado uma capela pode ter na história de uma família? — perguntou ela, curiosa.

— Parece que foi nessa capela que o mais antigo ancestral conhecido do visconde forçou um frade do mosteiro a casá-lo com uma donzela, contra a vontade da moça. — Ao ver que Sheridan estremecia, continuou: — Agora que penso bem, acho que a família dele tem esse costume...

— Que costume mais bárbaro e... nada divertido nem interessante! —Veja, duas carruagens paradas ali! Mas não há ninguém dentro delas... Que tipo de missa pode estar acontecendo a esta hora, em uma capela tão fora de mão?

— Uma missa privada. Muito privada. — respondeu Nicholas, e mudou de assunto: — Deixe-me ver como você está...

Ela se voltou para ele, que franziu a testa:

— Parece que seus cabelos estão escapando do coque...

Intrigada, porque verificara havia pouco e o coque parecera estar firme, Sherry ergueu as mãos, porém o francês foi mais rápido:

— Deixe que eu arrumo, você não pode ver sem espelho.

Antes que pudesse protestar ou impedir, ele tirou os grampos, em vez de firmá-los, e os volumosos cabelos ruivos despencaram pelos ombros dela, em adorável desordem.

— Ah, não! — afligiu-se Sheridan.

— Você tem uma escova?

— Claro que sim! Mas preferia que você não...

— Não se zangue — pediu ele. — Você vai se sentir mais forte para fazer exigências durante as tratativas se souber que está mais... festiva.

— Que exigências eu poderia fazer?

A carruagem havia parado. Ele esperou que o cocheiro viesse colocar os degraus, então desceu e ofereceu a mão para ajudá-la, enquanto respondia vagamente:

— Ah, não sei... Mas acho que poderá fazer uma ou duas exigências, para começar.

— Há alguma coisa que não tenha me contado?

Sheridan recuou um pouco, mas, quando o cocheiro pôs a carruagem em movimento, viu-se obrigada a começar a andar ao lado de Nicholas. A leve brisa movimentava a ampla saia do vestido e acariciava seus cabelos. Pelos cantos dos olhos, buscou no jardim da pitoresca e pequena capela pelo menos um sinal do homem que iria lhe pagar uma fortuna para ter uma governanta.

Teve a impressão de ver algo se mover à sua esquerda e levou uma das mãos ao peito. DuVille a fitou rapidamente:

— Algo errado?

— Nã... não. Pensei ter visto alguém.

— Deve ser ele. Disse que a esperaria ali.

— Ali? O que ele está fazendo aqui fora, no jardim?

— Acho — respondeu Nicholas, com certa ironia — que está meditando sobre seus pecados. Agora, por favor, vá até lá e converse com ele. E, *chérie*...

Ela já entrara na alameda do jardim, então parou e se voltou:

— Sim?

— Caso você não queira aceitar a oferta dele, eu a levarei embora daqui. Não se sinta obrigada a ficar, se não quiser. Vai receber muitas outras ofertas, só que não tão atraentes quanto esta parece ser. Lembre-se disso. — E a voz dele se tornou mais firme. — Se realmente não quiser aceitar, irá embora daqui sob a minha proteção.

Sheridan assentiu, virou-lhe as costas e saiu andando pela alameda, erguendo a saia com cuidado para não sujá-la, andou até a pequena cerca e a abriu, piscando para acostumar os olhos à parca luz. Percebeu então o vulto de um homem junto de uma árvore, com os braços cruzados no peito e as pernas meio afastadas uma da outra, segurando luvas em uma das mãos, calmamente batucando em seu quadril. Levemente consciente de que havia algo familiar naquele vulto, continuou se aproximando, o coração batendo um pouco mais rápido por causa da ansiedade pela entrevista que a esperava.

Deu três passos à frente, o homem também, e disse, com a voz solene:

— Fiquei com medo de que não viesse.

Por um instante, ela se sentiu enraizada na terra, mas reagiu logo em seguida: virou-se e saiu correndo, com a raiva e o choque a impulsionando com uma agilidade fora do normal. Ainda assim, não foi capaz de ser mais rápida que ele. Stephen a alcançou quando ela se aproximava do portão e a puxou, segurando seus ombros.

— Largue-me! — exclamou ela, com o peito ofegante.

Com suavidade, ele perguntou:

— Vai ficar um momento e ouvir o que tenho a dizer?

Ela fez que sim, e ele a soltou. De imediato, Sherry se virou para correr, mas dessa vez ele estava prevenido e a segurou pelos braços. Com profunda tristeza nos olhos azuis, disse:

— Não me obrigue a retê-la à força.

— Não estou obrigando você a nada, seu repulsivo, desprezível... devasso! — Ela se debatia, tentando ineficazmente se libertar. — Nunca pensei que

Nicholas DuVille fosse capaz de uma coisa dessas! Ele me convenceu a deixar o emprego, fez-me acreditar que teria uma posição melhor aqui, trouxe-me e...

— Mas eu tenho uma posição melhor para propor a você — interrompeu-a o conde.

— Não estou interessada em nenhuma das suas propostas! — gritou Sherry, cessando a inútil tentativa para se soltar e encarando-o com indescritível furor. — A última delas ainda dói em meu peito.

Os olhos de Stephen se estreitaram ao ouvir aquilo, mas ele insistiu, quase como se não tivesse ouvido:

— A proposta inclui uma casa... aliás, várias.

— Já ouvi isso! — rebelou-se ela.

— Não, não ouviu! — disse. — As casas serão acompanhadas por criados, todo o conforto, todo o dinheiro que você puder gastar, joias, vestidos, peles... e por mim.

— *Eu não quero você!* — gritou Sheridan. — Você me usou como... como uma prostituta, agora fique longe de mim! Meu Deus — disse, e a voz dela se quebrou —, sinto tanta vergonha! Uma história tão banal... a governanta que se apaixona pelo dono da casa. Só que nos livros os cavalheiros não fazem com as governantas o que você fez comigo na cama. Foi horrível, e...

— Não diga isso! — O grito rouco doeu na garganta de Stephen. — Por favor, não diga isso. Não foi horrível. Foi...

— Sórdido — gemeu ela.

Com o rosto muito pálido, ele tentou falar com calma:

— A nova proposta me inclui, juntamente com minha mão, meu nome e tudo o que eu possuo.

— Não quero!

— Sim, você quer!

Ele a sacudiu, e Sheridan compreendeu o sentido daquilo tudo, sentindo um começo de alegria, mas tratou de sufocá-la dizendo a si mesma que Stephen estava tendo outro ataque de consciência, dessa vez por tê-la seduzido.

— Vá para o inferno! — disse. — Não sou nenhuma coitadinha que você precise pedir em casamento cada vez que tem um ataque de culpa. E, na primeira vez que você agiu assim, eu nem sequer era a mulher diante da qual deveria se sentir culpado.

— Culpado... — repetiu ele, com uma risada amarga. — Só há uma culpa que posso sentir em relação a você: por querê-la para mim desde o momento em que recuperou os sentidos. Pelo amor de Deus, olhe para mim e verá que estou dizendo a verdade! — Stephen segurou o queixo dela, que não resistiu nem cooperou; apenas focou o olhar no peito dele. — Roubei a vida de um jovem, depois vi a noiva dele e quis roubá-la também. Pode entender como me senti com isso? Matei um homem e *desejei* a noiva que ele jamais teria porque eu o havia matado. Queria me casar com você, Sheridan, desde o começo.

— Não, não queria! Não, até que foi informado da morte do senhor Lancaster, que deixava sua pobre e frágil filha sem ninguém no mundo a não ser *você*!

— Se eu não quisesse uma desculpa para me casar com a "pobre e frágil filha", teria feito tudo o que podia por ela, mas nunca lhe teria proposto casamento. Que Deus me perdoe, mas uma hora depois de ter recebido aquela carta eu bebia champanhe com meu irmão para brindar ao nosso casamento. Se não quisesse me casar com você, teria bebido veneno!

Sheridan mordeu nervosamente o lábio, com medo de acreditar no que ouvia, de confiar nele, mas incapaz de evitá-lo porque o amava.

— Olhe para mim — pediu Stephen, erguendo-lhe de novo o queixo, e, dessa vez, os lindos olhos encontraram os dele. — Tenho vários motivos para lhe pedir que entre comigo na capela, onde um padre está à nossa espera, mas juro que culpa não é um deles. Tenho também várias exigências a fazer antes que concorde em entrar na capela comigo.

— Que tipo de exigências?

— Quero que você me dê filhas com o seu cabelo e a sua personalidade — disse ele, começando a enumerar as exigências. — Quero que meus filhos tenham seus olhos e sua coragem. Se não é *isso* que você quer, diga-me as combinações que prefere e eu aceitarei, humildemente, agradecendo-lhe por me dar os filhos que faremos.

A felicidade que se expandiu no peito de Sheridan era tão imensa que doía.

— Quero mudar seu nome — disse ele com um sorriso terno e carinhoso —, assim não haverá mais dúvidas sobre quem você é e a quem pertence. — Deslizou as mãos pelos braços dela, com suavidade, sem que seus olhos deixassem de fitá-la. — Quero o direito de partilhar sua cama esta noite e todas as outras noites de hoje em diante. Quero fazê-la gemer de novo em meus braços, e quero acordar ainda unido a você. — Envolveu o rosto de Sherry com as mãos, secando com os polegares duas lágrimas que haviam começado a surgir dos cantos dos olhos dela. — E, mais do que tudo, quero ouvir você dizer "Eu o amo" todos os dias da minha vida. Se acha que não pode concordar com esta última exigência por enquanto, espero até mais tarde, esta noite, quando acho que irá concordar... Em troca dessas concessões, prometo satisfazer todos os seus desejos que estejam ao meu alcance. E, sobre o que aconteceu conosco na cama, em Claymore, não houve nada de sórdido...

— Mas nos tornamos *amantes*! — Ela ficou vermelha ao dizer isso.

— Sheridan — havia toda a suavidade do mundo nas palavras dele —, nós nos tornamos amantes no instante em que sua boca tocou a minha pela primeira vez.

Stephen queria que ela sentisse orgulho, e não vergonha, por lhe dar prazer e senti-lo com ele; queria que aceitasse isso como uma preciosa dádiva do destino. De súbito, compreendeu que estava esperando demais de uma mulher jovem e inexperiente. Deveria absolvê-la completamente, assumindo toda a culpa que Sheridan julgava existir no desejo que sentiam um pelo outro. Pensava em como fazer isso quando a mulher que amava segurou sua mão e deu um beijo na sua palma.

— Eu sei... — sussurrou ela, simplesmente.

Essas duas pequeninas palavras encheram-no de tanto orgulho que ele teve medo de explodir. *Eu sei.* Não haveria mais recriminações, fingimentos ou negativas.

Sheridan ergueu os olhos para ele e, nas pupilas quase prateadas, não havia mais dor nem sombras: havia amor, uma doce aceitação e calma felicidade.

— Vai entrar comigo na capela agora? — indagou ele, baixinho.

— Sim.

61

Sua esposa por já duas horas soltou um gemido de queixa quando a carruagem parou, e foi com relutância que Stephen separou os lábios dos dela.

— Onde estamos? — perguntou Sheridan, em um sussurro lânguido.

— Em casa — respondeu ele, surpreso com a rouquidão da própria voz.

— Na sua casa?

— Na nossa casa — corrigiu ele.

Um arrepio de prazer percorreu o corpo dela ao ouvir isso. Um criado abriu a porta da carruagem e colocou os degraus. Sherry fez um esforço para ajeitar os cabelos, afastando-os da testa e os penteando com os dedos. Enquanto o fazia, notou o jeito como Stephen a fitava, acompanhando seus gestos com um olhar acariciante e terno.

— Em que está pensando? — perguntou, curiosa. Ele sorriu e disse:

— Na mesma coisa que pensei quando a vi sair do banheiro, em Londres, com uma toalha azul na cabeça, e me anunciou que seus cabelos eram ruivos.

— E em que pensou então? — insistiu ela, enquanto o marido lhe oferecia a mão para ajudá-la a descer.

— Depois lhe digo, ou melhor, *mostro* — prometeu ele.

— Quanto mistério! — brincou Sheridan.

Durante quatro anos, uma quantidade enorme de jovens *ladies* haviam cercado Stephen, na esperança de um dia se tornarem senhoras da casa que ele desenhara, construíra e denominara Montclair. Naquele momento, o conde esperava a reação da mulher que afinal escolhera para ser a senhora de Montclair.

Sherry apoiou a pequena mão no braço dele, sorriu com gentileza para o lacaio que colocara os degraus junto da carruagem e olhou a imponente mansão de pedra que se erguia pouco adiante. Paralisou, surpresa, olhando com descrença para as brilhantes janelas que se alinhavam na imensa fachada, depois reparou nas carruagens, umas atrás das outras, na alameda ao lado da casa. Então, olhou para o conde e indagou, em uma voz chocada:

— Você está dando uma *festa*?

Stephen inclinou a cabeça para trás, soltou uma gargalhada, abraçou-a e escondeu o rosto sorridente nos cabelos macios:

— Sou louco por você, lady Westmoreland!

Ela não se impressionara com aquele verdadeiro palácio, mas se impressionou com a sonoridade do seu novo nome:

— Sheridan Westmoreland... — disse, em voz alta. — Gosto muito desse nome. — A carruagem de Nicholas DuVille parou atrás da deles, e ela se lembrou do que a preocupara: — Você está dando uma festa?

O conde assentiu, olhou para DuVille e parou, esperando que este os alcançasse.

— Hoje minha mãe está fazendo 60 anos — explicou, sorrindo. — Estou dando um baile dedicado a ela, e foi por isso que minha mãe, meu irmão e minha cunhada não puderam estar presentes em nosso casamento. Tiveram que ficar aqui para receber os convidados. — Ao ver a preocupação obscurecer os olhos cinzentos, ele continuou: — Os convites já haviam sido feitos havia semanas, porém eu não quis esperar mais para nos casarmos. Para ser franco — corrigiu, depressa —, não poderia esperar nem mais um dia para saber se haveria um casamento. Está aborrecida com isso?

— Não — respondeu Sherry, enquanto subiam a escadaria para o amplo terraço. — É que não estou vestida...

Nicholas a interrompeu, ofendido:

— Como não está? Eu escolhi esse vestido pessoalmente, em Londres.

— Sim, mas não é um vestido de baile... — explicou ela.

O mordomo abriu a porta, e uma onda de música, vozes e risos envolveu os três. Diante de Sherry, uma escadaria de mármore em forma de U se estendia dos dois lados de um amplo saguão. Ao lado, um mordomo familiar se mantinha ereto e atento, como se esperasse a atenção dela com um amplo sorriso. Sherry esqueceu-se do problema com o vestido.

— Colfax! — exclamou, cheia de alegria.

Ele fez uma reverência formal.

— Bem-vinda ao lar, lady Westmoreland.

— Estão todos aqui? — perguntou Stephen, tentando desviar os pensamentos da cama enorme que os esperava lá em cima, pensando em questões mais imediatas, como mudar de roupa.

— Sim, milorde.

O conde se voltou para seu padrinho de casamento:

— Sherry e eu vamos trocar de roupa, DuVille. Não quer ir para o salão de baile?

— De jeito nenhum. Quero entrar com vocês, para ver a cara deles.

— Muito bem. Vamos trocar de roupa e, em seguida, nos reunimos a você...

Ele pensava na possibilidade de alguns momentos de intimidade com a esposa antes de irem para o baile, que deveria prolongar-se até as primeiras horas da manhã.

— Em vinte minutos, então — concordou Nicholas, com o olhar de quem sabia das coisas.

Sheridan não prestou atenção no que eles diziam, pensando no que vestiria para o baile. Enquanto subiam as escadas, perguntou isso a Stephen, mas a resposta dele foi interrompida por um chamado do francês, que ficara lá embaixo.

— Vinte minutos, ou subirei para pegar vocês!

O lembrete, aparentemente inocente, fez lorde Westmoreland resmungar algo entre os dentes, e Sherry perguntou:

— Do que você chamou Nicki?

— Chamei-o de filho da pontualidade — mentiu Stephen, com um sorriso sem jeito diante do olhar duvidoso dela.

— Não me pareceu bem isso...

— Bem, chegou perto — disse ele, enquanto parava diante de uma das portas do longo corredor. — Não havia tempo para lhe comprar um vestido apropriado, então Whitney trouxe um que achou indicado para a ocasião... se você viesse comigo.

Enquanto falava, ele abriu a porta; Sheridan viu três criadas perfiladas, à espera. No entanto, o que mais lhe chamou a atenção foi um maravilhoso vestido de seda cor de marfim estendido sobre a enorme cama, com uma longa cauda descendo pela colcha até o chão. Fascinada, ela deu um passo à frente, depois desviou o olhar do vestido para seu sorridente marido:

— O que é isso?

Ele a abraçou, deslizando uma das mãos até a nuca delicada, apertando-a ao peito, e sussurrou:

— O vestido de casamento de Whitney. Ela disse que, se viesse comigo, gostaria que você o usasse.

Sherry achou um absurdo chorar de felicidade.

— Em quanto tempo acha que ficará pronta?

— Uma hora — respondeu ela, ressabiada —, se quiser que meus cabelos se apresentem decentemente.

Pela segunda vez, ele a apertou no peito e sussurrou, de modo que as criadas não pudessem ouvir:

— Escove-os, apenas. Deixe-os soltos.

— Ah, mas...

— Tenho um carinho especial por essa sua cabeleira comprida, brilhante, cor de fogo e solta — interrompeu ele.

— Nesse caso — assentiu ela, comovida —, creio que é assim que vou deixá-lo esta noite.

— Ótimo, porque só temos mais quinze minutos para descer.

A DUQUESA-MÃE OLHOU para Hugh Whitticomb quando o segundo mordomo, que se encontrava em uma extremidade do balcão, anunciou o duque e a duquesa de Hawthorne, que entraram no salão e se misturaram aos inúmeros convidados.

— Hugh, sabe que horas são?

Clayton, que acabava de olhar seu relógio, respondeu:

— Já passa das dez.

A resposta fez os componentes do pequeno grupo se entreolharem, desapontados. Whitney expressou o pensamento de todos ao falar com grande resignação:

— Sherry o recusou... senão já estariam aqui há pelo menos três horas.

— Eu tinha tanta esperança de que desse certo! — suspirou a senhorita Charity, com profundo desânimo.

— Quem sabe DuVille não conseguiu convencê-la a vir... — sugeriu Jason Fielding.

A esposa dele sacudiu a cabeça e contrapôs:

— Se Nicholas DuVille decidiu trazê-la, tenho certeza de que conseguiu persuadi-la a vir.

Sem reparar que falara como se achasse que mulher alguma conseguiria negar qualquer coisa ao francês, ergueu os olhos e viu o marido fitar o duque com as sobrancelhas erguidas e perguntar:

— Haverá alguma coisa em DuVille que nunca percebi? Algo que o torna irresistível?

— Juro que conseguiria resistir a ele! — afirmou Clayton, seco. Ia dizer mais alguma coisa, mas uma de suas tias se aproximou, cumprimentando a duquesa-mãe pelo aniversário.

— Que festa mais linda, Alicia! Você deve estar muito feliz esta noite.

— Poderia estar mais — respondeu a dama, com um suspiro, enquanto voltava para o turbilhão da festa.

Lá em cima, no balcão, o segundo mordomo anunciava mais recém-chegados:

— Sir Roderick Carstairs, Monsieur Nicholas DuVille...

Alicia Westmoreland olhou para cima, assim como todos os que a rodeavam. Nicholas baixou os olhos para eles, o rosto bonito muito solene, enquanto se encaminhava para a escadaria que ligava o balcão ao salão de baile.

— Não deu certo! — Whitney sussurrou dolorosamente, observando a expressão do francês. — Falhamos...

O marido passou um braço pela cintura dela e a puxou mais para perto de si:

— Você tentou, querida. Fez tudo o que pôde...

— Todos nós fizemos — acrescentou Charity Thornton, com o queixo tremendo, enquanto olhava tristemente para Hugh Whitticomb e, depois, para Nicholas DuVille.

— *O conde e a condessa de Langford!*

Essas palavras, ditas em um tom mais sonoro do que nunca, causaram imediata comoção entre os convidados, que começaram a se entreolhar, surpresos, depois voltaram-se todos para o balcão. Porém, a surpresa deles não era nada comparada com a reação do pequeno grupo de sete pessoas que haviam permanecido atentas, em vigilante espera. As mãos de uns e de outros se procuraram, encontraram e apertaram cegamente; ergueram o rosto para o balcão, sorrindo, felizes, com os olhos marejados de lágrimas.

De calça e casaca negras, colete branco, camisa branca com jabô, Stephen Westmoreland, conde de Langford, caminhava lentamente pelo balcão. Ao seu lado, com a pequena mão apoiada no braço dele, parecia flutuar uma princesa medieval, em um vestido de seda marfim, cujo corpete justo — bordado com pérolas e de decote quadrado — mergulhava em V na cintura. Uma corrente com elos de ouro incrustados de diamantes e pérolas se apoiava nos quadris e cintilava a cada passo. Os cabelos desciam em ondas e cachos flamejantes pelos ombros e costas.

— Ah, meu Deus!

A exclamação maravilhada de Charity Thornton foi abafada por um estrondo de aplausos pelo enorme salão, parecendo fazer estremecer aquela sólida construção de pedra.

62

Era a noite do seu casamento.

Com o colarinho da camisa desabotoado e as mangas dobradas, Stephen sentou-se em uma das *bergères* do seu quarto, os pés apoiados em uma mesinha baixa. Tomava pequenos goles de xerez enquanto dava tempo à noiva para trocar de roupa e dispensar as criadas.

A noite do seu casamento...

Sua noiva...

Ergueu a cabeça, surpreso, quando seu criado de quarto entrou.

— Posso lhe dar assistência esta noite, milorde? — sugeriu Damson, estranhando a surpresa do patrão por seu aparecimento, uma vez que o fazia todas as noites.

Assistência? Stephen teve de sorrir diante do imediato pensamento de que nada no mundo, nem mesmo a preciosa assistência do seu criado de quarto, atrapalharia a deliciosa tarefa que desempenharia naquela noite. O sorriso se alargou ao imaginar Sheridan junto da penteadeira, com a escova de cabelos na mão, aguardando que Stephen desse a calça ao criado de quarto para que a pendurasse com perfeição e depois fosse pegando cada peça que o patrão tirasse...

— Milorde?

Ao som da voz de Damson, o conde sacudiu a cabeça, notando que estava olhando através dele. Com certeza, devia estar com um sorriso idiota nos lábios.

— Não — respondeu, afinal, com polida firmeza. — Obrigado.

Damson observou com ar de reprovação a camisa aberta e as mangas enroladas:

— Posso pegar o robe de brocado, talvez?

Stephen imaginou o que faria com um robe naquela noite, e percebeu que estava rindo outra vez.

— Não, creio que não.

— O de seda cor de vinho, então? — insistiu Damson. — Ou o verde-escuro?

De repente, o lorde se lembrou de que seu criado de quarto, de meia-idade, nunca se casara e que devia estar preocupado, temendo que o patrão não fizesse bonita figura diante da noiva, entrando no quarto dela em mangas de camisa.

— Nenhum deles — respondeu, suave.

— Quem sabe o...

— Vá dormir, Damson — sugeriu Stephen, encerrando a discussão sobre robes e camisas apropriadas que, tinha certeza, o criado iniciaria. — E muito obrigado — acrescentou com um sorriso, atenuando a dureza da dispensa.

Damson fez uma reverência e se retirou, mas primeiro lançou um olhar doloroso à camisa aberta do seu lorde, que deixava o pescoço e parte do peito nus.

Desconfiado de que o pobre homem poderia decidir fazer mais uma tentativa de vestir o patrão dignamente para sua noite de núpcias, Stephen pôs o cálice sobre a mesinha, dirigiu-se à porta e a trancou.

Era evidente que Damson não podia saber que o patrão já antecipara a noite de núpcias com a esposa. Ao abrir a porta de comunicação entre os quartos de casal, o conde pensou nisso e não pôde deixar de sentir uma pontada de culpa e arrependimento pelo modo como começara e encerrara a outra noite. No entanto, não se arrependia nem um pouco do que haviam feito entre o começo e o fim. Resolvido a preencher todas as lacunas que aquela primeira noite de amor pudesse ter deixado, entrou no quarto da esposa e parou, surpreso, ao ver que ela não o estava esperando na cama. No entanto, dera-lhe tempo mais do que suficiente para se preparar para deitar. Então, pé ante pé, aproximou-se da porta do banheiro anexo. Estava a meio caminho quando a porta que dava para o corredor se abriu e entrou uma criada, carregando uma pilha de toalhas macias.

Sua esposa estava no banho, compreendeu Stephen.

Esposa... Pensando nessa palavra e em tudo o que ela implicava, Westmoreland aproximou-se da criada e retirou as toalhas das mãos dela, escandalizando-a. Em seguida, dispensou-a pela noite.

— Mas... — gaguejou a moça. — Mas milady precisa de mim para ajudá-la a se preparar para deitar!

Stephen estava começando a imaginar se todos os maridos e esposas, com exceção dele e de Sherry, iriam para a cama inteiramente vestidos se não tivessem um camareiro e uma criada que os ajudassem a se despir e se deitar. Nesse caso, nunca teriam a oportunidade de ver o corpo um do outro! Ria dessa conclusão enquanto trancava a porta atrás da criada e se dirigia ao banheiro. Ainda sorria quando viu a esposa na enorme banheira de mármore, meio de costas para ele, com os cabelos presos no alto da cabeça, pequenas madeixas caindo sobre a nuca e bolhas cobrindo seus seios.

Aquela visão era mais do que encantadora, era de enlouquecer! Sua esposa! O perfume de lavanda que vinha do banho o fez se lembrar, de repente, do corajoso ultimato de Sherry a respeito de Helene. Um ultimato com o qual já havia concordado. Essa lembrança trouxe outras, inclusive as amargas palavras dela a respeito das fofocas que ouvira sobre ele. Rindo intimamente, concluiu que, mesmo não aprovando seus relacionamentos sexuais antes do casamento, com certeza Sherry se beneficiaria deles naquela noite. Ele pretendia usar toda a habilidade e conhecimento que tinha para que ela nunca esquecesse a noite do seu casamento.

Sentindo inteira confiança de que seria capaz de fazer aquilo a que se propunha, Stephen se sentou na borda da banheira, disposto a bancar a criada de quarto. Mergulhou as mãos na água quente, perfumada, para aquecê-las, depois as colocou sobre os ombros de Sheridan, de leve, fazendo os polegares deslizarem na pele molhada.

— Eu gostaria de sair agora — disse ela, sem olhar para trás.

Sorrindo por causa da peça que ia lhe pregar, Stephen se levantou e abriu uma das enormes toalhas, esperando por ela. Sherry saiu da banheira e ele a envolveu na toalha, passando os braços ao redor dela, fazendo-a estremecer ao ver que eram as mãos dele, e não as da criada, que seguravam a toalha. E então, suavemente, aproximou-se, fazendo com que suas costas, quadris e pernas se encostassem nele; colocou os braços sobre os do marido, virou o rosto e o esfregou no peito dele. Era um silencioso gesto de aceitação, de ternura, de amor, mas, quando ele a girou, fazendo-a ficar de frente, ela tremeu de leve, parecendo nervosa e tímida.

— Posso vestir o *négligé*? — perguntou, insegura.

Era um pedido de permissão que o tocou de maneira indefinível, mas, determinado a jamais dominá-la, ele respondeu com segurança e um sorriso:

— Pode fazer tudo o que quiser, lady Westmoreland.

Como ela hesitou, ele a envolveu na toalha e, educadamente, voltou-lhe as costas e foi para o quarto, surpreso e um pouco abalado com aquele impulso de pudor.

Quando ela entrou no quarto, um minuto depois, a visão da esposa o abalou mais ainda. Molhada, envolta na toalha, ela era deliciosa. Vestida com um *négligé* de renda branca, delicado como uma teia de aranha e deixando entrever, por entre a trama, milímetros de pele, desde os seios até os calcanhares, ela era a tentação máxima de um sonho masculino... Etérea, atraente, não inteiramente nua nem inteiramente vestida. Uma sereia. Um anjo.

Sheridan notou as chamas nos olhos azuis que pairavam sobre ela e, com aquela única noite em Claymore de amostra para o que aconteceria, esperou que ele soltasse seus cabelos. Ficou imóvel, sentindo-se envergonhada e desesperadamente consciente de sua falta de experiência — coisa que não teria acontecido se a criada não despejasse quase um vidro de sais de lavanda na água do seu banho. O perfume de lavanda a fizera se lembrar de Helene Devernay, mas isso não seria tão ruim se, duas semanas antes, ela não tivesse visto a amante de Stephen passar na Bond Street em uma carruagem laqueada de prata, com estofamento cor de lavanda. Julianna Skeffington apontara para ela e lhe informara de quem se tratava, mas não seria preciso isso para Sherry saber quem era. A amante de Stephen, ex-amante se dependesse dela, era o tipo de mulher que fazia qualquer outra parecer comum e sem graça. E era como Sheridan se sentia.

Não gostava daquela sensação. Gostaria que Stephen tivesse dito que a amava. Gostaria que ele tivesse dito que não mais veria Helene. Agora que sua memória voltara a funcionar, lembrava-se muito bem de um exemplo americano equivalente ao tipo de Helene Devernay: uma dama vestida com vestido curtíssimo, vermelho, com plumas nos cabelos, sentada no colo de Rafael, em uma noite em que ela espiara para dentro da casa de jogos através de uma janela. A mulher enfiava os dedos nos cabelos de Rafael, e Sherry sentira um ciúme que não era nada em comparação com o que sentia cada vez que pensava em Helene Devernay sentada no colo de Stephen.

Gostaria de ter coragem para pedir que ele, naquele momento, rompesse o relacionamento com a lindíssima loira ou perguntar se já o havia feito. Por outro lado, o bom senso lhe dizia que, se estivesse disposta a dar um ultimato, teria mais chance de sucesso se primeiro conseguisse fazer com que o marido a quisesse mais do que queria à sua maravilhosa *chérie amie*. O único problema era que não tinha a menor ideia de como fazê-lo gostar mais dela sem pedir ajuda a ele. Lembrando-se do modo como o marido lhe ordenara que soltasse os cabelos, naquela noite maravilhosa e amarga ao mesmo tempo, levantou as mãos.

— Posso? — perguntou, incerta.

Stephen observou os seios se erguerem mais com esse gesto.

— O quê? — indagou, aproximando-se dela.

— Posso soltar os cabelos agora?

Ela pedia permissão, de novo. Com certeza, deduziu ele com amargura, lembrava-se da grosseira ordem que lhe dera para soltar os cabelos em Claymore. Colocou as mãos nos ombros dela, procurando não olhar tão fixamente os seios que arfavam.

— Eu solto... — respondeu, com suavidade.

Ela recuou um passo:

— Não, pode deixar. Se você prefere que eu solte... Soltarei...

— Sheridan, o que está errado? O que está perturbando você?

Helene Devernay é o que me perturba, pensou ela, mas disse:

— Eu... não sei o que fazer... Não conheço as regras...

— Que regras?

— Gostaria de saber como agradar você. — Forçou-se a dizer, por fim.

O rosto dele ficou tão vermelho para se manter sério que Sherry implorou, com a voz angustiada:

— Ah, por favor, não ria de mim! Não...

Stephen olhou aquela mulher tentadora, maravilhosa, e sussurrou:

— Ah, bom Deus!...

Era evidente que ela falava sério. Ela era atraente, sensual, linda, meiga, corajosa... E estava falando *sério*. Tanto que teve certeza de que uma única resposta ou reação errada naquele momento poderia feri-la tão profundamente que nunca mais o relacionamento deles seria perfeito e lindo como prometia ser.

— Eu não ia rir, querida — garantiu, sombrio.

Contente por ele ter compreendido e não se opor, ela perguntou, procurando os olhos dele com os seus:

— O que é permitido?

Stephen lhe acariciou o rosto e, em seguida, os cabelos:

— Tudo é permitido. — Sua voz soava rouca e trêmula.

— Existe... existe algum objetivo?

Dissolveu-se completamente a confiança que ele sentira em sua experiência com mulheres e a certeza de que isso o ajudaria muito naquela noite.

— Sim, há.

— Qual é?

Ele a abraçou e colocou as mãos nas costas dela, de leve, enquanto respondia:

— A finalidade para nós é nos unirmos o máximo que dois seres podem se unir e usufruir dessa união o máximo que pudermos.

— Como vou saber do que você gosta?

Ele percebeu que começava a ter uma ereção só com aquela conversa profundamente erótica.

— Em geral, sempre que você gostar — esclareceu —, eu também estarei gostando.

— Não sei do que gosto.

— Entendo... Então, acho que você precisa descobrir.

— Quando vou aprender? — perguntou ela.

Assim que fez a pergunta, Sheridan teve medo de que ele respondesse "um dia". No entanto, o marido segurou seu queixo com delicadeza, ergueu seu rosto e ela viu os lábios sensuais dele formarem uma só palavra:

— Agora.

Esperou, com um misto de embaraço e ansiedade, que ele fizesse alguma coisa, que lhe desse alguma instrução, mas Stephen apenas fitou profundamente os olhos dela, pensando que descobrira o paraíso. Depois, inclinou a cabeça e roçou levemente os lábios dela com os seus, enquanto levava uma das mãos ao pescoço dela e a fazia deslizar suavemente até o colo nu, ao passo que a outra, em suas costas, apertava-a contra si. Ela gostou, pensou Stephen. Percebeu que gostava também de outra coisa quando Sherry tentou inserir a mão pela estreita abertura de sua camisa.

— Quer que eu tire a camisa? — Ele se ouviu perguntar.

Sheridan teve a sensação de que essa pergunta era o prelúdio para que tirasse o *négligé*, mas ao mesmo tempo teve certeza de que ficaria sem ele, de qualquer jeito. Fez que sim e, enquanto Stephen satisfazia seu desejo, recuou um pouco a fim de vê-lo desabotoar a camisa. Quando o último botão foi desabotoado e ele abriu a camisa para tirá-la, descobriu que o ato de se despir diante de uma mulher era estranhamente erótico.

Ela admirava os ombros largos, musculosos, e o peito forte coberto de pelos espetados, negros. Ergueu a mão e ia tocá-lo, mas se deteve e lhe lançou um rápido olhar inquisitivo. Ele assentiu e sorriu diante do brilho que se acendeu nos lindos olhos cinzentos; Sheridan colocou as mãos no tórax firme, fez os dedos deslizarem até os mamilos minúsculos, depois foi descendo as mãos até a cintura, julgando-o tão lindo como a estátua de um deus grego, todo em ângulos duros e músculos rijos. Tornou a subir as mãos e tocou de novo os mamilos. Os músculos abaixo dos seus dedos se sobressaltaram por reflexo e ela os retirou no mesmo instante.

— Você não gosta disso? — perguntou ela, fitando a profundidade azul dos olhos dele, agora mais escura pelo desejo.

— Gosto, sim — disse ele com certa dificuldade.

— Então, eu também — disse ela sem pensar, sorrindo.

— Ótimo...

Stephen a pegou pelas mãos e a levou até a cama. Sentou-se e, quando ela ia se sentar ao seu lado, segurou-a pela cintura e a fez cair em seu colo com uma risada abafada.

— Continue... — pediu.

Sherry voltou ao reconhecimento do peito dele, dos braços, intrigada com o comentário sobre gostar do que um fazia com o outro. De repente, entendeu o que ele quisera dizer. *Se você gostar, eu também estarei gostando.* Era isso, então, uma vez que uma das grandes mãos dele se insinuara sob o *négligé* e envolvera um dos seios, fazendo todo o corpo dela palpitar. Olhou para baixo, observando os longos dedos lhe acariciarem o mamilo assim como ela havia feito, e perguntou-se se a pulsação que sentia era equivalente ao espasmo reflexivo dos músculos dele. Respirou de maneira entrecortada, e aguardou, mas a mão dele se interrompeu, os dedos no fecho da roupa dela.

Naquele momento, esperava que Sheridan decidisse o que queria: que ele tirasse seu *négligé* ou se ela mesma o despiria. Na expectativa de que ela se resolvesse pela segunda hipótese, ele esperou, em um delicioso suspense, até que Sherry resolveu o problema erguendo os braços e passando-os pelo pescoço dele, ao mesmo tempo que pressionava os seios contra o peito musculoso. Queria que ele abrisse o *négligé,* concluiu ele, mas não queria pedir. Conseguiu desabotoar a delicada peça em segundos e enfiou as mãos pela abertura, envolvendo o seio, brincando com os mamilos, sentindo-os endurecerem como pequenos botões de rosa enquanto os montes macios pareciam tornar-se maiores sob suas mãos. E, com eles, a ereção de Stephen se tornava mais intensa e cada vez mais rígida.

Sentindo-se seguro de novo, em seu próprio território, onde sua experiência valeria para ambos, ele inclinou a cabeça e tocou um mamilo com a ponta da língua; em seguida, beijou-a, introduzindo a língua ardente em sua boca, e voltou de novo ao seio, fazendo-a estremecer e respirar fundo. Sheridan baixou os olhos para a cabeça escura sobre seu peito, enquanto clarões de uma sensação deliciosa partiam ritmicamente do bico do seio para a região cada vez mais quente entre as pernas. Com suavidade, enfiou os dedos na cabeleira escura, enquanto Stephen passava para o outro seio e dava a ele a mesma atenção que dera ao primeiro. Dessa vez, envolveu o bico com os lábios, sugando-o, e ela apertou sua cabeça contra o peito, desesperada para transmitir-lhe as sensações que ele proporcionava.

Como se adivinhasse isso, Stephen a deitou na cama, de modo que sua cabeça ficasse sobre os travesseiros, e estendeu-se junto dela. Nos braços dele, Sheridan tocou um mamilo dele com a língua, envolvendo-o com os lábios da mesma forma como ele fizera com ela, e sentiu os dedos de Stephen se ocultarem em seus cabelos, como se lhe autorizasse o uso livre do seu corpo.

Ele tinha a impressão de que morreria antes que aquela doce tortura terminasse.

Levara-a para a cama porque era mais confortável e lhe dava mais acesso ao corpo inteiro dela. Não esperava que Sheridan fizesse com ele o que estava fazendo. O desejo explodia através do seu corpo e ele gemia, agarrando--se a ela, que acariciava seu peito com as pontas dos dedos, beijos e língua. Não aguentando mais, deitou-a de costas, libertando o restante do *négligé,* e fechou os olhos, respirando fundo. Não havia mais nada cobrindo a pele de Sheridan. Ele não entendia como não percebera isso, não sabia por que não supusera isso. Só sabia que o *négligé* fora um presente de Whitney para a concunhada.

Em Claymore, o quarto estava praticamente escuro, e ele não notara que Sherry tinha pernas longas e perfeitas, quadris graciosos, cintura fina e seios deslumbrantes. Seu plano era ter uma noite de amor calmo, controlado, para não assustá-la mais do que já a assustara, porém seu corpo reclamava o dela com dolorosa urgência.

Ela mal respirava: via-o de lado, apoiado em um cotovelo, olhando-a por inteiro. De repente, ele fechou os olhos, e o coração dela parou. Achando que era melhor conhecer os próprios defeitos, para poder disfarçá-los, ela perguntou, com a voz trêmula:

— O que há de errado em mim?

— O que há de errado em você? — repetiu ele, sem acreditar no que ouvira. Inclinou-se para beijá-la. — O que há de errado em você — sussurrou em um gemido de dor, fazendo a mão deslizar pelas costas dela e puxando-a para si — é que é maravilhosa, e eu a quero como um louco.

Essas palavras eram tão sedutoras quanto o beijo que se seguiu. Ele abriu a boca de Sherry com a dele, movimentando os lábios de maneira quase rude, e sua língua se introduziu nos lábios entreabertos, em um beijo lascivo, entrando e saindo, até que o desejo se espalhou por todo o corpo dela, como um incêndio se alastrando na mata seca. Deitando-se sobre Sheridan, Stephen a beijou até ela começar a gemer, e seus lábios desceram de novo para os seios, que doíam; sua mão lhe percorreu o ventre macio, indo mais e mais para baixo, até cobrir a região quente e macia entre as pernas dela. Os dedos brincavam com ela, atormentando-a deliciosamente, até que Sherry se colou a ele em desespero, afastando as pernas, dando-lhe acesso total ao seu corpo.

Estava molhada e mais do que pronta para recebê-lo quando Stephen saiu da cama, fazendo com que ela se sentisse só e com frio. Sherry abriu os olhos e o viu de pé ao lado da cama, as mãos na cintura; em seguida, ele voltou e a magia recomeçou, mais ardente dessa vez, e Sheridan entregou-se a ele. Virou-se em direção a ele em frenética necessidade, os dedos contra seus ombros, o corpo arqueando contra suas mãos.

Stephen estava enlouquecido pelo tanto que a queria. Envolvendo as nádegas macias com ambas as mãos, puxou-a firmemente contra si; pôs o joelho entre as pernas dela, procurou-a com o corpo e começou a penetrá-la, sentindo-a se abrir para ele como uma flor, enterrando as unhas em seus ombros. Ela o ajudava, separando bem os joelhos e os erguendo um pouco para lhe dar melhor acesso. Mais uma vez ele tentou ir devagar. Passando um braço pelos quadris dela, firmando-a, apertou-a ao peito com o outro, enquanto forçava para frente e mexia os quadris para os lados, em um movimento quase rotatório. Porém, no instante em que ela colou a boca macia na dele e começou a mover os quadris no ritmo oposto ao dele, Stephen se perdeu.

Sheridan ouvia o martelar surdo e rápido do coração dele contra o seu ouvido e sentia a força poderosa de seus movimentos dentro dela. De súbito, seu corpo passou a tremer e se contorcer por conta própria. Ela se agarrou a ele com toda a força que tinha, alucinadamente.

— Eu o amo! — gritou, em um soluço.

O universo começou a despedaçar, e ele a deitou de costas, ficando sobre ela e conseguindo mergulhar ainda mais em seu ventre, beijando-a com uma fome feroz. A mão dele encontrou a dela sobre o travesseiro, de um dos lados da cabeça, enquanto seus quadris se movimentavam um contra o outro, louca e furiosamente. Seus dedos se entrelaçaram com força.

As mãos estavam tão unidas quanto seus corpos no momento em que o universo explodiu em um clarão de prazer que a fez gemer entre soluços, sentindo a vida dele se misturar à dela. Seu corpo se retesou e estremeceu mais uma vez... e outra... ainda outra, com a violência da explosão, as mãos apertadas.

Com extremo esforço, Stephen foi voltando do espaço. Apoiou-se nos braços para aliviar o peso em cima de Sheridan e forçou os olhos a se abrirem. Os cabelos de seda estavam espalhados sobre o travesseiro em selvagem desordem, exatamente como sonhara que estariam um dia, e suas mãos se apertavam.

Estavam de mãos dadas.

Repleto por um sentimento que era um misto de alegria, surpresa e orgulho, olhou amorosamente a mulher que o levara a imponderáveis alturas do desejo e a igualmente incríveis profundezas de satisfação. Os olhos cinzentos se abriram, e ele tentou sorrir, dizer que a amava, mas seu peito estava tão apertado de emoção, havia um nó tão grande e desconhecido em sua garganta, que ele só conseguiu ficar olhando para suas mãos, unidas sobre o travesseiro.

Jamais segurara as mãos de uma mulher em um momento como aquele.

Jamais pensara nisso.

Jamais quisera fazê-lo.

Até agora.

Sheridan sentiu que a mão dele apertava mais a dela e percebeu a estranha expressão de ternura no rosto bonito. Fraca depois da paixão selvagem que haviam partilhado, foi difícil colocar a outra mão, que estava na nuca de Stephen, sobre o travesseiro, onde ele poderia alcançá-la. Os dedos longos deslizaram pelo braço, pela palma, e se entrelaçaram com os dela, bem apertados, como estavam os da outra mão.

Stephen abaixou a cabeça e beijou seus lábios, mantendo o corpo unido ao dela e as mãos unidas às suas. Fechou os olhos, engoliu em seco e teve de novo vontade de contar a ela o que sentia, explicar que jamais conhecera sentimentos como aqueles, mas as emoções ainda eram muito novas, muito recentes, e ele quase não conseguia respirar. Tudo o que pôde dizer foi:

— Até você chegar...

Ela compreendeu. E ele sabia que ela compreendera, porque as mãos dela apertaram mais as dele. Sheridan virou o rosto e lhe beijou os dedos.

Epílogo

Sentado na sala de estar, em Montclair, decorada com o mobiliário refinado que era a última moda nos palácios europeus, rodeado de todos os confortos inerentes à sua riqueza e posição, Stephen Westmoreland observava os retratos com molduras douradas de seus antepassados que se alinhavam nas paredes como painéis de seda. Imaginou se *eles* teriam tido tanta dificuldade quanto ele para ficar a sós com a esposa havia dois dias.

Acima da lareira, o primeiro conde de Langford olhava para ele de cima de um cavalo negro de batalha, com o elmo embaixo de um braço, e a capa esvoaçando atrás. Parecia o tipo do homem que teria jogado seus cavaleiros no fosso caso tivessem a temeridade de não deixá-lo sozinho em seu castelo com a recém-esposa.

Na parede em frente, o segundo conde de Langford achava-se de pé junto da lareira, com dois de seus cavaleiros; a mulher se encontrava sentada perto dele, rodeada por damas que trabalhavam em tapeçarias. O segundo conde parecia mais civilizado do que o pai dele, notou Stephen. Seu ancestral mais novo apenas expulsaria os cavaleiros do castelo e ergueria a ponte levadiça.

Cansado de estudar os antepassados, Stephen virou a cabeça e se dedicou à tarefa mais agradável de olhar para a mulher, sentada no sofá diante dele, rodeada por sua mãe, seu irmão, Whitney, Charity Thornton e Nicholas DuVille. Mentalmente, ergueu-lhe o queixo e lhe beijou os lábios, enquanto com a mão livre acariciava o ombro coberto pela musselina cor de limão, mão que depois desceria pelo seu braço, escorregaria para o seio e o envolveria, enquanto o beijo se aprofundava. Estava beijando o pescoço de marfim, junto à orelha, tocando suavemente o mamilo que queria beijar, quando percebeu que o francês o fitava com o olhar divertido de quem entendia o que estava acontecendo. Stephen foi salvo de corar como um adolescente apanhado de surpresa pela chegada de Hodgkin, que ele tirara do exílio no dia anterior.

— Perdoe-me, milorde — disse o velho mordomo —, chegaram visitas.

— Quem são? — irritou-se o conde.

Precisou se controlar para não dizer a Hodgkin que atirasse as visitas no lago, uma vez que não dispunha de um fosso bem largo e profundo, e que depois cercasse a propriedade com uma cerca bem alta.

Hodgkin abaixou a voz e praticamente sussurrou ao ouvido do lorde. Ao escutá-lo, Westmoreland se conformou, compreendendo que não tinha outro jeito senão receber Matthew Bennett, que acabara de voltar da América. Pelo que entendera, Matthew trouxera algumas pessoas.

— Com licença — disse aos parentes e a Nicholas, que conversavam com Sheridan.

Eles estavam tão absortos na conversa com Sheridan que nem perceberam que ele se retirava, mas sua esposa percebeu. Distraiu-se por um instante do que os demais falavam e o fitou com um sorriso que lhe dizia o quanto gostaria de estar a sós com ele.

Matthew Bennett começou a se explicar assim que Stephen entrou no amplo escritório:

— Perdoe-me a chegada sem aviso, milorde — disse o procurador. — Seu mordomo me explicou que o senhor se casou recentemente e que não estava recebendo ninguém, mas suas instruções, quando parti para a América, foram que localizasse os parentes de senhorita Lancaster e os trouxesse logo para cá. Infelizmente, a senhorita Lancaster tinha apenas um parente, seu pai, que faleceu antes que eu chegasse à colônia.

— Eu sei — assentiu o conde. — Entregaram-me uma carta dirigida a Burleton que trazia essa notícia. Uma vez que Charise Lancaster não tinha parentes, quem são as pessoas que trouxe com você?

O procurador se colocou na defensiva, meio sem jeito:

— O senhor sabe, a senhorita Lancaster viajava com uma acompanhante paga, uma jovem chamada Sheridan Bromleigh, que deveria ter voltado em seguida para a América. No entanto, nunca mais houve notícias dessa moça, e a tia dela, senhorita Cornelia Faraday, quer que se dê uma busca por toda a Inglaterra a fim de saber o que aconteceu com a jovem. Infelizmente, a senhorita Faraday não confiou que o senhor ou eu mandaríamos fazer essa busca como se deve e insistiu em vir comigo para cuidar de tudo pessoalmente.

No decorrer de uma das duas noites em que haviam ficado a sós, Sheridan contara ao marido sobre a tia, que praticamente a criara, e sobre o pai, que desaparecera havia vários anos. Agora, ele poderia dar a Sherry um inesperado "presente de casamento". Isso significava acolher mais um hóspede, mas, em compensação, sua esposa ficaria muito contente.

— Excelente! — exclamou, com um amplo sorriso.

— Espero que continue pensando assim quando conhecer a dama... — disse Bennett, nada animado. — Ela está mais do que decidida a encontrar a sobrinha.

— Creio que poderei satisfazê-la com surpreendente rapidez — afirmou o lorde, sorrindo ao pensar na cena que se desenrolaria na sala de estar dali a alguns minutos. — Eu sei exatamente onde a senhorita Bromleigh está.

— Graças a Deus! — alegrou-se Matthew Bennett, com profundo alívio. — Acontece que o pai da senhorita Bromleigh, desaparecido há anos, regressou enquanto eu estava na América. Ele e seus amigos também estavam muito preocupados com o sumiço da moça... e muito determinados a fazer todo o possível para que ela volte à companhia deles, sã e salva.

— A senhorita Bromleigh está sã e salva — garantiu Stephen, rindo. — Só que não voltará para a companhia deles.

— Por que, milorde?

Havia dez minutos o lorde não queria mais nada no mundo a não ser ficar a sós com Sherry. Agora, não queria mais nada no mundo a não ser observar a expressão dela quando visse as pessoas que tinham ido procurá-la, e também assistir à reação de Matthew Bennett, quando percebesse o que estava acontecendo. Animado, foi com o procurador para a sala de estar, mandou Hodgkin ir buscar as demais visitas e dirigiu-se para perto da lareira, de onde poderia assistir melhor ao espetáculo que iria se desenrolar. Fez Matthew Bennett se sentar em uma poltrona ao seu lado.

— Sherry — disse suavemente, interrompendo a divertida narração que Nicholas DuVille fazia das dificuldades que tivera para convencê-la a acompanhá-lo até a antiga capela. — Chegaram visitas para você.

— Quem são? — indagou ela, enquanto seu olhar dizia ao marido que não queria mais visitas.

Enquanto olhava de Stephen para Hodgkin, que acabara de surgir à porta, entrou na sala um homem alto, bonito e de meia-idade, com ar de nervosismo e impaciência. Atrás dele, o conde viu uma dama de cabelos grisalhos, vestida com severa elegância. Ela se deteve no umbral, enquanto o recém--chegado dizia:

— Perdoe-nos por invadir sua privacidade, *milorde*, mas minha filha desapareceu.

Stephen não desviou os olhos de Sheridan, que se virou, ainda na poltrona em que se encontrava, ao ouvir aquela voz. Começou a se levantar lentamente.

— Papai? — sussurrou ela, e o homem a encarou. Ela paralisou onde estava, os olhos pairando amorosamente sobre o homem como se ele fosse desaparecer caso ela se mexesse. — *Papai?*

Em resposta, ele abriu os braços, e Sherry voou para eles.

Stephen desviou o olhar, respeitando a emoção quase dolorosa deles, dando-lhes tempo. Percebeu que sua família, Charity e DuVille faziam o mesmo.

— Onde esteve? — perguntou Sheridan, chorando e segurando o rosto adorado com ambas as mãos. — Por que nunca nos escreveu? Pensamos que tivesse morrido!

— Eu estava preso — respondeu ele, mais com tristeza do que com vergonha, ao dirigir um olhar de desculpas aos silenciosos ocupantes da sala. — Seu amigo Rafael e eu fizemos a besteira de acreditar que um cavalo que ganhamos no jogo era propriedade legítima do homem que jogava conosco. Tivemos sorte por não sermos enforcados. Sua tia Cornelia vivia me avisando que jogar baralho sempre acaba em confusão...

— E tinha razão — disse a dama, ainda à porta.

— Felizmente, ela não objetou em se casar com um ex-jogador, que ainda sabe trabalhar em uma fazenda e que está disposto a fazer as pazes com o Squire Faraday...

Ninguém mais estava ouvindo o que Bromleigh dizia. Sherry tinha se voltado ao ouvir a voz à porta e já estava nos braços da dama, rindo, feliz.

De repente, lembrou-se das boas maneiras e se conteve. Deu as mãos para o pai e a tia, e se voltou para Stephen, a fim de apresentá-los, mas Patrick Bromleigh disse:

— Há mais alguém que quer vê-la, Sherry. Tenho certeza de que não irá reconhecê-la — acrescentou com orgulho, admirando a filha.

A voz risonha de Rafael ressoou na sala quando ele entrou, mais lindo do que ela se lembrava e tão à vontade naquela elegante sala inglesa quanto ficava junto da fogueira de um acampamento, tocando violão.

— Olá, *ángel* — disse, com sua voz profunda e acariciante.

Junto da lareira, Stephen sentiu o corpo inteiro se arrepiar enquanto o desconhecido tomava sua mulher nos braços e a girava pela sala, mantendo-a indiscretamente apertada contra o peito.

— Voltei para cumprir a promessa de me casar com você! — brincou Rafael.

— Santo Deus! — gemeu a senhorita Charity, olhando alarmada para o rosto fechado do conde.

— Meu Deus... — sussurrou a duquesa-mãe, com os olhos fixos no filho.

— O que significa isso? — A voz baixa de Whitney demonstrava como se chocara.

— Temo sequer imaginar — disse seu marido.

Nicholas DuVille se inclinou para trás em sua poltrona, com ar divertido, mas preocupado, e não disse nada.

— Quando poderemos nos casar, *ángel*? — continuou Rafael, galhofeiro, colocando-a no chão e admirando-a da cabeça aos pés. — Consegui sobreviver aos longos dias de prisão pensando na minha cenourinha...

Para a surpresa de todos, o objeto do admirado olhar do mexicano ignorou o que parecia uma conversa sobre sérias intenções e, ao ouvir o antigo apelido, pôs as mãos nos quadris, dizendo zangada:

— Agradeceria se você não usasse esse apelido vulgar diante do meu marido. Além disso — confidenciou, com um amoroso sorriso para Stephen, enquanto dava o braço a Rafael e o levava para junto dele —, Stephen afirma que o meu cabelo é algo muito especial.

Essas palavras fizeram seu pai, sua tia e Rafael olharem abruptamente para o cavalheiro junto da lareira, enquanto Sheridan fazia as apresentações.

Depois que ela terminou, Stephen é que se tornou objeto de atento exame por parte daquelas três pessoas, que não pareciam dar a menor importância ao fato de ele ser o dono da mansão em que se encontravam, ao fato de ser o conde de Langford, que estava decidindo se era necessário, ou razoável, entrar em disputa física com Rafael Benavente. Aquele intrometido, que se dava a liberdade de dispensar livremente suas atenções a Sherry, era um homem viril demais para ser deixado a sós com qualquer mulher abaixo de 70 anos, e bonito e atrevido demais para merecer confiança.

Adiando a decisão, Stephen passou um braço pela cintura de Sheridan, puxando-a possessivamente para junto de si, e resolveu deixar as coisas correrem.

— Você está feliz, querida? — perguntou o pai dela, dali a instantes. — Prometi a Cão que Dorme que iria encontrá-la e levá-la para casa. Ele vai querer saber se você está feliz.

— Estou *muito* feliz, papai — sussurrou ela, emocionada.

— Tem certeza? — quis saber tia Cornelia.

— Certeza absoluta — garantiu Sherry.

Rafael Benavente pensou um pouco mais, e por fim estendeu a mão para Stephen:

— Você deve ser um homem excelente e muito especial, uma vez que Sherry o ama com tanta intensidade.

Westmoreland decidiu oferecer a Rafael um cálice do seu melhor conhaque, em vez da escolha de armas, como pensara. Rafael Benavente era um homem de julgamento excepcional e refinado. Era um prazer tê-lo entre seus hóspedes por pelo menos uma noite.

Bem mais tarde, naquela noite, Stephen contou tudo o que pensara a Sheridan, enquanto a tinha nos braços, com o corpo saciado e a alma feliz.

Ela colou o rosto ao dele e passou os dedos sobre o peito nu, em uma sonolenta carícia que, assim mesmo, começou a provocar uma reação rápida em todo o corpo de Stephen.

— Eu o amo — ela sussurrou. — Amo a sua força e a sua bondade. Amo você por ser tão bom para a minha família e para Rafael.

Stephen decidiu que os três inesperados visitantes poderiam ficar em Montclair o tempo que quisessem. E disse isso a Sherry, com um misto de risada e gemido, quando a mão dela desceu mais...

Impresso no Brasil pelo
Sistema Digital Instant Duplex da Divisão Gráfica da
DISTRIBUIDORA RECORD DE SERVIÇOS DE IMPRENSA S.A.
Rua Argentina, 171 – Rio de Janeiro, RJ – 20921-380 – Tel.: (21)2585-2000